LA MALÉDICTION
DU LIVRE NOIR

TOM KNOX

LA MALÉDICTION DU LIVRE NOIR

Traduit de l'anglais
par Étienne Menanteau

belfond
12, avenue d'Italie
75013 Paris

Titre original :
THE GENESIS SECRET
publié par Harper, an imprint of HarperCollins
Publishers, Londres.

Ce livre est une œuvre de fiction. Les noms, les personnages et les événements dépeints ici sont le fruit de l'imagination de l'auteur. Toute ressemblance avec des personnes réelles, vivantes ou mortes, des événements ou des lieux serait pure coïncidence.

Si vous souhaitez recevoir notre catalogue
et être tenu au courant de nos publications,
vous pouvez consulter notre site internet :
www.belfond.fr
ou envoyer vos nom et adresse, en citant ce livre,
aux Éditions Belfond,
12, avenue d'Italie, 75013 Paris.
Et, pour le Canada,
à Interforum Canada Inc.,
1055, bd René-Lévesque-Est,
Bureau 1100,
Montréal, Québec, H2L 4S5.

ISBN : 978-2-7144-4580-3

Note de l'auteur

La Malédiction du livre noir est une œuvre de fiction. Les éléments d'ordre religieux, historique ou archéologique renvoient toutefois dans l'ensemble à des données précises et avérées.

C'est ainsi que :

Situé dans le sud-est de la Turquie, non loin de la ville de Sanli Urfa, Göbekli Tepe est un site archéologique datant peut-être de douze mille ans, et qui fait actuellement l'objet de fouilles. Composé de pierres, de colonnes et de sculptures en taille directe, il a été délibérément enseveli vers l'an 8000 avant J.-C. On ignore pourquoi.

Dans la région, chez les Kurdes du sud de la Turquie et du nord de l'Irak, se perpétue une religion très ancienne qui vénère les anges. On y adore parfois Malak Taus.

Abraham étendit la main
et saisit le couteau pour immoler son fils.

Genèse, XXII (Bible de Jérusalem)[1]

1. Toutes les citations de la Bible sont issues de *La Bible de Jérusalem*, Éditions du Cerf, 1998 *(N.d.T.)*.

Note du traducteur

Les citations de James Joyce sont issues de *Portrait de l'artiste en jeune homme*, traduction de Ludmila Savitzky, révisée par Jacques Aubert, Éditions Gallimard, 1943 et 1982.

1

Alan Greening était ivre mort. Il avait picolé toute la nuit à Covent Garden, et d'abord au Punch, où il avait bu trois ou quatre pintes avec ses vieux copains de fac. Et puis ils s'étaient rendus au Lamb and Flag, le pub qui se trouve dans cette petite rue humide et froide, non loin du Garrick Club.

Combien de temps avaient-ils passé là à descendre des bières ? Il ne se rappelait pas. Car, après, ils étaient allés au Roundhouse, où ils étaient tombés sur deux ou trois autres mecs du bureau. Au bout d'un moment, ils avaient troqué les blondes pour de l'alcool : shots de vodka, gin tonic, whisky pour faire passer le tout.

Là, ils avaient commis une erreur fatale. « Si on allait reluquer des filles ? » avait lancé Tony. Ça les avait fait rire, ils avaient dit d'accord, remonté tranquillement la moitié de St Martin's Lane et soudoyé le videur du Stringfellows pour qu'il les laisse entrer. Celui-ci n'était pas très chaud, au départ : six jeunes mecs, visiblement en train de se bourrer la gueule, de rigoler et de parler comme des charretiers, qui chahutaient beaucoup trop.

Des ennuis en perspective.

Lorsque Tony avait fait voir une partie de la généreuse prime qu'il avait touchée à la City, un peu plus d'une centaine de livres, le videur avait souri : « Bien sûr, monsieur… », et ensuite…

Que s'était-il passé ensuite ?

C'était très flou dans sa tête. Un tourbillon de strings, de cuisses et de boissons. Des Lettonnes nues et souriantes, des blagues salaces sur les fourrures russes, une Polonaise avec des seins d'enfer et plein de fric claqué à droite, à gauche, sans compter.

Alan grogna. Ses copains s'étaient esquivés petit à petit, titubant jusqu'à la sortie pour aller s'écrouler dans un taxi. À la fin, il n'y avait plus que lui, le dernier client de la boîte, glissant un max de billets de dix livres dans le string de la Lettonne en train de se trémousser sous ses yeux. Et lui ne pouvait pas s'empêcher de la mater, de la couver des yeux, bêtement, comme un idiot.

À 4 heures du matin, la Lettonne avait cessé de sourire, d'un seul coup la lumière était revenue, et les videurs l'avaient attrapé par les épaules pour le reconduire fermement jusqu'à la porte. On ne l'avait pas vraiment flanqué dehors comme on expulse un clodo d'un saloon dans un vieux western, mais c'était tout juste.

À présent il était 5 heures du mat, il commençait à avoir mal au crâne, il fallait qu'il rentre. Il était sur le Strand, et sa place était au lit.

Est-ce qu'il lui restait assez de liquide pour prendre un taxi ? – il avait laissé chez lui ses cartes de crédit. Oui (il fouilla dans ses poches, l'air pas net), oui, il lui restait trente livres dans son portefeuille ; assez pour arriver à Clapham.

Ou plutôt, ça aurait dû suffire. Seulement il n'y avait pas de taxis. Le Strand à 5 heures du matin, c'est le désert. Trop tard pour ceux qui sortent de boîte. Trop tôt pour ceux qui nettoient les bureaux.

Il scruta les rues. Il tombait un petit crachin typique du mois d'avril sur les trottoirs larges et luisants du centre de Londres. Un gros bus rouge cheminait dans le mauvais sens, vers Saint Paul. Où Alan pouvait-il aller ? Il lutta contre les vapeurs d'alcool qui lui embrumaient l'esprit. Il y avait un coin où il était toujours possible de trouver un taxi, c'était l'Embankment. Oui, là-bas, il y en avait toujours, des taxis.

Il se ressaisit et tourna à gauche. Il n'était encore jamais passé par là. Il regarda la plaque. Craven Street. Inconnue au bataillon. Tant pis. Elle descendait vers le fleuve et devrait donc le conduire tout droit à l'Embankment.

Il accéléra le pas. C'était une vieille artère, bordée de paisibles immeubles géorgiens. Il continuait à tomber une petite pluie fine. Le ciel commençait à bleuir au-dessus des antiques cheminées, signe avant-coureur d'un matin de printemps. Il n'y avait pas un chat dehors.

C'est alors qu'il l'entendit.

Un bruit.

Mais pas n'importe lequel. Une espèce de gémissement. Quelqu'un qui étouffait, qui s'étranglait… Bizarre.

Avait-il rêvé ? Il examina les trottoirs, les entrées, les fenêtres. La rue était déserte. Autour, des immeubles de bureaux. Ou de très vieilles maisons transformées en bureaux. Qui pouvait bien se trouver là, à une heure pareille ? Un toxico ? Un SDF ? Un vieux pochetron couché dans le caniveau obscur ?

Alan choisit d'ignorer la chose. Réflexe de Londonien. Ne pas en tenir compte. Cette ville immense, toujours en mouvement était suffisamment épuisante, sale, bruyante, curieuse, pour éviter de se prendre la tête avec des gémissements en pleine nuit ! Et puis d'abord, il était soûl. Il se faisait des idées.

C'est alors qu'il l'entendit encore. Très clairement. Un cri de douleur. Un peu comme un appel au secours… du style : Ahhhlllaaaiii !

Putain. C'était quoi, ce bordel ? Il en eut la chair de poule. Il n'avait pas trop envie de savoir quelle sorte d'individu, ou de *chose*, pouvait faire un tel bruit. Pourtant, il lui fallait en avoir le cœur net. Ses réflexes moraux le poussaient à intervenir.

Là, bercé par la pluie, il pensa à sa mère. Que dirait-elle ? Qu'il n'avait pas le choix. La morale a ses impératifs : quelqu'un souffre, on se porte à son secours.

Il regarda à gauche. On aurait dit que ça provenait des vieilles maisons géorgiennes en enfilade aux briques grenat et aux fenêtres élégantes. Sur l'une d'elles, un panneau, une pancarte en bois vaguement éclairée sous la pluie par une lampe : *Musée Benjamin Franklin*. C'est qui, ça, Benjamin Franklin ? Un Amerloque. Un écrivain, ou un truc dans le genre. Peu importe. Il était quasiment sûr que le gémissement en question venait de là, parce que la porte était ouverte… À 5 heures du matin. Un samedi…

Une petite lumière filtrait par l'entrebâillement. Il serra les poings, une fois, deux fois pour se donner du courage. Il poussa la porte, qui s'ouvrit toute grande. Silence de mort dans le hall. Dans un coin une caisse-enregistreuse, une table croulant sous les dépliants, et un panneau : « Ici, animation vidéo ! » Les veilleuses dispensaient une faible lumière.

À première vue, calme plat au sein du musée. C'était ouvert mais, à l'intérieur, silence complet. On n'avait pas l'impression de passer après des cambrioleurs.

« Aaarrrgghh… »

Et voilà. Un nouveau gémissement, à vous fendre l'âme. Qui venait de toute évidence du sous-sol.

Prenant sur lui, il se dirigea vers le fond du hall, où une porte latérale donnait sur un escalier en bois. Il descendit les marches grinçantes et se retrouva dans une cave au plafond bas.

Une simple ampoule pendait à un fil. On n'y voyait pas grand-chose, mais ça suffisait. Il regarda autour de lui. La pièce n'avait rien de particulier, à un détail près : dans un coin, le sol avait été récemment retourné : un grand trou d'au moins un mètre de profondeur béait dans la terre sombre de Londres.

Il aperçut alors le sang.

Impossible de ne pas le voir. Sur un côté de la pièce, une grosse tache écarlate s'étalait sur quelque chose de très blanc.

Qu'est-ce que c'était ? Des plumes ? Des plumes de cygne ? Ou bien quoi ?

Il s'avança, tâta la masse blanche du bout de la chaussure. Des cheveux. Un tas de cheveux blancs, qu'on avait rasés, puis aspergés de sang… On aurait dit un coulis à la cerise sur un sorbet au citron.

« Aaallleeehgh ! »

Cette fois, c'était tout près. Dans l'autre pièce. Dominant de nouveau sa peur, Alan pénétra dans la pièce suivante en passant par la porte basse.

Il faisait très noir, à l'intérieur, n'était le rayon de lumière projeté de l'autre côté. Le gémissement sinistre emplit les lieux. Alan tâtonna autour de la porte, appuya sur l'interrupteur, et l'on y vit comme en plein jour.

Au milieu de la pièce gisait un vieil homme nu. On lui avait complètement rasé la tête, sans prendre de gants, à en juger par les coupures et les écorchures.

Le vieillard remua. Il n'avait pas la tête face à la porte, mais la lumière le fit se tourner vers Alan. Alan en eut un coup au cœur. On lisait dans le regard du vieux une terreur indicible. Les yeux rouges, écarquillés, brûlants de douleur, le fixaient.

Brusquement dégrisé, Alan comprit pourquoi il souffrait autant : sa poitrine était tailladée, lacérée de coups de couteau. On avait dessiné à la lame quelque chose sur sa peau molle, blanche et ridée.

Pourquoi poussait-il ces gémissements, parfaitement incohérents ? Il recommença. Alan faillit s'évanouir.

L'homme avait la bouche en sang. Quand il gémit, un gargouillis sanglant lui dégoulina sur le menton.

Une dernière horreur attendait Alan.

L'homme avait quelque chose dans la main. Il l'ouvrit doucement et la tendit en silence.

Alan regarda les doigts dépliés.

Dans sa main, l'homme tenait la langue d'un être humain, tranchée net…

2

Beaucoup de monde, sur le marché de Carmel. Ça regorgeait de marchands d'épices yéménites qui ergotaient avec des sionistes canadiens, de femmes au foyer israéliennes en train d'examiner des côtes d'agneau, et de juifs syriens occupés à installer des rayonnages de CD de chanteuses populaires libanaises. Les gens se faufilaient entre les tables chargées d'épices rouges à l'odeur âcre, les piles de bidons métalliques remplis d'huile d'olive verte et le grand stand où l'on pouvait trouver du bon vin du plateau du Golan.

Parmi eux, Rob Luttrell, qui traversait le marché pour se payer un demi à la boutique Bik Bik, son endroit de prédilection à Tel-Aviv, où l'on vendait de la bière et des saucisses. Il aimait bien regarder les célébrités du pays s'y pointer, dissimulées derrière des lunettes de soleil pour ne pas attirer l'attention des paparazzi. Une starlette particulièrement jolie lui avait même souri, quelques jours auparavant. Peut-être savait-elle qu'il était journaliste.

Il appréciait aussi la bière tchèque du Bik Bik : servie dans des chopes en plastique, elle passait bien avec les gros morceaux de salami maison et les petits kebabs relevés.

— Shalom, dit Samson, le Turc préposé aux saucisses.

Rob commanda sèchement une bière. Retrouvant son savoir-vivre, il ajouta « s'il vous plaît », puis « merci ». L'ennui lui taperait-il sur le système ? Cela faisait six semaines qu'il était rentré et qu'il glandait, après avoir passé six mois en Irak.

Oui, il avait eu besoin de souffler, et il était content d'être de retour à Tel-Aviv ; il adorait cette ville, son animation, son ardeur. Il savait gré à son rédacteur en chef de lui avoir laissé du temps libre, pour qu'il « récupère ». Maintenant il était prêt à reprendre le manche. Voire à accepter une nouvelle mission à Bagdad. Ou à Gaza. Là-bas, il y avait de l'action. Ce n'était pas ça qui manquait, à Gaza.

Il but dans sa chope en plastique, puis s'en alla à l'avant de la buvette regarder la Méditerranée gris-bleu de l'autre côté de la corniche. La bière dorée était fraîche et bonne. Il observa un surfeur défier les vagues pour gagner le large.

Son rédacteur en chef allait-il seulement l'appeler ? Alan regarda son portable. La photo numérique de sa petite fille lui retourna la politesse. Il éprouva des remords. Il ne l'avait pas vue depuis… janvier, février ? Depuis son dernier séjour à Londres. Mais comment faire ? Son ex-femme changeait de plans sans arrêt, à croire qu'elle voulait l'empêcher de lui rendre visite. Il mourait littéralement d'envie de voir la gamine. Il avait tout le temps l'impression qu'il lui manquait quelque chose, quelqu'un. Il se surprenait parfois à sourire à sa fille, qui bien sûr n'était pas là.

Il rapporta sa chope vide au comptoir.

— À demain, Sam. Ne mange pas tous les kebabs !

Samson s'esclaffa. Rob paya et se dirigea vers le front de mer. Il se fraya un passage à travers le flot de véhicules du jeudi, espérant ne pas se faire écraser pas ces excités de Juifs au volant qui cherchaient tous à se rejeter mutuellement à la mer.

C'était la plage de Tel-Aviv qu'il préférait, quand il voulait réfléchir. Avec derrière les gratte-ciel, de l'autre côté les vagues, et puis le vent chaud qui donne la pêche. En ce moment, il avait envie de penser à sa femme et à son enfant. À son ex-femme et à sa gosse de six ans.

Quand le journal lui avait donné l'ordre de quitter Bagdad, il avait pensé prendre immédiatement l'avion pour Londres. Mais Sally s'était brusquement trouvé un nouveau copain et lui avait expliqué qu'elle avait « besoin de respirer ». Du coup, il n'avait pas bougé de Tel-Aviv. S'il ne pouvait pas voir Lizzie, il n'avait pas envie de se trouver en Angleterre. Trop pénible.

Mais à qui la faute, en vérité ? Dans quelle mesure était-il responsable de ce divorce ? Sally avait eu des aventures... mais lui n'était jamais là. C'était son boulot qui voulait ça ! Il était correspondant à l'étranger : il s'était battu pendant dix ans à Londres pour y parvenir. C'était son gagne-pain. Maintenant, à trente ans, il avait réussi et couvrait tout le Moyen-Orient ; et il y avait là matière à plus d'articles qu'il ne pouvait en écrire.

Il se demanda s'il devait retourner au Bik Bik prendre une autre bière. Il regarda sur la gauche. L'hôtel Dan Panorama se découpait sur le ciel bleu, grand bloc de ciment avec un hall vitré tape-à-l'œil. Derrière, des hectares entiers de parking curieusement disposés en plein milieu de la ville. Au début de la guerre de 1948 qui opposa Israéliens et Arabes, les affrontements entre Tel-Aviv la juive et Jaffa l'arabe s'étaient essentiellement déroulés ici. Après la victoire d'Israël, on avait rasé ce qui restait des taudis ravagés et aménagé des parkings.

S'il ne lui était pas possible de voir Lizzie, il pouvait au moins gagner de l'argent, pour assurer ses arrières. Par conséquent, il décida de regagner au plus vite son appartement au Liban. Ou bien de retrouver les petits jeunes du Hamas qui s'étaient planqués dans l'église.

Il bouillonnait d'idées en se dirigeant vers le coude que décrit la plage, et ensuite vers les maisons vénérables qui bordent le port de l'antique Jaffa.

Son portable sonna. Le cœur battant, il regarda l'écran. C'était un numéro en Grande-Bretagne, mais pas Sally ou Lizzie, ni ses copains.

C'était son rédacteur en chef, qui l'appelait de Londres !

Il sentit monter l'adrénaline. Ça y est ! C'était l'instant qu'il aimait par-dessus tout dans son métier : celui où on l'appelait sans qu'il s'y attende : « Va à Bagdad, va au Caire, va à Gaza, va risquer ta peau… » Il adorait ces moments-là. Ne jamais savoir où il allait atterrir. L'impression effrayante d'improviser, comme s'il passait en direct à la télé. Pas étonnant qu'il n'arrive pas à entretenir une relation stable. Il prit l'appel.

— Robbie !

— Steve ?

— Salut !

Comme toujours, l'accent cockney à couper au couteau le laissa sur le flanc. Il restait encore assez de l'Américain moyen chez lui pour s'imaginer que l'on ne pouvait entendre que l'anglais impeccable d'Oxford dans la bouche des rédacteurs en chef du *Times*. Mais le sien, qui s'occupait du service étranger, parlait comme un docker de Tilbury, peut-être plus grossier encore. Alan se demandait parfois s'il ne forçait pas un peu le trait, histoire de se démarquer de ses snobinards de collègues sortis d'Oxford ou de Cambridge. On ne se fait pas de cadeaux dans la presse.

— Robbie, mon pote. Qu'est-ce que tu fabriques, en ce moment ?

— Je suis sur la plage, en train de te parler.

— Eh, merde. J'aimerais bien le faire, ton boulot !

— Tu l'as fait. Mais tu as eu de l'avancement.

— Ah oui…

Steve s'esclaffa.

— N'importe comment, reprit-il, ce qui m'intéresse, c'est ce qui t'attend. Tu as une mission ?

— Non.

— C'est vrai, c'est vrai. Tu te remets de… cet attentat à la con.

— Ça va, maintenant.

Steve sifflota.

— Ce n'était pas beau à voir, Bagdad.

Rob n'avait pas envie de penser à ça.

— Donc... Steve... où...

— Au Kurdistan.

— Hein ? Putain !...

Il était fou de joie. Le Kurdistan irakien. Mossoul ! Il n'y était jamais allé, et il devait y avoir là-bas une foule d'articles à écrire. Le Kurdistan irakien !

— T'emballe pas..., coupa Steve.

Rob commença à déchanter. Quelque chose dans la voix de Steve lui faisait penser qu'il ne s'agissait pas d'un reportage sur la guerre.

— Steve ?

— Rob, mon pote. Tu t'y connais en archéologie ?

Rob regarda la mer. Un amateur de parapente s'élevait au-dessus des vagues.

— En archéologie ? Absolument pas. Pourquoi ?

— C'est que l'on réalise... des fouilles... dans le sud-est de la Turquie. Dans le Kurdistan turc.

— Des fouilles ?

— Oui. C'est plutôt intéressant. Les archéologues allemands ont...

— Des peintures rupestres ? Des vieux os ? Merde.

Rob était cruellement déçu. Steve rigola.

— Allons, allons. Arrête un peu.

— Hein ?

— Tu ne peux pas toujours couvrir Gaza. Et je ne veux pas t'envoyer dans un coin dangereux. Pas pour l'instant.

Steve avait l'air plein de sollicitude, il lui parlait presque comme un frère. C'était nouveau.

— Tu es l'un de mes meilleurs envoyés spéciaux. Et puis c'était une sale histoire, à Bagdad. Tu as assez dérouillé comme ça pour le moment. Tu crois pas ?

Rob attendit. Il savait que Steve n'en avait pas fini. Effectivement, il précisa :

— C’est pourquoi je te demande, très poliment, hein, d’aller faire un tour sur ce site de fouilles à la con en Turquie. Si tu n’y vois pas d’inconvénient.

Rob sentit qu’il se payait sa tête, ce n’était pas difficile. Il en rit :

— D’accord, Steve. C’est toi le patron ! Je vais aller voir des pierres. Quand faut-il que je parte ?

— Demain. Je t’envoie le dossier par mail.

Demain ? Ça ne lui laissait pas beaucoup de temps. Il pensa aussitôt aux avions, à ses bagages.

— J’en fais mon affaire, Steve. Merci.

Le silence retomba.

— Mais, Rob…, reprit le rédacteur en chef.

— Quoi ?

— Je ne plaisante pas, à propos de cette mission. Il n’est pas seulement question de… vieilles pierres poussiéreuses.

— Pardon ?

— Les journaux en ont déjà parlé. Ça a dû t’échapper.

— Je ne lis pas ce qu’on raconte dans la presse sur l’archéologie.

— Moi, si. C’est très branché.

— Et alors ?

L’air du large était chaud.

— Le fait est que… cet endroit se trouve en Turquie…, déclara Steve. Ce que les Allemands ont découvert…

Rob attendit la suite.

Il eut droit à un long silence. Son rédacteur en chef finit par conclure :

— Enfin… il ne s’agit pas seulement de vieilles pierres, d’ossements et de tout le bastringue, Robbie. C’est un truc vachement curieux.

3

Dans l'avion qui l'emportait vers Istanbul, Rob sirota le gin tonic noyé qu'on lui avait servi dans une tasse en plastique transparent, avec une minuscule cuillère à cocktail. Il lut la sortie papier de l'e-mail que lui avait adressé Steve, et la documentation supplémentaire sur le champ de fouilles en Turquie, relevée sur le Net.

Le site que l'on était en train de dégager s'appelait Göbekli Tepe (le deuxième mot se prononçant « Tepé » et non « Tep », comme il l'avait cru initialement avant de prendre connaissance de la transcription phonétique indiquée dans l'un de ses e-mails).

— Göbekli Tepe, dit-il avant de croquer un mini-bretzel.

Il poursuivit sa lecture.

« Ce site figure apparemment parmi les antiques colonies de peuplement que l'on est actuellement en train d'exhumer dans le Kurdistan turc : Nevali Cori, Çayönü, Karahan Tepe… Elles sont parfois extrêmement anciennes et remontent à huit mille ans, voire davantage. » Mais est-ce vraiment si vieux ? De quand datent le Sphinx, Stonehenge et les pyramides ?

Son gin tonic terminé, il se cala sur son siège et médita sur ses lacunes en culture générale. Pourquoi n'était-il pas capable de répondre à ce genre de questions ? Tout simplement parce qu'il n'avait pas fait d'études supérieures. À la différence de ses collègues diplômés d'Oxford, de Londres, d'UCLA, de Paris, de Munich, de Kyoto, d'Austin ou d'ailleurs, il n'avait que son cerveau – la pratique confirmée de la lecture rapide, ce qui lui permettrait d'enregistrer très vite des données. Il avait quitté l'école à dix-huit ans. Malgré l'insistance de sa mère, une femme célibataire, il avait dédaigné les propositions de plusieurs facultés et universités pour se lancer directement dans le journalisme. Mais qui pouvait lui en tenir rigueur ? Il avala un autre mini-bretzel. Il n'avait pas eu le choix : sa mère devait se débrouiller toute seule, son père, un sale type violent, étant resté vivre aux États-Unis ; lui avait grandi au fin fond d'une morne banlieue londonienne. Il avait voulu avoir, le plus tôt possible, de l'argent et un statut social. Il ne serait jamais l'un de ces jeunes nantis dont il était jaloux dans sa jeunesse et qui pouvaient se permettre de se la couler douce pendant quatre ans, fumer des joints, faire la fête et s'acheminer tout doucement vers un métier peinard. Lui était un fonceur-né.

C'était ce même désir d'aller vite qui avait régi sa vie sentimentale. Quand Sally avait débarqué, jolie, souriante et pas bête, il avait sauté sur le bonheur et la stabilité qu'elle lui apportait. La naissance de leur fille, après leur mariage précoce, semblait augurer le meilleur.

Les sièges en classe économique d'El Al étaient toujours aussi inconfortables. Rob se frotta les yeux. Après quoi il demanda un autre gin tonic à l'hôtesse. En guise de remontant, et aussi pour oublier.

Il plongea la main dans son sac, posé entre ses pieds, pour en extraire deux livres achetés dans la meilleure librairie de Tel-Aviv, traitant de l'archéologie en Turquie et de l'homme préhistorique. Il faisait une escale de trois heures à Istanbul, avant de prendre un autre vol pour Sanli Urfa, dans l'est de l'Anatolie. Une demi-journée à consacrer à la lecture.

En arrivant à proximité d'Istanbul, il était ivre et parfaitement au courant des derniers travaux des archéologues en Anatolie. Çatal Höyük revêt, semble-t-il, une importance toute particulière. Découvert dans les années 1950, il s'agit de l'un des plus anciens villages jamais mis au jour, qui remonte peut-être à dix mille ans. Les murs y sont tapissés de représentations de taureaux, de léopards et de buses. Énormément de buses. De très vieux témoignages d'inspiration religieuse. Curieuse iconographie…

Après avoir atterri, il alla récupérer ses bagages sur le tapis roulant, se fraya un chemin parmi les hommes d'affaires turcs joufflus et s'arrêta dans une boutique pour acheter un journal américain dans lequel figurait l'une des dernières dépêches en provenance de Göbekli Tepe. Ensuite, il s'en fut directement attendre son prochain vol devant la porte d'embarquement. Assis dans la salle, il se documenta encore un peu sur les fouilles.

L'histoire contemporaine de Göbekli Tepe commence en 1964, lorsqu'un groupe d'archéologues américains ratisse une province isolée du sud-est de la Turquie. Ils découvrent de drôles de collines tapissées d'éclats de silex, signes indubitables d'activité humaine. Pourtant les Américains ne procèdent à aucune fouille. Comme le note le journaliste : « Ces types doivent maintenant éprouver la même chose que l'éditeur qui a refusé le manuscrit du premier Harry Potter… »

Il continua à lire, sans prêter attention à la femme turque qui ronflait à côté de lui.

Trente ans après, un berger qui s'occupe de son troupeau remarque des pierres de forme bizarre dans la terre sèche au grand soleil. Ce sont celles de Göbekli Tepe.

« Tepé », se dit-il en marquant l'accent, pour ne pas l'oublier. Il prit un Coca light à un distributeur automatique et regagna tranquillement sa place.

Les conservateurs du musée de Sanli Urfa, ville située à cinquante kilomètres de là, apprennent la « redécouverte » du site. Les responsables s'adressent au ministre concerné, qui contacte à son tour l'Institut archéologique allemand d'Istanbul. C'est ainsi qu'en 1994 les autorités turques chargent « l'archéologue confirmé Franz Breitner » d'entreprendre de nouvelles fouilles.

Rob parcourut le reste de l'article. Il pencha le journal pour mieux voir, car on y publiait une photo de Breitner, en dessous de laquelle celui-ci déclarait : « Cela m'intriguait. Les villageois étaient déjà très attachés à ce lieu. L'arbre isolé qui se dresse sur la côte la plus haute est sacré. Je me suis dit que nous avions peut-être mis le doigt sur quelque chose d'important. »

Breitner se rendit alors sur le site. « Il me fallut moins d'une minute pour comprendre que si je ne partais pas immédiatement, je resterais ici jusqu'à la fin de ma vie. »

En effet, Breitner, sur la photo, avait l'air comblé.

« On annonce le départ du vol TA628 de Turkish Airlines pour Sanli Urfa. »

Rob attrapa son passeport et sa carte d'embarquement, puis monta dans l'avion, qui était à moitié vide. Visiblement, peu de gens se rendaient à Sanli Urfa, dans l'est farouche de l'Anatolie, qui fait partie du Kurdistan, un secteur dangereux envahi par la poussière et en proie à une guerre civile.

Pendant le vol, Rob poursuivit sa lecture sur les archéologues de Göbekli. Il se trouve que les pierres d'allure sinistre mises au jour par les bergers sont les dalles oblongues posées en haut des mégalithes, de grandes tables ocre sur lesquelles d'étranges et délicates gravures représentent essentiellement des animaux et des oiseaux : des buses et des vautours, ainsi que de curieux insectes. Autre motif récurrent, des serpents qui se tortillent. Quant aux pierres, de l'avis des spécialistes, elles évoquent apparemment les hommes : elles ont en effet des « bras » stylisés articulés.

Pour l'heure, on en a exhumé quarante-trois, disposées en cercles d'un diamètre de cinq à dix mètres, eux-mêmes entourés de bancs de pierre, de niches de taille modeste et de murs en pisé.

Rob réfléchit à ce qu'il venait d'apprendre. Tout cela présentait un intérêt, mais c'est l'âge du site qui avait réellement suscité l'enthousiasme. Göbekli Tepe datait d'une époque très reculée. D'après Breitner, ce site avait au moins dix mille ans, peut-être onze mille. Autrement dit, il remontait à quelque huit mille ou neuf mille ans avant J.-C.

Onze mille ans ? Ç'avait l'air incroyablement ancien. Mais était-ce le cas ? Rob se replongea dans son livre d'histoire pour établir un parallèle avec d'autres sites. Stonehenge a été construit environ deux mille ans avant J.-C., alors que le Sphinx remonte peut-être à trois mille ans avant notre ère. Avant que l'on ne découvre Göbekli Tepe et n'en établisse l'ancienneté, le plus vieux site mégalithique connu se trouvait à Malte, quelque trois mille cinq cents ans avant J.-C.

Göbekli Tepe a par conséquent cinq mille ans de plus que n'importe quel édifice comparable. Rob allait visiter l'une des plus vénérables constructions humaines. Voire la plus ancienne.

Il n'en fallut pas plus pour réveiller en lui le journaliste. Le plus vieil édifice du monde découvert en Turquie ? Mouais… Si ça ne fait pas la couverture, se dit-il, ça risque fort de figurer en troisième page. Une manchette géniale. En outre, malgré les comptes rendus figurant dans le journal, apparemment aucun journaliste occidental n'était allé à Göbekli Tepe. Les articles parus dans les médias occidentaux reposaient tous sur des informations de seconde main, par l'entremise des agences de presse turques. Il serait le premier à se rendre sur place.

Au moins était-ce pour lui la fin du voyage. L'avion vira sur l'aile, descendit puis roula bruyamment jusqu'à ce qu'il s'arrête sur l'aéroport de Sanli Urfa. La nuit était claire, si claire qu'elle semblait froide, à travers les hublots. Mais lorsqu'on ouvrit la porte et que Rob descendit de l'échelle, il eut l'impression de se retrouver dans une étuve. Il faisait chaud, très chaud. Après tout, on se trouvait à la lisière du grand désert syrien…

C'était un minuscule aéroport. Il aimait bien les petits aéroports, il leur trouvait un certain charme. Et celui de Sanli Urfa valait le détour. Un gros barbu en veste tachée portait les bagages dans la salle d'arrivée, et un type à moitié assoupi derrière un bureau bancal contrôlait les passeports.

Sur le parking, un petit vent chaud chargé de poussière agitait les feuilles des palmiers étriqués. Des chauffeurs de taxi le reluquèrent depuis leurs véhicules garés les uns derrière les autres. Il les regarda à son tour, fit son choix.

— Sanli Urfa, dit-il à l'un des plus jeunes.

L'homme mal rasé lui sourit. Sa chemise en denim était déchirée, mais propre. Il avait l'air sympa. Plus que ses collègues, qui bâillaient et crachaient. Surtout, il semblait parler anglais. Après avoir discuté en vitesse du tarif de la course et de l'endroit où se trouvait l'hôtel de Rob, ils échangèrent une poignée de main, puis le type lui prit ses bagages et les mit dans le coffre de la voiture, après quoi il monta devant, hocha la tête et dit :

— Urfa ! Pas Sanli Urfa. Urfa !

Rob s'installa sur la banquette arrière. Il était maintenant épuisé. Cela avait été une véritable expédition de venir ici depuis Tel-Aviv. Le lendemain, il irait voir cet étrange champ de fouilles. Mais pour l'heure, il lui fallait dormir. De toute évidence, le chauffeur tenait à engager la conversation.

— Vous voulez bière ? Je connais bon coin.

Rob pesta en silence. On voyait défiler des champs obscurs et plats.

— Non merci.

— Une femme ? Je connais femme super !

— Euh non. Pas vraiment.

— Tapis. Vous voulez tapis. J'ai frère… ?

Rob soupira et regarda le rétroviseur. C'est alors qu'il vit le chauffeur l'observer en souriant – il plaisantait !

— Très drôle.

Le chauffeur s'esclaffa.

— Connerie de tapis !

Puis, sans quitter la route des yeux, il se retourna et lui tendit la main. Rob la serra.

— Je m'appelle Radevan. Et vous ?

— Robert. Rob Luttrell.

— Bonjour, monsieur Robert Luttrell.

Rob se mit à rire et le salua à son tour. Ils se trouvaient à présent à la périphérie de la ville. De part et d'autre de la rue déserte jonchée de détritus, des lumières et des magasins de pneus. L'enseigne rouge d'une station-service Conoco flamboyait dans les ténèbres étouffantes. De chaque côté se dressaient des immeubles. On sentait partout la chaleur. Pourtant, derrière les fenêtres des cuisines, les femmes qu'il apercevait avaient toutes gardé leur foulard.

— Vous avez besoin chauffeur. Vous êtes ici affaires ? s'enquit Radevan.

Rob réfléchit. Pourquoi pas ? L'homme était gentil, il avait le sens de l'humour.

— Oui. Il me faut un chauffeur, et aussi un interprète. Pour demain. Peut-être pour plus longtemps.

Tout content, Radevan tapota le volant avec la paume, tandis que de l'autre main il allumait une cigarette. En réalité, il ne tenait pas vraiment le volant. Rob songea qu'ils allaient quitter la route et atterrir dans une petite mosquée éclairée au néon. Enfin Radevan finit par poser les mains sur le volant et tout rentra dans l'ordre. Quand il ne tirait pas sur sa cigarette parfumée, il parlait.

— Je peux vous aider. Je suis bon traducteur. Parle kurde, anglais, turc, japonais et allemand.

— Vous parlez allemand ?

— Nein.

Une fois de plus Rob éclata de rire. Radevan lui plaisait, notamment parce qu'il avait parcouru quinze kilomètres en dix minutes sans avoir d'accident et qu'ils se trouvaient désormais en pleine ville. On voyait partout des boutiques de kebabs aux volets clos et des magasins vendant des baklavas ouverts tard le soir ; un homme en costume, et un autre en burnous ; deux ados passèrent à toute allure en mobylette ; des jeunes femmes en jean et coiffées d'un foulard aux couleurs vives riaient ; ça klaxonnait du côté d'un carrefour. Oui, son hôtel était situé en plein centre-ville.

Radevan regardait Rob dans le rétroviseur.

— Vous anglais, monsieur Rob ?

— Si on veut…

Rob n'avait pas envie de s'étendre sur ses origines. Pas maintenant, il était trop fatigué.

— En quelque sorte, ajouta-t-il.

Radevan sourit.

— J'aime bien les Anglais.

Il se frotta l'index et le pouce :

— Ils sont riches. Très riches.

Rob haussa les épaules.

— Enfin… il y en a.

— Des dollars et des euros ! insista Radevan. Des dollars et des livres !

Il lui fit encore un sourire.

— D'accord, je passe vous prendre demain. Vous allez où ?

— À Göbekli Tepe. Vous connaissez ?

— Göbekli Tepe, répéta Rob, comme Radevan ne réagissait pas.

Brusquement, il s'arrêta.

— Votre hôtel, dit-il.

Il ne souriait plus.

— Euh… Vous me retrouvez, demain ? lui demanda Rob, en se mettant à son tour à baragouiner. Radevan ?

Celui-ci hocha la tête, l'aida à monter ses bagages sur le perron de l'hôtel, puis regagna sa voiture.

— Vous dites… vous dites que vous voulez Göbekli Tepe ?

— Oui.

Radevan fit la grimace.

— Göbekli Tepe pas bon endroit, monsieur Rob.

Rob resta campé devant la porte de l'hôtel, en ayant l'impression de se retrouver dans un film de vampires.

— Eh, ce n'est qu'un champ de fouilles, Radevan. Vous pouvez m'y conduire, oui ou non ?

Radevan cracha sur la route. Puis il remonta dans son véhicule et se pencha à la vitre :

— Neuf heures demain matin.

Il donna un coup de volant et le taxi disparut dans le vacarme des rues de Sanli Urfa où régnait une odeur de moisi.

Le lendemain matin, après avoir pris des œufs durs et trois dattes en buvant du lait de brebis, Rob monta dans le taxi, puis ils quittèrent la ville. Rob demanda alors à Radevan pourquoi il réagissait ainsi quand il était question de Göbekli.

Le chauffeur commença par être bourru. Il haussa les épaules, marmonna… Mais, une fois seuls sur la route, il s'ouvrit, à l'image des champs irrigués qui s'étalaient à perte de vue.

— C'est pas bon.

— Expliquez-moi ça.

— Göbekli Tepe pourrait être riche. Il pourrait rendre riches les Kurdes.

— Seulement… ?

Radevan tira rageusement sur sa troisième cigarette.

— Regardez un peu cet endroit, ces gens…

Rob jeta un œil à l'extérieur. Ils venaient de dépasser un petit village de maisons en terre cuite, avec des conduites d'évacuation à ciel ouvert et des enfants noirs de crasse qui jouaient au milieu des déchets. Les gamins leur firent des signes. Après le village, il vit des femmes coiffées d'un foulard bleu lavande courbées au-dessus des récoltes, dans la terre et la poussière, sous la chaleur accablante. Il regarda de nouveau son chauffeur.

Radevan se récria bruyamment.

— Les Kurdes pauvres. Moi, chauffeur taxi. Mais je parle langues ! Pourtant, chauffeur taxi.

Rob acquiesça de la tête. Il savait que les Kurdes étaient mécontents et militaient pour se séparer de la Turquie.

— Le gouvernement turc, il s'arrange pour qu'on reste pauvres…

— Eh oui, bien sûr. Mais je ne vois pas le rapport avec Göbekli Tepe.

Radevan jeta son mégot par la vitre. La campagne s'étendait de nouveau à perte de vue, la Toyota cabossée bringuebalait sur une route en terre indistincte. Au loin, dans la brume de chaleur tremblotaient des montagnes bleues.

— Göbekli Tepe pourrait devenir comme pyramides ou… Stonehenge. Mais ils veulent pas qu'on en parle. Il pourrait y avoir beaucoup de touristes par ici, qui paieraient les Kurdes, mais non. Le gouvernement turc pas d'accord. Il fait même pas installer ici panneaux indicateurs ou construire routes. Comme si c'était secret.

Il toussa et cracha par la vitre, qu'il remonta ensuite pour empêcher la poussière d'entrer.

— Göbekli Tepe, pas bien comme endroit, répéta-t-il, avant de se taire.

Rob ne savait pas quoi dire. En face de lui, les petites collines marron tirant sur le jaune moutonnaient à perte de vue vers la Syrie. Il distingua encore un minuscule village kurde avec un minaret élancé qui se détachait au-dessus des toits en tôle ondulée, telle une tour de gué dans un camp de prisonniers. S'il y avait quelque chose qui entravait le développement du Kurdistan, c'était sans doute les traditions, l'isolement et la religion. Mais il ne croyait pas que Radevan soit d'humeur à l'écouter.

Ils continuèrent à rouler en silence. La route devint encore plus cabossée et la steppe plus hostile. Finalement Radevan négocia un autre virage, et Rob aperçut un mûrier qui se découpait, solitaire, sur le ciel dégagé. Radevan hocha la tête, annonça : « Göbekli » et se gara aussitôt. Il se retourna sur son siège et sourit, apparemment redevenu de bonne humeur. Puis il descendit du véhicule et lui ouvrit sa portière, tel un chauffeur de maître, ce qui mit Rob un peu mal à l'aise, car il n'avait pas envie qu'on lui témoigne autant de déférence.

Radevan remonta en voiture et attrapa un journal sur lequel on voyait une grande photo, celle d'un footballeur. Il s'apprêtait à l'attendre. Rob lui dit au revoir.

— Trois heures ? lui lança-t-il.

Radevan sourit.

Rob se retourna, grimpa le raidillon et passa de l'autre côté. Derrière lui, trente kilomètres de désert nu, de champs de coton desséchés, et de rares villages envahis par la poussière. Face à lui, une scène étonnante : au milieu de ce paysage aride et désolé apparurent soudain sept mamelons, ainsi qu'une foule d'ouvriers et d'archéologues éparpillés sur le flanc de la butte la plus importante. Les terrassiers et les manœuvres charriaient des seaux entiers de pierres et labouraient consciencieusement le sol. On voyait aussi des tentes, des bulldozers et des théodolites.

Rob s'avança, tout en ayant l'impression de déranger. Des terrassiers s'étaient arrêtés de travailler et le regardaient. Il commençait à se sentir très gêné quand s'approcha un quinquagénaire européen à l'air avenant. Il reconnut Franz Breitner.

— Bienvenue ! dit l'Allemand sur un ton jovial, comme s'il le connaissait déjà. Vous êtes le journaliste qui vient d'Angleterre ?

— Oui.

— Vous en avez, de la chance !

4

Le hall de l'hôpital Saint-Thomas était toujours aussi animé. L'inspecteur principal Mark Forrester se fraya un chemin parmi les infirmières affairées, les proches des malades qui étaient en train de bavarder et les vieilles femmes en chaise roulante surmontée de porte-perfusion ; pour la troisième fois de la matinée il se demanda s'il allait se montrer à la hauteur.

Il devait voir un individu que l'on avait atrocement mutilé. À quarante-deux ans – cela faisait une décennie qu'il était inspecteur principal –, il avait été témoin de scènes horribles, mais ce cas-là était particulièrement troublant.

Il aperçut le panneau indiquant l'unité de soins intensifs et se présenta à la réception à une très jolie fille qui lui dit d'attendre.

Quelques secondes plus tard sortit un médecin asiatique, qui ôtait des gants en caoutchouc.

— Docteur Sing ?

— Inspecteur Forrester ?

Forrester acquiesça d'un signe de tête et serra la main de son interlocuteur, qui lui retourna mollement la politesse, comme s'il s'apprêtait à lui annoncer une mauvaise nouvelle. Forrester s'affola un peu.

— Il est toujours vivant ?

— Oui, si l'on veut.

— Qu'est-ce qui s'est passé ?
Le médecin eut un regard lointain.
— Une glossectomie totale.
— Je vous demande pardon ?
Le médecin soupira.
— On lui a tranché la langue. Avec des espèces de cisailles...
Forrester regarda en direction de la salle concernée à travers les portes en plastique.
— Putain, on m'avait dit que c'était affreux, mais...
Quelque part derrière ces portes se trouvait son seul témoin. Toujours en vie. Mais sans sa langue.
Le médecin hochait la tête.
— Il a perdu énormément de sang. Et pas seulement à cause de la... langue. On lui a aussi tailladé la poitrine. Et rasé la tête.
— Vous croyez donc que... ?
— Je pense que si on ne les avait pas interrompus, ça aurait été encore pire.
Le médecin le dévisagea.
— Ce que je veux dire, c'est que si cette alarme de voiture ne s'était pas déclenchée, on l'aurait sans doute tué.
Forrester vida ses poumons.
— Une tentative de meurtre.
— C'est vous, le policier.
Le médecin avait maintenant l'air de s'impatienter. Forrester hocha la tête.
— Puis-je le voir ?
— Chambre 37. Mais pas longtemps, s'il vous plaît.
Forrester serra de nouveau la main de son interlocuteur, sans trop savoir pourquoi. Puis il franchit les portes, contourna un lit à roulettes sur lequel étaient empilés des bidons d'urine et frappa à la chambre 37. Il entendit gémir à l'intérieur. Il poussa un soupir en entrant. C'était une petite chambre toute simple, avec une télé posée sur un bras en acier dans un coin. Elle était éteinte. Ça sentait les fleurs,

mais aussi quelque chose de pire. Dans le lit était couché un homme âgé qui le fixait, le regard éperdu. On lui avait complètement rasé la tête, et son cuir chevelu était strié de coupures et de cicatrices – on aurait dit une carte du réseau ferroviaire. Le type fermait la bouche, mais il avait du sang coagulé à la commissure des lèvres. Enfin, on lui avait enveloppé le torse de bandages.

— David Lorimer ?

L'homme hocha la tête.

C'est ce regard affolé qui lui donna à réfléchir. Il avait vu quantité de gens effrayés, tout au long de sa carrière, mais l'épouvante qu'on lisait dans les yeux de cet homme était d'un autre ordre.

David Lorimer marmonna quelque chose, puis se mit à tousser et à cracher du sang. Forrester se sentit mal.

— Je vous en prie.

Il leva la main.

— Je ne veux pas vous ennuyer. Je voulais juste… vérifier quelque chose.

L'homme avait les larmes aux yeux.

— Vous venez de vivre quelque chose d'horrible, monsieur Lorimer. Nous voulons… je veux… vous dire que nous sommes bien déterminés à arrêter ces gens.

Comment pouvait-il tenir des propos aussi ineptes ? Ce type venait de subir des violences atroces, il était complètement traumatisé. Forrester se sentit idiot et finit par s'asseoir sur une chaise en plastique au pied du lit. Il adressa à l'homme un sourire chaleureux pour tâcher de le rassurer.

Au bout d'une minute ou deux le malheureux cessa d'avoir l'air paniqué et agita une main tremblante en direction de papiers posés sur la table de nuit. Forrester les prit. Il s'agissait d'une liasse de notes manuscrites.

— C'est vous qui avez écrit ça ?

Lorimer acquiesça, sans desserrer les lèvres.

— Le signalement des agresseurs ?

Il hocha à nouveau la tête.

— Merci beaucoup, monsieur Lorimer.

Forrester tendit la main pour lui tapoter l'épaule, en proie à un profond malaise. L'autre donnait l'impression d'être sur le point de fondre en larmes.

Forrester mit les documents dans sa poche et quitta aussitôt la chambre. Il descendit l'escalier, franchit la porte battante. En se retrouvant sur l'Embankment arboré, dans l'atmosphère pluvieuse de la fin du printemps, il poussa un soupir de soulagement. La terreur qui régnait dans la chambre et qui se reflétait dans le regard fixe de l'homme était presque insoutenable.

Il longea la Tamise en marchant d'un bon pas et la traversa. À sa gauche, le Parlement aux pierres jaunes et à l'architecture gothique. Il décida de lire ce que l'autre avait griffonné.

David Lorimer était concierge au musée Benjamin Franklin. À soixante-quatre ans, il allait bientôt prendre sa retraite. Il habitait seul dans un appartement au-dessus du musée, et la nuit précédente il avait été réveillé à 4 heures du matin par un bruit de verre brisé. Il avait quitté son grenier aménagé et était descendu jusqu'à la cave, où il avait découvert cinq ou six inconnus, visiblement jeunes, le visage dissimulé derrière un passe-montagne. Ils s'étaient introduits dans l'immeuble par effraction, faisant preuve à cet égard d'un grand professionnalisme. L'un d'eux avait un « accent snob ».

C'était à peu près tout ce qui ressortait des notes de Lorimer. Pendant qu'on s'en prenait à lui, une alarme de voiture s'était déclenchée, pour une raison quelconque (sans doute une simple et heureuse coïncidence). Occupés à lui taillader le cou et la poitrine, ses agresseurs s'étaient alors enfuis. Notre concierge pouvait se féliciter d'avoir eu la vie sauve, car si le jeune Alan Greening ne l'avait pas découvert, il serait mort d'une hémorragie.

Forrester se posait des tas de questions. En tournant à droite dans le Strand, il emprunta la rue tranquille bordée d'immeubles de style géorgien qui conduisait au musée Benjamin Franklin. Un ruban en plastique bleu et blanc interdisait l'accès au bâtiment. Deux voitures de police étaient garées devant, un agent était en faction à côté de la porte, et deux personnes, sûrement des journalistes, s'abritaient non loin de là sous l'auvent d'un immeuble de bureaux, en buvant leur café.

L'une d'elles vint à la rencontre de Forrester.

— Est-il exact, inspecteur, que l'on a coupé la langue de la victime ?

Forrester se tourna, lui sourit poliment et garda le silence.

La journaliste, jeune et jolie, insista :

— Serait-ce là un méfait commis par des néonazis ?

Ça lui donna à réfléchir. Il regarda la fille :

— On organise demain une conférence de presse.

C'était faux, mais ça suffirait. En se retournant vers l'immeuble, il se glissa sous le ruban et montra son badge. L'agent en tenue lui ouvrit la porte. Forrester reconnut aussitôt l'odeur chimique et pénétrante qui signale que des spécialistes de la criminalistique sont à l'œuvre, qu'ils vaporisent des substances pour relever les empreintes digitales ou se livrent à des examens de type nucléaire, gel au silicium et cyanoacrylate à l'appui. Une fois au fond du majestueux couloir géorgien tapissé de portraits de Benjamin Franklin, Forrester emprunta un petit escalier pour descendre au sous-sol.

On ne chômait pas à la cave. Deux filles de la police scientifique, qui avaient pour la circonstance enfilé une tenue en papier vert et mis un masque, s'activaient. Par terre étaient bien visibles, sombres et gluantes, des taches de sang. L'inspecteur Boijer lui fit signe depuis l'autre bout de la pièce et Forrester lui sourit.

— Ils étaient en train de creuser ici, indiqua Boijer.

Forrester remarqua que son interlocuteur venait de passer chez le coiffeur, et il n'avait pas dû lésiner sur le prix.

— Qu'est-ce qu'ils cherchaient ?

Boijer haussa les épaules.

— Si je le savais…

Il tendit la main au-dessus des dalles fracassées.

— Mais ils se sont donné du mal. Ils ont dû mettre deux ou trois heures à déblayer tout ça, puis à creuser aussi profondément.

Forrester se pencha pour examiner le sol retourné, le trou descendant très bas dans la terre humide.

— Avez-vous vu le concierge ? lui demanda Boijer.

— Oui. Le pauvre vieux…

— Le médecin m'a expliqué qu'ils ont essayé de le tuer. À petit feu.

Forrester lui répondit sans regarder autour de lui.

— À mon avis, ils étaient en train de le saigner à mort. Si l'alarme de la voiture ne s'était pas déclenchée, et si le petit jeune n'avait pas débarqué, il se serait vidé de son sang.

Boijer hocha la tête.

Forrester se redressa.

— Il s'agit clairement d'une tentative de meurtre. Je vais en parler à Aldridge. Il va vouloir mettre en place un PC.

— Et les cicatrices qu'il a sur la poitrine ?

— Je vous demande pardon ?

Forrester se retourna. Boijer lui tendit un cliché en faisant la grimace.

— Vous n'avez pas vu ça ? Le médecin a photographié les cicatrices que le type a sur la poitrine. Il a envoyé ce matin le cliché au commissariat par e-mail, il n'a pas eu l'occasion de vous le montrer.

Forrester regarda. Face à l'appareil, la poitrine dénudée du concierge, sur laquelle on avait gravé une étoile de David. Aucun doute possible. La peau était grossièrement tailladée, mais le symbole était aisément reconnaissable : deux triangles inversés et superposés.

5

— Voilà donc les sculptures en taille directe, celles dont on a parlé dans l'article ?

— Oui.

Rob se trouvait au milieu du site archéologique, à côté de Breitner. Postés au bord d'un trou entouré d'une clôture, ils regardaient en bas de grandes pierres en forme de T disposées en cercle. Des mégalithes. Les fouilles avançaient vite. Des ouvriers turcs balayaient la terre, déblayaient à la pelle, descendaient des échelles, poussaient des brouettes de gravats sur des caillebotis. Et le soleil chauffait.

Les sculptures étaient curieuses, mais elles lui étaient familières pour les avoir vues dans la presse : un lion avec des oiseaux, des canards, peut-être, et sur la pierre suivante quelque chose qui ressemblait à un scorpion. Environ la moitié des mégalithes étaient ornés de représentations de ce genre, souvent très érodées. Rob en photographia quelques-unes avec l'appareil intégré à son téléphone portable, puis griffonna des notes sur son calepin, croquant de son mieux la drôle de forme en T que formait la roche.

— Mais bon, ce n'est pas tout, reprit Breitner. Venez.

Ils longèrent l'excavation pour rejoindre un endroit du même ordre ceint d'un mur en terre cuite, où se dressaient trois autres colonnes ocre entre lesquelles luisaient ce qui semblait être des restes de carrelage. Une jeune Allemande blonde salua Rob en passant devant lui avec un petit sac en plastique transparent rempli de minuscules silex.

— Il y a ici beaucoup d'étudiants d'Heidelberg, expliqua Breitner.

— Et les autres qui travaillent ici ?

— Rien que des Kurdes.

Derrière ses lunettes, le regard pétillant de Breitner se voila un instant.

— Évidemment, précisa-t-il, d'autres experts m'apportent leur concours, des paléobotanistes et deux ou trois personnes spécialisées dans divers domaines.

Il sortit un mouchoir pour essuyer son crâne chauve et trempé de sueur.

— Et voici Christine…

Rob se retourna. Il vit s'approcher une femme menue à l'air décidé, vêtue d'un pantalon kaki et d'un chemisier blanc immaculé, qui venait de l'endroit d'où l'on dirigeait les travaux et où l'on avait planté des tentes. Cette archéologue était bien ici la seule à ne pas être couverte de cette poussière beige qui tapissait les coteaux de Göbekli Tepe mis à rude épreuve. Rob se sentit tout émoustillé, comme chaque fois qu'on lui présentait une jeune femme séduisante.

— Christine Meyer. Ma spécialiste des squelettes !

La petite brune lui tendit la main.

— Ostéoarchéologue, précisa-t-elle. Je m'occupe d'anthropobiologie, soit tout ce qui concerne les restes humains, etc. Même si nous n'avons toujours rien découvert de tel.

Rob perçut un accent français.

— Christine a été à Cambridge l'élève d'Isobel Previn, même si elle vient de Paris et si nous constituons une équipe très internationale, coupa Breitner, comme s'il lisait dans ses pensées.

— Oui, je suis française. Mais j'ai vécu très longtemps en Angleterre.

Rob sourit.

— Rob Luttrell, déclara-t-il. Nous avons un point commun, puisque je suis américain et que j'habite à Londres depuis l'âge de dix ans.

— Il est ici pour écrire sur Göbekli ! dit Breitner en riant. Je vais donc lui faire voir le loup.

— Le crocodile, corrigea Christine.

Breitner s'esclaffa, se retourna et passa son chemin. Rob fut légèrement décontenancé. D'un signe de la main, Breitner l'invita à les suivre.

— Venez, je vais vous montrer.

Ils empruntèrent un autre itinéraire compliqué entre les fosses et les tas de décombres. Rob examina les alentours : partout des mégalithes, dont certains étaient à moitié ensevelis et d'autres dangereusement inclinés.

— C'est bien plus vaste que je ne l'imaginais..., dit-il à voix basse.

Vu l'étroitesse du sentier, il leur fallait marcher en file indienne.

— Le radar à pénétration de sol et la détection magnétique indiquent qu'il reste encore peut-être deux cent cinquante pierres ensevelies sous les collines. Voire davantage.

— Ça alors...

— C'est un endroit incroyable.

— Et bien entendu incroyablement ancien, n'est-ce pas ?

— Exactement...

Breitner fonçait maintenant devant eux, impatient de lui révéler sa trouvaille.

— En réalité, enchaîna Christine, on a eu beaucoup de mal à dater ce site, car on n'y a pas retrouvé de restes organiques.

Ils arrivèrent devant une échelle en acier, Christine se plaça à côté de Rob.

— Tenez, dit-elle, il faut faire comme ça.

Elle la descendit à toute allure, pleine d'énergie. Peu lui importait, manifestement, de salir son chemisier.

Rob mit moins d'empressement à la suivre. Ils se retrouvèrent enfin au fond de l'une des excavations. Autour d'eux se dressaient des mégalithes, tels de sombres gardiens. Rob songea un instant à ce que pourrait être l'ambiance ici, la nuit, et se dépêcha de penser à autre chose. Il sortit son calepin.

— Vous étiez donc en train de me parler de datation ?

— Oui.

Christine se rembrunit.

— Il y a encore pas longtemps, on ignorait à quand exactement remontait ce site. On le savait très ancien. Mais de là à dire s'il appartenait au néolithique précéramique A ou B…

— Je vous demande pardon ?

— La semaine dernière, nous avons fini par réussir à dater au carbone 14 un charbon de bois retrouvé sur un mégalithe.

Rob nota.

— Et ce site remonte à dix ou onze mille ans, hein ? C'est ce que l'on expliquait dans l'*Herald Tribune*.

— En réalité, les conclusions de ce reportage sont inexactes. Le carbone 14 lui-même ne peut fournir qu'une indication. Pour parvenir à une datation plus précise, nous avons comparé l'analyse au carbone 14 avec des silex retrouvés sur les lieux, dans lesquels étaient taillées des pointes de flèches de Nemrik et de Byblos. Après avoir croisé ça avec d'autres données, nous pensons maintenant que Göbekli date en réalité de douze mille ans.

— D'où l'excitation ?

Christine lui jeta un coup d'œil, tout en chassant les cheveux bruns qui retombaient sur ses yeux clairs. Puis elle se mit à rire :

— Je crois que Franz a envie que vous voyiez son lézard.

— Mon loup, corrigea Breitner, qui se tenait à côté d'un autre pilier en forme de T à moitié enseveli.

Au pied de la colonne, attaché au montant d'une pierre, un animal sculpté d'environ soixante centimètres de long, finement ciselé, de facture étonnamment moderne. De sa mâchoire de pierre tournée vers le sol s'échappait comme un grognement. Rob s'intéressa à Breitner et à l'ouvrier turc juste devant lui. Visiblement furieux, voire haineux, celui-ci fusillait du regard l'archéologue allemand. Quand ce type s'aperçut que Rob l'observait, il se retourna et grimpa aussitôt à une échelle. Rob reporta son attention sur Breitner, qui n'avait rien perçu de ce manège.

— On ne l'a découvert qu'hier.

— Qu'est-ce que c'est ?

— Je pense que c'est un loup, à voir les pattes.

— Et à mon avis il s'agit d'un crocodile, déclara Christine.

Breitner s'esclaffa.

— Qu'est-ce que je vous disais ?

Il remit ses lunettes, qui brillèrent au soleil. Rob éprouva soudain de l'admiration pour cet homme qui se dévouait totalement à son métier.

— Nous sommes les premiers, ces ouvriers, vous et moi, à le contempler depuis… la fin de l'époque glaciaire, reprit Breitner.

Effectivement, il y a de quoi être impressionné, songea le journaliste.

— Cette sculpture en taille directe est pour nous une pièce absolument inédite. Personne ne sait de quoi il s'agit. Vous découvrez là quelque chose que l'on est incapable d'interpréter. Vous en savez à ce sujet autant que n'importe qui.

Rob examina la mâchoire de l'animal en pierre.

— Pour moi, on dirait un chat. Ou bien un lapin enragé.

— Un félin ? fit Breitner en se frottant le menton. Vous savez que je n'y avais pas pensé. Une espèce de chat sauvage…

— Puis-je consigner tout cela dans mon article ?

— *Ja, natürlich*, répondit Breitner, sans toutefois sourire. Et maintenant… du thé.

Rob hocha la tête, il avait soif. Breitner le guida à travers le dédale des fosses, certaines recouvertes, d'autres non, et des bâches faisant office d'enclos entre lesquels circulaient des ouvriers transportant des seaux. Ils atteignirent la dernière hauteur, un endroit moins accidenté où l'on avait planté des tentes. Ouvertes sur les côtés, elles étaient tapissées de rouge. Dans un coin, un samovar permit de remplir de thé noir sucré, le fameux *cay,* trois verres en forme de tulipe. Depuis les tentes un panorama spectaculaire s'offrait au regard, des plaines jaunes qui s'étendaient à l'infini et de petites collines poudreuses qui ondulaient vers la Syrie et l'Irak.

Ils s'assirent et bavardèrent quelques minutes. Breitner expliqua que la région de Göbekli était jadis bien plus fertile qu'aujourd'hui, où l'on n'y trouve qu'une terre désertique.

— Il y a dix ou douze mille ans, cet endroit était beaucoup moins aride. En réalité, c'était un paysage superbe, un véritable décor champêtre. Des troupeaux de bêtes sauvages, des bosquets d'arbres fruitiers, des rivières poissonneuses… En témoignent les sculptures que l'on voit sur les pierres, et qui représentent des animaux. De nos jours, il n'y en a plus par ici.

Rob prit des notes. Il voulait en savoir davantage, mais deux ouvriers turcs s'approchèrent de Breitner et lui demandèrent quelque chose en allemand. Rob connaissait suffisamment cette langue pour comprendre de quoi il s'agissait : ils désiraient creuser une tranchée plus profonde pour avoir accès à un mégalithe toujours enseveli. Procéder à une excavation de ce genre ne manquait certes pas d'inquiéter Breitner, car cela n'allait pas sans risques. En fin de compte il soupira, haussa les épaules en regardant Rob et s'en fut prendre les dispositions nécessaires. Rob s'aperçut alors que l'un des ouvriers semblait particulièrement maussade, il avait l'air bizarre, sinistre même. Manifestement l'ambiance était tendue. Pour quelle raison ? Il pourrait en parler à Christine, maintenant qu'il se retrouvait seul avec elle. À cette distance le bruit des travaux était étouffé, on entendait seulement le tintement des truelles et des pelles que le vent brûlant du désert amenait parfois jusqu'à eux. Il allait l'interroger quand elle lui demanda :

— Alors, qu'est-ce que vous pensez de Göbekli ?

— C'est un site incroyable, évidemment.

— Mais savez-vous à quel point il peut l'être ?

— Je crois. Non ?

Elle le regarda, sceptique.

— Dans ces conditions, fit-il, pourquoi ne pas me l'expliquer ?

Elle trempa les lèvres dans son petit verre en forme de tulipe.

— Remettez tout ça en perspective, Rob. Vous ne devez pas oublier… de quand date cet endroit. Il remonte à douze mille ans.

— Et alors ?

— Rappelez-vous ce que faisaient les hommes, à l'époque.

— Comment ça ?

— Les hommes qui ont édifié ça étaient des chasseurs-cueilleurs.

— Des hommes des cavernes ?

— Oui, si l'on veut.

Elle le regarda bien en face.

— Avant de découvrir Göbekli Tepe, on n'imaginait pas les hommes primitifs capables de construire de telles choses, d'inventer l'art, d'avoir une architecture raffinée, ainsi que des rituels religieux compliqués.

— Parce que ce n'étaient que des hommes des cavernes ?

— Exactement. Göbekli Tepe remet en question l'ensemble de nos théories. Nous sommes désormais contraints de penser autrement toute l'histoire de l'humanité. Ce champ de fouilles a plus d'importance que n'importe quel autre auquel on a pu procéder depuis les cinquante dernières années, il représente une découverte considérable en matière d'archéologie.

Il y avait de quoi être intrigué, et aussi très impressionné. Rob avait l'impression de retourner à l'école.

— Comment y sont-ils arrivés ?

— Des hommes équipés d'arcs et de flèches ? Qui ne connaissaient même pas la poterie, ni l'agriculture ? Comment ont-ils fait pour ériger cet énorme temple ?

— Un temple ?

— Oh oui, il s'agit selon toute vraisemblance d'un temple. On n'a retrouvé aucun indice d'habitation, aucune trace de peuplement, si rudimentaire fût-il, mais uniquement des représentations stylisées de la chasse, des images à vocation rituelle et célébratoire. Il se peut que nous ayons découvert des endroits où l'on entreposait des os, pour sacrifier à des rites funéraires. Voilà pourquoi Breitner pense qu'il s'agit d'un temple, du premier édifice religieux érigé dans le monde, conçu pour célébrer la chasse et vénérer les morts. Et je crois qu'il a raison, conclut-elle avec un sourire serein.

Rob reposa son stylo et repensa à Breitner, qui respirait la joie de vivre.

— Il a l'air bien dans sa peau, non ?

— Vous ne le seriez pas, à sa place ? C'est l'archéologue le plus veinard au monde. Il est en train d'exhumer un site absolument extraordinaire.

Rob hocha la tête et prit encore des notes. L'enthousiasme de Christine était presque aussi contagieux que celui de Breitner, et ses explications plus raisonnables. Même si Göbekli remettait en question toutes leurs théories, cela ne suscitait pas chez lui le même émerveillement ; il prévoyait toutefois d'écrire là-dessus un article sensationnel, qui paraîtrait en page deux du quotidien – mieux, un compte rendu détaillé dans un supplément en couleurs, avec de saisissantes photos des sculptures, des clichés lugubres des pierres la nuit, et d'autres des ouvriers couverts de terre et de poussière…

Il se souvint alors de la réaction de Radevan lorsqu'il avait fait allusion à cet endroit, du regard noir du terrassier, mais aussi de Breitner, qui avait légèrement changé d'attitude quand ils discutaient de son article. Christine était partie remplir leurs verres de thé chaud et sucré. Quand elle revint, il aborda le sujet avec elle :

— Bon, je sais bien, Christine, que ce champ de fouilles est extraordinaire. Mais tout le monde est-il de cet avis ?

— Comment ça ?

— Eh bien… j'ai trouvé les gens d'ici un peu… agressifs. Il y en a que cet endroit dérange. Mon chauffeur, par exemple.

Christine se raidit.

— Continuez.

— Mon chauffeur de taxi.

Rob se tapota le menton avec son stylo.

— Radevan. Il en voulait vraiment à Göbekli, quand j'y ai fait allusion hier soir. Et il n'y a pas que lui. Il règne ici une drôle d'ambiance. Quant à Breitner, il me semble… partagé. À une ou deux reprises ce matin, quand j'ai discuté de mon article avec lui, j'ai eu l'impression qu'il n'appréciait pas vraiment ma présence ici… Même si par ailleurs il est très chaleureux avec moi.

Il s'interrompit.

— Pourtant, reprit-il, j'avais imaginé qu'il aurait envie que tout le monde soit au courant, non ? Que l'on sache partout ce qu'il fait ici. Il n'empêche qu'il n'a pas l'air à l'aise.

Christine ne répondit rien, et Rob se tut lui aussi. Une ruse de journaliste.

Trouvant le silence gênant, Christine finit pas se pencher en avant :

— D'accord. Vous avez raison, il y a…

Elle se tut, comme si elle s'interrogeait. Le petit vent du désert était encore plus chaud. Rob attendit en sirotant son thé.

En définitive elle soupira.

— Vous allez passer ici une semaine ? Pour écrire un article sérieux ?

— Oui.

Elle hocha la tête.

— Bon. Je vais vous reconduire à Sanli Urfa. On arrête de travailler à treize heures, à cause de la chaleur, et beaucoup de gens rentrent chez eux. En principe, je réintègre mes quartiers à ce moment-là. On pourra parler tranquillement dans ma voiture.

6

Sur le coin de terre carré envahi par la poussière qui faisait office de parking près du champ de fouilles, Rob donna à Radevan un pourboire généreux en lui disant qu'il pouvait rentrer chez lui. Radevan le regarda, contempla les billets dans sa main, puis leva les yeux sur Christine, juste derrière Rob. Il adressa à celui-ci un sourire complice et fit demi-tour au volant de sa voiture.

— Demain peut-être, monsieur Rob ? lança-t-il par la vitre, pendant qu'il faisait vrombir le moteur.

— Peut-être.

Il s'esquiva à toute allure.

Christine avait une Land Rover rouillée. Elle ouvrit de l'intérieur la portière côté passager et attrapa tout un tas de documents, manuels et revues universitaires, qui encombraient le siège voisin du sien, et les balança derrière. Ils démarrèrent sur les chapeaux de roues et filèrent en direction de la nationale, dévalant des collines jonchés de gravats avant de rouler sur les plaines jaunes et roussies par le soleil.

— Alors… qu'est-ce qui se passe ?

Les pneus faisaient un tel bruit en rebondissant sur les cailloux que Rob fut contraint de crier.

— Le principal problème est d'ordre politique. N'oubliez pas que nous sommes au Kurdistan. Les Kurdes se sentent spoliés par les Turcs, qui exposent les plus belles pièces découvertes ici dans les musées d'Ankara et d'Istanbul… Ils n'ont pas forcément tort.

Rob regarda le soleil miroiter sur un canal d'irrigation. Il avait lu que l'on appliquait par ici des mesures radicales en matière agricole, dans le cadre du plan Grande Anatolie, consistant à tirer parti de l'eau de l'Euphrate pour faire revivre le désert. Ce qui nourrissait la polémique, puisque cela revenait à noyer de nombreux sites archéologiques, exceptionnels et très anciens. Mais pas Göbekli Tepe, heureusement. Il se tourna pour regarder Christine, qui changeait rageusement de vitesse.

— En vérité, reprit-elle, le gouvernement ne laisse pas les gens du coin profiter financièrement de Göbekli Tepe.

— En quel honneur ?

— Pour des motifs tout à fait valables d'un point de vue archéologique. Göbekli n'a vraiment pas besoin d'être infesté par des hordes de touristes. Voilà pourquoi les autorités ne mettent pas de panneaux indicateurs et n'entretiennent pas mieux les routes. Ce qui signifie que nous pouvons travailler en paix.

Elle donna un brusque coup de volant pour éviter un nid-de-poule et accéléra encore.

— Mais je me mets aussi à la place des Kurdes. Vous avez sans doute aperçu des villages en venant ici.

— Deux ou trois, répondit Rob en acquiesçant d'un signe de tête.

— Ils n'ont même pas l'eau courante. Ni de sanitaires. C'est tout juste si l'on y trouve des écoles. Leurs habitants vivent dans une misère noire. Et si l'on prenait les mesures adéquates pour lancer Göbekli Tepe, cet endroit pourrait devenir une véritable mine d'or, rapporter beaucoup d'argent à la région.

— Et Franz se retrouve mêlé à la controverse ?

— Il est en plein dedans. Il fait l'objet de pression de toutes parts pour mener à bien les fouilles, se dépêcher, recruter des autochtones… Et même pour continuer à en assumer la responsabilité.

— Voilà donc pourquoi il ne sait pas trop si l'on doit ou non en parler.

— Il est bien évidemment très fier des découvertes qu'il a réalisées. Il aimerait que le grand public soit au courant. Il travaille ici depuis 1994.

Christine ralentit pour laisser une chèvre traverser la route, puis repartit à toute allure.

— Il n'est pas rare que les archéologues multiplient les déplacements. Depuis six ans que j'ai quitté Cambridge, j'ai été en mission au Mexique, en Israël et en France. Mais Franz, lui, a accompli ici plus de la moitié de sa carrière. Bien sûr, il aimerait faire mieux connaître ses découvertes. Mais s'il agit ainsi, et si Göbekli devient un endroit renommé, autant qu'il devrait l'être, un haut responsable d'Ankara risque d'en conclure que c'est un Turc qui devrait diriger les opérations. Et du même coup avoir droit à tous les honneurs.

Rob comprenait mieux la situation. Cela n'expliquait pourtant pas pourquoi il régnait cette drôle d'ambiance sur le site. À moins qu'il ne s'agisse d'un effet de son imagination.

Ils s'engagèrent enfin sur la chaussée goudronnée de la nationale, accélérèrent en direction de Sanli Urfa. Il y avait de plus en plus de circulation. Ils doublèrent des camions chargés de fruits ou appartenant à l'armée, tout en discutant du champ d'expertise de Christine, les restes humains. Elle raconta qu'elle avait travaillé sur les sacrifices humains à Teotihuacán, puis sur une mission à Tel Gezer et Megiddo, en Israël. Elle parla ensuite des sites néandertaliens que l'on trouve en France.

— Pendant des centaines de milliers d'années, des hominidés d'un type très ancien ont vécu dans le sud-ouest de ce pays, des gens comme nous, ou presque.

— Les hommes de Neandertal, c'est ça ?

— Oui, mais peut-être aussi l'*Homo erectus* et l'*Homo antecessor*. Voire l'*Homo heidelbergensis*. Et ainsi de suite…

— Heu… d'accord…

Christine s'esclaffa.

— Vous êtes encore largué ? Très bien, je vais vous montrer un truc génial. Si vous ne trouvez pas ça fascinant, c'est à désespérer.

La voiture avançait vers le centre de Sanli Urfa. Sur les hauteurs s'entassaient des maisons en ciment. Les artères ensoleillées et noyées dans la poussière étaient bordées de grands magasins et de bureaux, il y avait aussi d'autres rues plus anciennes et ombragées. Tandis qu'ils se frayaient péniblement un chemin au milieu de la circulation, Rob aperçut des galeries ottomanes et leurs arcades, l'entrée d'un souk animé et plongé dans la pénombre, des mosquées dissimulées derrière des murs qui tombaient en ruine… Sanli Urfa était manifestement composée d'un secteur ancien, datant d'une époque reculée, et de nouveaux quartiers qui s'étendaient dans une zone à moitié désertique.

Sur la gauche, il remarqua un vaste périmètre qui ressemblait à un parc, avec des bassins et des canaux étincelants, de ravissantes petites maisons de thé, une oasis délicieuse au milieu de la crasse et du vacarme de la grande ville kurde.

— Les jardins de Golbasi, annonça Christine. Et voici les bassins où vivaient les poissons d'Abraham. Les gens d'ici pensent en effet que c'est le prophète Abraham en personne qui y a introduit les carpes. Cette ville est étonnante… enfin, si l'on aime l'histoire. Moi, j'adore cet endroit.

La voiture s'était glissée dans les ruelles de la vieille ville. Christine tourna à gauche, emprunta une large artère pour monter une côte et franchit ensuite le portail d'un immeuble que les arbres protégeaient du soleil. « Musée de Sanli Urfa », indiquait un panneau.

À l'intérieur du bâtiment, trois hommes portant barbe et moustache étaient en train de boire tranquillement du thé noir. Ils se levèrent et réservèrent un accueil chaleureux à

Christine, qui pour sa part plaisanta avec eux sans façon, en turc ou bien en kurde. En tout cas, dans une langue que Rob ne comprenait pas.

Ils pénétrèrent ensuite dans le petit musée et se dirigèrent vers une statue à l'effigie d'un homme mesurant deux mètres de haut, de couleur crème, avec des yeux noirs en pierre eux aussi.

— Elle a été exhumée il y a dix ans lorsqu'on a creusé les fondations d'une banque, non loin des bassins à poissons. Elle gisait au milieu des restes d'un temple datant du néolithique et construit il y a peut-être onze mille ans. Il s'agit sans doute de la plus ancienne statue d'homme jamais retrouvée sur le globe, et du plus vieil autoportrait de l'histoire de l'humanité. Et l'on s'est contenté de la mettre là, à côté de l'extincteur…

Rob l'examina et constata qu'il s'en dégageait une infinie tristesse, ou une immense consternation.

— Les yeux sont en obsidienne, expliqua-t-elle en désignant le visage.

— Vous avez raison. C'est stupéfiant.

— Et voilà, je vous ai convaincu !

— Mais enfin, qu'est-ce qu'elle fabrique ici ? Si elle est aussi ancienne, pourquoi ne se trouve-t-elle pas à Istanbul ? Je n'en ai même jamais entendu parler !

Christine haussa les épaules, geste qui fit briller la croix en argent sur sa peau bronzée.

— Les Kurdes ont peut-être raison quand ils disent que les Turcs n'ont pas envie qu'ils soient trop fiers de leur patrimoine. Allez savoir…

Comme ils sortaient sans hâte dans le jardin planté de grands arbres, il se remémora le regard fixe du terrassier, la haine qui semblait l'animer. Ainsi que l'étrange ambiance qui régnait sur le site archéologique.

Christine fit la grimace et arpenta les lieux pendant quelques minutes, afin de lui montrer les vestiges disséminés dans le jardin, les pierres tombales romaines et les reliefs ottomans. Ils arrivaient à proximité de la voiture quand elle lui désigna une autre statue, un homme-oiseau aux ailes déployées. Il avait un visage étroit, les yeux bridés, un air cruel et menaçant.

— On a retrouvé ça non loin de Göbekli. Je crois que c'est un démon du désert assyrien. Peut-être Pazuzu, le roi des démons du vent. Les Assyriens et les Mésopotamiens avaient des centaines de démons, de sorte que leur religion donne le frisson. Par exemple Lilith, la vierge de la désolation, ou Adramalech, le démon du sacrifice. Nombre d'entre eux ont partie liée avec le vent et les oiseaux du désert…

Rob sentait bien qu'elle essayait de gagner du temps. Il attendit qu'elle réponde à sa question.

D'un seul coup elle se tourna vers lui.

— Oui, vous avez raison. Il règne une ambiance… curieuse sur le champ de fouilles. C'est bizarre. Je n'ai jamais rien connu de tel auparavant, pourtant j'ai participé à des fouilles un peu partout dans le monde. On dirait que les ouvriers nous en veulent. On les paye bien, mais ça ne les empêche pas… d'avoir une dent contre nous.

— Est-ce à cause des problèmes entre les Turcs et les Kurdes ?

— Non. Sincèrement. Je ne crois pas que ça vienne de là, ou du moins que cela se résume à ça.

Elle regagna avec lui la voiture, garée sous un figuier.

— Il y a autre chose. Il se produit sans cesse des accidents bizarres, des échelles qui tombent, des trucs qui s'effondrent, des voitures qui refusent de démarrer… Ce ne sont pas que des coïncidences. J'en viens parfois à me dire qu'ils ont envie qu'on arrête et qu'on plie bagages. Comme s'ils voulaient…

— … cacher quelque chose ?

La Française rougit.

— C'est idiot, mais oui, tout se passe comme s'ils essayaient de nous dissimuler quelque chose. Et ce n'est pas tout. Autant vous en parler.

Rob avait ouvert à moitié sa portière.

— Quoi donc ?

— Franz, répondit Christine, une fois montée dans le véhicule. Il se livre à des fouilles. La nuit. Tout seul, avec deux ou trois ouvriers.

Elle démarra, hocha la tête.

— Et je ne vois absolument pas pourquoi.

7

Au quartier général de Scotland Yard, l'inspecteur principal Forrester était assis devant son bureau en désordre. Et étudiait de nouvelles photos du blessé, David Lorimer. Un spectacle horrible, puisqu'on avait poussé la méchanceté jusqu'à lui graver cette étoile sur la poitrine, en le faisant saigner par la même occasion.

Une étoile de David.

La victime était vraisemblablement un Écossais, comme l'attestait son patronyme, sans être juif. Les agresseurs auraient-ils cru le contraire ? Ou bien étaient-ils, eux, juifs ? Ou encore nazis ? La journaliste travaillait-elle là-dessus ? Suivait-elle une piste néonazie ? Forrester se retourna pour regarder une fois de plus les photos de la scène de crime montrant le sol fuligineux de la cave, qui avait été retourné. Les membres du commando avaient creusé un trou profond, cherchant visiblement quelque chose, et sans ménager leurs efforts. Ceux-ci avaient-ils été couronnés de succès ? Mais pourquoi mutiler le vieil homme quand il les avait dérangés dans leurs recherches ? Pourquoi ne pas se contenter de l'assommer ou de le ligoter, ou encore de le supprimer proprement ? Pourquoi recourir à cette mise en scène cruelle et sordide ?

Il eut soudain envie de boire un verre. Au lieu de ça, il dégusta son thé noir dans une grande tasse ébréchée sur laquelle on voyait la croix de saint George – le drapeau de l'Angleterre – puis se leva, monta au dixième étage et alla à la fenêtre. De là, en effet, on voyait bien Westminster et le centre de Londres, la grande roue en acier du London Eye, qui, avec ses rayons, ressemble à une gigantesque roue de bicyclette à laquelle sont accrochées des nacelles en verre destinées au public, et les pinacles gothiques du parlement. Il regarda un nouvel immeuble que l'on était en train de construire dans Victoria Street, essaya d'en déterminer le style. Il avait toujours rêvé d'être architecte, il s'était même inscrit dans une école d'architecture à sa sortie du lycée, avant de faire marche arrière en apprenant que les études duraient sept ans. Sept ans sans toucher de salaire digne de ce nom… Il y avait eu là de quoi le refroidir et déplaire à ses parents, si bien qu'il était entré dans la police. Mais il aimait toujours se considérer comme un amateur averti. Il était capable de distinguer le style Renaissance de ladite « Wrenaissance », encore appelée baroque Edward VII, tout comme il connaissait la différence entre le postmoderne et le néoclassique. L'une des raisons pour lesquelles il était content de travailler à Londres, en dépit des nombreux inconvénients, tenait précisément à la richesse architecturale de la ville.

Il finit son thé, retourna devant son bureau et feuilleta les comptes rendus distribués par le responsable des enquêtes en début de matinée, lors de la réunion de 9 heures consacrée à la tentative de meurtre de Craven Street. Les enregistrements réalisés par les caméras en circuit fermé n'avaient pas permis d'apercevoir de suspect dans les rues avoisinantes. On avait eu beau faire appel une journée durant à d'éventuels témoins oculaires, il ne s'en était présenté aucun. Les premières vingt-quatre heures jouaient un rôle crucial dans n'importe quelle enquête, et si on n'avait découvert aucune piste intéressante pendant ce laps de temps, l'affaire se corsait. Les spécialistes de la criminalistique allaient d'échec en échec, puisque les agresseurs avaient pris soin d'effacer les traces de pas laissées par leurs godillots. Ils s'étaient montrés malins. Mais pourquoi alors se donner le temps de mutiler et de torturer le vieil homme ? Pour quelle raison ?

Faute de mieux, il chercha « Maison de Benjamin Franklin » sur Google, et découvrit qu'elle avait été construite entre 1730 et 1750. Ce qui en faisait, comme il s'en doutait, l'une des plus vieilles résidences du quartier, dotée d'authentiques lambris, de corniches et, au premier étage, d'un salon « avec des denticules ». On y trouvait aussi un escalier demi-tour avec palier, « flanqué de pilastres en forme de colonnes doriques ». Il ouvrit une autre fenêtre pour apprendre ce qu'étaient les fameux denticules et pilastres en forme de colonnes.

Rien de bien passionnant.

La description continuait dans la même veine. Craven Street est un vestige londonien de l'architecture géorgienne, qui a fleuri entre 1714 et 1830. Une ruelle sortant tout droit de la ville du XVIIIe siècle où l'on buvait du gin, et qui se retrouve aujourd'hui coincée entre les cracheurs de feu slovènes, les chanteurs d'opéra néo-zélandais qui se produisent dans le nouveau Covent Garden, les toxicos en vadrouille et les chauffeurs de taxi très en verve qui stationnent devant la gare délabrée de Charing Cross…

Tout cela n'était pas d'un grand secours. Qu'en était-il donc de Benjamin Franklin lui-même ? Se pourrait-il qu'il existe un lien entre lui et les mystérieux agresseurs ? Il tapa « Benjamin Franklin » sur Google. Il savait déjà vaguement que c'était lui qui avait découvert l'électricité avec un cerf-volant, ou quelque chose dans le genre.

« Benjamin Franklin (1706-1790), l'un des plus célèbres "pères fondateurs" des États-Unis, fut un écrivain de premier plan, un penseur, un homme politique, un imprimeur, un savant et un inventeur. Sur le plan scientifique, il a joué un rôle éminent dans l'histoire de la physique grâce à ses découvertes et à ses thèses sur l'électricité. »

Forrester poursuivit sa lecture, un tantinet impressionné par la stature du personnage.

« Né à Boston, dans le Massachusetts, il apprend le métier d'imprimeur auprès de son frère aîné et devient rédacteur en chef d'un journal, imprimeur et négociant. Il passe de nombreuses années en Angleterre et en France, et parle cinq langues. Franc-maçon, il fréquente dans son cercle libéral le botaniste Joseph Banks et sir Francis Dashwood, le ministre des Finances de la Grande-Bretagne. Il fera aussi un longue carrière d'agent secret… »

Forrester soupira et ferma la fenêtre. Cet homme était donc un esprit universel. Et alors ? Pourquoi aller creuser dans sa cave ? Pourquoi mutiler, plusieurs siècles après sa mort, le gardien du musée qui lui est consacré ? Il regarda l'heure affichée sur son ordinateur. Il avait faim et n'avait guère avancé. Il détestait avoir l'impression de n'avoir rien fait de concret de sa matinée.

D'accord, se dit-il, essayons d'aborder la question autrement, de façon détournée. Cette fois, il tapa sur Google : « La cave du musée Benjamin Franklin ».

Et cela marcha, presque aussitôt. Oui ! Il sentit monter l'adrénaline.

Le tout premier site Internet reproduisait un article du *Times*, paru le 11 février 1998.

On découvre des ossements
dans la maison d'un père fondateur

Des archéologues qui entreprenaient des fouilles dans la maison de Benjamin Franklin de Craven Street ont fait une découverte macabre : huit squelettes dissimulés sous les dalles de la cave à vin.

D'après les premières estimations, ces ossements ont environ deux cents ans et ont été enterrés à l'époque où Benjamin Franklin occupait cette maison, soit entre 1757 et 1762, puis entre 1764 et 1775. Ils donnent pour la plupart l'impression d'avoir été disséqués, sciés ou coupés. On a foré plusieurs trous bizarres dans un crâne. « Je ne peux pas complètement écarter l'éventualité d'un crime, a déclaré hier Paul Knapman, le coroner de Westminster. Il n'est pas à exclure que je sois tenu de me livrer à une enquête pour déterminer la cause de la mort de ces individus. »

Les Amis du musée Benjamin Franklin affirment que rien ne lie ces ossements à une activité occulte ou criminelle. Pour eux, ils ont sans doute été mis là par William Hewson, qui a vécu deux ans dans cette maison et a construit derrière une petite école d'anatomie. Ils font observer que, si Benjamin Franklin était peut-être au courant des agissements de Hewson, il n'a probablement jamais pris part à aucune dissection, car il s'intéressait bien plus à la physique qu'à la médecine.

Forrester se cala dans son siège. On avait déjà fouillé la cave et trouvé des choses étonnantes. Était-ce pour cette raison que les types étaient venus ? Et que signifiait cette histoire d'ossements « liés à une activité occulte ou criminelle » ?

Occulte…

L'inspecteur sourit. Il lui tardait maintenant d'aller déjeuner. Il tenait peut-être une piste.

8

Douce et chaude soirée à Sanli Urfa. Dans le hall de son hôtel, Rob trouva Christine sur un siège en cuir, essayant de ne pas respirer la fumée des cigares de trois hommes d'affaire turcs installés à proximité. Elle était toujours aussi chic – jean élégant, sandales, un haut blanc sans manches sous un cardigan bleu-vert. Elle sourit en l'apercevant, mais compris aussitôt qu'il était crispé.

Ils allaient chez Franz Breitner, qui organisait un dîner en l'honneur du succès qui avait couronné la dernière campagne de fouilles, à savoir la datation de Göbekli Tepe.

— C'est loin ?

— Il faut compter vingt minutes à pied, répondit Christine. C'est juste après le marché.

La torpeur de l'après-midi avait fait place à une vive animation dans les restaurants et les cafés. Dans les rues, au milieu des tourbillons de poussière, flottait l'odeur de l'agneau rôti à la broche. Coups de klaxon des chauffeurs de taxi, un infirme en chaise roulante vendant à la criée les journaux du jour, les marchands de pistaches installant leurs petites voitures équipées d'une vitre à l'avant…

— On achète du vin ? Pour l'apporter chez Franz ?

Christine éclata de rire.

— À Sanli Urfa ?

Ils passèrent devant une tour à horloge, puis pénétrèrent

dans la vieille ville. Rob regarda les anciennes colonnades, les kiosques où l'on vendait des jouets en plastique aux couleurs criardes, les boutiques de téléphones portables établies un peu partout. Dans les cafés, de nombreux Kurdes d'allure robuste fumaient le narguilé et mangeaient des loukoums. Ils dévisagèrent Christine. Aucune boisson alcoolisée devant eux.

— On ne vend pas d'alcool ? Nulle part ? s'inquiéta Rob.

Il ne s'y attendait pas. Trois jours qu'il n'avait pas bu de bière ou de vin ! Il picolait trop, c'était sûr, mais ça lui permettait de tenir le coup. Surtout après Bagdad. Et maintenant qu'il avait passé soixante-douze heures au régime sec, il était clair qu'il n'était pas fait pour la sobriété.

— Je crois en fait qu'il y a trois magasins où on vend de l'alcool à la sortie de la ville. Mais c'est un peu comme si on allait chercher de la drogue, on y va discrètement.

— Putain !

— Ça vous étonne ? On est ici dans une ville musulmane.

— Je suis déjà allé dans plusieurs villes musulmanes, Christine. Mais je croyais que la Turquie était un pays laïc.

— On s'imagine que les Kurdes se sont occidentalisés. Ce n'est pas vrai, expliqua-t-elle. Surtout ceux d'ici. Ils sont parfois extrêmement traditionalistes.

— Il faut croire que j'ai l'habitude de la Palestine et du Liban… Même en Égypte, nom d'un chien, on peut se trouver une bière !

Christine l'attrapa et lui donna l'accolade, pour le consoler, en lui adressant un doux sourire ironique.

— La bonne nouvelle, déclara-t-elle, c'est qu'il y a plein de gnôle chez Franz. Il la rapporte d'Istanbul.

— Ouf !

— Eh oui. Je les connais, les journalistes. Surtout les journalistes britanniques.

— Je suis américain, Christine.

— Tenez, regardez, les bassins à poissons !

Ils étaient arrivés à la grande oasis verte située au cœur de la ville. Les petits salons de thé renvoyaient les dernières lueurs du jour, des gens se promenaient main dans la main le long des allées bordées d'arbres ; de l'autre côté des bassins, les superbes arcades en pierre d'une mosquée brillaient comme du vieil or.

Ils observèrent une famille, les hommes en sarouel, les femmes portant le voile noir. Elles devaient étouffer de chaleur dans la journée, songea Bob, avec énervement. Christine, elle, semblait indifférente.

— D'après la Bible, reprit-elle, c'est ici que sont nés Job et Abraham.

— Je vous demande pardon ?

— À Urfa.

Elle désigna le raidillon, par-delà les bassins et les jardins, sur lequel se dressait un château en ruine d'où pendait dans l'air chaud et immobile un immense drapeau turc, suspendu entre deux colonnes corinthiennes.

— Certains spécialistes pensent que nous sommes ici à Ur, la ville dont parle la Genèse. Les Akkadiens, les Sumériens, les Hittites ont tous vécu ici… Dans la première ville jamais sortie de terre.

— Je croyais que c'était Jéricho.

— Allons donc ! fit Christine, amusée. C'est une construction récente. Cet endroit est bien plus ancien. Dans la vieille ville, derrière le bazar, il existe toujours des troglodytes.

Elle regarda les bassins à poissons. Des femmes voilées donnaient à manger du pain à des colonies de carpes frétillantes.

— Si les carpes sont noires, c'est parce qu'elles sont, dit-on, nées des cendres d'Abraham. Il paraît que si vous apercevez un poisson blanc dans le bassin, vous irez tout droit au paradis.

— Génial… Bon, on va manger ?

Une fois de plus, elle s'esclaffa. Rob était sensible à son rire bienveillant. En fait, il appréciait beaucoup la compagnie de cette universitaire débordante d'enthousiasme, intelligente, toujours de bonne humeur… Il éprouva soudain l'envie de lui faire des confidences, de lui montrer une photo de Lizzie, mais réussit à se contrôler.

— La maison de Breitner se trouve sur la colline, juste derrière le bazar, expliqua-t-elle en faisant de grands gestes. On peut aller voir le bazar, si ça vous dit. Il y a là-bas un caravansérail du XVIe siècle édifié par les Abbassides, avec une partie plus ancienne, et…

Elle lui lança une œillade.

— Ou alors, dit-elle en riant, on peut aller directement là-bas se boire une bière…

Ce n'était pas loin, mais ils durent grimper un raidillon derrière le souk. Ils croisèrent des hommes qui transportaient du thé et des olives sur des plateaux en argent. Tous sans exception dévisagèrent Christine. Un canapé orange était posé sur un trottoir. La bonne odeur du pain chaud sans levain montait des ruelles. Une demeure superbe et très ancienne, avec balcons et persiennes, s'imposa alors à leur regard.

— C'est là qu'habite Breitner. Vous allez trouver sa femme sympathique.

Christine avait raison. Il sympathisa avec Derya, l'épouse de Franz, une femme d'une trentaine d'années originaire d'Istanbul, athée et vive d'esprit, qui ne portait ni voile ni foulard et parlait très bien l'anglais. Quand elle n'était pas en train de se moquer de la calvitie de son mari et de son obsession pour les « menhirs », elle faisait le service et s'occupait des invités, Rob, Christine et les autres archéologues. Cuisine locale : merguez froides, feuilles de vigne farcies, gâteaux aux noix, gros morceaux de baklava bien collants et tranches de pastèque vert et rose. Mieux, comme l'avait promis Christine, toute une cargaison de bières turques bien fraîches, ainsi que du vin rouge de Cappadoce qui se laissait boire. Rob ne tarda pas à retrouver sa bonne humeur et écouta avec plaisir les archéologues discuter de Göbekli Tepe.

Par égard vis-à-vis de lui, ils s'exprimaient surtout en anglais, même s'il y avait un Allemand et deux Russes dans le groupe, et Christine, qui était plus ou moins française.

Il essaya de suivre les échanges, tout en grignotant sa troisième tranche de baklava qu'il faisait passer avec une bière Efes. L'un des archéologues, Hans, était pour l'heure en train d'interroger Franz sur l'absence de restes humains.

— Si on a affaire à un complexe funéraire, où sont passés les ossements ?

— On va les retrouver, répondit Franz, narquois.

— Mais vous avez déclaré la même chose lors de la dernière campagne de fouilles.

— Comme pendant la précédente, intervint un autre, qui était debout avec une assiette d'olives vertes et de fromage de brebis.

— Je sais, dit Franz, agacé, je sais !

Il s'était installé sur le plus grand fauteuil en cuir du salon. Derrière lui, les vénérables fenêtres ouvertes donnaient sur les rues de Sanli Urfa. On entendait en face un homme hurler après ses enfants et, un peu plus loin, un poste de télévision qui vociférait dans un café. À en juger par les acclamations et les huées des clients, il devait s'agir d'un match de football mettant aux prises deux équipes du pays. Peut-être Galatasaray contre Diyarbakir, le grand club de la région. Soit les Turcs contre les Kurdes, un choc, à l'image de la rivalité existant entre le Real Madrid et Barcelone, mais de façon bien plus exacerbée.

Derya leur servit d'autres tranches de baklava sorties du carton argenté. Rob se sentait maintenant pleinement rassasié. Franz s'adressait à ses collègues en faisant de grands gestes.

— Mais si ce n'est pas un temple ou un complexe funéraire, lança-t-il, qu'est-ce que c'est, hein ? Il n'y a pas de vestiges de peuplement, aucune trace de domestication de plantes ou d'animaux, rien. Il faut donc bien que ce soit un temple, on est tous d'accord là-dessus. Mais un temple en l'honneur de quoi, s'il n'y a pas d'ancêtres ? Vraisemblablement pour rendre hommage aux chasseurs morts, non ?

Les deux autres spécialistes n'avaient pas l'air convaincus.

— Et à quoi servent ces niches, si ce n'est pas pour abriter des ossements ? insista Franz.

— Je suis de l'avis de Franz, intervint Christine. Je pense qu'on y apportait les corps des chasseurs pour les excarner...

Rob avoua son ignorance.

— Pour les excarner ? C'est-à-dire ?

— En d'autres termes, pour les nettoyer, expliqua Franz. Les zoroastriens recourent toujours à cette pratique. Et l'on pense que le zoroastrisme est né ici.

— Pratiquement toutes les religions viennent d'ici, déclara Christine. On désigne par « excarnation » une pratique funéraire consistant à exposer un cadavre dans un endroit bien précis pour qu'il soit dévoré par les bêtes sauvages, ou bien par les vautours et les oiseaux de proie. Comme l'a dit Franz, on assiste toujours à ce spectacle en Inde, chez les zoroastriens. Ils appellent cela un « enterrement céleste » : on abandonne les corps aux dieux du ciel. En réalité, dans les premières religions qui ont vu le jour en Mésopotamie, on a souvent adoré des divinités qui ressemblaient à des aigles et des buses. Comme le démon assyrien que l'on a vu dans le musée.

— C'est très hygiénique, coupa Ivan, paléobotaniste et aussi le benjamin de la bande. L'excarnation, à défaut d'enterrement...

Franz acquiesça sèchement de la tête.

— N'importe comment, rien ne dit qu'on n'allait pas ensuite mettre ces ossements ailleurs. À moins qu'on ne les ait déménagés quand le site de Göbekli a lui-même été enseveli. Ce qui expliquerait que l'on ne retrouve pas de squelettes ici.

Rob avait du mal à suivre.

— Comment ça ? Göbekli Tepe a été enseveli ?

Franz posa son assiette vide sur le parquet ciré. Quand il leva les yeux, il avait le sourire gourmand de celui qui va raconter une histoire.

— C'est là, mon ami, ce qui reste le plus mystérieux. Et l'on n'y faisait même pas allusion dans l'article que vous avez lu.

Christine se mit à rire.

— Le voilà, Rob, votre scoop !

— Aux alentours de 8000 avant J.-C…

Franz s'interrompit, pour donner du poids à ses mots.

— … Göbekli Tepe a été entièrement enseveli. Enterré. Il a disparu sous terre.

— Mais… comment le savez-vous ?

— Les buttes sont artificielles. Le sol n'est pas le fruit d'une accrétion fortuite. Le temple, et ce qui gravite autour, a été délibérément enfoui aux alentours de 8000 ans avant J.-C. sous des tonnes de terre et de boue. On l'a caché.

— Eh bien… C'est dingue !

— Le plus stupéfiant, c'est que cela a dû demander un travail considérable, et que c'était complètement inutile.

— Parce que…

— Pensez aux efforts qu'il a fallu déployer pour l'édifier ! Il a dû falloir des dizaines, voire des centaines d'années pour dresser les cercles de pierre de Göbekli, puis les recouvrir de sculptures en taille directe, de frises et de sculptures en ronde-bosse. Or, à l'époque, l'espérance de vie était de vingt ans.

Franz s'essuya la bouche avec une serviette.

— On estime que les chasseurs-cueilleurs de la région devaient vivre sous des tentes en cuir pendant qu'ils édifiaient le site, et qu'ils se nourrissaient de gibier, de génération en génération. Tout cela sans poterie ni agriculture, et avec des silex en guise d'outils…

Christine se rapprocha un peu.

— Je risque de vous avoir déjà assez cassé les pieds avec ça.

— Non, répondit Rob en levant la main, au contraire.

Il disait vrai, puisque jour après jour son article ne cessait de s'étoffer.

— Vous voulez bien continuer, Franz ?

— D'accord. Eh bien, vous constatez que nous sommes en présence d'une énigme. Si ces êtres encore très frustes ont mis des centaines d'années à construire un temple, un mausolée, un édifice funéraire, pourquoi sont-ils allés le planquer sous des tonnes de remblai deux mille ans plus tard ? Il a dû être aussi décourageant de déplacer toute cette terre que d'ériger Göbekli Tepe au départ. Vous ne croyez pas ?

— Si. Dans ce cas, pourquoi l'ont-ils fait ?

Franz se frappa les cuisses.

— Justement, on n'en sait rien. Personne ne peut vous le dire. Nous venons seulement d'en avoir la confirmation ce mois-ci, si bien que nous n'avons pas eu l'occasion de réfléchir sérieusement à la question.

Il sourit.

— C'est quand même génial !

Derya proposa à Rob une autre canette d'Efes. Il prit la bière et la remercia. Il s'amusait. Il n'avait jamais imaginé l'archéologie de cette façon, ni qu'elle puisse être aussi passionnante et aussi déroutante. Il repensa au mystère du temple enseveli, puis regarda Christine discuter avec ses collègues à l'autre bout de la pièce et en éprouva une ridicule pointe de jalousie.

Il était là pour écrire un article, non pour tomber amoureux. Et puis son article s'avérait bien plus excitant que prévu. Le plus ancien temple au monde, découvert non loin de la plus vieille cité sur Terre. Érigé par des hommes des cavernes qui ne connaissaient pas la roue, étrangement doués pour les arts…

Et ensuite la grande cathédrale du néolithique, le « Carnac » du Kurdistan, le Stonehenge de la Turquie. Or voilà que ce satané temple avait été délibérément enseveli sous des tonnes de poussière, dissimulé à tout jamais, comme s'il contenait un secret épouvantable. « Et personne ne sait pourquoi… »

Il leva les yeux. Cela faisait peut-être dix minutes qu'il était perdu dans ses réflexions de journaliste.

Quelqu'un sortit une vieille guitare, on chanta un peu, puis le raki coula à flots pour une dernière tournée avant que tout le monde aille se coucher, – quand il coula de nouveau Rob se rendit compte qu'il était soûl. Il décida de rentrer, plutôt que de s'affaler sur le parquet, et il partit respirer à la fenêtre avant de prendre congé.

Il y avait beaucoup moins de bruit dans la rue. Sanli Urfa est une ville qui se couche tard, puisqu'elle fait la sieste l'après-midi, en pleine chaleur, mais à 2 heures du matin elle dormait. Seule exception, trois hommes qui chantaient une mélopée grave, presque une psalmodie, sous les élégantes fenêtres de Franz Breitner. Chose étrange, ils avaient installé devant eux une table à tréteaux sur laquelle étaient disposées trois bougies aux flammes vacillantes.

Rob observa la scène pendant une trentaine de secondes, puis se retourna et vit Christine, debout à l'autre bout de la pièce, qui discutait avec Derya. Il lui fit signe de venir.

Elle se pencha par la fenêtre, regarda les hommes qui psalmodiaient et garda le silence.

— Super, hein ? dit-il à mi-voix. C'est un cantique ou un chant religieux ?

Elle blêmit, horrifiée…

9

Rob prit congé et Christine lui emboîta le pas.

Dehors, les trois hommes avaient soufflé les bougies, replié la table à tréteaux et commençaient à descendre la rue. L'un d'eux se retourna pour regarder Christine, l'air impénétrable.

Au loin aboyait un chien, qui sacrifiait à son propre rituel. La lune dominait le minaret le plus proche. Rob sentit l'odeur nauséabonde des égouts à l'air libre.

Glissant son bras sous le sien, Christine l'invita à emprunter la petite route plongée dans l'obscurité, puis une autre plus large et légèrement mieux éclairée. Rob attendait qu'elle lui donne des explications, mais ils firent le chemin en silence. Après les immeubles d'habitation les plus éloignés on apercevait le désert, sombre, qui s'étendait à l'infini, comme mort…

Il repensa aux colonnes de Göbekli, qui se dressaient au clair de lune quelque part là-bas, à l'air libre pour la première fois depuis dix mille ans. Il en eut froid dans le dos.

Il décida de rompre le silence.

— Bon, fit-il en repoussant le bras de Christine, de quoi s'agissait-il ? Cette psalmodie ?

Il avait conscience de se montrer désagréable, mais il était fatigué, irritable et avait la tête lourde.

— Christine. Expliquez-moi. On aurait dit… que vous veniez de voir le démon du vent chez les Assyriens.

S'il avait cherché à détendre l'atmosphère, c'était raté. Christine fit la grimace.

— Le Pulsa Dinura.

— Hein ?

— C'est ça qu'ils psalmodiaient. Une prière.

— Le Pulsa… Di…

— … nura. Soit « Les coups de lanières de feu » en araméen.

Rob fut stupéfait.

— Comment le savez-vous ?

— Je parle un peu l'araméen.

Ils étaient descendus au niveau des bassins à poissons. On distinguait mal la vieille mosquée, et les allées étaient désertes. Ils tournèrent à gauche pour rejoindre l'hôtel de Rob ; l'appartement de Christine se trouvait juste après.

— Ainsi, dit-il, ils chantaient un hymne en araméen… C'est sympa, de jouer de la musique dans la rue.

— Ce n'est pas un hymne, répliqua-t-elle. Et ils ne jouaient pas de la musique dans la rue, croyez-moi.

Sa soudaine véhémence le surprit.

— Excusez-moi, Christine…

— Le Pulsa Dinura est une très ancienne malédiction. Un sortilège que l'on jetait jadis dans le désert, dans les coins arides et désolés de la Mésopotamie. Il figure aussi dans certaines versions du Talmud, rédigées à l'époque de la captivité à Babylone, lorsque les juifs étaient retenus prisonniers dans ce qui est aujourd'hui l'Irak.

— D'accord…

Il ne savait plus quelle attitude adopter. Ils approchaient de son hôtel.

— Et qu'est-ce que cela entraîne concrètement ?

— C'est une manière de demander à l'ange de la destruction de venir vous fustiger avec le feu. Ils visaient sûrement Franz. Sinon, pourquoi chanter ça sous ses fenêtres ?

Rob s'énerva.

— Donc, ils lui jettent un sort. Et alors ? Très bien. Il ne doit sans doute pas les payer assez. Quelle importance, tout ce baragouin ! Pas vrai ?

Il se rappela alors qu'elle avait une croix attachée autour du cou. Serait-il en train de lui faire de la peine ? Elle était peut-être croyante ? Superstitieuse ? Pour sa part il était athée, religion et superstition, il mettait tout ça dans le même sac. Ce qui ne l'empêchait pas de beaucoup aimer le Moyen-Orient, le berceau de toutes ces religions et croyances, tout comme il ne haïssait pas non plus les passions que celles-ci faisaient naître et les controverses qu'elles suscitaient. Drôle de paradoxe.

Christine gardait le silence. Il essaya à nouveau.

— Qu'est-ce que ça peut faire ?

Elle se retourna vers lui.

— Il y a des gens qui y attachent beaucoup d'importance. En Israël, par exemple.

— Continuez.

— Certains juifs ont parfois eu recours au Pulsa Dinura ces dernières années.

— Bon...

— Des rabbins ultra-orthodoxes, entre autres. En octobre 1995, ils ont fait appel à l'ange de la destruction pour se débarrasser de Yitzhak Rabin, le Premier ministre israélien.

Elle s'interrompit. Rob était en train de réfléchir à ce que cette date signifiait. Elle fut plus rapide que lui :

— Et moins d'un mois plus tard Rabin a été assassiné.

— Soit. C'est une coïncidence intéressante.

— D'autres rabbins ont eu recours en 2005 au Pulsa Dinura contre Ariel Sharon, qui a succédé à Rabin. Quelques mois plus tard, il est tombé dans le coma, victime d'une hémorragie cérébrale.

— Il avait soixante-dix-sept ans, et il était trop gros.

Elle le regarda droit dans les yeux.

— Bien sûr. C'est juste... une coïncidence.

— Eh oui.

Arrivés devant le hall de son hôtel, ils étaient à deux doigts de se disputer, au grand dam de Rob, qui ne voulait pas la blesser. Il lui proposa de la raccompagner jusqu'à son immeuble, situé à cinq cents mètres de là, mais elle refusa gentiment. Ils se regardèrent, puis ils se serrèrent un instant l'un contre l'autre. Avant de s'en aller, elle ajouta néanmoins :

— Comme vous le dites, Robert, c'est une simple coïncidence. Mais les Kurdes y croient. Beaucoup de gens au Moyen-Orient croient à l'efficacité du Pulsa Dinura. C'est hélas bien connu. Vérifiez sur Internet. Et s'ils y ont recours… c'est que certains souhaitent la mort de Franz Breitner.

Sur ce, elle fit demi-tour et s'en alla.

Rob passa quelques minutes à regarder sa silhouette s'estomper. Puis il frissonna de nouveau. La nuit se rafraîchissait tandis que se levait le vent du désert.

10

DCI Forrester se mit à l'aise sur le canapé. Il se trouvait dans un salon douillet, juste à côté de Muswell Hill, dans la banlieue nord de Londres. Il était chez sa psy.

Même si cela tenait du cliché – le policier névrosé, le flic déjanté –, ces séances lui faisaient réellement du bien.

— Comment s'est passée votre semaine ?

Janice Edwards, sa psy, avait dans les soixante ans ; elle était snob, mais sympa. Il aimait autant qu'elle ne soit plus toute jeune, car il se sentait libre de dire ce qu'il avait sur le cœur, sans risque d'être troublé par sa libido ou son affect. Et il avait besoin de parler, même à cinquante livres de l'heure : de son métier, de sa femme ou bien d'autre chose, de sujets plus sombres, avec lesquels il n'avait pas envie de plaisanter. Il n'avait cependant jamais encore abordé l'essentiel, à savoir la question de sa fille. Ça arriverait peut-être un jour…

— Eh bien…, répéta Mme Edwards, assise derrière lui, parlez-moi de votre semaine…

Fixant la fenêtre d'un air absent, les mains posées sur le ventre, il évoqua l'affaire de Craven Street : le gardien, la mutilation dont il avait été victime, tout ce qu'il pouvait y avoir de bizarre.

— On n'a pas de témoins. Les coupables sont repartis incognito. Ils avaient enfilé des gants en cuir, et la criminalistique n'a relevé aucune trace d'ADN. La blessure ne nous apprend strictement rien, car ils ont utilisé un couteau banal. On n'a pas retrouvé la moindre empreinte digitale.

Il se frotta le front. La psy lui disant que ça l'intéressait, il continua :

— Je suis tombé des nues en apprenant que dans la cave où ils ont creusé… de vieux ossements ont été découverts il y a trois ans… Probablement une simple coïncidence. À part ça, je ne vois toujours pas ce qu'ils cherchaient. Ce n'était peut-être rien d'autre qu'une blague, une blague d'étudiants qui a mal tourné, si par exemple ils n'étaient pas très clairs à ce moment-là…

Forrester se rendit compte qu'il tenait des propos décousus. Cela ne le dérangeait pas outre mesure.

— Et voilà où j'en suis, reprit-il. Je me retrouve à l'hôpital avec un type qui n'a plus de langue, ses agresseurs ont disparu dans la nature sans laisser de traces, et… voilà, c'est comme ça que s'est passée ma semaine, une semaine dégueulasse, point barre… vous savez…

Il ne trouva rien à ajouter.

Parfois, au cours des séances, on ne disait rien d'important, puis au bout d'un moment on ne trouvait plus quoi raconter. Il se sentit gagné par la colère et le chagrin, sans trop savoir pourquoi – peut-être parce que dehors la nuit tombait, ou parce qu'il n'y avait pas de bruit dans la pièce ; ou bien parce qu'il pensait à ce pauvre homme qu'on avait tabassé et mutilé. En vérité, il n'osait par encore aborder le cœur du problème et parler enfin de Sarah. Tôt ou tard, il faudrait bien qu'il le fasse.

Il repensa à sa fille, ferma les yeux, se renversa dans son siège et laissa remonter ses souvenirs, revoyant ses yeux bleus, son regard confiant, l'entendant rire et dire ses premiers mots. Gâteau, qu'elle prononçait « ta-teau ». C'était une adorable petite fille. Et ensuite…

Sa gorge se serra. Il se frotta les yeux, incapable de s'exprimer là-dessus. C'était encore trop tôt.

Elle avait sept ans, et s'était éloignée dans le noir, un soir d'hiver. Personne ne s'était aperçu de son absence. Et ensuite on avait remué ciel et terre pour la retrouver. Tout le monde s'y était mis, la police, les voisins…

Et puis on avait fini par la retrouver, sur la nationale, en dessous du pont où passe l'autoroute. Impossible de dire s'il s'agissait d'un meurtre ou si elle était tout bonnement tombée, car son corps était réduit en bouillie. Des dizaines de voitures étaient passées dessus, en pleine nuit. Les automobilistes et les chauffeurs de camion avaient dû croire qu'il s'agissait d'un pneu.

Forrester était en nage. Cela faisait des mois, voire des années, qu'il n'avait pas pensé autant à elle. Il savait qu'il lui fallait lâcher prise, prononcer tout haut les mots qu'il gardait en lui, mais ça ne sortait pas.

— Excusez-moi. Je ne peux pas. J'y pense tout le temps, chaque jour… Mais…

Il avala sa salive. Les mots ne venaient pas. Dans sa tête, en revanche, ils se bousculaient. Même encore maintenant, il se demandait si elle n'avait pas été enlevée, puis violée et ensuite jetée par-dessus le pont, ou si elle avait tout bêtement fait une mauvaise chute… Dans ce cas, comment était-ce arrivé ? Parfois, il se disait qu'on avait dû l'assassiner. En tant que flic, il connaissait la chanson. Seulement il n'y avait pas de témoins, pas de preuves, et on n'en saurait peut-être jamais rien. Il soupira et regarda sa psy

— Ce n'est pas grave, dit-elle. Un jour, peut-être…

Il hocha la tête. « Un jour, peut-être. » Leur petite formule rituelle le fit sourire.

— Ce n'est pas toujours évident. Ma femme a des accès de déprime, et la nuit elle se détourne de moi. On reste parfois un mois sans faire l'amour, mais au moins on est en vie.

— Et vous avez votre fils.

— En effet. Sans doute faut-il se réjouir de ce que l'on a, au lieu de penser à ce que l'on n'a pas. Qu'est-ce qu'on dit, chez les Alcooliques anonymes ? « Il faut faire semblant pour s'en sortir. » Bon, enfin… J'imagine que c'est ainsi que je dois procéder, jouer le jeu, faire par moments comme si j'allais bien.

Il se tut et le silence retomba dans la pièce. Il finit par se redresser sur son siège, la séance était à présent terminée. On discernait vaguement le bruit de la circulation, derrière les rideaux et les fenêtres.

Il remercia sa psy, prit rendez-vous pour la semaine suivante et s'en alla.

Tout était loin d'être réglé, mais il se sentait soulagé d'un poids. Il regagna Hendon en voiture, plus calme, songeur, ce qui n'était pas désagréable. Il avait tenu encore un jour sans boire ni se mettre en colère.

Quand il entra chez lui, on n'entendait que son fils. Dans la cuisine où elle avait préparé des pâtes, sa femme regardait les infos à la télé. Elle lui fit la bise, il lui dit qu'il revenait de sa séance.

Avant de manger, il sortit tranquillement dans le jardin se rouler un petit joint et le fuma sous la véranda, ce qui le détendit et apaisa les crampes qu'il avait dans la nuque. Il rentra ensuite et s'allongea par terre dans le salon pour aider son fils à finir un puzzle. C'est alors que le téléphone sonna.

Sa femme était en train d'égoutter les pâtes. Il décrocha.

— Allô ?

— Inspecteur principal ?

Il reconnut tout de suite la pointe d'accent finlandais de son assistant.

— Boijer, j'allais me mettre à table.

— Excusez-moi, mais j'ai reçu un drôle d'appel.

— Ah oui ?

— D'un copain… Skelding, Niall Skelding.

Il réfléchit un instant, puis ça lui revint : il parlait du grand type qui travaillait sur la base de données du ministère de l'Intérieur. Ils étaient allés un jour boire un coup tous les trois.

— Oui, je m'en souviens. Skelding… Il bosse sur l'affaire Holmes, c'est ça ?.

— Tout juste. Eh bien, il m'a appelé pour me signaler un autre homicide, sur l'île de Man.

— Et alors ?

— Un mec s'est fait tuer. C'était pas beau à voir. Ça s'est passé dans une grande baraque.

— C'est au bout du monde, l'île de Man…

Boijer n'en disconvint pas. Forrester regarda sa femme mettre sur les penne de la sauce au pistou.

— Comme je viens de vous le dire, reprit-il, un peu agacé, ma femme vient de préparer le repas, et…

— Oui, je m'excuse, mais il se trouve qu'avant de le tuer les agresseurs lui ont gravé quelque chose sur la poitrine.

— Sans blague ?

— Oui. Une étoile de David.

11

Le lendemain du dîner chez Franz, Rob appela son ex-femme. C'est Lizzie qui décrocha. Elle ne savait toujours pas trop se servir de l'appareil.

— Tourne-le dans l'autre sens, ma chérie !

— Allô, papa, allô !

— Ma ché…

Il lui suffit de l'entendre pour se culpabiliser. Ah, si seulement il était en Angleterre pour la protéger !

De quoi aurait-il dû la protéger ? Elle ne risquait rien là où elle vivait, dans la banlieue de Londres.

Une fois que Lizzie sut comment tenir le combiné, ils discutèrent pendant une heure et il promit de lui envoyer par Internet des photos de l'endroit où il était. Il raccrocha ensuite à contrecœur et décida de se mettre à bosser. Il réagissait souvent ainsi quand il entendait la voix de sa fille. Ça le stimulait de devoir subvenir à ses besoins. Il était temps de l'écrire, son article.

Mais il se retrouvait placé devant un dilemme. Il ôta le téléphone du lit, le posa par terre où il était allongé et réfléchit. Tout ça était bien plus compliqué que prévu. Compliqué et intéressant à la fois. Tout d'abord, l'aspect politique, l'antagonisme entre les Kurdes et les Turcs. Puis l'ambiance sur le champ de fouilles, où les travailleurs du coin n'avaient pas l'air d'apprécier la présence des Occidentaux ; ensuite cette prière morbide… Sans parler des fouilles réalisées clandestinement, la nuit, par Franz. Que conclure de tout ça ?

Il se leva, ouvrit la fenêtre et entendit l'appel lancé par le muezzin d'une mosquée située dans les parages. Un chant strident, mais également doté de vertus hypnotiques. D'autres voix se joignirent au concert, et l'appel à la prière retentit dans toute la ville.

Qu'allait-il donc écrire pour son journal ? Il avait très envie de rester afin de poursuivre son enquête et de découvrir le fin mot de l'histoire. Mais à quoi bon ? N'était-il pas simplement en train de se faire plaisir ? Il avait des délais à respecter. Son article ne pouvait pas traiter de tout ce qu'il y avait de bizarre dans cette affaire.

Il convenait de s'en tenir aux faits et aux données historiques, déjà suffisamment étonnants en eux-mêmes. « DÉCOUVERTE DU TEMPLE LE PLUS ANCIEN AU MONDE, QUI SERA MYSTÉRIEUSEMENT ENSEVELI DEUX MILLE ANS PLUS TARD… » Un titre ronflant.

Inutile d'aller chercher plus loin. C'était une histoire sensationnelle, qui passerait encore mieux si on l'accompagnait de photos d'un Kurde mécontent, de Franz avec ses lunettes et de Christine en treillis élégant.

Christine… Ne serait-ce pas justement elle qui le motivait pour rester et approfondir ses investigations ? S'en rendait-elle compte ? Sans doute, même si elle n'en avait rien montré. Le trouvait-elle seulement sympathique ? Il y avait bien eu cette fois où elle l'avait enlacé, et puis sa façon de lui donner le bras la veille au soir…

Basta ! Il quitta sa chambre d'hôtel, après avoir ramassé son sac à dos et avoir fourré stylos, calepins et lunettes de soleil à l'intérieur. Il avait envie de retourner une dernière fois sur le site pour poser encore quelques questions, moyennant quoi il aurait récolté suffisamment de données pour écrire son article. Cela faisait déjà cinq jours qu'il était là, il n'allait pas prendre racine.

Devant l'hôtel, adossé à son véhicule, Radevan discutait comme toujours football ou politique avec des confrères. Quand Rob s'avança en plein soleil, il leva les yeux et lui sourit. Rob hocha la tête. Ils jouaient désormais leur petite comédie.

— Je veux aller au pas bon endroit, déclara-t-il.

Radevan s'esclaffa.

— Le pas bon endroit ? D'accord, monsieur Rob.

Radevan lui ouvrit sa portière, comme un chauffeur stylé, et Rob grimpa à l'intérieur, déterminé et en forme. Il savait exactement ce qu'il allait faire : rédiger son texte, faxer sa note de frais, puis regagner l'Angleterre et passer enfin un peu de temps avec sa fille.

Le trajet jusqu'à Göbekli fut sans histoires. Au volant, Radevan se cura le nez et déblatéra contre les Turcs. Rob en profita pour regarder ce paysage aride, en direction de l'Euphrate et, au-delà, les monts Taurus. Il en était venu à aimer le désert, si troublant qu'il fût. Qu'est-ce qui pouvait bien encore se cacher sous ces collines ? Rob contempla ces étendues désolées.

Ils parvinrent rapidement à destination. Radevan se gara, faisant crisser ses pneus usés. Rob descendit.

— Trois heures, monsieur Rob ? lui demanda Radevan en se penchant par sa vitre.

— C'est ça, oui.

Une agitation fébrile régnait sur le champ de fouilles. Rien à voir avec la dernière fois. On creusait de nouvelles tranchées et l'on forait des trous dans les collines, pour dégager de nouveaux mégalithes. Rob comprit que la saison tirait à sa fin et que Franz mettait le paquet. Le climat de la région ne se prêtait guère en effet à ce genre d'activités, d'ici peu il ferait trop chaud, et l'hiver le site était battu par les vents. En outre, il fallait aux spécialistes neuf mois de travail en laboratoire pour analyser ce qu'ils avaient découvert en trois mois de recherches sur le terrain.

Franz, Christine et Ivan, le paléobotaniste, étaient en train de discuter près des tentes. Ils lui firent signe de les rejoindre et l'on resservit du thé. On en préparait à longueur de journée ; il aimait bien entendre tinter les cuillères sur les verres en forme de tulipe, comme il appréciait le goût du *cay* noir et sucré, aux vertus étonnamment rafraîchissantes dans le désert écrasé de soleil.

En buvant son premier verre, Rob leur expliqua qu'il allait bientôt regagner l'Angleterre, et que c'était sa dernière visite. Il examina Christine à la dérobée pour voir si son visage exprimait quelque regret. Ce n'était pas impossible. Il rêva un peu, avant de se souvenir qu'il était venu ici pour étoffer les informations en sa possession, et non pour autre chose.

En tant que journaliste, il éprouvait le besoin de remettre cette campagne de fouilles en contexte. Il s'était documenté sur la préhistoire et voulait savoir quel rôle y jouait Göbekli Tepe, quelle place ce site occupait dans l'évolution de l'homme et de la civilisation.

Franz se fit un plaisir de satisfaire sa curiosité.

— C'est dans ce coin que tout a commencé, dit-il en désignant de la main les collines jaunies que l'on apercevait derrière les tentes ouvertes sur le côté. L'écriture cunéiforme, la première de toutes, a été inventée non loin d'ici. C'est également en Mésopotamie que l'on a appris à extraire le cuivre par fusion, comme c'est dans l'actuelle Turquie que l'on a construit les premières villes. Isobel Previn pourrait pour vous en dire long à ce sujet.

Rob mit quelque temps à se rappeler qu'Isobel Previn avait été la directrice de recherches de Christine à Cambridge. Il avait également vu son nom dans divers livres d'histoire, puisqu'elle avait collaboré avec le grand James Mellaert, l'archéologue anglais qui avait mené des fouilles à Çatal Höyük. Rob avait trouvé cela particulièrement intéressant, avant tout parce que les travaux s'étaient déroulés très vite. Au bout de trois ans d'efforts, le site avait été entièrement exhumé ou presque. C'était alors l'époque héroïque et « hollywoodienne » de l'archéologie. Aujourd'hui, le rythme s'était ralenti. Il y avait désormais tellement de gens spécialisés dans diverses disciplines (archéométallurgie, zooarchéologie, ethno-histoire, géomorphologie...) que c'était devenu très compliqué. On pouvait désormais mettre des dizaines d'années à faire la lumière sur un site complexe.

Comme celui de Göbekli Tepe, où Franz œuvrait depuis 1994. Christine avait laissé entendre qu'il n'en bougerait plus. Il s'était consacré à un seul et unique champ de fouilles ! Il est vrai que celui-ci était absolument extraordinaire, sans doute cela expliquait-il pourquoi il avait l'air de planer. Comme en ce moment, où il retraçait devant lui la naissance de la poterie et de l'agriculture, apparues l'une et l'autre dans la région après l'édification de Göbekli Tepe.

— C'est en Syrie que l'on assiste à l'émergence de l'agriculture, précisa-t-il. L'archéologue australien Gordon Childe a appelé ce tournant la « révolution néolithique », qui s'est produite un peu plus au sud, dans des lieux tels qu'Abu Hureya et Tell Aswad. Donc, c'est bien dans le coin qu'elle a vu le jour. Le travail des métaux, la poterie, l'agriculture, l'extraction des métaux par fusion, l'écriture, tout est né dans les environs de Göbekli Tepe, *ja* ?

— Oui, ajouta Christine, même si l'on a en fait retrouvé en Corée des traces de culture du riz qui datent de treize mille ans avant notre ère.

Ivan, qui jusqu'alors s'était tu, intervint :

— Et certains indices nous laissent penser que la poterie serait peut-être apparue en Sibérie, avant de disparaître pour renaître ici.

Rob lui demanda des précisions, même si Franz eut l'air un peu agacé par l'intervention de son collègue.

— Mais encore ?

Ivan rougit.

— Eh bien... nous avons la preuve qu'il a peut-être existé auparavant une civilisation en Sibérie, voire au Japon. Un peuple du Nord. Rien ne dit qu'il ne s'est pas éteint, car les indices disparaissent. On n'en sait rien. On ignore ce que sont devenus ces gens.

Franz s'impatientait.

— *Ja*, *ja*, *ja*, Ivan. N'empêche, c'est par ici que ça s'est vraiment passé, au Proche-Orient.

Pour marquer le coup, il aplatit la main sur la table, faisant trembler les petites cuillères.

— Tout a commencé ici, absolument tout. Les premiers fours à poterie ? Ils apparaissent en Syrie et en Irak. Ce sont les Hittites qui furent les premiers à couler le fer, en Anatolie. La domestication du cochon a d'abord lieu à Çayönü, tout comme les premiers villages ont vu le jour par ici, ainsi que… bien sûr, le premier temple…

— Göbekli Tepe !

Éclat de rire général. La tension s'étant dissipée, on changea de sujet. Rob consacra un quart d'heure à recopier ses notes, tandis que les archéologues parlaient du début de la domestication des animaux et de la répartition des microlithes. Discussion technique et difficile à suivre. Désormais les choses se mettaient en place. Tout n'était pas encore élucidé, des zones d'ombre subsistaient, mais le tableau prenait forme, et c'était fascinant. Il faudrait s'en contenter, d'autant qu'il n'était pas historien, mais journaliste.

Rob leva les yeux. Voilà maintenant une demi-heure qu'il écrivait. Les scientifiques l'avaient laissé tranquille, ils étaient retournés travailler, fouiller la terre sèche, la passer au crible pour retrouver de vieilles pierres, ou ils s'étaient retirés dans leurs tentes pour discuter. Il se leva, se frotta le cou, légèrement douloureux, et décida d'aller faire un dernier tour sur le site avant de prendre congé. Il attrapa son sac à dos et partit se balader vers la colline la plus proche, en contournant les enclos et les mégalithes.

Derrière l'endroit où se concentraient les fouilles se trouvait un grand champ dénudé, jonché de silex. Christine le lui avait montré lors de leur précédente visite, et il avait été sidéré de voir éparpillés autant d'éclats de pierres datant de douze mille ans. Il y en avait des milliers ! Il suffisait de s'agenouiller et de fouiller un peu pour ramasser un morceau de hache, un reste de pointe de flèche ou d'un instrument tranchant.

Ça tombait bien, car il avait justement envie de rapporter un souvenir. Il tourna le dos au soleil brûlant et s'agenouilla dans la terre poudreuse. La chance ne tarda pas à lui sourire. Il examina sa trouvaille, la retourna avec soin entre ses doigts : c'était une pointe de flèche, taillée avec une grande adresse. Il essaya d'imaginer celui qui l'avait fabriquée douze mille ans plus tôt, en train de travailler ici, vêtu d'un pagne et portant un arc en bandoulière. Un homme de la préhistoire, qui n'en avait pas moins édifié avec les siens un temple merveilleux et l'avait recouvert de magnifiques sculptures.

Il se releva et glissa la pointe de flèche dans une poche de son sac à dos. Il n'en avait sans doute pas le droit, mais enfin on ne risquait pas de manquer de silex taillés à Göbekli Tepe. Il remit le sac sur son dos, regarda une dernière fois la plaine vallonnée et dénudée, écrasée par un soleil de plomb, et pensa à l'Irak qui se trouvait quelque part là-bas, pas très loin. Il lui suffirait de monter en voiture et de demander à Radevan de prendre le volant pour arriver en quelques heures à la frontière.

Il revit alors subitement le visage de celle qui avait posé la bombe à Bagdad. Sa gorge se serra. Il se retourna et prit le chemin du retour. C'est à ce moment-là qu'il entendit un hurlement épouvantable.

On aurait dit un animal que l'on dépeçait vif. Un cri abominable.

Il pressa l'allure. Il entendait maintenant une clameur. Que se passait-il ? Puis quelqu'un à nouveau poussa un cri. Il se mit à courir, le sac à dos cognant sur ses épaules.

Il s'était davantage éloigné qu'il ne l'avait cru. Où se trouvait déjà le centre névralgique du champ de fouilles ? Les petites buttes se ressemblaient toutes, et dans le désert à l'air pur les voix portent loin. À plus forte raison les hurlements et les appels désespérés. Il bifurqua à gauche, puis à droite, grimpa un raidillon, passa de l'autre côté, et arriva en vue du champ de fouilles. Un attroupement s'était formé devant un enclos, celui dressé autour de la tranchée récemment creusée. Les ouvriers se bousculaient.

Ses chaussures en daim glissant dans la terre sèche et les éboulis, il fonça au milieu des terrassiers trempés de sueur et visiblement effrayés. Poussant sans ménagement le dernier d'entre eux, il se précipita devant la tranchée et regarda au fond, comme tout le monde.

Au bout du fossé, un nouveau piquet en acier, l'un de ces vilains poteaux sur lesquels reposent les bâches. Franz Breitner y était empalé. Le métal lui avait traversé le haut de la poitrine, côté gauche. Christine s'était approchée pour lui parler. Derrière, Ivan, affolé, sortait son portable. Deux ouvriers faisaient de leur mieux pour arracher le piquet fiché en terre.

Rob contempla Franz. Il avait l'air vivant, mais mal en point, son poumon était peut-être perforé. Rob en avait vu, en Irak, des blessures, lorsque les victimes d'un attentat se retrouvent avec la tête et la poitrine transpercés par des éclats et des bouts de métal, et il comprit tout suite que Franz était perdu. Il faudrait au moins une heure pour qu'une ambulance arrive à Göbekli. Entre Ankara et l'endroit où ils se trouvaient, il n'existait sans doute pas d'hélicoptères susceptibles d'évacuer un blessé. L'archéologue allait donc mourir ici, au fond d'un trou environné des mégalithes silencieux de Göbekli Tepe.

12

Dans les bassins d'Abraham des carpes frétillantes quémandaient les petits morceaux de pita que Rob leur jetait. Il les observa, fasciné et un peu écœuré par une telle avidité.

Il était venu ici pour retrouver le calme ; c'était le seul espace vert qu'il connaissait dans cette ville surpeuplée. Mais le moment n'était pas approprié, car tout en regardant les poissons se débattre il repassait dans sa tête les événements tragiques de la veille. Le spectacle affreux de Franz venu s'embrocher sur le poteau, les gens affolés qui passaient des coups de téléphone, la décision terrible, en fin de compte, de scier le piquet en deux et de conduire Franz, toujours empalé, à Sanli Urfa dans la voiture de Christine.

Il les avait suivis dans le taxi de Radevan. La Toyota cabossée avait dévalé les collines et traversé la plaine à la suite de la Land Rover, pour rejoindre l'hôpital universitaire Harran situé dans la ville nouvelle. Il avait alors attendu dans les couloirs sordides, en compagnie de Christine, d'Ivan et de la femme de Franz, effondrée. Il s'y trouvait toujours avec les autres quand les médecins étaient sortis leur annoncer que Franz Breitner n'avait pas survécu.

Les carpes étaient maintenant en train de se disputer les dernières miettes de pain, se mordant les unes les autres. Rob se détourna. Il aperçut un soldat turc équipé d'un pistolet-mitrailleur qui se prélassait à côté d'une Jeep garée au bord de l'espace vert.

La ville était sur les dents, et cela n'avait aucun rapport avec la mort de Franz Breitner. Un attentat suicide à la bombe avait eu lieu à Diyarbakir, une agglomération peuplée de Turcs et de Kurdes située à plus de trois cents kilomètres de là, et qui était le point névralgique du séparatisme kurde. On ne déplorait pas de morts, mais dix personnes avaient été blessées, et une fois de plus la tension était montée d'un cran. La police et l'armée étaient donc omniprésentes, cet après-midi-là.

Rob poussa un soupir de lassitude. La violence sévissait partout, impossible d'y échapper.

Il traversa une passerelle en bois qui enjambait un petit canal et s'assit à une table. Le serveur de la maison de thé vint à sa rencontre, en s'essuyant les mains sur une serviette accrochée à sa ceinture. Rob lui commanda de l'eau, du thé et des olives. Il lui fallait essayer d'oublier un peu Franz, le sang dans la voiture de Christine, le piquet qui avait transpercé le torse de l'archéologue allemand…

— Monsieur ?

Le serveur venait de lui apporter du thé. La petite cuillère tintait, et le sucre fondait dans le liquide rouge sombre. Le soleil filtrait à travers les arbres du jardin public, un gamin, vêtu d'un maillot de l'équipe de Manchester United, jouait sur la pelouse avec un ballon de football. Sa mère, elle, était voilée et tout de noir vêtue…

Rob finit son thé. Il était temps de prendre des initiatives. Il vérifia l'heure qu'il était à Londres, puis composa un numéro sur son portable.

— Ouais ?

Steve avait son ton bourru habituel.

— Salut, c'est…

— Robbie ! Mon correspondant spécialisé en archéologie. Comment vont les mégalithes ?

Son accent cockney et son air enjoué lui mirent un peu de baume au cœur, et il se demanda s'il devait gâcher l'ambiance en lui racontant ce qui s'était passé. Steve ne lui laissa pas le temps d'arrêter une ligne de conduite :

— J'ai bien aimé tout ce que tu nous as envoyé. J'ai hâte de lire ton article. Quand dois-tu le remettre ?

— Eh bien, en principe demain, mais…

— T'es gentil. Boucle-moi ça pour dix-sept heures.

— Oui, mais…

— Et puis, envoie-moi des photos par Internet ! Des jolis clichés de…

— Il y a un problème, Steve.

Son interlocuteur se tut. Enfin… Rob en profita pour se jeter à l'eau. Il vida son sac, parla des difficultés rencontrées sur le site archéologique, des zones d'ombre qui subsistaient, de la rancœur des ouvriers, de la drôle de mélopée invoquant la mort, du climat politique délétère qui prévalait dans la région, des fouilles auxquelles certains se livraient curieusement la nuit. Ne sachant pas si cela présentait un intérêt quelconque, il n'y avait pas fait allusion plus tôt, précisa-t-il.

— Et maintenant, ça en a un ? lança Steve.

— Oui. Parce que…

Rob regarda le château, en haut de la falaise, sur lequel flottait le grand drapeau rouge de la Turquie. Il prit sur lui et raconta à Steve dans quelles circonstances affreuses Franz Breitner avait trouvé la mort.

— Nom d'un chien…, se borna à dire Steve. Toi, tu me le copieras !

— Hein ?

— Je t'ai envoyé là-bas parce que je pensais que tu avais besoin de vacances, qu'il te fallait un coin tranquille et sympa, regarder des mégalithes, quoi… Rien de bien méchant, rien qui te mette en danger.

— Oui, sans doute, et…

— Résultat des courses, tu te retrouves en pleine guerre civile avec une bande de prêtres qui adorent le diable, et un Chleuh qui se fait embrocher !

Steve rigola.

— Excuse-moi, mon pote, je ne devrais pas plaisanter avec ça. Tu n'as pas dû rigoler. Mais du coup, qu'est-ce que tu veux faire ?

Ce qu'il voulait faire ? Rob réfléchit. Il n'en savait rien.

— Je ne vois pas trop… À mon avis, il faudrait que mon rédacteur en chef me donne quelques conseils.

Il se leva, le portable toujours collé à l'oreille.

— Steve, c'est toi le patron. Je suis paumé. Dis-moi ce que je dois faire, et je le ferai.

— Fie-toi à ton instinct.

— Comment ça ?

— Remets-t'en à toi-même. Tu as le chic pour dénicher un scoop. T'as du flair. Alors dis-moi, poursuivit Steve sur un ton ferme, y a-t-il là matière à écrire un article valable ?

Rob connaissait déjà la réponse. Il se retourna, regarda le serveur et lui fit signe d'apporter la note.

— Oui, je crois.

— Dans ce cas, très bien. Vas-y. Mène ta petite enquête. Reste sur place encore au moins quinze jours.

Rob hocha la tête. Tout cela était très motivant, d'un point de vue professionnel, mais il n'arrivait pas à s'en réjouir, vu les circonstances dans lesquelles Breitner avait trouvé la mort. En outre, il lui tardait de rentrer chez lui et de voir sa fille. Il décida de dire la vérité.

— Seulement, Steve, il se trouve que j'ai envie d'être avec Lizzie.

— Ta petite fille ?

— Oui.

— Tu deviens gâteux, ricana Steve. Elle a quel âge ?

— Cinq ans.

Son rédacteur en chef se tut. Rob jeta un coup d'œil à la vieille mosquée de l'autre côté du bassin à poissons.

Christine lui avait expliqué qu'au temps des croisades c'était une église.

— Entendu, Rob. Si tu vas au bout de ta mission, on te rapatrie en classe affaires, d'accord ?

— Merci.

— Vois-tu, au *Times*, on aime bien inciter les gens à s'acquitter de leurs devoirs de parents. Mais dans un premier temps j'ai besoin de toi.

— Pour quoi faire ?

— Me résumer l'essentiel sur ces mégalithes. Il me faut ton premier papier pour vendredi. D'ici là, je vais entretenir le suspense, laisser entendre qu'on n'est pas au bout de nos surprises. Ça pourra donner lieu à toute une série de reportages qui commencent à l'âge de pierre et se poursuivent avec les dieux du vent qui hantent le désert.

Steve réussit à le faire rire. Il arrivait toujours à lui redonner la pêche, avec son cynisme de vieux requin de Fleet Street et son humour féroce.

— Bon, salut, Steve.

Il remit le portable dans sa poche, tout revigoré, et quitta le jardin public silencieux, pour rejoindre la rue où vociféraient des chauffeurs de taxi, tandis qu'un homme tirait un âne attelé à une charrette remplie de pastèques. Il y avait là tellement de bruit et d'animation que c'est tout juste s'il entendit la sonnerie de son appareil qui vibra contre sa cuisse.

— Oui ?

— Robert ?

C'était Christine. Il s'arrêta sur le trottoir envahi par la poussière. Pauvre Christine, elle avait tenu absolument à conduire Franz à l'hôpital, elle n'aurait laissé personne d'autre le faire à sa place. Quant à lui, il avait pu voir sa voiture trempée de sang, du sang de celui qui était pour elle un ami.

— Ça va, Christine… ?

— Oui, oui, merci. Je vais très bien…

On aurait dit le contraire. Rob essaya de lui tenir des propos apaisants, sans succès. Elle avait un débit haché, comme lorsqu'on se retient de pleurer.

— Vous reprenez toujours l'avion ce soir ?

— Non, on m'a donné autre chose à écrire. Je vais rester ici encore une semaine ou deux, au minimum.

— À la bonne heure. Pourriez-vous me retrouver au caravansérail ?

Rob resta perplexe.

— Oui, mais…

— Maintenant, d'accord ?

Il acquiesça, se demandant ce qu'elle avait en tête. Elle mit fin à la communication. Il tourna à gauche, remonta en vitesse la côte et se replongea dans le brouhaha du marché couvert.

Le souk avait tout du marché arabe traditionnel, aujourd'hui en voie de disparition au Moyen-Orient : sillonné de passages grouillant de forgerons noirs de suie et de marchands de tapis racoleurs, il abritait aussi plusieurs petites mosquées. Les trous percés dans le toit en tôle ondulée laissaient passer des rais de lumière. Dans des recoins obscurs, des rémouleurs faisaient gicler des gerbes d'étincelles, et une odeur d'épices emplissait l'atmosphère. C'est au beau milieu de tout cela que se trouvait un caravansérail à l'ancienne, vaste cour ceinte d'arcades superbes, sous lesquelles il faisait frais et où étaient disposées des tables de café. C'était un endroit où l'on venait discuter et négocier, un endroit où, depuis des siècles, les marchands débattaient le prix de la soie et où les pères mariaient leurs fils.

Il s'engagea sur l'esplanade animée, examina les tables et les petits groupes. Il n'eut pas de mal à repérer Christine, la seule femme présente.

Elle avait les traits tirés. Il s'assit en face d'elle, croisa son regard inquisiteur. Visiblement mal à l'aise, elle garda le silence.

— Écoutez, Christine, je suis absolument désolé de ce qui est arrivé à Franz. Je sais que vous étiez très proches, et…

— Non, je vous en prie.

Les yeux baissés, elle ravala ses larmes, sa colère ou bien encore autre chose.

— Ça suffit. C'est très gentil de votre part, mais ça suffit.

Elle releva la tête, et il s'aperçut que ses yeux bruns étaient noyés de larmes. Elle toussa pour s'éclaircir la gorge.

— Je pense que Franz a été assassiné, déclara-t-elle.

— Hein ?

— J'étais sur place, Rob. J'ai vu, il y a eu une dispute.

Des pigeons s'enfuirent à tire-d'aile. Assis sur de petits tapis rouge vermillon, les hommes sirotaient du café turc. Il se tourna vers elle.

— Une dispute ne se termine pas nécessairement en meurtre, fit-il observer.

— Je l'ai vu, Rob. On l'a poussé.

— Oh là là…

— Eh oui, ce n'était pas un accident. On l'a délibérément fait tomber sur ce piquet.

— Vous avez prévenu la police ?

Elle eut un geste agacé.

— Oui. Mais elle ne veut pas en entendre parler.

— Vous en êtes sûre ?

— On m'a pratiquement expulsée du commissariat. Je ne suis qu'une femme, vous comprenez…

— Quelle bande de cons.

— C'est possible.

Elle grimaça un sourire.

— Mais ce n'est pas non plus facile pour les flics. Les ouvriers sont kurdes, et les flics sont turcs. Autant dire qu'ils se détestent. Et puis hier, il y a eu un attentat à la bombe à Diyarbakir.

— J'ai vu les infos à la télé.

— Ce qui fait qu'à l'heure actuelle ce n'est pas évident pour la police d'embarquer des Kurdes que l'on soupçonne d'avoir commis un meurtre. Oh là là…

Elle posa la tête sur ses bras croisés.

Rob se demanda si elle allait pleurer. Derrière elle, un minaret se dressait au-dessus des arcades du caravansérail. On avait fixé en haut de gros haut-parleurs, pour l'instant silencieux.

Christine se ressaisit et se cala sur sa chaise.

— Je veux comprendre. Je veux mener… une petite enquête.

— Comment ça ?

— Je veux tout savoir : pourquoi Franz effectuait des fouilles en cachette la nuit, pourquoi de leur côté ils ont eu envie de le tuer. Franz était un ami, et par conséquent je veux connaître la raison de sa mort. Voulez-vous m'accompagner ? J'ai l'intention d'aller à Göbekli jeter un œil à ses notes et ses documents, ce sur quoi il travaillait…

— Mais la police a dû tout embarquer.

— Il dissimulait des tas de choses. Je sais qu'il les planquait dans un petit casier dans sa cabane, là-bas.

Elle se pencha en avant :

— Il va falloir nous introduire par effraction dans ce cabanon, Rob, et embarquer le casier.

13

Ils furent très secoués dans l'avion qui les conduisit à l'île de Man, de l'autre côté de la mer d'Irlande, mais le vol ne dura pas longtemps. À leur arrivée à l'aéroport de Ronaldsway, Forrester et Boijer furent accueillis par le commissaire adjoint flanqué d'un brigadier en tenue. Forrester leur serra la main, sourire aux lèvres. Les quatre flics se présentèrent, le commissaire adjoint s'appelait Hayden.

Ils gagnèrent le parking. Forrester et Boijer considérèrent, amusés, le casque blanc du brigadier en tenue, qui n'avait pas grand-chose de commun avec celui que portaient ses collègues de l'autre côté de la mer.

Forrester n'ignorait pas que l'île de Man jouit d'un statut particulier. Colonie de la Couronne, dotée de son propre Parlement, de son propre drapeau, legs des anciennes traditions vikings, et de sa propre police, elle ne fait pas officiellement partie du Royaume-Uni. On y a aboli le fouet depuis quelques années seulement. À Londres, le supérieur de Forrester avait tenu à le mettre au courant du protocole et des bizarreries auxquels il faut se plier quand on se rend sur l'île.

Il faisait froid et humide sur le parking. Tous quatre se dépêchèrent de monter dans la grosse voiture de Hayden et filèrent à travers la campagne avant d'arriver aux abords de Douglas, la ville principale, située sur la côte Ouest. Forrester baissa sa vitre pour regarder dehors et essayer de sentir un peu le pays, de se faire une idée…

Les cultures, les chênaies arrosées par la pluie, les petites chapelles grises avaient un côté très britannique mais aussi très celte. De même sur la plage, les maisons blotties les unes contre les autres et les immeubles de bureaux moins discrets lui rappelèrent les Hébrides. Seul le drapeau local – trois jambes d'homme sur fond rouge – hissé sur plusieurs immeubles balayés par le vent et le crachin indiquait que l'on ne se trouvait pas au Royaume-Uni.

Ils ne parlèrent pas beaucoup, se contentant d'échanger quelques banalités. À un moment donné, Hayden se tourna vers Forrester :

— On a bien évidemment laissé le corps sur les lieux. On n'est pas des touristes.

Drôle de remarque. Forrester comprit que ces gens, qui faisaient partie d'une police qui comptait au grand maximum deux cents membres, n'appréciaient guère sa présence, celle du caïd de la police londonienne venu se mêler de ce qui ne le regarde pas.

Et cependant il avait du pain sur la planche. Il avait hâte de voir la scène de crime et voulait se mettre aussitôt au travail, protocole ou pas.

Ils contournèrent l'agglomération puis empruntèrent une petite route qui serpente entre la mer d'Irlande et des futaies. Forrester aperçut une jetée, un phare, de petits bateaux qui dansaient sur les vagues grises, et enfin une autre colline. La voiture s'engouffra entre les deux battants d'un portail majestueux et s'arrêta devant un vieux manoir à tourelles, aux dimensions impressionnantes.

— Le fort Sainte-Anne, annonça Hayden. On y a installé des bureaux.

Un ruban de police interdisait l'accès au périmètre. Forrester nota que l'on avait dressé une tente sur la pelouse, devant le bâtiment, et il vit un policier entrer dans la bâtisse avec un vieux Kodak pour photographier les empreintes digitales. Ce qui l'amena à s'interroger sur les compétences des flics du coin. À quand remontait le dernier homicide sur lequel ils avaient enquêté ? Cinq ans ? Cinquante ans ? Ils devaient sans doute passer le plus clair de leur temps à ennuyer les fumeurs de joints, les mineurs qui buvaient de l'alcool et les gays. N'était-ce pas ici que l'homosexualité était toujours interdite ?

Ils entrèrent dans la bâtisse par la grande porte. Deux jeunes flics portant un masque lorgnèrent Forrester. L'un d'eux tenait à la main une petite boîte de poudre d'aluminium. Ils disparurent dans une autre pièce. Forrester voulut les suivre, car c'étaient des techniciens de la police scientifique, mais Hayden lui toucha le bras :

— Non, dit-il, on va dans le jardin.

À l'intérieur, cet immense bâtiment n'avait plus aucun cachet. On n'avait pas hésité, en effet, à le transformer en espace de bureaux, troquant l'ancienne décoration contre des éclairages au néon, des cloisons grises, des meubles de rangement et des ordinateurs. Accrochées à un mur, deux cartes marines. On devait être ici dans les locaux d'une compagnie de navigation ou bien d'une entreprise de génie maritime.

Forrester suivit le commissaire adjoint dans un couloir où de grandes portes vitrées donnaient sur un vaste jardin entouré de haies, avec au fond un petit bosquet légèrement en hauteur. On avait retourné la terre çà et là, et au milieu de la pelouse tout abîmée se dressait une grande tente jaune dont on avait fermé l'entrée, pour empêcher de voir ce qu'il y avait dedans.

Hayden ouvrit les portes vitrées, ils parcoururent les quelques mètres qui les séparaient de la tente.

— Vous êtes prêts ? demanda-t-il aux deux Londoniens.

— Oui, bien sûr, répondit Forrester, qui commençait à s'impatienter.

Hayden ouvrit la fermeture Éclair du rabat de la tente.

— Merde ! lança Forrester.

Il se retrouva en présence du cadavre d'un homme de trente à quarante ans, nu comme un ver. Mais ce n'est pas cela qui expliqua sa réaction : on avait enfoui la tête de cet individu dans le sol, en laissant dépasser le reste de son corps, position grotesque et pour le moins troublante. Le malheureux avait dû mourir étouffé, ses assassins creusant d'abord un trou avant de lui plonger la tête dedans et de combler le tout avec de la terre.

Effaré, Boijer tourna autour du mort. Il avait beau faire apparemment plus froid dans la tente que dans le jardin balayé par le vent, le corps sentait déjà. Forrester regretta de ne pas avoir de masque.

— Et voilà l'étoile, dit Boijer.

Forrester s'avança pour regarder le cadavre de face : on lui avait gravé une étoile de David sur la poitrine, en lui tailladant encore plus profondément la poitrine que celle du concierge.

— Merde…, répéta-t-il.

À côté de lui Hayden sourit pour la première fois de la matinée.

— Bien, dit-il. Vous avez la même réaction, à ce que je vois. Je croyais au départ que nous étions les seuls…

Deux heures plus tard, les flics du coin étaient en train de faire un point de presse dans le manoir, et Forrester et Boijer, livrés à eux-mêmes, buvaient un café dans des tasses en plastique à l'intérieur de la grande tente plantée en face de la bâtisse. On avait fini, au bout de trente-six heures, par transporter le corps dans le labo du coroner, qui se trouvait en ville.

Boijer regarda Forrester.

— Je ne suis pas sûr qu'ils soient très sympas, les gens d'ici.

Forrester eut un petit rire :

— Il me semble que jusqu'à l'année dernière ils parlaient encore leur langue à eux…

— Même leurs chats sont spéciaux, renchérit Boijer en soufflant sur son café. C'est pas ici qu'on en voit qui n'ont pas de queue ?

— Si. Les chats de l'île de Man.

Boijer contempla la grande bâtisse blanche à travers l'ouverture de la tente qui battait au vent.

— Qu'est-ce que notre bande viendrait faire par ici ?

— Si je le savais... Et pourquoi graver à chaque fois le même symbole ?

Forrester but un peu de café.

— Qu'est-ce qu'on sait sur la victime ? Tu as discuté avec le type de la scène de crime ?

— Il concevait des yachts. Il travaillait à l'étage.

— Le dimanche ?

Boijer fit signe que oui.

— En principe il n'y a personne ici, le week-end. Mais il a passé sa journée à bosser.

— Donc, c'est la faute à pas de chance ?

Boijer le Finlandais chassa les cheveux blond filasse qui retombaient sur ses yeux bleus de Scandinave.

— Comme pour le mec de Craven Street. Il a sans doute entendu un bruit.

— Alors il est descendu. Et nos chers assassins ont décidé de le taillader, puis de lui planter la tête dans le sol.

— Ce n'est pas très joli.

— Qu'est-ce que ça donne, du côté des caméras de surveillance ?

— Rien.

Boijer haussa les épaules.

— L'autre abruti m'a expliqué qu'elles ne leur ont servi à rien.

— Évidemment. Comme les empreintes digitales et les traces de pas. Rien à en tirer. Ces mecs sont dingues, mais pas cons. Au contraire.

Forrester quitta la tente et examina la bâtisse, clignant des yeux à cause du crachin. Le manoir, repeint depuis peu, était d'une blancheur éblouissante. Vu comment il surplombait le port, avec ses tourelles, il devait être un bon point de repère pour les marins du coin. Son regard s'attarda sur les murs et les fenêtres à guillotine ; il essaya de comprendre quel rapport il pouvait y avoir entre une maison londonienne et une somptueuse demeure de l'île de Man, toutes deux datant du XVIIIe siècle. Il trouva alors ce qui clochait, dans ce bâtiment : il n'était pas d'époque. Il s'y connaissait assez en architecture pour voir que les briques étaient trop propres, les fenêtres trop récentes… Il s'agissait à l'évidence d'une copie, et encore pas très réussie. Rien ne disait que les assassins n'étaient pas au courant, puisqu'ils n'avaient pas touché à l'intérieur. Visiblement, ces énergumènes cherchaient quelque chose, mais pas dans la maison, uniquement dans le jardin, comme s'ils avaient su où creuser.

Forrester releva son col pour se protéger de la pluie fine et glaciale.

14

La nuit tombait quand ils remontèrent dans la Land Rover de Christine. C'était l'heure de pointe et, après quelques centaines de mètres, le véhicule se retrouva bloqué dans les embouteillages.

Christine se tassa sur son siège et soupira. Elle alluma la radio, l'éteignit, puis regarda Rob.

— Parlez-moi de Robert Luttrell.

— Que voulez-vous savoir ?

— J'aimerais avoir des renseignements sur son travail, sur sa vie...

— Oh, il n'y a rien de passionnant.

— Essayez quand même.

Il lui résuma les dix dernières années, en expliquant que Sally et lui s'étaient mariés trop vite, et n'avaient pas assez attendu avant d'avoir un enfant. Il avait fini par s'apercevoir qu'elle avait un amant, et ils avaient divorcé.

— Ça vous contrarie toujours ?

— Non, car j'y suis aussi pour quelque chose. J'étais tout le temps en déplacement. Elle s'est retrouvée toute seule... Et je continue quand même à lui tirer mon chapeau.

— Comment ça ?

— Elle se prépare à devenir avocate. Il faut du cran et pas mal de talent pour changer de métier alors qu'on a déjà la trentaine. Ça me laisse admiratif.

Il haussa les épaules.

— Nos chemins se sont écartés, voilà tout. Et puis on s'était mariés trop jeunes.

Christine hocha la tête et l'interrogea sur sa famille américaine. Il évoqua ses origines, irlandaise et écossaise, raconta que ses ancêtres avaient émigré aux États-Unis en 1880 et s'étaient installés dans l'Utah ; du côté de son père, ils étaient devenus mormons.

La Land Rover finit par repartir.

— Et vous ? demanda-t-il.

Comme il n'y avait plus beaucoup de circulation, elle accéléra.

— Je suis une Française juive. La moitié de ma famille a disparu dans la Shoah, et l'autre a survécu.

— Et vos parents ?

Sa mère, une universitaire, habitait Paris, et elle avait perdu son père quinze ans plus tôt. Il était accordeur de pianos.

— En réalité, je ne sais pas trop s'il accordait beaucoup de pianos. Il passait le plus clair de son temps dans l'appartement, à discuter.

— Ça me rappelle le mien. Sauf que lui, c'était en plus un salaud.

Christine lui jeta un regard étonné. Dans la lunette arrière s'embrasait un ciel pourpre et bleu saphir. Ils avaient droit à un crépuscule spectaculaire, comme on en voit dans le désert. Ils avaient maintenant quitté Sanli Urfa.

— Votre père était mormon, m'avez-vous dit ?

— Effectivement.

— Je suis allée une fois à Salt Lake City.

— Ah oui ?

— Lorsque je travaillais sur le site de Teotihuacán, j'ai pris des vacances aux États-Unis.

— À Salt Lake City ?

— Dans l'Utah. Je suis allée dans le parc national de Canyonlands et celui d'Arches.

— Ah, je comprends mieux…

— La région est splendide. De toute façon, il nous fallait passer par Salt Lake City.

— La métropole la plus ennuyeuse du pays.

Un camion de l'armée de terre les doubla. À l'arrière se prélassaient des soldats. L'un d'eux adressa un grand sourire à Christine, qui fit comme si de rien n'était.

— Bon, ce n'était pas New York, mais enfin ça m'a bien plu, déclara-t-elle.

Rob repensa à l'Utah et à Salt Lake City. De cette ville sinistre, il ne gardait que le souvenir de dimanches interminables où il était obligé d'aller au Tabernacle, la fameuse cathédrale des mormons.

— C'est drôle, ajouta-t-elle, les gens se moquent des mormons. Mais vous voulez que je vous dise ?

— Quoi ?

— Salt Lake City est la seule grande ville des États-Unis où je n'ai jamais eu peur. On peut se promener à cinq heures du matin sans risquer de se faire braquer. Ce n'est pas le genre des mormons. Moi, j'apprécie.

— Peut-être, mais ils mangent des cochonneries… et puis ils s'habillent comme des ploucs.

— Oui, oui, je sais. Dans certaines agglomérations de l'Utah on ne peut même pas acheter de café, la « boisson du diable »…

Elle sourit. La vitre ouverte laissait entrer le vent chaud du désert.

— Mais je parle sérieusement, reprit-elle. Les mormons sont gentils et sympathiques. Et ça vient de leur religion. Pourquoi les athées se moquent-ils de ceux qui croient, si la religion exerce un effet bénéfique sur les gens ?

— Vous êtes croyante, c'est ça ?

— Oui, catholique.

— Moi non.

— Je m'en doutais.

Ils s'esclaffèrent.

Rob se pencha en arrière pour examiner l'horizon. Ils passaient maintenant devant une masure en béton qu'il avait déjà repérée, car elle était recouverte d'affiches d'hommes politiques.

— On n'est pas loin de l'embranchement avec la petite route, si je ne m'abuse ?

— Non. Elle est juste devant.

La voiture ralentit à l'approche du carrefour. Rob n'en revenait pas que Christine, issue d'une famille juive, soit de religion catholique. Décidément, des tas de choses, chez elle, le déroutaient, comme le fait qu'elle adore Sanli Urfa, en dépit de la façon dont les hommes y traitaient les femmes.

La Land Rover quitta brusquement la route goudronnée et s'engagea sur une piste défoncée. Dans le faisceau des phares on distinguait de rares arbustes et des pierres nues, parfois même une gazelle qui gambadait dans la pénombre. Sur le flanc d'une colline scintillaient les lumières éparses d'un hameau. Rob reconnut le haut d'un minaret. La lune se levait.

Il lui demanda ce qu'elle pensait de l'islam. Elle le trouvait à maints égards fort estimable, et elle appréciait tout particulièrement l'appel à la prière lancé par le muezzin.

— Vraiment ? Toutes ces jérémiades ? Moi, franchement, ça me gonfle. Bon, c'est pas l'horreur, mais quand même…

— Personnellement, je trouve ça émouvant, le cri de l'âme qui implore Dieu. Vous devriez l'écouter plus attentivement.

Ils tournèrent au deuxième embranchement après un village kurde qui semblait parfaitement silencieux. Encore quelques kilomètres et ils verraient les coteaux de Göbekli Tepe se profiler au clair de lune. La Land Rover gronda dans le dernier virage. Rob ne savait pas ce qu'il devait s'attendre à trouver sur le champ de fouilles après l'« accident » dont Franz avait été victime : des voitures de police, des barrières… ou rien du tout ?

La police avait effectivement condamné la piste. « DÉFENSE D'ENTRER », disait le panneau accroché à la barrière. Rob descendit de voiture et poussa la clôture, pour laisser passer Christine qui se gara ensuite.

Les lieux étaient déserts, au grand soulagement de Rob. Seul indice laissant deviner que cet endroit avait été le théâtre d'une mort suspecte, une nouvelle bâche tendue au-dessus de la tranchée dans laquelle on avait poussé Franz. On avait déjà emporté quantité de matériel, dont la grande table, à moins qu'on ne l'ait démontée. La campagne de fouilles était bel et bien terminée.

Rob jeta un coup d'œil aux mégalithes. Il s'était demandé comment ce serait de se retrouver en ce lieu la nuit. Malgré le clair de lune, on les distinguait mal. Curieusement, il eut envie d'aller les toucher, de coller la joue contre ces vénérables pierres froides, de glisser les doigts sur les figures que l'on y avait gravées... C'est ce qu'il avait ressenti lors de sa première visite.

Derrière lui, Christine s'approcha.

— Tout va bien ?

— Oui.

— Bon, venez. Cet endroit... me fait peur, la nuit.

Il constata qu'elle évitait de regarder la tranchée dans laquelle on avait précipité Franz et comprit à quel point ce devait être pénible pour elle de revenir ici. Ils remontèrent en vitesse la côte. À gauche se trouvait un cabanon bleu en plastique, dans lequel Franz avait installé son bureau. Un cadenas en interdisait désormais l'accès.

— Zut..., fit Christine.

Rob réfléchit, retourna en vitesse à la Land Rover et revint avec un cric. Il soufflait un petit vent chaud venu du désert, le cadenas miroitait à la clarté de la lune. À l'aide du cric il le fit sauter.

Le cabanon était exigu et il n'y avait pratiquement rien à l'intérieur. Christine l'éclaira avec sa lampe torche. Il ne restait plus qu'une paire de lunettes de rechange posée sur une étagère vide et des manuels éparpillés sur un bureau couvert de poussière. La police avait presque tout embarqué.

Christine s'agenouilla, soupira une fois de plus.

— Nom d'un chien, ils ont également emporté le casier !

— Vraiment ?

— Il était planqué ici, à côté du frigo. Il n'y est plus.

Rob ne cacha pas sa déception.

— On a fait le déplacement pour rien ?

Christine était consternée.

— Venez, dit-elle. Il vaut mieux partir avant qu'on nous voie. Déjà qu'on a pénétré par effraction sur une scène de crime…

Il ramassa le cric. Une fois encore, en revenant à la voiture, il éprouva le désir étrange d'aller toucher les pierres, de s'allonger auprès d'elles.

Christine ouvrit sa portière, la lumière s'alluma à l'intérieur de la Land Rover. Rob rangea le cric derrière. Et là, niché sur la banquette, il aperçut un petit carnet noir. Il l'ouvrit, le nom de son propriétaire était soigneusement calligraphié : Franz Breitner.

Rob le montra aussitôt à Christine.

— Nom d'un chien, le calepin de Franz ! C'est lui que je cherchais. Là-dedans, il a tout consigné.

Rob le lui donna. Elle le feuilleta, marmonna entre ses dents.

— Il l'a indiqué quelque part… Je l'ai vu le faire. En cachette, car c'était pour lui un grand secret… Bravo, Rob !

Il grimpa sur le siège, côté passager.

— Mais qu'est-ce qu'il vient faire dans votre voiture ?

Sa question était idiote, il s'en rendit compte tout de suite. Le carnet avait dû tomber de la poche de Franz pendant le trajet à l'hôpital. À moins que Franz, qui perdait son sang sur la banquette arrière, n'ait compris qu'il allait mourir et l'ait délibérément laissé ici, sachant que Christine le trouverait tôt ou tard.

Il s'en voulut de donner dans la théorie du complot et se ressaisit. Il referma brusquement sa portière, faisant trembler la voiture.

— Houp là !

— Excusez-moi.

— Quelque chose est tombé.

— Hein ?

— Quand vous avez claqué la portière, quelque chose a glissé du carnet.

Elle chercha à tâtons par terre, passa la main de-ci de-là, derrière les pédales. Quand enfin elle se rassit, elle tenait quelque chose entre les doigts.

Un brin d'herbe desséché. Rob le contempla.

— Pourquoi garder un truc pareil ? demanda-t-il, dédaigneux.

Christine, en revanche, ne quittait pas sa trouvaille des yeux.

15

Christine roula encore plus vite que d'habitude pour regagner la ville. Dans la banlieue, là où la steppe bute sur les premiers immeubles de béton gris, ils aperçurent au bord de la route ce qui se voulait un café, et où des chauffeurs de poids lourds buvaient de la bière, assis devant des tables en plastique.

— Ça vous dirait de prendre un verre ? demanda Rob.

— Oui, bonne idée.

Elle braqua à droite, se gara. Les hommes la regardèrent descendre du véhicule et gagner une table.

Il faisait chaud, des mouches et divers insectes tournoyaient autour des ampoules nues, à l'extérieur de l'établissement. Rob commanda deux Efes, puis ils discutèrent de Göbekli Tepe. De temps à autre un énorme camion passait devant eux avec fracas, tous phares allumés, recouvrant le bruit de leur conversation et faisant vibrer les ampoules. Christine feuilletait fébrilement le calepin, tandis que Rob buvait tranquillement sa bière tiède.

Elle finit par jeter le carnet sur la table en poussant un soupir.

— Je n'y comprends rien, dit-elle, c'est un vrai méli-mélo, ce machin-là.

Rob posa sa bière.

— Je vous demande pardon ?

— C'est vraiment curieux ! lança-t-elle. Franz n'était pas négligent, mais au contraire très scrupuleux. « L'efficacité des Teutons », comme il disait. C'était quelqu'un de rigoureux et de précis. En toute circonstance…

Ses yeux marron se voilèrent un instant. Elle attrapa sa bière, en but une gorgée et lui dit :

— Regardez vous-même.

Rob examina les premières pages.

— Je ne vois rien de choquant.

— Ici, fit-elle en tendant le doigt. Oui, au début c'est très soigné. On trouve des schémas des excavations. Il recense les microlithes. Mais là… tenez…

Rob tourna encore quelques pages, jusqu'à ce qu'elle lui demande d'arrêter.

— Vous voyez, à partir d'ici, ça dérape. Son écriture devient difficile à lire. Et puis les dessins et les petits gribouillis… On nage en pleine confusion. Et ici : que signifient tous ces chiffres, hein ?

Rob regarda attentivement. Presque tout était rédigé en allemand. Au début, en effet, l'écriture était soignée, puis elle se relâchait et devenait très négligée. Sur la dernière page figuraient une liste ainsi que quelques mots consacrés à une certaine Orra Keller. Qui était-ce ? Il posa la question à Christine, qui haussa les épaules. Il l'interrogea ensuite sur les chiffres, pour obtenir une fois de plus la même réponse. Il remarqua aussi un croquis, qui semblait représenter un champ avec des arbres.

Il rendit le carnet à Christine.

— Qu'est-ce que cela signifie, ces annotations ? Je ne connais pratiquement pas l'allemand.

— Eh bien, dans l'ensemble c'est illisible.

Elle ouvrit le calepin vers la fin.

— Ici, il est question de blé, et d'une rivière qui donne naissance à d'autres cours d'eau.

— Pour quelle raison parle-t-il de blé ?

— Allez savoir… Et cette espèce de dessin, on dirait une carte sur laquelle il y a des montagnes – il a écrit « montagnes » suivi d'un point d'interrogation – et des rivières ; à moins qu'il ne s'agisse de routes. C'est un vrai fouillis.

Rob finit sa bière et fit signe au patron de leur en apporter deux autres. À nouveau, un énorme camion gris argenté passa en grondant sur la route de Damas. Au-dessus de Sanli Urfa le ciel se teintait d'une vilaine couleur orange tirant sur le noir.

— Et le brin d'herbe ?

Elle hocha la tête.

— Oui, ça, c'est curieux. Pourquoi conserver un truc pareil ?

— Vous pensez que ses notes sont complètement décousues parce qu'il avait peur ?

— Ça se peut. Vous vous rappelez le Pulsa Dinura ?

Rob frémit.

— Difficile de l'oublier. À votre avis, il était au courant ?

Christine retira un insecte tombé dans sa bière.

— Oui, pour moi il l'était. Il a dû entendre les hommes psalmodier sous ses fenêtres. Et puis il connaissait très bien les religions de la Mésopotamie, avec leurs divinités et leurs malédictions… C'était l'une de ses spécialités.

— Il avait donc conscience d'être en danger ?

— Sans doute. Ce qui expliquerait que tout cela soit aussi confus. Il n'empêche…

Elle tenait le calepin à plat, comme pour en évaluer le poids.

— L'œuvre d'une vie…

Rob vit bien qu'elle était triste.

Elle lâcha le carnet.

— Cet endroit est affreux. Peu importe que l'on y serve de la bière. On y va ?

— Volontiers.

Ils laissèrent quelques pièces dans une soucoupe, se dépêchèrent de regagner la voiture et repartirent sur les chapeaux de roues.

— Je ne crois pas que c'était seulement de la peur, dit Christine au bout d'un moment, ça ne colle pas.

Elle donna un coup de volant pour doubler un cycliste, un vieil homme en burnous. Installé à l'avant du vélo, en travers de la barre, un gamin agita la main en direction de la Land Rover et fit un grand sourire à la femme occidentale.

Rob remarqua que Christine empruntait des petites rues, ce qui n'était pas l'idéal pour rejoindre le centre-ville.

— Franz était appliqué et minutieux, reprit-elle au bout d'un moment. Je ne crois pas qu'il aurait craqué à cause d'une malédiction. Il n'y avait rien qui puisse le troubler à ce point.

— Alors ça venait de quoi ?

Ils se trouvaient désormais dans un quartier moderne ; on se serait presque cru en Europe. Dans les rues bordées de beaux immeubles se promenaient des femmes dont aucune ne portait le foulard. Rob aperçut un supermarché bien éclairé qui faisait en allemand et en turc de la publicité pour du fromage. Juste à côté, un cybercafé regorgeait d'écrans devant lesquels on distinguait des têtes brunes.

— Il devait avoir une idée précise. Il adorait formuler des hypothèses.

— Je m'en suis rendu compte.

Christine sourit, tout en regardant droit devant elle.

— Je pense qu'il était parvenu à des conclusions originales à propos de Göbekli Tepe. C'est ce qui ressort de ses notes.

— Sur quoi portaient ses conclusions ?

— Peut-être a-t-il découvert pourquoi l'on a enseveli Göbekli Tepe. Ça reste après tout un grand mystère. S'il a eu le sentiment de toucher au but, ça peut l'avoir mis dans tous ses états.

Rob n'était pas convaincu.

— Mais pourquoi ne pas avoir couché tout cela sur le papier, ou pourquoi ne pas en avoir parlé à quelqu'un ?

La voiture s'était arrêtée. Christine ôta la clé de contact.

— C'est juste, dit-elle en le regardant. Allons nous renseigner.

— Où ça ?

— J'ai un copain qui habite ici. Il sera peut-être en mesure de nous aider.

Ils s'étaient garés devant un grand ensemble moderne avec une immense publicité écarlate sur un mur pour Turku Cola.

Christine grimpa sur le perron et composa un code sur l'interphone. La porte s'ouvrit peu après. Ils prirent l'ascenseur et montèrent en silence au dixième étage. Sur le palier une porte était entrouverte. Rob suivit Christine à l'intérieur, regarda l'appartement et sursauta en apercevant dans l'entrée, tapi derrière la porte, Ivan, le paléobotaniste qu'il avait rencontré le soir de la fête.

Ivan le salua, méfiant. Il les invita à passer dans le salon, sobrement meublé, et où il n'y avait guère que des livres, en grande quantité, et des photos. Sur un bureau était allumé un ordinateur portable, dont l'économiseur d'écran affichait les mégalithes de Göbekli Tepe. Sur la cheminée trônait un joli petit objet en pierre qui ressemblait à l'un des dieux du vent que l'on vénérait jadis en Mésopotamie. Ivan l'aurait-il dérobé, par hasard ?

Ils s'assirent. Personne ne desserra les dents. Ivan s'installa en face d'eux, sans prendre la peine de leur offrir du thé ou même de l'eau.

— Qu'est-ce qui vous amène, tous les deux ? demanda-t-il à Christine.

Elle prit le calepin et le posa sur la table. Ivan le contempla, puis regarda Christine, tout en demeurant impassible.

La jeune femme sortit alors de sa poche le brin d'herbe, qu'elle posa délicatement sur le carnet. Rob ne cessa pendant ce temps-là d'observer Ivan. Il ne voyait pas du tout à quoi tout cela rimait, mais il se doutait bien que la réaction de ce dernier serait décisive. Il eut un léger mouvement de recul en découvrant le brin d'herbe. Chez Rob, la curiosité fut la plus forte.

— Dites-moi, fit-il, c'est quoi, ce truc-là ? Enfin, que se passe-t-il ?

Christine croisa son regard, comme pour lui demander d'être patient. Mais Rob ne l'entendait pas ainsi, il tenait absolument à savoir pourquoi ils étaient venus ici à une heure pareille.

— De l'Einkorn, déclara Ivan.

Christine sourit.

— C'est ça, hein ? Du blé d'Einkorn.

Ivan fit signe que oui.

— Tu voulais en avoir la confirmation, pas vrai ?

— Exactement. C'est toi le spécialiste.

— Eh bien, maintenant tu es fixée. Et moi je suis très fatigué.

Christine ramassa le brin d'herbe.

— Merci, Ivan.

— De rien.

Ivan était déjà debout.

— Au revoir.

Il les raccompagna à la porte, regarda à droite et à gauche sur le palier, comme s'il s'attendait à voir des importuns surgir, puis referma aussi sec.

— Quel sens de l'hospitalité ! grinça Rob.

— Mais au moins on est fixés.

Ils appelèrent l'ascenseur et redescendirent. Rob ressentait de l'agacement.

— Bon, dit-il une fois qu'ils respirèrent dehors l'air chaud parfumé au diesel, c'est quoi, le blé d'Einkorn ?

— La plus ancienne forme de blé au monde, répondit-elle sans le regarder. Le blé d'origine, la première céréale qui ait jamais existé, si vous préférez.

— Et alors ?

— Il ne pousse que par ici. Et il a joué un rôle crucial dans le passage à l'agriculture, quand l'homme est devenu un cultivateur.

— Mais encore ?

Elle se retourna, l'œil brillant.

— Franz y voyait un indice. Je suis certaine que c'est ce qu'il pensait. Auquel cas je suis du même avis que lui.

— L'indice de quoi ?

— Ça pourrait nous apprendre pourquoi l'on a enseveli ce temple.

— Mais comment peut-on en arriver là avec un malheureux brin d'herbe ?

— Je vous l'expliquerai plus tard. Venez. Vous avez remarqué qu'Ivan était aux aguets, quand il a ouvert la porte. Allez, venez.

— Vous pensez que vous avons été, euh… suivis ?

— Pas exactement. Mais peut-être surveillés. Je n'en sais rien, je suis sûrement parano.

Rob repensa à Franz, embroché sur le piquet. Il sauta dans la voiture.

16

Forrester se réveilla en nage, à croire qu'il avait de la fièvre. Il cligna des yeux en voyant les malheureux rideaux de sa chambre d'hôtel. Le cauchemar se poursuivit encore un peu, donnant de façon palpable, bien qu'absurde, un côté maléfique aux objets présents dans la pièce : la porte de l'armoire s'était à moitié ouverte, la télévision, dans un coin, était ramassée sur elle-même, affreuse.

De quoi avait-il rêvé ? Il se frotta le visage pour reprendre ses esprits et se rappela que, comme à l'accoutumée, il s'était agi d'un petit corps, d'un pont et de voitures qui tressautaient bruyamment en roulant sur ce que leurs conducteurs croyaient être un pneu…

Il se leva, s'en fut à la fenêtre et tira les rideaux. Surprise, il faisait jour, grand jour ; un ciel blanc et vide, des rues animées. Il allait être en retard au point de presse.

Il arriva juste à temps. La vaste salle était déjà bondée. La police locale avait réquisitionné la plus grande pièce du fort Sainte-Anne. Une dizaine de journalistes venus de tout le Royaume-Uni s'étaient joints à leurs quelques collègues locaux. Deux nouvelles équipes munies d'appareils photo numériques, de casques et de grands micros gris battaient la semelle à l'arrière. Forrester reconnut une blonde, la correspondante à Londres de CNN qu'il avait déjà croisée en plusieurs occasions.

Si CNN était là, c'est qu'à Londres le caractère macabre de ce meurtre avait fait le tour des médias. Il balaya l'assistance du regard, depuis le fond de la salle. Trois policiers étaient assis face à l'auditoire, le commissaire adjoint Hayden flanqué de deux autres types plus jeunes. « Police de l'île de Man », lisait-on sur un grand écran bleu se trouvant au-dessus d'eux.

Le commissaire adjoint leva la main.

— On pourrait peut-être commencer…

Il évoqua les circonstances du crime, la découverte du corps, et expliqua de façon laconique comment on avait enterré la tête de la victime.

Un journaliste étouffa un cri.

Hayden s'interrompit, le temps que son auditoire digère ces détails sinistres, puis il requit l'assistance d'éventuels témoins.

— Y a-t-il des questions ? demanda-t-il à la fin de son exposé.

Plusieurs mains se levèrent.

— La jeune femme dans le fond… ?

— Angela Darvill, pour CNN. Pensez-vous qu'il existe un rapport entre ce meurtre et celui de Covent Garden, il y a quelques jours ?

Pris au dépourvu, Hayden fit la grimace, puis jeta un coup d'œil à Forrester, qui haussa les épaules. Le policier de Scotland Yard ne savait pas quel conseil lui donner. Si les médias avaient appris qu'il existait les liens entre les deux affaires, on en était réduit à demander aux journalistes de ne pas l'ébruiter, afin que les assassins en sachent le moins possible sur l'évolution de l'enquête. En revanche, on ne pouvait pas nier que quelqu'un avait fait des déclarations dans ce sens.

Le commissaire adjoint prit acte de son geste, puis s'intéressa de nouveau à la journaliste américaine :

— Miss Darvill, on observe dans les deux cas d'étranges similitudes, mais à part ça tout le reste n'est pour l'instant que pure spéculation. Je n'ai pas envie de m'étendre davantage là-dessus. Nous apprécions à cet égard votre discrétion, comme vous vous en rendez compte, j'en suis sûr.

Sur ce, il embrassa la pièce du regard, pour répondre à quelqu'un d'autre. Mais Angela Darvill leva une fois de plus la main.

— Pensez-vous qu'il existe un facteur religieux ?

— Je vous demande pardon ?

— L'étoile de David gravée sur la poitrine... dans les deux cas ?

Les journalistes locaux la dévisagèrent. La question qu'elle venait de poser les avait laissés pantois, et toute la salle était troublée. Hayden, en effet, n'avait pas précisé à quoi ressemblait le dessin tracé à la lame de couteau sur le torse des victimes.

Quand il lui répondit, on aurait entendu une mouche voler.

— Miss Darvill, nous enquêtons en ce moment sur un crime cruel et barbare. Il ne nous reste plus beaucoup de temps à consacrer à la presse. J'aimerais par conséquent répondre à d'autres questions... posées par d'autres que vous. Oui ?

— Brian Deyley, du *Douglas Star*.

Le journaliste de l'île s'interrogea sur ce qui avait bien pu motiver les malfrats, et Hayden répliqua que pour l'instant on n'en savait rien. Les deux hommes échangèrent encore quelques propos, puis un journaliste de la presse nationale se leva pour demander des précisions sur la victime. Hayden lui expliqua qu'il s'agissait d'un père de famille résidant en ville, jouissant d'une honorable réputation et qui adorait faire du bateau. Le commissaire adjoint regarda successivement tous les membres de l'auditoire :

— Il se peut même que certains d'entre vous connaissent le *Manate,* sur lequel il avait l'habitude d'effectuer des sorties en mer avec son fils. Le garçon a tout juste dix ans, ajouta-t-il avec un sourire triste.

Le silence retomba dans la salle.

Forrester trouva que la police de l'île de Man se débrouillait très bien. C'était habile de faire vibrer la corde sensible. On recueille davantage de témoignages en faisant appel aux sentiments des gens plutôt qu'à leur raisonnement logique. Et l'on avait absolument besoin de témoins, car pour l'heure on ne disposait d'aucun élément concret, traces ADN, empreintes digitales… Rien du tout.

À présent, Hayden faisait signe à un homme au crâne dégarni, vêtu d'un anorak.

— Le monsieur dans le coin ? Monsieur… ?

— Harnaby. Alistair Harnaby. Je travaille pour Radio Triskel.

— Je vous écoute.

— Pensez-vous qu'il existe un lien entre ce crime et l'étrange histoire de ce bâtiment ?

Hayden pianota sur la table.

— Celui-ci n'a pas une histoire qui sorte de l'ordinaire, que je sache.

— Je parle des circonstances qui ont présidé à la construction de ce manoir. Cela a peut-être de l'importance. Vous savez, toutes les légendes qui courent à ce sujet…

Le commissaire adjoint cessa de pianoter sur la table.

— À partir de maintenant, nous allons suivre toutes les pistes qui se présentent, monsieur Harnaby. J'espère toutefois que nous ne courrons pas après des légendes ! C'est tout ce que je puis vous dire.

Il se leva.

— Bon, nous avons du travail, aussi je vous demande de nous excuser. Il y a, je crois, du café dans la tente dressée devant.

Forrester regarda autour de lui. Le point de presse avait été mené avec un grand professionnalisme, pourtant il éprouvait un sentiment de malaise. Quelque chose clochait. Il observa Harnaby. À quoi ce type faisait-il allusion en parlant de « l'étrange histoire » de ce bâtiment ? Cela rejoignait ce que lui-même pensait, à savoir que l'immeuble n'était pas authentique.

Alistair Harnaby était en train d'attraper un sac à provisions sous sa chaise. Il le héla. L'homme se retourna, les néons faisant briller ses lunettes à fine monture.

— Inspecteur principal Forrester, de la police londonienne.

La perplexité se lut sur le visage d'Harnaby.

— De Scotland Yard, précisa Forrester. Vous avez une minute ?

L'homme posa son sac en plastique et Forrester s'assit auprès de lui.

— Je m'intéresse à ce que vous avez dit, concernant l'étrange histoire de cette bâtisse. Pouvez-vous vous montrer plus précis ?

Harnaby fit signe que oui. Il regarda la salle dans laquelle il n'y avait plus personne.

— Ce que vous voyez aujourd'hui n'est en réalité qu'une reproduction grossière de l'immeuble d'autrefois.

— Bien, donc…

— Le bâtiment d'origine, le fort Sainte-Anne, a été abattu en 1970. On l'appelait aussi la Folie de Whaley.

— Et qui l'avait fait construire ?

— Jerusalem Whaley. Un débauché.

— Un quoi ?

— Un fêtard, un noceur.

— Une espèce de play-boy ?

— Oui et non. Il s'agit en l'occurrence d'une histoire de sadisme, qui s'est perpétuée d'une génération à l'autre.

— Mais encore ?

— Le père de Whaley s'appelait Richard Chappell Whaley. Cependant les Irlandais l'avaient surnommé « Burnchapel[1] » Whaley.

— Parce qu'il…

1. Soit « l'incendiaire de chapelles » (*N.d.T.*).

— Il appartenait à l'aristocratie anglo-irlandaise et était protestant. Il avait l'habitude de mettre le feu aux églises catholiques fréquentées par les Irlandais quand les fidèles assistaient aux offices.

— Évidemment !

— Burnchapel Whaley faisait aussi partie du club des Feux de l'Enfer. Une bande de vandales, même d'après les critères de l'époque.

— Et qu'en est-il de son fils, Jerusalem Whaley ?

Harnaby fit la grimace. Il y avait si peu de bruit dans la salle que Forrester entendait tomber le crachin sur les grandes fenêtres à guillotine.

— Thomas Whaley ? Encore un autre bambocheur de l'époque géorgienne, aussi brutal et violent que son père. Mais il y a eu comme une rupture dans sa vie. Il est rentré en Irlande au terme d'un long périple qui l'a conduit jusqu'à Jérusalem. D'où son surnom, Jerusalem Whaley, on l'appelle aussi Buck Whaley, soit « Whaley le noceur ». À son retour, on aurait dit que son voyage l'avait changé, l'avait brisé.

— Comment ça ?

— Eh bien, il n'était plus le même. Il a fait construire ce drôle de manoir, le fort Sainte-Anne, il a écrit ses Mémoires, dans lesquels il exprime des remords, puis il est mort. En laissant cette bâtisse et plein de dettes. Mais il a eu une vie absolument fascinante.

Harnaby s'interrompit.

— Excusez-moi, monsieur Forrester, si je parle trop. Il m'arrive de me laisser emporter. C'est une sorte de passion, chez moi, les traditions et la culture de cette île. J'anime une émission de radio consacrée à l'histoire du pays, vous voyez.

— Ne vous excusez pas, c'était très intéressant, au contraire. J'ai une dernière question à vous poser : reste-t-il quelque chose de l'ancien édifice ?

— Oh non. Il a été entièrement abattu.

Harnaby soupira.

— Ça s'est passé en 1970. À l'époque, on aurait abattu la cathédrale Saint-Paul si l'on avait pu… Quel dommage ! Si l'on avait attendu encore quelques années, l'édifice aurait été sauvé.

— Il n'en est donc rien resté ?

— Non. Quoique…

Sa mine s'assombrit.

— Il y a bien un truc…

— Quoi donc ?

— Je me suis souvent demandé… Il existe encore une légende, plutôt curieuse…

Harnaby empoigna son sac en plastique.

— Je vais vous montrer.

Le vieil homme gagna la porte en se dandinant, Forrester le suivit dans le jardin de devant. Dans le froid, fouetté par le vent et le crachin, il aperçut sur la gauche Boijer à côté de la tente de la police, alors que la fille de CNN était en train de passer devant lui avec son équipe.

— Va lui parler, et arrange-toi pour découvrir ce qu'elle sait, dit-il à Boijer en remuant les lèvres en silence.

Harnaby traversa les pelouses détrempées, devant le manoir et ses tourelles. Une fois devant les haies et les murailles il s'agenouilla, comme pour faire du jardinage :

— Tenez !

Forrester s'accroupit auprès de lui pour examiner la terre gorgée d'eau.

Harnaby sourit.

— Regardez ! Vous voyez, le sol est plus sombre ici que là.

C'était exact. On avait l'impression que la terre changeait de teinte. Autour du château, elle était plus sombre et renfermait davantage de tourbe que lorsqu'on s'en éloignait.

— Je ne comprends pas.

Harnaby hocha la tête.

— C'est un morceau d'Irlande, répondit-il.

— Je vous demande pardon ?

— La terre… Elle n'est pas d'ici. Il se peut qu'elle vienne d'Irlande.

Forrester cligna des yeux. Il s'était remis à pleuvoir, plus fort cette fois. Mais il n'y prêta aucune attention, tant il était absorbé par cette histoire.

— Expliquez-moi ça, s'il vous plaît.

— Thomas Whaley, alias Jerusalem Whaley ou Buck Whaley, était un homme impulsif. Il a parié un jour qu'il pouvait sauter d'une fenêtre du deuxième étage sur son cheval sans se tuer. Il l'a fait, et c'est sa monture qui a eu l'échine brisée !

Harnaby en rit.

— Enfin… Il se trouve qu'il est tombé amoureux d'une Irlandaise, juste avant qu'il ne vienne s'installer ici, dans l'île de Man. Mais ça lui a posé un problème.

— À savoir ?

— Il était stipulé dans le contrat de mariage qu'elle n'aurait jamais le droit de vivre ailleurs qu'en terre d'Irlande. On était en 1786, et Whaley venait d'acheter ce manoir. Il était bien décidé à y installer sa femme.

Harnaby avait un regard pétillant.

— Vous voulez dire qu'il a fait transférer ici des tonnes de terre irlandaise, de manière à ce qu'elle vive sur le sol de l'Irlande ?

— En gros, oui. Il a importé sur l'île de Man une énorme quantité de terre d'Irlande, tenant ainsi parole et respectant les clauses du contrat. Enfin, c'est ce qu'on raconte…

Forrester appliqua sa paume sur la terre humide, noircie par endroits par la pluie.

— Le bâtiment repose donc entièrement sur cette terre irlandaise ?

— C'est fort probable.

Forrester se releva en se demandant si les assassins étaient au courant de cette bizarrerie. Il en conclut que ce devait être le cas, car ils ne s'étaient pas intéressés au manoir lui-même, mais était allés directement à ce qui risquait d'être le dernier vestige authentique de la Folie de Whaley, à savoir la terre sur laquelle on l'avait construit.

L'inspecteur avait encore une question à poser :

— Dites-moi, monsieur Harnaby, d'où serait-elle exactement venue, cette terre ?

— On n'en sait trop rien. Cependant… (le journaliste ôta ses lunettes pour sécher les verres mouillés par la pluie), cependant j'avais bien autrefois ma petite idée là-dessus. Ça ne m'étonnerait pas qu'on l'ait prélevée sur le domaine de la Montpelier House.

— C'est-à-dire ?

— Le siège du club des Feux de l'Enfer, en Irlande.

17

Rob et Christine regagnèrent leur quartier et se garèrent à l'angle de la rue où habitait Christine. Méfiant, Rob regarda à droite et à gauche en descendant de la Land Rover. Au bout de cette rue se dressait une mosquée, ses grands minarets baignés par la lumière vert cru des néons. Deux moustachus en costume se disputaient à l'ombre, un peu plus loin, à côté d'une grosse BMW noire. Ils suivirent un instant Rob et Christine du regard, puis recommencèrent à s'engueuler.

Christine le fit entrer dans un immeuble moderne et envahi par la poussière. Ils montèrent trois étages par l'escalier. Elle occupait un vaste appartement, lumineux, aéré et quasiment pas meublé. Sur le parquet s'entassaient des livres, d'autres étaient rangés sur des étagères le long d'un mur ; dans un coin du séjour, un grand bureau en acier et un canapé en cuir, et à l'autre bout un fauteuil en osier.

— Je n'aime pas le désordre, dit-elle. « Une maison est une machine à habiter. »

— Le Corbusier.

Elle sourit et acquiesça. Il examina une grande photo sur laquelle on voyait une tour en briques dorées qui s'élevait, sinistre, au milieu de ruines éparses en plein désert.

Ils s'assirent côte à côte sur le canapé en cuir et Christine ressortit une fois de plus le calepin.

— Alors, qu'est-ce que c'est, le blé d'Einkorn ? lui demanda-t-il pendant qu'elle feuilletait les pages griffonnées par Breitner.

Mais elle ne l'écoutait pas, les yeux rivés sur le carnet.

— Cette carte…, dit-elle en s'adressant à elle-même. Ces chiffres… et puis ces trucs-là… La dénommée Orra Keller… Oui, c'est possible…

Rob attendit qu'elle lui réponde. En vain. Il sentit un courant d'air, les fenêtres donnant sur la rue étaient ouvertes, et l'on entendait des voix. Il regarda au-dehors.

Les moustachus étaient toujours là, mais cette fois juste au pied de l'immeuble de Christine. Un autre homme en anorak sombre et bouffant se dissimulait en face dans l'entrée d'un magasin. Tous trois levèrent les yeux quand il se pencha et le dévisagèrent en silence. Rob se sentit visé, sans vouloir pour autant sombrer dans la paranoïa. Ils ne pouvaient quand même pas être suivis en permanence et par tout le monde à Sanli Urfa ! Sans doute une simple coïncidence. Il referma la fenêtre

Il y avait peut-être ici un ouvrage susceptible de l'éclairer. *L'Épipaléolithique en Syrie, La Microanalyse électronique… L'Anthropophagie précolombienne.* Ce n'étaient pas vraiment là des best-sellers. Il en remarqua un autre, plus généraliste, puisqu'il s'agissait d'une encyclopédie de l'archéologie. Il se reporta aussitôt à l'index et trouva ce qu'il cherchait : « Le blé d'Einkorn, p. 97. »

Alors que le vent nocturne balayait la pièce et que Christine lisait attentivement ce qui était consigné dans le calepin, Rob parcourut les passages qui l'intéressaient.

« Le blé d'Einkorn est une herbe sauvage qui pousse dans le sud-est de l'Anatolie. » Sur la page en regard, une petite carte montrait que le blé d'Einkorn était effectivement une plante originaire de la région de Sanli Urfa, et qu'on le trouvait rarement ailleurs. Il poursuivit sa lecture.

« Céréale qui se développe bien en moyenne altitude, le blé d'Einkorn a joué un rôle essentiel dans le passage à l'agriculture des hommes qui jusqu'alors vivaient de chasse, de pêche et de cueillette. Tout comme le blé d'Emmer, il est à l'origine de la domestication de la flore par l'être humain, processus qui s'est déroulé dans le sud-est de l'Anatolie et les environs. »

Cet article en citait un autre consacré lui aussi à la naissance de l'agriculture. À en juger par le rôle qu'il avait joué, il était impossible de faire l'impasse sur le blé d'Einkorn si l'on voulait élucider le mystère de Göbekli Tepe. Rob se reporta donc à cet autre exposé, lut en diagonale comme il savait si bien le faire les analyses intitulées : *Cochons et poulets – chiens et bétail* ; *Blé d'Emmer et blé d'Einkorn*, jusqu'à ce que les derniers paragraphes attirent son attention.

« L'énigme des débuts de l'agriculture réside non point dans la façon dont cela s'est produit, mais également dans la raison qui a présidé à son apparition. Tout porte à croire que les premiers agriculteurs n'ont pas eu la vie facile, si l'on compare avec la liberté dont jouissaient auparavant les chasseurs-cueilleurs. Les squelettes et ossements de l'époque attestent que ces pionniers de l'agriculture contractaient davantage de maladies que leurs ancêtres, qu'ils vivaient moins vieux et dans des conditions plus rudes. De même, les animaux domestiqués étaient-ils alors plus petits que les autres… »

Cela lui fit penser au petit épi de blé. Il reprit sa lecture.

« Aujourd'hui, les anthropologues estiment que les chasseurs-cueilleurs vivaient paisiblement, à l'inverse des agriculteurs qui devaient se consacrer à leur tâche éreintante et monotone, notamment au printemps et en été. Les conditions de vie ont alors changé de façon tellement saisissante que d'aucuns voient dans la naissance de l'agriculture un déclin, l'homme troquant la liberté édénique du chasseur contre le labeur quotidien de celui qui travaille la terre. Des telles considérations ne sont évidemment plus d'ordre scientifique, néanmoins… »

Rob referma l'encyclopédie. Il entendait la brise agiter les rideaux ; un vent frais venu du désert se levait. Il remit le livre à sa place sur l'étagère et ferma les yeux un instant.

Il se sentait fatigué et avait envie d'aller se coucher, bercé par ce doux zéphir qui lui susurrait de tendres reproches.

— Robert !

Christine était en train d'examiner en détail la dernière page du calepin.

— Quoi ?

— Ces chiffres. Vous êtes journaliste. Vous savez ce qu'est un récit. Qu'est-ce que vous en pensez ?

Il s'assit à côté d'elle et constata qu'à la fin du carnet figurait encore la fameuse « carte ». Une ligne sinueuse y éclatait en quatre traits distincts, correspondant peut-être chacun à un cours d'eau, d'autres lignes hachurées représentaient la mer, ou plus vraisemblablement des montagnes, et enfin l'épure d'un arbre, désignant peut-être une forêt, ainsi qu'une espèce d'animal, un cheval ou un cochon, difficile à dire, tant c'était mal dessiné… Rob se pencha davantage, intrigué par les chiffres. Sur une page, Breitner s'était contenté d'en inscrire une liste, beaucoup d'entre eux se retrouvant ensuite sur la page avec la carte. En haut, une boussole sur laquelle la flèche indiquant l'est était flanquée d'un 28 ; puis le chiffre 211, à côté de l'une des lignes sinueuses ; l'arbre voisinait quant à lui avec le 29… Et ce n'est pas tout, car on reconnaissait également le 61, le 62, ainsi que des nombres plus élevés comme 1011 et 1132. Enfin, tout en bas de la page, Breitner évoquait Orra Keller. Ensuite on ne voyait plus de chiffres. Les notes s'arrêtaient brusquement au milieu d'une page.

Que signifiait tout cela ? Rob commença par additionner les chiffres, puis il arrêta, trouvant cela inutile. Ces chiffres indiqueraient-ils de façon codée les endroits recélant des trésors à exhumer, sur le champ de fouilles, et les marques signalant de leur côté ceux où l'on avait trouvé quelque chose ? Il avait déjà envisagé que la carte soit celle de Göbekli Tepe, ce qui paraissait logique. Pourtant, ça ne cadrait pas. Il n'y avait qu'un cours d'eau aux abords de Göbekli Tepe, l'Euphrate, et encore était-il à une cinquantaine de kilomètres de là. En outre, rien n'indiquait sur le document l'emplacement des mégalithes.

Christine était en train de le regarder. Il se rendit compte qu'il était resté un moment perdu dans ses pensées.

— Ça va ?

— Je suis perplexe, répondit-il avec un sourire. Tout ça m'intrigue.

— Il y a de quoi.

— J'étais en train de me demander si ces chiffres ne correspondaient pas à des découvertes réalisées à Göbekli Tepe. Je me rappelle avoir vu des chiffres sur des petits sacs dans lesquels vous mettez par exemple des pointes de flèche et d'autres objets similaires.

— Non. Ce n'est pas bête, comme idée, mais ça n'est pas possible. Tout ce que nous découvrons est dûment répertorié, chaque article se voit ainsi attribuer un chiffre et une lettre, avant d'être mis à l'abri dans la cave du musée.

Rob la sentit déçue.

— Ah bon… C'était juste une hypothèse.

— Il n'y a pas de mal à formuler des hypothèses, même si elles ne reposent sur rien.

Rob bâilla de nouveau. Il en avait fait assez comme ça pour la journée.

— Auriez-vous quelque chose à boire ?

Elle se leva.

— Excusez-moi, je manque à tous mes devoirs. Vous voulez un whisky ?

— Ce serait génial.

— Pur malt ?

— Encore mieux.

Il la regarda disparaître dans la cuisine. Elle revint peu après avec un plateau sur lequel il y avait une grande tasse remplie de glaçons, deux gros verres droits, un litre d'eau minérale et une bouteille de scotch. Elle posa les verres sur le bureau, dévissa le bouchon du Glenlivet et leur en servit à chacun une bonne rasade. L'alcool ambré brilla à la lumière de la lampe.

— Vous voulez de la glace ?

— De l'eau.

— « À la façon des Britanniques », dit-elle en français.

Elle lui en tendit un verre, puis s'assit auprès de lui. Le verre était froid, comme s'il sortait du frigo. Il entendait toujours des éclats de voix dehors. Cela faisait maintenant une heure que ces types se disputaient. Il soupira et se passa le verre glacé sur le front.

— Vous êtes fatigué ?

— Oui. Pas vous ?

— Si.

Elle se tut.

— Bon, reprit-elle, vous voulez dormir ici ? Le canapé est très confortable.

Rob était obnubilé par les deux moustachus dans la rue, ainsi que par l'individu qui se tenait dans l'entrée du magasin en face. Du coup, la perspective de faire un kilomètre à pied pour regagner son hôtel et de se retrouver seul dans sa chambre ne le tenta guère.

— Oui, si ça ne vous dérange pas.

— Bien sûr que non.

Elle avala en vitesse son reste de scotch, puis s'en fut lui chercher une couette et des oreillers.

Rob, épuisé, s'endormit dès qu'elle éteignit. Aussitôt il se mit à rêver, de chiffres, de Breitner et d'un chien, d'un chien noir qui courait sur un sentier, et puis d'un soleil brûlant. D'un chien, d'un visage…

D'un chien…

C'est alors que l'on cogna, et qu'il se réveilla en sursaut.

Il sauta du canapé. Il faisait jour. Combien de temps avait-il dormi ? Et qu'est-ce que c'était que ce boucan ? Il consulta sa montre, toujours endormi. Il était neuf heures du matin. Dans l'appartement proprement dit, il n'y avait pas un bruit, mais dehors ça n'arrêtait pas de cogner.

Il se précipita à la fenêtre.

18

Il se pencha à l'extérieur. La ville bourdonnait comme une ruche, des marchands ambulants arpentaient les rues animées, transportant sur leur tête de larges plateaux de petits pains, de pâtisseries sucrées et de gâteaux salés au sésame, tandis que sur les trottoirs des mobylettes slalomaient entre les écolières.

Rob entendit encore une espèce de détonation. Il jeta un œil dehors : dans une boutique en face, un homme était en train de découper un baklava. De nouveau, une déflagration.

Il aperçut à ce moment-là une moto, une vieille Triumph noire qui pétaradait. Son propriétaire avait mis pied à terre, et de colère il lui flanqua un coup de pied. Rob remarqua alors autre chose.

Trois flics qui descendaient de voiture ; deux en uniforme taché de sueur, le troisième en civil, costume bleu impeccable et cravate rose pâle.

Ils se dirigèrent vers l'immeuble de Christine, une vingtaine de mètres plus bas, et s'arrêtèrent devant. Puis ils appuyèrent sur un bouton.

La sonnette se déclencha dans l'appartement, en faisant un bruit strident. Christine, déjà habillée, avait quitté sa chambre.

— Christine, il y a la police qui…

— Je sais, je sais !

Il la sentait crispée, même si elle ne semblait pas avoir peur. Elle gagna l'interphone et leur ouvrit.

Rob enfila ses grosses chaussures. Quelques secondes plus tard les flics se trouvaient dans la salle de séjour, en face de Christine.

Celui qui était tiré à quatre épingles avait à peine trente ans, il s'exprimait bien et se montra courtois, bien qu'ayant l'air un peu sinistre. Il ne cacha pas son étonnement de voir Rob.

— Vous devez être…

— … Rob Luttrell.

— Le journaliste britannique ?

— Enfin, américain, mais j'habite à Londres.

— Parfait. Cela tombe bien. Nous sommes venus interroger Mme Meyer sur l'épouvantable assassinat de son ami Franz Breitner, déclara-t-il, mais nous aimerions aussi avoir un petit entretien avec vous. Ensuite, par exemple ?

Rob hocha la tête. Il s'était attendu à devoir rencontrer la police, mais curieusement il éprouvait une certaine gêne qu'on le surprenne chez Christine à neuf heures du matin… Le flic pouvait fort bien en tirer parti, vu comme il le regardait de haut.

— Je me présente, dit ce dernier : inspecteur Kiribali. Nous souhaiterions parler d'abord à Mme Meyer, en privé. Pourriez-vous nous laisser seuls environ une heure ?

— Bon, d'accord…

— Mais ne vous éloignez pas. Ça ne va pas durer plus longtemps, et ensuite nous discuterons avec vous.

Encore une fois Rob eut droit à un sourire venimeux.

— Cela vous convient-il, monsieur Luttrell ?

Rob interrogea Christine du regard. Elle hocha la tête, tout en faisant grise mine. Il enrageait d'être obligé de l'abandonner aux griffes de ce type malsain, mais ne pouvait pas faire autrement. Il attrapa sa veste et quitta l'appartement.

Il passa l'heure suivante assis sur une chaise en plastique dans un cybercafé bruyant, à essayer d'ignorer son voisin de droite, un homme d'âge mûr en tenue de boulanger qui surfait sur des sites porno à orientation lesbienne en poussant des grognements.

Il s'intéressa aux chiffres consignés par Breitner, les entra dans tous les moteurs de recherches disponibles et jongla avec, espérant qu'ils le mettraient sur la voie, à défaut de lui apporter la solution de l'énigme. Et s'ils renvoyaient aux pages d'un livre. Oui, mais lequel ? D'autant qu'ils allaient jusqu'à 1013…

Le boulanger turc avait fini de surfer. Il s'en alla, le frôlant au passage, visiblement de mauvaise humeur. Rob se concentra de nouveau sur son écran et les chiffres. De quoi pouvait-il bien s'agir ? Seraient-ce là des coordonnées spatiales, des années calendaires, le résultat de datations au carbone 14 ? Il n'en avait aucune idée.

Il sentait confusément qu'en pareille situation il ne faut pas s'énerver, mais laisser les choses se décanter jusqu'à ce que la clé du mystère surgisse de façon inopinée. C'était exactement ce qui s'était passé dans le cas de Friedrich August Kekulé, un chimiste allemand du XIXe siècle qui peinait à établir la structure moléculaire du benzène. Or, voilà qu'une nuit il rêve d'un ouroboros, c'est-à-dire d'un serpent qui se mord la queue, se réveille en sursaut et comprend alors que la molécule du benzène se présente justement sous la forme d'un anneau !

Il convenait peut-être de laisser mûrir le tout et d'attendre d'avoir une illumination, quand bien même serait-il en train de penser à autre chose… ou bien d'être interrogé par la police.

La police ! Il regarda sa montre et constata qu'une heure s'était écoulée. Il repoussa sa chaise, régla la note et regagna prestement l'appartement de Christine.

C'est l'un des policiers en tenue qui lui ouvrit. Assise sur le canapé, Christine se tamponnait les yeux avec les mouchoirs en papier que lui tendait l'autre flic en tenue. Rob se hérissa.

— Ne vous inquiétez pas, monsieur Luttrell.

Installé devant le bureau, les jambes croisées au niveau des chevilles, Kiribali le toisa.

— Nous ne sommes pas en Irak, ici, enchaîna-t-il. Il se trouve seulement que Mme Meyer a été… gênée de parler de la mort de son ami.

Christine jeta un regard inquiet à l'officier de police. Rob nota qu'elle avait l'air amère. Elle se retira alors dans sa chambre en claquant la porte.

Kiribali fit signe à Rob de s'asseoir. Les deux autres flics restèrent debout, montant la garde en silence.

— Donc, dit-il avec le sourire, vous êtes écrivain ?

— Oui.

— À la bonne heure ! Je n'ai pas souvent l'occasion de rencontrer de véritables auteurs. Cette ville est tellement en retard. Parce que, voyez-vous, les Kurdes… (il soupira)… ne sont pas vraiment des intellectuels.

Il se tapota le menton avec son stylo.

— J'ai eu le plaisir, poursuivit-il, d'étudier l'anglais et la littérature anglaise à Ankara.

— Enfin, je ne suis que journaliste.

— Tout comme l'était Hemingway !

— Sérieusement. Je ne suis qu'un vulgaire tâcheron.

— Allons donc ! Vous êtes un homme de lettres. Qui écrit en anglais, de surcroît.

Kiribali avait des yeux bleu foncé, ce qui amena Rob à se demander s'il portait des verres de contact teintés. En tout cas, il était imbu de lui-même.

— J'ai toujours aimé les poètes américains, reprit-il. Surtout les femmes, comme Emily Dickinson, ou bien Sylvia Plath. Vous les connaissez ?

Il porta sur Rob un regard insondable, puis récita quelques vers de Plath :

— *Une locomotive, une locomotive*

Me déportant comme un juif…
Je pense que je peux très bien être juif.

Il sourit poliment.

— C'est effrayant, vous ne trouvez pas ?

Rob ne sut que dire, car il n'avait pas envie de discuter poésie avec un flic.

Lequel soupira.

— Une autre fois, peut-être…

Il agita le crayon entre ses doigts.

— J'ai juste deux ou trois questions à vous poser. Je sais bien que vous n'avez pas assisté à ce que nous présumons être un meurtre. Par conséquent…

Il procéda à l'interrogatoire, qui fut très bref, pratiquement une simple formalité. C'est tout juste s'il consigna les réponses de Rob, que l'un des flics en tenue enregistrait sur un magnétophone. Kiribali conclut l'entretien en demandant à Rob quelques renseignements d'ordre personnel, donnant ainsi l'impression de s'intéresser avant tout aux relations qu'il entretenait avec Christine.

— Elle est juive, n'est-ce pas ?

Rob fit signe que oui. Kiribali se rengorgea, comme s'il venait de tirer au clair quelque chose qui le tracassait, puis il posa le stylo, en veillant à ce qu'il soit bien parallèle avec le bord du bureau. Il claqua des doigts, les flics assoupis s'étirèrent, et tous trois se dirigèrent vers la porte d'entrée. Sur le seuil, il dit à Rob de prévenir Christine qu'on lui demanderait peut-être « plus tard » quelques précisions supplémentaires. Sur ce, il s'en alla, laissant derrière lui une odeur entêtante d'eau de Cologne.

Rob se retourna. Christine, qui se trouvait dans l'entrée de sa chambre, en pantalon de treillis et chemisier blanc, semblait avoir recouvré son calme.

— Quel connard, celui-là !

Elle haussa les épaules.

— Possible. Mais enfin, il ne faisait que son travail.

— Vous avez pleuré.

— Parce que j'ai parlé de Franz. Oui… Voilà plusieurs jours que ça ne m'est pas arrivé.

Rob attrapa sa veste, puis la reposa et contempla le calepin de Breitner sur le bureau. Il se sentait désarmé, ne voyant plus du tout sur quoi cette histoire allait déboucher ni comment elle allait se terminer. Il savait seulement qu'il y était impliqué, et qu'il était peut-être en danger. À moins qu'il ne devienne tout simplement paranoïaque… Il leva les yeux sur la photo accrochée au mur, celle de l'étrange tour. Christine suivit son regard.

— Harran.

— C'est où ?

— Pas très loin d'ici, à environ une heure de voiture. Vous savez, ça me donne une idée. Ça vous dirait d'y aller ? De vous évader d'Urfa ? Personnellement, j'aimerais autant être ailleurs, n'importe où plutôt qu'ici…

Rob accepta avec soulagement. Le désert l'attirait de plus en plus, à mesure que se prolongeait son séjour dans le Kurdistan turc.

— Allons-y.

Au sud d'Urfa le paysage était encore plus ingrat que dans les environs de Göbekli. De grandes plaines jaunes s'étendaient jusqu'à l'horizon barré de gris qui chatoyait au loin ; des terres désolées et sablonneuses cernaient les vieux villages kurdes délabrés… Rob baissa sa vitre au maximum, mais le vent était toujours brûlant.

— L'été, ça peut monter ici jusqu'à 50 degrés à l'ombre, expliqua Christine. Il n'en a pas toujours été ainsi. Le climat a changé il y a dix mille ans. Comme Franz vous l'a dit…

Pendant cinquante kilomètres ils discutèrent du calepin de Breitner, de la carte qui y était dessinée, des notes gribouillées et bien entendu des chiffres, sans savoir ni l'un ni l'autre à quoi s'en tenir. L'inconscient de Rob était au repos. La méthode Kekulé n'avait pas donné de résultat.

Un barrage de l'armée bloquait la route. Le drapeau rouge sang de la Turquie pendait mornement. L'un des soldats se leva, regarda le passeport de Rob, lança au passage une œillade à Christine à travers la vitre de la voiture, puis leur fit signe de repartir sur la route écrasée de soleil.

Une demi-heure plus tard, Rob vit soudain se dresser au loin cette drôle de tour, vestige d'un monument en pisé de sept étages, et dont le haut était en ruine.

Christine quitta la route pour se diriger vers cette sorte de beffroi.

— La tour d'Harran appartient à la plus ancienne université islamique du monde, et elle a au moins mille ans. Désormais, elle est à l'abandon.

— On dirait la Tour dans le jeu de tarots, celle qui est frappée par la foudre.

Christine hocha distraitement la tête et se gara, tout en fixant une série de petites maisons recouvertes d'un dôme en pisé, en guise de toit. Dans la cour voisine, trois enfants jouaient au football avec un ballon de fortune en chiffon. On entendait bêler des chèvres sous la chaleur.

— Vous les voyez ?

— Les maisons en terre cuite ? Oui.

— Elles sont là depuis peut-être trois mille ans avant J.-C. Harran est un site très ancien. D'après la légende, Adam et Ève seraient venus ici, après avoir été chassés du paradis.

Rob réfléchit. Le nom d'Harran lui disait quelque chose et lui rappelait son père, qui donnait autrefois lecture de la Bible.

— Et on en parle dans la Genèse.

— Hein ?

— Dans la Genèse, répéta-t-il, chapitre II, verset 54. Abraham habitait ici, à Harran.

— Chapeau !

— Il n'y a pas de quoi. Dommage que je n'aie pas oublié toutes ces conneries. Enfin… Et comment peut-on en être sûr ?

— De quoi ?

— Comment peut-on être certain que c'est dans cette ville que sont venus habiter Adam et Ève, après la chute, et non à Londres ou à Hong Kong ?

— Je n'en sais rien...

Le ton sardonique de Rob la fit sourire.

— Mais il est bien clair, comme vous le dites, que c'est ici que la tradition abrahamique prend sa source. Abraham est directement lié à Sanli Urfa. C'est à Harran que Dieu s'est adressé à lui...

Rob bâilla, descendit de voiture. Christine le rejoignit, et ils regardèrent une chèvre galeuse se frotter contre un vieil autobus rouillé. Chose étonnante, il y avait du sang sur un côté du véhicule. Servirait-il d'abattoir de fortune aux paysans du coin ? Drôle d'endroit...

— Donc, reprit-il, il est à l'origine des trois religions monothéistes, c'est ça ?

— Oui, le judaïsme, le christianisme et l'islam. Et quand il a quitté Harran, ce fut pour aller dans la terre de Canaan répandre la parole de Dieu, du Dieu unique du Talmud, de la Bible et du Coran.

Rob l'écouta non sans éprouver un certain malaise. Il s'adossa à la voiture pour réfléchir ; lui revinrent alors d'autres scènes de son enfance : son père lisant le Livre des Mormons, ses oncles citant l'Ecclésiaste : « Réjouis-toi, jeune homme, dans ta jeunesse... » C'était bien le seul verset de la Bible qui lui ait jamais plu ! Il le récita à voix haute, puis demanda :

— Et le sacrifice ? La mise à mort du fils ?

Il examina le visage de Christine pour en avoir la confirmation.

— Je me souviens d'une histoire entre Abraham et son fils, non ?

Elle hocha la tête.

— Abraham allait sacrifier son fils, comme Yahvé le lui avait demandé. Mais Dieu a arrêté sa main.

— C'est ça. Sympa, quand même, de la part du vieux barbu…

Elle s'esclaffa.

— Vous voulez rester ici, ou faut-il que je vous emmène dans un endroit encore plus bizarre ?

— C'est vous qui voyez.

Ils regrimpèrent en voiture. Rob se cala sur son siège et regarda le paysage s'estomper au crépuscule. De temps à autre on distinguait çà et là les restes d'un bâtiment sur les collines, ou bien un château ottoman en ruine, ou encore un tourbillon de poussière qui sillonnait les étendues désolées. Le paysage devint alors encore plus ingrat, la route plus cabossée, jusqu'au ciel qui donna l'impression de s'assombrir et de virer à un violet menaçant. La voiture avançait en brinquebalant autour de hauteurs jaune pâle et sur des pistes semées d'ornières. C'est à peine si un arbre venait rompre la monotonie de cette plaine stérile.

— Sogmatar, annonça en fin de compte Christine.

Ils approchaient d'un petit village, composé de quelques bicoques en ciment, oublié au fond d'une vallée aride, silencieuse et accablée de chaleur.

Curieusement, une grande jeep était garée devant l'une des maisons, ainsi que d'autres véhicules. On ne voyait pourtant personne sur la route ou dans les cours. De grosses voitures, un soleil omniprésent, personne en vue… Rob ne put s'empêcher de penser à Los Angeles.

On aurait dit une ville placée en quarantaine, touchée par la peste.

— Certaines personnes aisées d'Urfa possèdent ici une résidence secondaire, déclara Christine. Ainsi que des Kurdes.

— Quelle idée de venir habiter dans un coin pareil !

— Il y règne une ambiance très particulière. Vous allez vous en rendre compte.

Ils descendirent et s'engagèrent dans la fournaise. Christine passa devant, enjambant des restes de murs, doublant des blocs de marbre éparpillés çà et là, sur lesquels étaient gravées des inscriptions, y compris en latin, comme sur le dernier bloc qu'ils venaient de dépasser.

— Oui, dit-elle, en devinant ce que Rob allait lui demander, les Romains sont venus ici, tout comme les Assyriens avant eux.

Ils s'approchèrent d'un grand trou sombre, l'entrée d'un édifice troglodytique, et pénétrèrent dans l'espace au plafond bas. Les yeux de Rob mirent quelques secondes à s'habituer à l'obscurité.

L'odeur des excréments de chèvre les prit à la gorge.

— C'est un temple païen consacré aux divinités de la lune, expliqua Christine.

Elle désigna de grossières sculptures sur les murs.

— Voici le dieu de la Lune… Tenez, ce sont ses cornes, et puis la pleine lune, toute ronde.

L'effigie très érodée était coiffée d'une sorte de casque composé de deux cornes qui évoquaient un croissant de lune. Rob glissa la main sur ce visage de pierre, tiède et curieusement moite. Il la retira. Les divinités disparues le dévisageaient, avec leurs yeux usés.

— Ça va ?

— Bien. Oui…

Christine gagna le mur d'en face.

— Ce temple date du IIe siècle de notre ère. Le christianisme était en train de se répandre dans la région, mais l'on y adorait encore les anciennes divinités.

Rob regarda autour de lui.

— C'est super. Vous devriez vous acheter ici un appart en copropriété, railla-t-il.

— Vous persiflez tout le temps, quand vous êtes mal à l'aise ?

— On peut avoir un café au lait ?

Elle poussa un petit rire.

— J'ai encore un endroit à vous montrer.

Elle le fit sortir du temple, et Rob se sentit soulagé de quitter ce lieu sombre, moite et nauséabond. Ils grimpèrent une côte semée d'éboulis et envahie d'une poussière brûlante. Lorsqu'il s'arrêta pour reprendre son souffle et se retourna, Rob constata que dans l'une des petites bicoques un enfant les observait depuis une fenêtre dont la vitre était cassée.

Christine franchit une dernière hauteur.

— Le temple de Vénus, annonça-t-elle.

Rob se plaça à côté d'elle. On jouissait ici d'une vue imprenable sur les collines arides et délavées qui s'étendaient à l'infini, et qui étaient trouées de cavernes, lesquelles abritaient probablement d'autres temples et autels païens, tous à l'abandon. Il constata que là où ils se trouvaient se dressait jadis un temple, dont seul le sol subsistait.

— Quand tout cela a-t-il été construit ?

— Peut-être par les Assyriens ou les Cananéens, on ne sait pas très bien. C'est très ancien. Les Grecs s'en sont emparés, puis les Romains. On s'y livrait sans doute à des sacrifices.

Elle désigna des sillons creusés dans la pierre sculptée, sous leurs pieds.

— Regardez. Ils permettaient au sang de s'écouler.

— Ah bon ?

— Ces premières religions du Levant étaient très portées sur les sacrifices humains.

Rob examina les collines désertiques et le petit village en contrebas. Le garçonnet avait disparu, il n'y avait personne derrière la vitre cassée. L'une des voitures avait démarré et quittait maintenant Sogmatar par la route qui suivait le lit d'un cours d'eau à sec.

Il imagina comment devaient se dérouler les sacrifices humains : la victime ligotée, que le prêtre poignarde.

Il respira profondément et essuya son front trempé de sueur. Il était temps de partir. Il fit un geste en direction de leur voiture. Christine hocha la tête et ils redescendirent vers la Land Rover. Au milieu de la pente, Rob s'arrêta et contempla la colline.

D'un seul coup, il comprit la signification des chiffres !

Ceux qui figuraient dans le calepin de Breitner.

19

Il faisait toujours un temps maussade. Le ciel plombé était aussi sombre que les champs verdoyants balayés par le vent. Dans une grosse voiture noire, Boijer, Forrester et Alistair Harnaby traversaient l'île de Man à vive allure en direction du sud. Devant eux, le commissaire adjoint Hayden et ses collègues avaient pris place dans un véhicule analogue.

Forrester n'était pas rassuré, car la roue du temps tournait de façon inexorable, et chaque minute perdue les rapprochait un peu plus de l'horreur suivante, du prochain meurtre.

Il soupira bruyamment, un peu comme s'il était en colère. Au moins disposaient-ils maintenant d'une piste sérieuse. Un agriculteur avait aperçu quelque chose de bizarre dans un endroit isolé au sud de l'île, à côté de Castletown. Forrester avait insisté pour qu'Alistair Harnaby vienne avec eux interroger cet homme, car il pensait que celui-ci risquait de leur en apprendre davantage, et il avait obtenu gain de cause. Il lui paraissait important de replacer l'affaire dans son contexte historique.

Auparavant, il voulait savoir ce qu'avait raconté la journaliste de CNN, et Boijer se fit un plaisir de le lui dire. Il lui expliqua que c'était un journaliste de l'*Evening Standard* qui avait informé Angela Darvill au sujet de l'affaire de Craven Street.

— Et elle a fait le rapprochement entre les deux histoires, commenta Forrester. Très bien.

— Oui, c'est vrai. Mais elle a ajouté que l'on avait assisté aux États-Unis à une affaire analogue en trois endroits, dans l'État de New York, le Connecticut et la Nouvelle-Angleterre.

— Comment ça ?

— On y a relevé le même genre de tortures bizarres.

— Avec l'étoile de David ?

Boijer répondit par la négative.

— En revanche les victimes avaient été fouettées, et leur peau tailladée. Angela Darvill a déclaré que c'était l'une des affaires les plus épouvantables dont elle avait été chargée.

Forrester se cala sur son siège et regarda par la vitre. De part et d'autre de la route s'étalaient des champs, de petites fermes étaient disséminées dans la campagne déserte et des arbres ployaient, leurs branches dénudées et coudées par le vent. Il songea aux vacances qu'il avait passées à Skye. Il se dégageait de ce paysage une beauté mélancolique. Forrester cessa de penser à sa fille.

— Qui a commis ces meurtres ?

— On ne l'a jamais su. C'est quand même curieux – je parle des points communs…

Devant eux, la route n'était plus qu'un chemin de terre semé d'ornières qui menait à une exploitation agricole au travers de haies battues par le vent. Les deux voitures se garèrent. Les cinq flics et l'historien amateur suivirent le chemin jusqu'à la ferme, une maison basse. Boijer contempla ses chaussures, trempées, couvertes de glaise, et se récria :

— Oh là là… Regardez-moi ça !

— Vous auriez dû amener vos bottes en caoutchouc, Boijer.

— Je ne savais pas qu'on allait crapahuter. Est-ce que je peux mettre ça en note de frais ?

Forrester rit de bon cœur.

— Je vais voir ce que je peux faire.

L'un des policiers coiffés d'un casque blanc qui leur servaient d'escorte frappa à la porte de la maison. Un type très jeune leur ouvrit.

— Bonjour, bonjour. Commissaire…

— Adjoint, compléta Hayden. Oui ? Et vous êtes Gary, j'imagine ?

— Tout juste. Gary Spelding. On s'est parlé au téléphone. Entrez donc. Il fait un temps affreux.

Ils s'entassèrent dans la cuisine en bois de pin, une pièce accueillante et bien chauffée. On avait disposé des petits gâteaux sur un plat, Boijer ne se fit pas prier pour en prendre un.

Forrester se rendit soudain compte qu'ils étaient trop nombreux, mais tout le monde voulait savoir ce qu'avait vu Spelding. Celui-ci le leur raconta, pendant que sa femme leur servait du thé. L'après-midi du meurtre, il avait réparé une barrière sur sa propriété et s'apprêtait à rentrer chez lui quand il avait remarqué « quelque chose d'étrange ». Forrester l'écoutait, sans même toucher à son thé qui refroidissait.

— C'était un gros 4 x 4.

Hayden se pencha au-dessus de la table :

— Où ça, exactement ?

— Sur la route qui longe la propriété. Celle de Balladoole.

— Je la connais, coupa Harnaby.

— Il y passe bien quelques touristes de temps à autre, car la plage se trouve juste un peu plus loin. Mais ce n'était pas le genre de ces mecs…

Spelding fit tourner sa tasse de thé, puis il sourit à Hayden.

— Cinq jeunes types en combinaison de travail frappée de l'insigne des Télécom.

— Je vous demande pardon ? fit Boijer.

Spelding se retourna vers le jeune assistant de Forrester.

— Ils portaient des combinaisons de travail vertes, sur lesquelles était cousu l'insigne des Télécom, autrement dit de l'entreprise de téléphonie portable sur l'île de Man.

Au tour de Forrester de poser des questions.

— Et ils faisaient quoi ? lui demanda-t-il.

— Ils circulaient sur mes champs, ce qui m'a paru bizarre.

Spelding but un peu de thé

— Notamment, enchaîna-t-il, parce qu'il n'y a pas de relais dans le coin, et que ça ne capte pas. Impossible, par ici, de se servir de son portable. Et puis ils étaient tous très jeunes. Il faisait froid et presque nuit, ça ne pouvait donc pas être des surfeurs.

— Vous leur avez parlé ?

Spelding rougit légèrement.

— J'allais le faire, hein. D'abord, parce qu'ils se baladaient sur ma propriété. Mais quand je me suis approché d'eux, ils m'ont regardé…

— De quelle façon ?

— D'un sale œil. Oui…

Pour le coup, l'agriculteur piqua un fard.

— L'air pas content. J'ai donc préféré m'abstenir, ce qui n'est pas très courageux, désolé. Et ensuite j'ai vu aux infos que vous aviez fait un point de presse, et j'ai commencé à me poser des questions…

Hayden finit son thé, regarda Forrester, puis Spelding.

Pendant la demi-heure suivante, Spelding leur donna un signalement précis des hommes, tous grands et jeunes, puis leur expliqua que leur véhicule était une Toyota Landcruiser noire, dont il n'avait toutefois pas relevé le numéro. Mais au moins la police avait-elle maintenant une piste. Forrester savait que ces types étaient sans doute ceux qu'ils recherchaient. C'était malin, de se faire passer pour des employés travaillant pour l'opérateur de téléphonie portable. Il y a partout des relais, et on veut pouvoir téléphoner de n'importe où, vingt-quatre heures sur vingt-quatre, sept jours sur sept. Il leur était donc possible de « travailler » tard le soir sans éveiller les soupçons.

Mais la bande était venue dans un endroit où justement ça ne captait pas. Pour quelle raison ? Aurait-elle commis là sa première erreur ? Forrester reprit espoir. Dans ce métier, il faut avoir de la chance, et celle-ci semblait enfin lui sourire.

L'entretien était terminé, et il ne restait plus de thé.

Au-dehors, le plafond nuageux s'était déchiré, laissant par endroits le soleil éclairer les champs détrempés. Les flics retroussèrent leur pantalon, pour ne pas le salir, et suivirent l'agriculteur jusqu'à la route de Balladoole en contrebas.

— C'est par là, déclara Spelding. C'est là que je les ai vus.

Tout le monde examina les champs boueux que longeait la petite route de campagne. Une vache languide contemplait Boijer. Derrière elle, un long croissant de sable gris, puis la mer grise aussi et glaciale sur laquelle le soleil venait par moments se mirer.

Forrester désigna la route.

— Où va-t-elle ?

— Jusqu'à la mer. Elle s'arrête là-bas.

Forrester escalada la dernière barrière, suivi par Boijer et les autres, moins enthousiastes. Il se retrouva à l'endroit exact où la voiture du groupe s'était garée. Un drôle de coin où faire halte si l'on se dirige vers la baie, puisqu'il était à près de un kilomètre de la mer. Pourquoi laisser ici son véhicule ? Avaient-ils eu envie de marcher ? À l'évidence non. Ils devaient donc chercher quelque chose.

Il grimpa à nouveau sur la barrière la plus proche et regarda autour de lui. Il n'y avait que des champs, des murets de pierre, des prairies sablonneuses et la mer agitée. Seul le champ voisin attira son attention, car de là où il était, légèrement en hauteur, Forrester y aperçut des renflements ainsi que quelques grosses pierres.

— Qu'est-ce que c'est ?

— Eh bien…, répondit Harnaby, avec un sourire gêné, j'allais vous en parler. Il n'y a pas grand monde qui soit au courant, mais il s'agit là du site funéraire de Balladoole. Il date du XIe siècle, de l'époque des Vikings. Il a fait l'objet de fouilles dans les années 1940. On y a découvert des broches et d'autres objets du même genre. Et puis aussi… autre chose.

— Quoi donc ?

— Un corps.

Harnaby précisa que pendant la Seconde Guerre Mondiale des archéologues britanniques avaient exhumé un drakkar, enseveli là avec des bijoux et des épées, ainsi que le corps d'un guerrier viking.

— On a relevé des indices prouvant que l'on s'était livré ici à des sacrifices rituels. Ainsi, au pied du guerrier se trouvait le corps d'une jeune fille, sans doute sacrifiée.

— Comment le sait-on ?

— Parce qu'on l'a enterrée sans déposer d'objets rituels auprès d'elle. Et puis elle avait été garrottée. Les Vikings avaient un faible pour les sacrifices. Pour honorer les hommes tombés au combat, ils leur offraient de jeunes esclaves.

Forrester sentit aussitôt son pouls accélérer. Il regarda Boijer, puis les vagues grises, au loin, et en revint à son assistant.

— Sacrifice rituel…, dit-il en fin de compte. Oui, un sacrifice humain à caractère rituel. On y est, Boijer !

Ce dernier resta perplexe.

— Réfléchis un peu, reprit Forrester. Un homme enterré vivant, et puis un autre à qui on a rasé la tête et coupé la langue. Chaque fois, on leur a tracé à la lame de couteau des dessins rituels sur la peau…

— Et maintenant Balladoole, ajouta Harnaby.

Forrester acquiesça sèchement d'un signe de tête. Il sauta par-dessus une autre barrière pour explorer le champ. Ses chaussures étaient pleines de boue, mais tant pis. Il entendait le ressac, sentait l'odeur salée de la mer. Sous ses pieds, les Vikings avaient enterré une jeune femme sacrifiée. Et ces types, ces assassins, étaient venus se ressourcer ici, avant de procéder eux aussi quelques heures plus tard à une exécution rituelle.

20

Venant de Sogmatar, la Land Rover fonçait sur le chemin de terre pour regagner la route menant à Sanli Urfa, et pendant une vingtaine de kilomètres elle longea le lit du cours d'eau à sec. Christine regardait droit devant elle, la main crispée sur le levier de vitesse. Ils gardèrent le silence tout le long du trajet.

Rob ne lui avait pas expliqué ce qu'il pensait avoir découvert à propos des chiffres. Il voulait d'abord en avoir la confirmation, et pour cela il lui fallait consulter un ouvrage bien précis, et il aurait peut-être aussi besoin d'un ordinateur.

Une heure avant le coucher du soleil, ils étaient de retour à Sanli Urfa où il régnait une grande animation. Dès qu'ils se retrouvèrent dans le centre, ils gagnèrent l'appartement de Christine, jetèrent leurs vestes pleines de poussière sur le fauteuil en osier et se laissèrent choir sur le canapé. C'est alors que Christine lui demanda à brûle-pourpoint :

— Croyez-vous que je devrais prendre l'avion et rentrer chez moi ?

— Hein ? Pour quelle raison ?

— La campagne de fouilles est terminée. Je ne toucherai plus de salaire à partir du mois prochain. Je pourrais repartir dès maintenant.

— Sans savoir ce qui est arrivé à Franz ?

— Oui.

Elle regarda par la fenêtre

— Il est mort..., soupira-t-elle. Il faut bien se rendre à l'évidence.

Le soleil disparaissait à l'horizon, et le muezzin lançait l'appel à la prière. Rob se leva et se pencha à la fenêtre. Un vendeur de concombres faisait l'article dans la rue en tournant en rond, des femmes voilées s'étaient attroupées devant le concessionnaire Honda et parlaient sur leur portable, derrière leur tchador. Elles avaient un côté fantomatique, spectral.

Il regagna le canapé et regarda Christine.

— À mon avis, vous ne devriez pas déjà mettre les voiles.

— Pourquoi ?

— Je crois avoir découvert la signification des nombres.

— J'attends de voir, dit-elle sans ciller.

— Vous avez une bible ?

— Là, sur l'étagère.

Il s'approcha en vitesse du meuble, passa en revue le dos des ouvrages : art, poésie, politique, archéologie, histoire. Encore de l'archéologie. Et puis celui qui l'intéressait. Il attrapa une grande et vieille bible reliée de noir.

De son côté, Christine sortit de son bureau le calepin de Breitner.

— Bon, fit-il, j'espère ne pas me tromper, mais j'ai bon espoir. On y va. Lisez-moi les chiffres consignés dans le calepin. Et dites-moi à côté de quoi ils figurent, sur la page.

— D'accord, voilà... le vingt-huit, qui touche des coordonnées géographiques pointant vers l'est.

Rob ouvrit le livre de la Genèse dans la bible et le feuilleta jusqu'à ce qu'il tombe sur la page voulue. Il glissa le doigt sur les colonnes de texte et lut à voix haute :

— Chapitre II, verset 8 : « Yahvé Dieu planta un jardin en Éden, à l'Orient, et il y mit l'homme qu'il avait modelé. »

Il attendit. Christine regardait fixement la bible. Au bout d'un moment, elle murmura :

— En Éden, à l'Orient ?

— Donnez-m'en un autre.

Elle examina le calepin.

— Il y a deux neuf, à côté d'un arbre.

Rob se reporta à la page de la bible correspondant à ces numéros :

— Genèse. Chapitre II, verset 9 : « Yahvé Dieu fit pousser du sol toute espèce d'arbres séduisants à voir et bons à manger, et l'arbre de vie au milieu du jardin, et l'arbre de la connaissance du bien et du mal. »

— Deux un zéro, dit Christine à mi-voix. Ou si vous préférez deux dix. À côté de l'espèce de rivière dessinée d'un trait tremblé.

— La ligne qui se transforme en quatre cours d'eau ?

— Oui.

Rob consulta la bible.

— Chapitre II, verset 10 : « Un fleuve sortait d'Éden pour arroser le jardin et de là il se divisait pour former quatre bras. »

— Bon sang, s'exclama Christine, vous avez raison !

— On en regarde encore un autre, pour être sûrs. Un chiffre élevé.

Christine se replongea dans le calepin.

— D'accord. Voilà des chiffres plus élevés, vers la fin. Onze, trente et un ?

Rob feuilleta les pages et récita, tel un curé en chaire :

— Genèse, chapitre XI, verset 31 : « Terah prit son fils Abram, son petit-fils Lot, fils de Harân, et sa bru Saraï, femme d'Abram. Ils les fit sortir d'Ur des Chaldéeens pour aller au pays de Canaan, mais, arrivés à Harân, ils s'y établirent. »

— Harran ?

— Harran.

Il s'interrompit et s'assit auprès d'elle.

— On en essaie un autre, un avec dessin. En voilà un qui est à côté d'un croquis, on dirait un chien ou un cochon… ou je ne sais quoi.

— C'est lequel ?

— Deux, et puis dix-neuf.

Rob retrouva le passage de la bible auquel ce chiffre renvoyait.

— « Yahvé Dieu modela encore du sol toutes les bêtes sauvages et tous les oiseaux du ciel, et il les amena à l'homme pour voir comment celui-ci les appellerait… »

Il n'y avait pas un bruit dans l'appartement. Rob entendait monter les cris du vendeur de concombres en bas, dans la rue noyée de poussière. Christine le fixa :

— Breitner était persuadé d'être en train de diriger des fouilles sur…

— … le jardin d'Éden ?

Ils se regardèrent.

21

Dans son bureau de Londres, Forrester se documentait sur les sacrifices humains. Son café était posé devant lui, à côté d'une photo de son fils qui tenait un ballon de plage et d'une autre de sa fille, une blonde radieuse. Ce dernier cliché avait été pris juste avant sa mort.

Lorsqu'il avait un coup de déprime, il posait la photo à plat sur le bureau.

Mais, en général, il était capable de surmonter son chagrin pour se consacrer au malheur des autres. Ce matin, par exemple, il ne prêta aucune attention à la photo de sa fille, obnubilé par l'écran de son ordinateur et le résultat de ses recherches.

Pour l'heure, grâce à Internet, il s'intéressait aux sacrifices humains auxquels se livraient les Cananéens de la haute Antiquité. Dans la vallée de Hinnom, mieux connue sous le nom de Gehenne, les parents venaient en effet jeter leurs premiers-nés dans les flancs de l'immense statue en cuivre du dieu Moloch, où l'on avait allumé un brasier. Pour étouffer les cris des bébés, les prêtres jouaient du tambour.

Sonné, Forrester se renversa dans sa chaise. Comment pouvait-on commettre de pareilles atrocités ? Il ne put s'empêcher de penser à sa fille, qui était l'aînée de ses enfants.

Il se frotta les yeux et fit défiler d'autres pages.

Les sacrifices humains étaient, semble-t-il, monnaie courante chez les Celtes, les Mayas, les Goths, les Vikings, les Sumériens, les Scythes, les Indiens d'Amérique du Nord, les Incas, entre autres, et bien souvent les victimes étaient les premiers-nés. Il s'agissait de rites propriatoires destinés à placer les nouveaux édifices, sacrés ou non, sous la protection d'une divinité, et le corps du supplicié était enterré sous une voûte, un pilier ou une porte.

Forrester respira bruyamment. Il cliqua sur un autre lien. À l'extérieur brillait un magnifique soleil presque estival, mais l'inspecteur principal était trop absorbé par ses macabres recherches pour s'en réjouir.

Chez les Aztèques, on assistait à des sacrifices particulièrement sanguinaires. On extirpait par l'anus l'intestin des homosexuels, et les prêtres, qui s'étaient au préalable recouvert la tête de morceaux de tripes de leurs précédentes victimes, arrachaient le cœur des guerriers ennemis…

Il poursuivit sa lecture. On dit, par exemple, que la Grande Muraille de Chine se dresse au-dessus du corps de milliers de malheureux enterrés vivants. De même adorait-on jadis au Japon un *hitobashira*, ou « pilier humain », sous lequel des vierges étaient brûlées vives. Chez les Mayas, on avait coutume de noyer des jeunes filles et des enfants dans des gouffres naturels remplis d'eau douce ou salée, les fameux *cenotes*. Chez les Celtes, on tuait la victime d'un coup de poignard dans le cœur, et l'on prédisait l'avenir en interprétant ses dernières convulsions. Quant aux Phéniciens, ils pratiquaient le sacrifice expiatoire de milliers de bébés, dont ils ensevelissaient ensuite les cendres dans les *tophets*.

Forrester, bien que très mal à l'aise, avait l'impression d'être sur la bonne voie. Le meurtre rituel commis sur l'île de Man et la tentative de meurtre à laquelle on avait assisté à Craven Street devaient avoir valeur de sacrifice, ne serait-ce que parce que les coupables s'étaient retrouvés sur un lieu où des êtres humains avaient jadis été sacrifiés. Mais en quoi ces deux affaires étaient-elles liées ?

Il respira profondément, comme s'il s'apprêtait à plonger, puis tapa « Étoile de David » sur Google.

Il lui fallut près de trois quarts d'heure pour trouver ce qu'il cherchait dans un site américain passablement délirant, voire satanique, qui s'intéressait de près à la folie. Ce site lui apprit que l'on désigne parfois l'étoile de David sous le nom d'étoile de Salomon, puisque celui-ci en fit un emblème magique. C'est d'ailleurs la raison pour laquelle elle est récusée aujourd'hui par certains rabbins. Salomon aurait fait graver cette étoile sur le temple qu'il a édifié à Moloch, le dieu cananéen, et où il sacrifiait des êtres humains et des animaux.

Forrester lut et relut à plusieurs reprises ce passage. Ce n'était donc pas l'étoile de David que l'on avait incisée sur la peau des victimes, mais l'étoile de Salomon, directement liée aux sacrifices humains.

Pourquoi raser la tête de ces malheureux ?

Trois minutes lui suffirent pour obtenir la réponse sur Google.

On avait coutume, dans bien des civilisations, de purifier les futures victimes en leur faisant prendre un bain, en les forçant à jeûner, ou parfois en leur rasant le corps entier. Il arrivait même qu'on leur coupe la langue…

Cela confirmait donc que les assassins étaient obnubilés par l'idée de sacrifice. Mais pour quelle raison ?

Il se leva et se massa le cou. Cela faisait trois heures qu'il lisait, sans pour autant trouver un indice qui le mettrait sur la piste des meurtriers. On avait placé sous surveillance tous les ports de l'île de Man, ainsi que l'aéroport, mais il ne fallait pas trop compter les arrêter, car ils avaient dû s'enfuir sitôt leur forfait commis. Il y a toujours des dizaines de bateaux, de ferrys et d'avions qui quittent l'île en même temps. Selon toute vraisemblance, les coupables s'étaient esquivés avant la découverte du cadavre. Il fallait espérer que les caméras de surveillance aient filmé la Toyota noire, mais il faudrait des semaines pour visualiser les enregistrements.

Forrester se rassit et rapprocha sa chaise de l'écran. Il lui restait trois points à vérifier.

Jerusalem Whaley était membre d'un club d'aristocrates qui faisaient la fête, comme le lui avait expliqué le spécialiste de l'histoire de l'île de Man. Mais quel rapport avec l'idée de sacrifice et les assassins ?

Et que penser des ossements retrouvés à Craven Street, dans la maison de Benjamin Franklin ?

De plus, pourquoi, partout où elle passait, la bande se livrait-elle à des fouilles ?

Il apprit sur Google que Benjamin Franklin, l'un des pères fondateurs des États-Unis, était un ami de sir Francis Dashwood, qui avait lui-même créé le club des Feux de l'Enfer.

À en croire les renseignements puisés sur Internet, ce club, aussi bien en Irlande qu'en Angleterre, était une société secrète composée d'aristocrates et de grands bourgeois oisifs. Il s'agissait peut-être de gens dangereux et guère recommandables, probablement des jouisseurs invétérés, mais étaient-ils pour autant portés sur le satanisme et les pratiques mortifères ? De l'avis de la plupart des historiens, ce club privé réunissait des types qui aimaient boire et se laissaient aller à l'occasion à quelques grivoiseries, mais qui n'adoraient pas le diable, contrairement aux bruits qui couraient.

Un spécialiste estimait à l'inverse qu'ils étaient versés dans l'occultisme. Forrester en griffonna le nom sur son bloc : Hugo de Savary, professeur à Cambridge – rien que ça ! Cette thèse lui valut d'ailleurs de se déconsidérer auprès de ses pairs.

Même s'il avait raison, cela ne répondait pas aux questions qu'il se posait. Que cherchait donc cette bande ? Pourquoi déterrer des choses ? Quels rapports entretenait-elle avec le club des Feux de l'Enfer ? Essayait-elle de retrouver des colifichets à signification démoniaque ? Des ossements ? Des enfants sacrifiés ? Son esprit était en pleine ébullition. Tout se passait comme s'il avait fini par rassembler les morceaux du puzzle, sans savoir pour autant comment les emboîter.

Il étouffa un bâillement et enfila sa veste posée sur le dossier de sa chaise. C'était l'heure du déjeuner.

En sortant, il jeta un œil à son bureau, où sa fille lui souriait. Il éprouva un petit pincement au cœur. Il posa la photo à plat sur le meuble et s'en alla.

Il croisa Boijer, à bout de souffle, tout excité.

— Je crois qu'on tient quelque chose ! lui lança son assistant.

— Quoi donc ?

— Une Toyota. La Toyota noire.

— Où ça ?

— À Heysham, dans le Lancashire.

— Quand…

— Il y a deux jours.

22

Rob et Christine étaient assis dans la maison de thé jouxtant le bassin d'Abraham. La lumière matinale dorait les pierres de la mosquée Mevlid Halil qui se mirait doucement sur l'étang à poissons.

Ils avaient passé la veille au soir à rassembler de la documentation pour étoffer la thèse du jardin d'Éden, Christine sur son ordinateur portable, Rob dans un cybercafé. Et ils se retrouvaient maintenant pour confronter leurs recherches. Ils avaient choisi cet endroit afin de se fondre dans la foule et éviter ainsi d'avoir des témoins. Tout le monde regardait les carpes, les promeneurs, les soldats en permission, les enfants qui mangeaient leurs keftas… Seule fausse note, une voiture de police garée le long du jardin de la maison de thé.

Rob se rappelait comment il avait trouvé la solution à l'énigme des chiffres : ils avaient discuté de la Genèse à Sogmatar et Harran, et Christine avait évoqué à son tour la légende d'Adam et Ève. Cela avait dû lui faire penser à son père en train de réciter la Bible, et il s'était alors dit que les chiffres, qui se présentaient par groupes de deux, pouvaient renvoyer à des chapitres et des versets.

— Bon, dit-il en buvant une gorgée de thé. On sait que l'agriculture est née ici. Aux environs de Göbekli Tepe. Vers 8000 ans avant notre ère, d'accord ?

— Oui. Comme on sait en gros quand on a commencé à faire de l'élevage…

— Car l'archéologie nous le prouve. « La domestication ébranle tout le système », ai-je lu dans un de vos livres. Le squelette n'est plus le même, les hommes sont moins grands et de santé plus fragile…

— Euh… oui, concéda Christine du bout des lèvres. Le corps étant obligé de s'adapter à un régime alimentaire moins protéiné, les conditions de vie devenant plus rudes, la taille du squelette s'en ressent et l'individu perd en robustesse. Je l'ai constaté un peu partout.

— En effet. Au départ, ce n'est pas une mince affaire de domestiquer les animaux. Et ceux qui viennent de l'être s'avèrent moins costauds que les autres.

— Oui.

— Mais… (Rob se pencha en avant), quand ce phénomène est apparu, quelque huit mille ans avant notre ère, le paysage se met également à changer dans la région, non ?

— Si. On coupe les arbres, on assèche les sols et l'aridité gagne du terrain. Alors qu'auparavant… c'était un cadre paradisiaque.

Elle sourit, songeuse.

— Je me rappelle que Franz disait que Göbekli devait alors être une *prachtvolle Schafferegion*, autrement dit un cadre se prêtant à merveille à l'élevage, avec des prairies, des forêts, un gibier abondant et des graminées poussant à l'état sauvage. Puis le climat a changé, au moment où se développait l'agriculture, et il a fallu déployer encore plus d'efforts.

Rob sortit son calepin et récita : « Maudit soit le sol à cause de toi ! À force de peine tu en tireras subsistance tous les jours de ta vie. » Genèse 4-17.

Christine se frotta les tempes. Elle avait l'air fatiguée. Elle se ressaisit aussitôt :

— On m'a déjà expliqué que cette histoire de jardin d'Éden doit être entendue au second degré.

— Comme une espèce de métaphore ?

— Oui, pour certains. On peut très bien imaginer que ce jardin d'Éden ne soit rien d'autre qu'une image de la vie des chasseurs-cueilleurs, qui avaient tout loisir de se promener, de se nourrir de fruits et de graminées… nus et « au paradis », comme Adam et Ève. Ensuite, l'homme se lance dans l'agriculture, et les choses se compliquent. C'est ainsi qu'il se retrouve chassé du jardin d'Éden.

Rob regarda deux hommes qui se tenaient par la main traverser le pont, enjambant le petit cours d'eau, qui conduisait à la maison de thé.

— Mais pourquoi en est-on venu à cultiver la terre ? demanda-t-il.

— On n'en sait rien, répondit Christine en haussant les épaules. Cela reste un mystère. N'empêche, l'agriculture est bel et bien née ici, dans cette partie de l'Anatolie. C'est à Çayönü, à cent kilomètres d'ici, que l'on a commencé à domestiquer le cochon. Pour les bovins, ça s'est passé plus à l'ouest, du côté de Çatal Höyük.

— Que vient faire au juste Göbekli là-dedans ?

— Difficile de répondre. C'est un miracle que ces chasseurs aient édifié un site pareil. Cela prouve toutefois que la vie était plus douce avant l'apparition de l'agriculture. Ces hommes, ces chasseurs avaient tout le temps de faire de l'art et de nous laisser des sculptures raffinées. Et pourtant ils ne connaissaient pas la poterie ! C'est curieux. On relève quantité d'images érotiques à Göbekli, des sculptures de femmes, nues, jambes écartées…

— Peut-être qu'elles avaient mangé le fruit de l'arbre de la connaissance, suggéra Rob.

— Qui sait…

Ils demeurèrent un moment silencieux. Inquiète, Christine regarda sur la gauche, où patrouillait un flic avec sa radio qui grésillait. Rob constatait, effaré, qu'ils devenaient aussi paranos l'un que l'autre, alors qu'ils n'avaient rien à se reprocher. N'empêche, l'inspecteur Kiribali avait une sale tête. Et ces types, en bas, qui surveillaient l'appartement ?

— Et puis, reprit-il, il faut tenir compte de la topographie. Or, il n'y a pas quatre grands cours d'eau dans les environs de Göbekli.

— Non, il n'y a qu'un fleuve, mais c'est l'Euphrate.

Rob se souvint de ce qu'il avait lu dans le cybercafé.

— Et les spécialistes ont toujours estimé que si le jardin d'Éden a existé, c'est entre le Tigre et l'Euphrate, dans le croissant fertile, le berceau de la civilisation. Or, dans la Genèse, il est dit que l'Euphrate prend sa source au milieu du jardin d'Éden.

— Ce qui est le cas. De même figurent des montagnes sur la carte.

— Les monts du Taurus.

— Où naît l'Euphrate, à l'est d'Éden. On racontait souvent que le jardin d'Éden était bordé à l'est par une chaîne de montagnes. Or le Taurus est situé à l'est de Göbekli…

Christine sortit son calepin et lut tout haut des notes qu'elle avait prises :

— Bon, ce n'est pas tout. Dans les textes assyriens, il est question de Beth Éden ou Bit Adini, littéralement « maison d'Éden ».

— Mais encore ?

— C'était une petite nation araméenne, vivant au bord de l'Euphrate qui décrit alors un coude, au sud de Carchemish, soit à environ quatre-vingts kilomètres de l'actuelle Sanli Urfa.

— Vous avez trouvé autre chose ? demanda Rob, impressionné par la qualité de ses recherches.

— Adam et Ève ont vécu à Harran, autrement dit le jardin d'Éden. Celui-ci apparaît dans la Genèse mais on y fait aussi allusion dans le Second Livre des Rois, chapitre XIX, verset 12 : « Les ont-ils délivrées, les dieux des nations que mes pères ont dévastées, Gozân, Harân, Réçeph, et les Édénistes qui étaient à Telassar ? »

— Encore Harran ?

— Eh oui. Et Telasar correspond peut-être à l'actuelle ville de Rusafa, au nord de la Syrie.

— C'est loin d'ici ?

— À au moins trois cents kilomètres en allant vers le sud-ouest.

Rob hocha la tête, l'air emballé.

— Ce qui fait que Göbekli se trouve à l'est, en Éden. Éden ne signifie-t-il pas « délice » en hébreu ?

— Oui, mais ce mot dérive du mot sumérien « eddin », qui désigne une steppe, un plateau ou une plaine.

— Comme la plaine d'Harran ?

— Exactement. Comme la plaine d'Harran, dans laquelle se trouve…

— … Göbekli Tepe.

Rob sentit la sueur lui perler dans le dos. Il faisait très chaud ce matin, même à l'ombre.

— Bon, reprit-il, il ne reste plus qu'à voir comment tout cela a partie liée avec la Bible.

— Abraham a en principe vécu ici. Dans la Genèse, Harran et lui sont indissociables. De leur côté, la plupart des musulmans pensent que Sanli Urfa était jadis la ville de Ur, au temps des Chaldéens, cité à laquelle on fait également allusion dans la Genèse. Cette petite région entretient donc bien plus de rapports avec la Genèse que n'importe quelle autre au Moyen-Orient.

— Donc, ça y est.

Rob sourit, tout content

— Il suffit de prendre en compte les échos que l'on trouve dans la Bible, l'histoire, les légendes, la topographie, tout ce qui prouve que c'est ici que l'on a commencé à domestiquer plantes et animaux, et aussi bien évidemment ce qui ressort du site proprement dit, pour avoir la solution. Du moins, celle à laquelle Franz était parvenu… (Il leva les bras, à l'image d'un magicien qui s'apprêtait à faire un tour.) Göbekli Tepe est le jardin d'Éden !

— De façon symbolique, oui, dit Christine avec le sourire. Mais c'est tout de même convaincant. C'est là où la Chute a eu lieu, lorsque l'homme a troqué la liberté du chasseur contre la tâche ardue de l'agriculteur. C'est ce qui ressort de la Genèse.

Ils se turent quelques instants, puis Christine ajouta :

— Même si, pour être plus précis, on peut dire que Göbekli Tepe est… un temple construit dans un cadre édénique, plutôt que le jardin d'Éden lui-même.

— Certes.

Rob sourit

— Ne vous inquiétez pas, Christine, je ne crois pas qu'Adam et Ève se baladaient là-bas en se régalant de fruits sauvages… Mais je pense que Franz était persuadé d'avoir découvert le jardin d'Éden. En l'interprétant au second degré.

Il regarda de l'autre côté des bassins étincelants et se sentit soudain mieux. Toutes ces explications étaient un vrai régal. Cette histoire ahurissante méritait qu'on lui consacre un article : un scientifique convaincu qu'il est en train de réaliser des fouilles sur ce qu'était le jardin d'Éden, même en le concevant de façon symbolique et allégorique ? Ça pourrait facilement faire un gros titre en double page.

Christine ne semblait pas partager son enthousiasme : ses yeux s'embuèrent un instant, sous le coup de l'émotion.

— Euh… oui. Disons que vous avez raison. Vous avez sans doute raison. Cela nous explique à quoi correspondent les chiffres, tout comme on comprend pourquoi, les derniers temps, il réalisait des fouilles la nuit, en secret, pour tâcher de retrouver des choses qu'il transportait ensuite ailleurs. Il était très excité, juste avant… juste avant cet accident.

Rob s'en voulut de ne penser qu'à son travail, alors qu'il restait à élucider un meurtre.

— Nous avons encore beaucoup de points à éclaircir, déclara-t-elle, la mine sombre

— Comme savoir pourquoi on l'a assassiné ?

— Exactement.

— Eh bien, il se peut que des évangélistes américains aient découvert le pot-aux-roses, à savoir qu'il était en train de fouiller le jardin d'Éden.

Christine s'esclaffa.

— Et ils auraient engagé un tueur ?

Son verre de thé était vide, elle le prit, puis le reposa.

— Autre question qui demeure sans réponse : pourquoi les chasseurs-cueilleurs ont-ils enseveli Göbekli ? Cela a dû leur demander des dizaines d'années, pour faire disparaître un temple sous terre. Dans quel but ?

Rob chercha l'inspiration en regardant le ciel bleu d'Urfa.

— Parce que c'est ici que la Chute a eu lieu ? Rien ne dit que, même à l'époque, cet endroit n'incarnait pas l'erreur commise par l'homme, quand il s'est mis à cultiver la terre. Ce serait donc la honte, la colère ou encore l'amertume qui les auraient poussés à l'ensevelir…

Christine n'eut pas l'air convaincue.

— D'accord, dit Rob en souriant, c'est une hypothèse un peu tirée par les cheveux. Le mystère reste donc entier.

Le silence retomba autour de la table. À quelques mètres de là, des enfants surexcités indiquaient du doigt les poissons du bassin, à travers les massifs de rosiers. Une gamine d'environ onze, douze ans montrait ses cheveux bruns et bouclés à sa mère dissimulée derrière un tchador, et il songea avec tristesse que la jeune fille ne tarderait pas à disparaître définitivement elle aussi derrière tous ces voiles noirs.

Christine ouvrit le carnet de Breitner et le déposa sur la table à côté de ses propres notes. Le soleil qui filtrait à travers les feuilles de citronniers verts jouait sur leur petite table.

— Un dernier point. Il y a quelque chose que je ne vous ai pas encore dit. Vous vous souvenez de la dernière ligne de son calepin ?

Elle la pointa de l'index en tournant le carnet vers lui.

C'était celle qui parlait de crânes : « Les crânes de Çayönü, voir Orra Keller. »

— Je n'en ai pas parlé, car je ne voyais pas ce que ça venait faire là. Sauf que maintenant… Tenez, regardez. J'ai une idée…

Il se pencha pour lire. Pour lui, c'était toujours aussi sybillin.

— Qui est cette Orra Keller ?

— Ce n'est pas un nom ! On est partis du principe que c'en était un, car il a mis une majuscule à Orra et à Keller. Or, je pense qu'il a mélangé ici deux langues.

— Je ne comprends toujours pas.

— Il a mélangé l'anglais et l'allemand. Et…

Rob regarda soudain derrière Christine.

— Nom d'un chien !

Elle se raidit.

— Qu'est-ce qui se passe ?

— Ne vous retournez pas. C'est Kiribali. Il nous a vus, et il vient vers nous.

23

Kiribali avait l'air d'être seul, même si la voiture de police était toujours garée le long des jardins de Golbasi.

L'inspecteur turc portait un autre costume tout aussi élégant, en lin crème, cette fois, avec une cravate à rayures vertes et bleues très britannique. Il traversa la passerelle et leur adressa un sourire venimeux.

— Bonjour. Mes agents m'ont dit que vous étiez ici.

Il fit un baisemain à Christine, tira une chaise, puis héla un serveur. D'un seul coup, il changea d'attitude, cessant d'être obséquieux pour se montrer autoritaire.

— Des loukoums ! commanda-t-il.

Pas très rassuré, le serveur fit une grimace et hocha la tête.

— Ce sont les meilleurs de Sanli Urfa. Ça vaut la peine. Vous savez quelle est l'origine des loukoums ?

Rob fit signe que non.

— On raconte qu'un cheik ottoman en a eu assez des disputes continuelles entre ses femmes, dans le harem. Il a donc demandé au confiseur de la cour de venir lui préparer quelque chose d'absolument délicieux, de manière à ce que ses femmes, gourmandes comme toutes leurs semblables, cessent de se chamailler.

Kiribali s'installa sur sa chaise, pendant que le serveur déposait un plateau de loukoums sur la table.

— Le cheik avait visé juste, ses femmes se régalèrent et ne se querellèrent plus. Elles prirent toutefois tellement de poids, à force de se gaver de loukoums, que le cheik n'eut plus du tout envie d'elles. Dépité, il fit alors castrer le confiseur !

Kiribali partit d'un grand rire et offrit des loukoums à Christine.

Une fois de plus, il inspirait à Rob des sentiments partagés. Il avait beau se montrer charmant, il n'en était pas moins menaçant. Tiré à quatre épingles, il prenait un ton affecté et tenait des propos habiles. Était-il sur le point de faire la lumière sur le meurtre de Franz Breitner ?

— Vous avez lu *Le Monde de Narmia*[1] ?

Christine fit signe que oui.

— C'est certainement là que l'on trouve la référence la plus explicite aux loukoums dans la littérature de langue anglaise. Lorsque la Reine des Neiges offre les friandises…

— Dans *Le lion, la sorcière blanche et l'armoire magique*[2] ?

— Tout juste !

Kiribali se mit à rire et sirota religieusement son verre de thé.

— Je me demande souvent pourquoi les Anglais sont aussi forts, dès qu'il s'agit de littérature pour enfants. C'est un don.

— Par comparaison avec les Américains, c'est ça ?

— Comparés avec n'importe qui, monsieur Luttrell. Les plus grands écrivains en la matière sont britanniques : Lewis Carrol, Beatrix Potter, Roald Dahl, Tolkien, J. K. Rowling, à qui nous devons la saga des Harry Potter.

Un petit vent bienvenu caressait les rosiers de Golbasi.

— Je crois que c'est parce que les Britanniques n'hésitent pas à faire peur aux enfants, qui adorent ça. Ces romans sont parfois macabres, vous ne trouvez pas ?

1. Saga de C.S. Lewis *(N.d.T.)*.
2. *Le Monde de Narmia*, tome 2 *(N.d.T.)*.

Rob leva la main.

— Inspecteur Kiribali.

— Oui ?

— Êtes-vous venu nous voir pour une raison particulière ?

Le flic s'essuya les lèvres avec un coin de sa serviette.

— Je veux que vous partiez. Tous les deux. Sans plus attendre.

— Pourquoi ? demanda Christine sur un ton provocateur.

— Pour votre bien. Parce que vous vous mêlez de choses que vous ne pouvez pas comprendre. Nous sommes ici…

Kiribali désigna les falaises derrière lui, embrassant en même temps la citadelle, les colonnes corinthiennes et les grottes obscures.

— Nous sommes ici, reprit-il, dans un endroit très ancien, qui recèle énormément de secrets… de sombres motifs d'inquiétude qui vous échappent. Plus vous vous en mêlerez, plus vous courrez de danger.

Christine secoua la tête.

— Je ne vais pas me laisser intimider.

Kiribali fronça les sourcils.

— Vous n'êtes pas raisonnables. Vous avez l'habitude des Starbucks… des ordinateurs portables… Bref, de vivre dans le confort. Ici, nous sommes au Proche-Orient où se perpétuent les traditions. Cela vous dépasse.

— Vous avez dit que vous auriez peut-être d'autres questions à nous poser.

— Mais vous n'êtes pas suspects. Je n'ai pas besoin de vous, déclara l'inspecteur, revêche.

— Je n'ai pas d'ordres à recevoir, de vous ou de quiconque ! s'exclama Christine.

Kiribali se tourna vers Rob.

— Dans ce cas, je fais appel à votre logique masculine. Les femmes…

Christine se redressa sur son siège.

— Je veux savoir ce qu'il y a dans le coffre, au musée ! s'écria-t-elle.

Kiribali eut l'air interdit. Toujours plus courroucé, il regarda autour de lui, comme s'il cherchait un appui. Or il n'y avait personne en terrasse, hormis deux hommes gras en costume qui fumaient la chicha.

Il se leva brusquement, sortit quelques pièces d'un beau portefeuille en cuir et les déposa soigneusement sur la nappe.

— Je vais être très clair. On vous a vus la semaine dernière en train de pénétrer illégalement sur le champ de fouilles de Göbekli Tepe.

Rob paniqua. Si Kiribali était au courant, ils risquaient fort d'avoir des ennuis.

— J'ai des amis dans le village kurde, ajouta le policier.

— On cherchait tout bêtement…

— Vous cherchiez des histoires, voilà tout. Ma patience a des limites. Si demain vous n'avez pas quitté Sanli Urfa, vous irez en prison. Vous aurez peut-être alors l'occasion de vous apercevoir que tout le monde ne partage pas ici ma clémence en ce qui vous concerne…

Il leur adressa un mauvais sourire et tourna les talons, frôlant au passage les rosiers d'où tombèrent quelques pétales écarlates.

Rob et Christine ne dirent rien pendant un moment. Rob, qui craignait que la situation ne se gâte, se demanda si son article en première page en valait la peine. Il repensa à Bagdad, où il avait échappé de justesse à un attentat suicide. Il revoyait toujours la tête de la femme, une belle et jeune brune aux cheveux longs, avec des lèvres pulpeuses maquillées de rouge, qui lui avait souri juste avant de se faire sauter…

Il frissonna et décida qu'il était hors de question de fuir. Il allait rester, cette fois, et surmonter ses appréhensions.

Christine, quant à elle, demeurait inflexible.

— Je ne vais pas m'en aller, déclara-t-elle.

— Il va nous arrêter.

— En quel honneur ? Parce qu'on roule la nuit ?

— Nous nous sommes introduits illégalement sur le champ de fouilles.

— Il ne peut pas nous envoyer en prison pour ça. C'est du bluff.

— Hum, je n'en suis pas sûr, répondit Rob. Je ne sais pas…

— Il joue les gros bras, c'est tout.

— Je ne suis pas de votre avis. Je me suis renseigné sur lui. On le respecte et on le craint aussi. Il paraît que c'est un excellent tireur. Il vaut mieux ne pas se le mettre à dos.

— Pourtant on ne peut pas déjà quitter la ville. Pas avant d'en savoir plus.

— Vous parliez d'un coffre dans un musée ? Qu'est-ce que c'est que cette histoire ?

Le serveur leur tournait autour, s'attendant à ce qu'ils s'en aillent, mais Christine lui commanda deux autres thés.

— Repensez à la dernière ligne écrite dans le calepin : « Les crânes de Çayönü, voir Orra Keller. » Vous vous en souvenez, des crânes de Çayönü ?

— Non, répondit-il. De quoi s'agit-il ?

— Çayönü est un autre site archéologique réputé, et presque aussi ancien que Göbekli, situé à quelque cent cinquante kilomètres au nord. C'est là qu'on a domestiqué le cochon.

Le serveur leur apporta leur boisson.

— Ce sont des Américains qui réalisent des fouilles là-bas. Il y a deux ans, ils ont découvert une couche entière de crânes et de squelettes démembrés sous l'une des pièces.

— Des crânes humains ?

Elle hocha la tête.

— Mais aussi des os d'animaux, ajouta-t-elle. D'après les analyses, on avait répandu sur les lieux énormément de sang humain. On a baptisé cette pièce « la chambre des crânes ». Franz trouvait Çayönü absolument fascinant.

— Et alors ?

— Tout indique qu'on se livrait là-bas à des sacrifices humains. Ce qui soulève des polémiques, les Kurdes refusant de croire que leurs ancêtres étaient si… sanguinaires. Mais les spécialistes estiment que, dans l'ensemble, les ossements et les crânes en question sont le legs d'une foule de sacrifices humains. On construisait ici des maisons sur les dépouilles de ceux que l'on avait sacrifiés.

— Sympa.

— Ce qui explique la dernière ligne du carnet. Le coffre d'Édesse.

— Je vous demande pardon ?

— C'est ainsi que les conservateurs du musée de Sanli Urfa désignent la pièce dans laquelle se trouvent des archives très mystérieuses, consacrées à l'époque préislamique.

Rob fit la grimace.

— Excusez-moi, Christine, mais je ne vous suis plus.

Elle se montra plus explicite.

— Sanli Urfa a porté divers noms. Les Grecs l'appelaient Édesse, comme ensuite les croisés. Pour les Kurdes, il s'agit de Riha, et d'al-Ruha pour les Arabes, c'est-à-dire la ville des prophètes. On l'appelle aussi Orra, qui est une translittération d'Édesse. Ce qui fait qu'Édesse, c'est Orra.

— Et Keller ?

— Ce n'est pas un patronyme, mais le mot allemand pour la cave, le sous-sol, le coffre. Franz y a mis une majuscule, comme à tous les noms communs en allemand.

— Donc… Ah, je crois que j'ai compris…

— Quand il parlait d'Orra Keller, il faisait allusion au coffre d'Édesse. Qui se trouve dans le sous-sol du musée d'Urfa !

Christine se renversa sur sa chaise. Rob se pencha en avant :

— Il nous prévient donc qu'il y a quelque chose dans le coffre d'Édesse.

— Et il nous demande de comparer les crânes de Çayönü. Le hic, c'est qu'il n'y a là-bas rien d'important. J'ai moi-même regardé dans les archives à mon arrivée. Mais n'oubliez pas (elle agita le doigt, à la manière d'un professeur) que Franz se livrait à des fouilles la nuit, sur le site de Göbekli, juste avant d'être assassiné.

Elle était rouge d'excitation, et de colère.

— Et vous pensez qu'il a stocké là-bas ses découvertes ? Dans le coffre abritant les archives de l'époque préislamique ?

— L'endroit semble idéal, la partie du sous-sol la plus poussiéreuse, bien protégée, à l'abri des regards et quasiment oubliée.

— D'accord. Mais ça reste quand même tiré par les cheveux, comme hypothèse.

— C'est possible. Cependant…

D'un seul coup, il comprit.

— Vous vouliez voir la réaction de Kiribali !

— Et vous avez constaté par vous-même… J'ai tapé dans le mille !

Christine avait bien joué.

— Vous voulez aller voir avec moi ? lui demanda-t-elle.

— Et nous introduire une fois de plus quelque part par effraction ? C'est bien trop risqué.

— Je sais.

Le vent murmurait dans les citronniers verts. Sur le pont, une femme en tchador embrassait l'un après l'autre les doigts du bébé agrippé à son cou.

— Pourquoi voulez-vous faire tout ça, Christine ? Pourquoi vous donner tant de mal ? Pour voir si votre instinct vous dit vrai ?

— Je veux savoir comment et pour quelle raison Franz est mort.

— Moi aussi. Mais je suis payé pour ça. C'est mon métier. Je suis ici pour écrire un article. Vous prenez énormément de risques.

— J'agis ainsi (elle soupira) parce qu'il aurait fait la même chose à ma place.

Rob comprit soudain.

— Pardonnez-moi, Christine, mais Franz et vous…

— Oui, nous avons eu une relation, répondit-elle en se détournant, pour cacher son trouble. Il y a quelques années. C'est lui qui m'a vraiment mis le pied à l'étrier, en me permettant de travailler sur ce site extraordinaire. À l'époque, on n'avait pas encore découvert d'ossements à Göbekli Tepe, et l'on n'avait pas besoin d'ostéoarchéologue. Il m'a quand même invitée à me joindre à l'équipe, parce qu'il estimait mes travaux. Et puis, au bout de quelques mois, nous avons eu une liaison. Mais cela n'a pas duré. La différence d'âge était trop grande.

— C'est vous qui avez rompu ?

— Oui.

— Il vous aimait toujours ?

Elle acquiesça d'un signe de tête et rougit.

— Je crois. Il est toujours resté très discret à ce sujet, en veillant à ce que cela n'empiète pas sur notre relation professionnelle. Il aurait pu me demander de partir, mais il ne l'a pas fait. Ma présence à ses côtés n'a pas dû être facile, pour lui, alors qu'il était toujours amoureux de moi. C'était un excellent archéologue, et il était encore mieux, sur le plan humain.

— Et vous estimez lui devoir ça ?

— Exactement.

Ils se turent. Les soldats nourrissaient les carpes. Rob observa un livreur d'eau sur son âne. Il lui vint alors une idée.

— Je crois savoir comment vous pouvez vous procurer le code du coffre.

— De quelle façon ?

— En vous adressant aux conservateurs du musée, vos amis.

— Casam ? Beshet ? Les Kurdes ?

— Oui. Surtout Beshet.

— Mais…

— Vous lui avez tapé dans l'œil.

Elle piqua un fard.

— Impossible.

— Oh que si ! Croyez-moi, Christine, même si c'est pathétique de voir un homme en adoration devant une femme. Il n'a d'yeux que pour vous.

Christine parut extrêmement gênée.

— Je ne suis pas sûr, reprit-il, que vous vous rendiez compte de l'effet que vous produisez sur les hommes.

— Et alors ?

— Allez le voir, et demandez-lui le code. Je parie qu'il va vous le donner.

La femme en tchador avait cessé d'embrasser son bébé. Le serveur du salon de thé les regardait car il avait besoin de la table pour y installer de nouveaux clients. Rob déposa des pièces sur la nappe.

— Allez chercher le code, et ensuite nous irons au musée voir ce qu'il y a dans ce coffre. Et si nous ne trouvons rien, nous repartons aussitôt. D'accord ?

Elle hocha la tête.

— Demain, c'est férié, expliqua-t-elle.

— C'est encore mieux.

Ils se levèrent. Christine avait l'air troublée.

— Qu'est-ce qu'il y a ? lui demanda Rob.

— J'ai peur, Robert. Qu'est-ce qui peut bien avoir tellement d'importance pour que Franz l'ait caché dans le coffre sans nous prévenir ? Qu'est-ce qui peut être assez horrible pour qu'il l'ait dissimulé ? Et quel est le rapport avec les crânes de Çayönü ?

24

Avaient-ils une fois de plus loupé le coche ?

Par-delà le cromlech, Forrester regarda les landes vert sombre de Cumbrie. Il se souvenait d'une autre affaire qui l'avait amené à rechercher des indices dans un endroit comme celui-ci. Un homme avait tué puis enterré sa femme dans les landes de Cornouailles ; une histoire macabre, puisqu'on n'avait pas retrouvé la tête de la malheureuse.

Il enjamba un espalier et réfléchit aux derniers développements de l'enquête. On savait que les meurtriers avaient quitté l'île de Man quelques heures après le meurtre, et qu'ils avaient pris le premier ferry entre Douglas et Heysham, soit bien avant que l'on donne l'alerte aux ports et aux aéroports. Un docker d'Heysham avait aperçu deux jours plus tôt une Toyota Landcruiser noire traverser le port au petit matin. Cinq hommes jeunes en étaient descendus ; ils avaient pris le petit déjeuner dans un pub avant de monter sur le bateau. Le docker s'était installé à côté d'eux dans l'établissement.

Forrester s'approcha d'une belle pierre levée grise, tapissée d'une fine couche de mousse vert pâle. Il sortit son calepin, feuilleta les pages dans lesquelles il avait consigné son entretien avec le docker. « Ils étaient grands et jeunes, et portaient des vêtements de prix. Il y avait chez eux quelque chose de louche. » Étonné de voir cinq hommes dans une voiture de luxe s'apprêter à prendre le bateau pour Douglas, alors que cette ligne maritime n'est pas très fréquentée ou essentiellement par des agriculteurs, de rares hommes d'affaires et parfois quelques touristes, il avait tenté en vain d'engager la conversation.

Forrester examina ses notes : « Ces hommes n'avaient pas envie de parler. L'un d'eux s'est contenté de me saluer. Ils avaient un accent étranger, français ou italien. L'un de ses compagnons, un Britannique, avait un ton snob. Ils se sont levés, et puis ils sont partis. Comme si j'avais gâché leur petit déjeuner. »

Le docker n'avait pas relevé la plaque, mais il avait entendu l'un d'eux parler de « Castelyig » en sortant du pub. Forrester et Boijer avaient aussitôt essayé de localiser cet endroit, mais aucun ne portait ce nom. En revanche, il existait bien du côté d'Heysham un lieu-dit célèbre qui s'appelait Castlerigg.

C'était là que se trouvait l'un des cromlechs les mieux conservés de Grande-Bretagne. Composé de trente-huit pierres levées de tailles et de formes diverses qui constituaient une enceinte, ce site datait d'environ trois mille deux cents ans avant notre ère. Il avait pour particularité de comprendre également un autre enclos rectangulaire formé de dix monolithes. Dans son bureau de Scotland Yard, Forrester avait appris, en regardant sur Google, que l'on s'y était livré à des sacrifices humains, hypothèse confirmée par la découverte, à la fin du XIXe siècle, d'une hache en pierre. Certains pensaient même que par la suite cette tradition avait été perpétuée par les druides, ce qui prêtait à controverse. Reste que c'était dans la région une coutume établie, comme en attestait un poème de Wordsworth dont il avait recopié une strophe à la bibliothèque d'Heysham :

À midi j'ai accouru vers d'obscures clairières,
Bois religieux et ombres de minuit
Où une superstition menaçante a trouvé

Alentour une vieille et froide horreur,
Tandis que bras noir et tête penchée
Elle tissait une écharpe de tissu ébène,
Et puis écoute, j'entends la harpe,
Et regarde ! son fils le Druide apparaît.
Pourquoi lever sur moi un œil courroucé ?
Pourquoi m'élire pour le sacrifice ?

C'était une douce journée de printemps, le soleil éclatant de la fin du mois d'avril jouait sur les collines vertes et dépouillées, sur l'herbe perlant de rosée et les forêts de sapins. Pourtant, quelque chose dans ce poème lui donnait froid dans le dos.

— *À midi j'ai accouru vers d'obscures clairières*, récita-t-il.

Boijer, qui arpentait la prairie, en resta pantois.

— Inspecteur ?

— C'est le poème de Wordsworth.

Boijer sourit.

— Ah oui. J'avoue que je ne le connaissais pas.

— Moi non plus, répondit Forrester en refermant son carnet.

— C'est un endroit superbe, déclara Boijer.

— Oui.

— Vous êtes sûr qu'ils sont venus ici ? Là où nous nous trouvons en ce moment ?

— Oui. Où voulez-vous qu'ils soient allés ?

— À Liverpool ?

— Non.

— À Blackpool, alors.

— Non plus. Et s'ils étaient allés ailleurs, ils auraient pris le ferry pour Birkenhead, car ensuite on rejoint directement l'autoroute. Mais ils vont venus à Heysham, qui est une espèce de cul-de-sac. D'ici, on ne peut aller qu'aux lacs, et je ne pense pas qu'ils aient eu envie de faire du tourisme. Ils se sont rendus sur un site funéraire viking situé dans l'île de

Man, où l'on s'est jadis livré à des sacrifices. Puis ils sont venus ici, à Castlerigg, un autre site dédié alors aux sacrifices humains, le docker les ayant entendus y faire allusion.

Boijer et Forrester gagnèrent le plus grand menhir. Le monolithe était tapissé de lichen, signe qu'ici l'air était pur. Forrester posa sa paume sur la vénérable pierre dressée plus de trois mille ans auparavant et qui lui parut moins glacée, car elle était réchauffée par le soleil.

— Mais qu'est-ce qui les attire ici ? soupira Boijer.

Forrester laissa échapper un grognement. Il n'en avait aucune idée. Dans le vallon où coulait la rivière, derrière le plateau de Castlerigg, il aperçut les voitures de patrouille de la police de Cumbrie garées au soleil à côté d'une aire de pique-nique, ainsi que deux ou trois autres véhicules du même type qui descendaient lentement la petite route qui conduisait aux lacs et s'arrêtaient dans les fermes et les villages pour demander si l'on n'avait pas vu la bande d'assassins. Jusqu'alors les flics avaient fait chou blanc. Forrester n'en demeurait pas moins persuadé que les meurtriers étaient venus là. Tout concordait. Sur ce cromlech, dressé au creux des collines, régnait en effet une ambiance bien particulière. Ceux qui l'avaient construit n'étaient pas insensibles à l'esthétique, loin de là, et l'on aurait même dit qu'ils avaient appliqué les principes du feng shui. Le cromlech se trouvait dans une espèce d'amphithéâtre, les collines faisant office de gradins, tandis que l'enceinte de pierre proprement dite représentait la scène. Mais quel spectacle y donnait-on ?

La radio de Boijer grésilla. Il appuya sur une touche et parla à l'un des flics du coin. Forrester écouta leur conversation. Apparemment, la police locale n'avait abouti à aucun résultat ; après tout, les individus en question n'étaient peut-être jamais venus dans les parages.

Forrester continua à marcher. Un renard se faufila dans un champ puis longea tranquillement un bosquet de l'autre côté du prochain vallon, avant de disparaître dans les bois.

Le ciel se couvrait. Des nuages noirs filaient dans le ciel qui surplombait la lande. Boijer rejoignit Forrester.

— Vous savez, dit-il, on a été confrontés en Finlande à une drôle d'affaire, voilà quelques années. Cela a peut-être un rapport.

— De quoi s'agissait-il ?

— On l'avait baptisée « Le meurtre de la décharge publique ».

— Parce qu'on avait enseveli un corps dans un dépôt à ordures ?

— Si l'on veut. Tout a commencé en octobre 1998. Si je me souviens bien, on avait retrouvé la jambe d'un homme dans une décharge située non loin d'Hyvinkää, une petite ville au nord d'Helsinki.

Forrester avait du mal à suivre.

— Vous n'habitiez pas déjà en Angleterre, à cette époque ?

— Si, mais je me tenais encore au courant de ce qui se passait en Finlande. Surtout en matière de crimes atroces.

— Qu'est-ce qui s'est passé ?

— Eh bien, au début la police n'a rien trouvé. Seul indice : la jambe. Et puis tout d'un coup cela a fait les gros titres... On a arrêté trois personnes soupçonnées d'avoir commis ce meurtre, qui, d'après certaines indications, versaient dans le satanisme.

Le vent se leva et gémit au-dessus de l'antique cromlech.

— En avril 1999, cette histoire a une fois de plus défrayé la chronique quand le procès a eu lieu. Les trois personnes arrêtées, trois jeunes, se sont retrouvées sur le banc des accusés. Chose curieuse, le juge a décrété qu'il faudrait attendre quarante ans pour que soient rendues publiques les minutes du procès, et que d'ici là on ne donnerait aucune précision sur ce qui s'y était dit. C'est rare, en Finlande. Malgré tout, certaines informations ont filtré, faisant état de tortures, de mutilations, de nécrophilie et de cannibalisme...

— Qui était la victime ?

— Une jeune homme de vingt-trois ans. Trois ou quatre de ses copains l'ont torturé, puis mis à mort. Ils avaient tous une vingtaine d'années.

Boijer fit la grimace, tâchant de se souvenir.

— Il y avait une fille de dix-sept ans parmi eux, reprit-il, c'était la benjamine du groupe. Tout est arrivé au terme d'une beuverie qui a duré plusieurs jours. Ils ont ingurgité des litres et des litres d'eau-de-vie artisanale, la « Brennivin », comme on dit en Islande, soit la « peste noire ».

Forrester l'écoutait avec intérêt.

— Expliquez-moi comment ils l'ont assassiné.

— Ils l'ont lentement mutilé à l'aide de couteaux et de ciseaux, si bien qu'il a agonisé pendant des heures… Puis ils l'ont en partie dévoré.

Forrester regardait un agriculteur descendre à toute allure un chemin de campagne, à près d'un kilomètre de là.

— Et qu'est-ce que vous en déduisez ? Quel rapport y aurait-il avec l'affaire qui nous intéresse ?

Son assistant haussa les épaules.

— Ils étaient tous versés dans le satanisme et avaient déjà incendié des églises et profané des tombes.

— Et ensuite ?

— Comme le paganisme les branchait, ils squattaient ce genre de lieux.

— Mais ils ont jeté le corps dans une décharge publique, et pas à Stonehenge…

— Exact, mais il n'y a pas de Stonehenge en Finlande.

Forrester hocha la tête. L'agriculteur avait disparu de l'autre côté d'une butte, les vénérables pierres se paraient de tons plus sombres à mesure que les nuages obscurcissaient le ciel. Un microclimat comme on en voit autour des lacs, où l'on passe en une demi-heure d'un soleil printanier à un froid hivernal et lugubre.

— À quoi ressemblaient-ils, ces types ? De quel milieu social étaient-ils issus ?

— De la bourgeoisie. Certainement pas des marginaux.

Boijer remonta la fermeture Éclair de son anorak rouge pour se protéger du froid. Forrester mâchonna un brin d'herbe et regarda son assistant, l'anorak rouge vif lui faisant soudain penser à un corps éventré qui se vide de son sang… Il recracha le brin d'herbe.

— La Finlande vous manque ?

— Non. Enfin, un peu, parfois…

— Quoi, par exemple ?

— Les forêts, les vrais saunas. Et puis aussi les mûriers.

— Les mûriers ?

— Il n'y a pas grand-chose en Finlande, et l'hiver il fait très froid, alors on picole. Dans notre langue, il y a mille façons de dire qu'on est soûl. On parle de « mûrier » pour désigner une bonne cuite. (Il repoussa les cheveux que le vent lui faisait tomber sur les yeux.) Il y a même une blague suédoise sur l'alcoolisme des Finlandais.

— Je vous écoute.

— Un Suédois et un Finlandais se donnent rendez-vous pour boire. Chacun arrive avec plusieurs bouteilles de vodka, ils s'asseyent l'un en face de l'autre et boivent, sans dire un mot. Au bout de trois heures, le Suédois ressert une tournée et dit : « À ta santé ! » Écœuré, le Finlandais lui demande alors : « On est ici pour boire ou bien pour discuter ? »

Forrester rit de bon cœur, puis partit faire un petit tour pendant que son assistant allait comme tous les midis manger un sandwich au thon dans la voiture. Il observa le paysage alentour. Ici, il n'y avait que des forêts domaniales, des carrés de sapins denses comme des régiments sur un champ de bataille au temps des guerres napoléoniennes, et des massifs de bouleaux. Il repensa à l'affaire dont lui avait parlé Boijer. Se pourrait-il que les membres de cette bande s'attachent à ensevelir des corps ou des objets divers, et non à les déterrer ? Pourtant, on n'avait visiblement rien enfoui dans le sol à Craven Street, pas plus qu'au fort Sainte-Anne. Faudrait-il retourner vérifier ?

Il était maintenant devant le cromlech. De part et d'autre, de petits menhirs décrivaient une courbe dans le sol. Comme si certains dormaient, couchés sur le ventre, tels des guerriers tombés au combat, tandis que d'autres se dressaient crânement, bien raides. Il se souvint d'avoir lu que l'enclos rectangulaire qui caractérisait également le site avait certainement à l'origine une fonction importante, même si on ignorait laquelle.

Il constata que les pierres qui le constituaient étaient plus basses, et beaucoup plus usées. Il passa une vingtaine de minutes à examiner l'endroit, avançant à pas feutrés, plongeant un doigt dans la terre détrempée. Une fine pluie se mit à tomber et il commença à se sentir découragé.

C'est alors qu'il distingua, dans l'herbe haute et humide, une petite bande de terre qui avait été retournée. Il s'agenouilla, fouilla le sol avec les mains… Cela contrevenait à toutes les précautions d'usage de la police, mais la curiosité était trop forte.

Au bout de quelques secondes, il sentit quelque close de dur et de froid, qui n'était pas une pierre. Il déterra l'objet. C'était un petit flacon en verre, rempli d'un liquide mordoré, semblable à du vieux rhum.

25

Les rues étaient rouge sang. Rob traversait la vieille ville à pied en direction du caravansérail, où il avait rendez-vous avec Christine. La nuit tombait, et où qu'il regardât ce n'étaient que flaques de sang, sur les murs, les trottoirs, devant le magasin de téléphones portables…

Rob s'arrêta au coin de la rue, à deux pas d'une tour avec une horloge, et son attention se fixa sur un homme en sarouel calant entre ses jambes une chèvre qui se débattait. Il posa sa cigarette allumée sur un tabouret, saisit un grand couteau et en plongea la lame dans le ventre de l'animal.

Insensible aux hurlements de la chèvre, l'homme reprit sa cigarette, en tira une bouffée, la reposa, puis finit d'éventrer l'animal qui désormais ne criait plus mais se vidait de son sang en laissant échapper encore quelques gémissements.

Rob retrouva Christine sous les arcades qui conduisaient au caravansérail. La surprise et la perplexité se lisaient sur son visage.

— On fête le Kurban bayrami[1], expliqua-t-elle. Le dernier jour du haj.

— Mais pourquoi tuer des chèvres ?

— Et aussi des moutons.

1. Nom turc de ce que l'on appelle au Maghreb l'Aïd el-Kebir *(N.d.T.)*.

Christine lui donna le bras, tandis qu'ils longeaient les rues du bazar, où les volets étaient fermés. Des odeurs de cuisine, notamment de viande grillée ou cuite à la broche, leur parvenaient.

— C'est le jour du sacrifice. On commémore le fait qu'Abraham, Ibrahim pour les musulmans, a failli sacrifier son fils pour obéir à Dieu.

— J'y ai déjà assisté en Égypte et au Liban, sauf que là-bas on n'égorge pas les animaux en pleine rue !

— C'est vrai, acquiesça-t-elle. Ici, à Sanli Urfa, cette fête revêt un caractère d'autant plus exceptionnel qu'Abraham/Ibrahim était un enfant du pays.

Ils étaient arrivés devant une petite place bordée de maisons de thé et de cafés où les hommes fumaient la chicha. Nombre d'entre eux portaient pour la circonstance le sarouel, les autres des djellabas brodées. Leurs femmes passèrent devant eux, couvertes de bijoux étincelants ou bien coiffées de foulards pourpres ornés de colifichets en argent. Certaines s'étaient tatoué les mains et les pieds au henné.

— Nous y voilà, annonça Christine. Beshet habite là.

Il commençait à faire moins chaud en ville. Rob lui étreignit la main :

— Bonne chance.

Elle traversa la rue et frappa à la porte. Cela devait sans doute être inhabituel et pour le moins troublant pour Beshet de voir débarquer chez lui une Occidentale. Quand il ouvrit, Rob l'observa et constata qu'il était surpris, pas très rassuré, mais aussi qu'il la couvait du regard. Christine n'allait avoir aucun mal à obtenir le code.

Il regagna la place. Des enfants munis de pétards le saluèrent en le regardant comme s'il était une curiosité. Les trottoirs étaient toujours rouges de sang, mais l'on avait cessé d'égorger les animaux. Depuis les tables de café où ils fumaient la chicha, des hommes lui sourirent. Sanli Urfa était décidément une ville curieuse : on était parfois en butte à l'hostilité de ses habitants, mais on y rencontrait aussi des gens charmants et fort sympathiques.

C'est tout juste s'il se rendit compte que Christine s'approchait de lui.

— Vous l'avez ? lui demanda-t-il.

— Oui. Il n'était pas très chaud, mais il me l'a donné.

— Bon, dans ce cas…

— Il faut attendre la nuit.

Ils rejoignirent l'artère principale et sortirent de la vieille ville. Un taxi les reconduisit chez Christine, où ils passèrent plusieurs heures à surfer nerveusement sur le Net pour tâcher, en vain, de ne pas trop se faire de mauvais sang. À onze heures du soir ils quittèrent discrètement l'immeuble et se rendirent au musée à pied. Les rues, qu'on avait lavées au jet, étaient beaucoup moins bruyantes. Un croissant de lune brillait dans le ciel, où les minarets se paraient d'un diadème d'étoiles.

En arrivant sur place, Rob s'assura qu'il n'y avait personne dans les parages, rien que le bruit de la télévision provenant d'une maison aux volets clos, dans la rue voisine. Il ouvrit le portail et entra dans le jardin. Il y régnait la nuit une ambiance très étrange. La lune donnait des reflets argentés aux ailes de Pazuzu, le roi des démons du vent chez les Assyriens. Des bustes détériorés d'empereurs romains et des seigneurs de la guerre assyriens figés dans le marbre semblaient poursuivre à jamais leur chasse au lion. Toute l'histoire de Sanli Urfa était résumée dans ce jardin où les démons de Sumer hurlaient en silence, le bec ouvert depuis cinq mille ans…

— Il nous faut deux codes, dit Christine.

Elle s'approcha de l'entrée du musée, Rob restant en retrait pour faire le guet.

On voyait bien une voiture garée sous des figuiers, mais elle donnait l'impression d'être là depuis plusieurs jours, son pare-brise étant éclaboussé de la chair et des graines des figues venues s'écraser dessus.

La porte s'ouvrit avec un déclic, Rob grimpa les marches du perron et rejoignit Christine à l'intérieur. Il y faisait très chaud, car les fenêtres étaient fermées et le bâtiment n'était pas climatisé. Rob, qui avait enfilé une veste de manière à pouvoir mettre dans ses poches tout ce dont ils avaient besoin – lampes de poche, téléphones portables et carnets – essuya son front trempé de sueur. Au milieu de la salle principale, la plus vieille statue du monde brillait discrètement dans l'obscurité, ses yeux d'obsidienne jetant un regard mélancolique.

— Par ici, dit Christine.

Rob aperçut une petite porte à l'autre bout de la salle. Elle donnait sur un escalier qui descendait. Il remit une lampe torche à Christine et alluma la sienne.

La cave était étonnamment vaste, bien plus que le musée. Quantité de portes et de couloirs partaient dans toutes les directions, et des étagères entières étaient remplies d'antiquités, poteries cassées, lances, silex taillés et autres vases…

— C'est immense !

— Oui. La ville de Sanli Urfa est construite sur des cavernes transformées en caves.

Il se pencha pour observer une figurine brisée couchée sur le dos, qui grondait silencieusement en direction de l'étagère du dessus.

— Qu'est-ce que c'est que ça ?

— Asag. L'esprit maléfique qui, chez les Sumériens, apportait les maladies.

— D'accord…

Malgré la chaleur étouffante, Rob en eut froid dans le dos. Il avait hâte d'en finir tant il appréhendait ce qu'ils s'apprêtaient à faire.

— On ne va pas traîner, Christine. Où se trouve le coffre consacré à Édesse ?

— Par-là.

Ils empruntèrent un couloir qui décrivait un coude, passèrent devant une colonne romaine brisée et d'autres étagères sur lesquelles étaient rangés des vases et des récipients. On étouffait, à cause de la poussière. Christine le conduisit dans la partie la plus ancienne.

Ils se retrouvèrent bloqués devant une grande porte en acier et Christine entreprit de composer le code. Rob l'éclaira. La serrure finit par s'ouvrir. De cet endroit reclus s'échappa une bouffée d'air chaud et rance.

S'armant de courage, Rob entra. La grotte était tapissée d'étagères métalliques sur lesquelles s'entassaient de grandes caisses en plastique numérotées et remplies d'objets anciens. Il y avait aussi d'autres objets qui n'étaient pas emballés, et que Christine identifia au passage : déesses syriaques ou akkadiennes, une grande tête d'Anzu, un fragment de nu grec… Dans la pénombre se tendaient des mains et se déployaient des ailes fantomatiques.

— Il n'y a rien ici, déclara-t-elle, l'air presque soulagé. Tout ça, je l'ai déjà vu.

— Dans ce cas, on ferait mieux d'y aller.

— Attendez.

— Quoi donc ?

Elle lui montra quelque chose.

— Tenez, là-bas.

Rob s'arrêta. De nouveau assailli par de funestes pressentiments, il revit le visage de la jeune Irakienne qui l'avait regardé, juste avant de se faire sauter avec sa bombe.

— Fermez la porte, lui demanda Christine.

Il s'exécuta à contrecœur. Ils étaient seuls dans la salle la plus reculée, celle qui recélait ce qu'avait bien pu découvrir Franz et qui, en matière d'horreur, ne devait rien avoir à envier aux crânes de Çayönü…

— Rob, venez voir.

Elle avait braqué sa lampe torche sur une statue extraordinaire, celle d'une femme jambes écartées et dotée d'un vagin hypertrophié.

À côté d'elle, trois animaux, peut-être des sangliers, et tous en érection.

— Ça, ça vient de Göbekli, murmura-t-elle.

— C'est ce qu'on cherchait ?

— Non, mais je me rappelle quand on l'a découverte. Franz l'a déposée ici. Apparemment, il a rangé les découvertes les plus... bizarres ici. Ce qui nous intéresse ne doit pas être loin.

Rob promena sa lampe. La poussière tourbillonnait dans la pénombre. Ils croisèrent le visage de dieux lugubres ainsi que des démons au regard malveillant, qui s'évanouirent dans l'obscurité à mesure qu'ils avançaient. Rob ne remarqua rien de particulier. Il ne savait même pas ce qu'ils cherchaient et avait l'impression que tout cela ne servait à rien. C'est alors qu'il éclaira une grande boîte en polystyrène, sur laquelle on avait écrit *Göbekli* au feutre. Son pouls s'accéléra.

— Christine, souffla-t-il.

La boîte, visiblement lourde, était coincée contre le mur, au fond de l'étagère en acier. Rob posa sa lampe et donna un coup de main à la jeune femme. Ils posèrent la boîte à terre.

Rob reprit sa lampe, tout excité, et la braqua en l'air pendant que Christine ouvrait la boîte. Elle renfermait quatre jarres, comme celles dans lesquelles on conservait autrefois les olives, mesurant chacune environ un mètre de long et enveloppées dans du bullpack. Rob fut déçu, le journaliste et peut-être aussi le jeune homme épris d'aventure qui sommeillait en lui rêvaient de découvrir quelque chose d'horrible ou de choquant.

Christine sortit une jarre.

— Ça vient de Göbekli ?

— Absolument. Et dans ce cas, elle doit avoir au moins dix mille ans. Ainsi, à l'époque, on connaissait déjà la poterie...

— Cette pièce est remarquablement bien conservée.

— Oui.

Christine la retourna délicatement. Sur un côté on voyait un dessin curieux, une espèce de bâton surplombé d'un oiseau.

— J'ai déjà vu ça quelque part, dit-il tout bas.

Rob sortit son portable pour prendre en vitesse des photos de l'objet.

Puis il déballa à son tour une autre jarre, étonnamment lourde. Que pouvait-elle bien contenir ? Un liquide quelconque ? Des céréales ? Du miel ? Il la pencha et constata qu'elle était obturée.

— On l'ouvre ?

— Oui, mais faites attention…

Peine perdue, d'un seul coup la jarre s'affaissa, le col s'en détacha et tomba, puis l'urne elle-même se brisa en morceaux dans les mains de Rob.

— Oh ! là, là !

Une odeur épouvantable leur souleva le cœur. Rob se pinça le nez.

Avec sa lampe, Christine éclaira ce qu'elle renfermait.

— Nom d'un chien !

Un tout petit corps était couché par terre, celui d'un bébé en position fœtale, ni vraiment momifié ni en état de décomposition liquide. Après tous ces siècles, il continuait à se putréfier, et il s'en dégageait une puanteur atroce. Rob en eut un haut-le-cœur.

— Regardez son visage ! s'écria Christine. Regardez !

Le visage du bébé était figé en un cri silencieux, celui d'un enfant en train d'agoniser…

Brusquement le local fut inondé de lumière, on entendit des bruits, des voix. Rob se retourna et vit s'avancer vers eux des hommes munis de couteaux et de revolvers…

26

Hugo de Savary était très chic. Forrester s'attendait à voir un intello débraillé, portant une veste avec des pièces en cuir aux coudes, les épaules constellées de pellicules… Or le professeur de Cambridge était un homme vif et enjoué, qui faisait encore très jeune et svelte.

Cela venait sans doute de ses livres, destinés au grand public et dans lesquels il abordait des thèmes comme le satanisme, les sectes, l'anthropophagie et tout ce qui tourne autour de la mouvance « gothique ». Des livres qui avaient rencontré beaucoup de succès. En revanche, cela lui avait valu d'être mis au ban de l'université, à en juger par les critiques que Forrester avait pu lire dans la presse.

C'était Savary qui avait eu l'idée de déjeuner avec lui dans ce restaurant japonais situé non loin de Soho.

— Comment vos spécialistes de médecine légale ont-ils su que cet élixir était du *damu* ? lui demanda-t-il.

Il parlait du liquide contenu dans le petit flacon retrouvé à Castlerrig.

— Nous avons déjà être confrontés ici même, à Londres, à plusieurs meurtres liés à la médecine *muti*[1]. Ce n'est donc

1. Médecine traditionnelle des peuples de culture zouloue, en Afrique australe, à base de plantes et aussi de parties du corps d'animaux, voire d'êtres humains, qui entrent dans la composition de philtres et potions à vertu thérapeutique *(N.d.T.)*.

pas la première fois que nos techniciens retrouvent du *damu*.

— Le torse décapité de ce malheureux garçon repêché dans la Tamise ?

— Oui.

Forrester but un peu de saké tiède.

— Le *damu* est, semble-t-il, un concentré du sang des victimes de sacrifices, si j'en crois mes collègues de la police scientifique.

— En effet. Tous les ans, on déplore la mort de centaines d'enfants, victimes du *muti*. Vous savez ce qu'on leur fait ?

— On les démembre…

— Oui, mais ce n'est pas tout, on les découpe et on les castre vivants.

Savary s'accorda une gorgée de bière. Ils avaient fini leurs premiers plats, et il leur restait à choisir la suite.

— J'ai une idée, déclara Forrester. Vous commandez autre chose, puis vous me dites ce que vous pensez de ces types que j'essaie de coincer.

— D'accord. Je donne un cours à trois heures.

— Alors ?

— Ils ont l'air obnubilés par les sacrifices humains.

— Ça, on le sait.

— Mais on est en présence d'un fatras invraisemblable de rites divers.

— C'est-à-dire ?

— Ils se livrent à des sacrifices inspirés de différentes cultures. Couper la langue, cela peut très bien venir des pays nordiques, tandis que plonger la tête de quelqu'un dans le sol, c'est quelque chose que l'on voyait jadis au Japon et chez les juifs. Raser entièrement le corps des victimes sacrificielles était pratiqué par les Aztèques, tandis que l'étoile de David renvoie à Salomon.

Une jeune serveuse vint prendre la commande.

— Et maintenant, reprit Savary, on se retrouve avec du *damu* qui a été enseveli dans un endroit où l'on pratiquait jadis des sacrifices. Or, c'est ainsi que procèdent les guérisseurs *damu*, avant de mettre à mort des individus pour ensuite leur prélever des organes : ils enterrent le *damu* dans un lieu sacré, puis immolent leurs victimes.

— Vous croyez donc que ces énergumènes vont tuer à nouveau ?

— Bien sûr. Pas vous ?

Forrester soupira, puis acquiesça d'un signe de tête.

— Qu'est-ce que vient faire là-dedans le club des Feux de l'Enfer ?

— Je n'en sais trop rien. Ils sont à l'évidence à la recherche de quelque chose lié au club des Feux de l'Enfer. Reste à savoir quoi...

On les servit. Un délicieux fumet flatta les narines de Forrester.

— Ce que je peux vous expliquer, c'est comment fonctionnent ces sectes satanistes, quel est le profil psychologique de leurs membres. Ils viennent essentiellement de milieux aisés. Charles Manson et ses disciples, par exemple, n'étaient pas des petits voyous issus d'un milieu populaire, mais des gosses de riches. On pourrait dresser un parallèle avec la bande à Baader, composée de fils et filles de banquiers, d'hommes d'affaires et de gens fortunés.

— Et puis il y a Ben Laden...

— Tout juste ! C'est le fils brillant et charismatique d'un milliardaire très connu, ce qui ne l'a pas empêché de sombrer dans une lecture complètement folle et nihiliste de l'islam.

— Vous voyez donc un rapport avec le club des Feux de l'Enfer ?

— Effectivement. Le club des Feux de l'Enfer a servi de modèle, si vous voulez, aux sectes satanistes d'aujourd'hui. Un groupe d'aristocrates anglais, souvent talentueux, des écrivains, des hommes politiques ou des savants, qui n'en ont pas moins commis des actes graves et répréhensibles.

— Mais l'on dit parfois que ce club ne regroupait qu'une bande de fêtards, portés sur la dive bouteille.

Savary fit signe que non.

— Sir Francis Dashwood était l'un des meilleurs spécialistes des religions de son époque. Il était allé en Extrême-Orient pour satisfaire sa curiosité en matière d'ésotérisme. Ce n'est pas là un caprice de dilettante. Quant à Benjamin Franklin, il s'agissait de l'un des plus grands esprits de son temps.

— Ils ne se seraient donc pas réunis uniquement pour boire du gin et faire la java ?

— Je ne crois pas.

En face d'eux, un cuisinier japonais se servait de deux couteaux à la fois pour trancher et découper en dés une grande anguille qui gigotait sur la planche de travail, comme si elle était toujours vivante.

— On discute encore de ce que les membres du club des Feux de l'Enfer, en Angleterre, ont été capables de faire. On sait qu'en Irlande leurs homologues se montraient parfois très cruels. Il leur arrivait d'asperger d'alcool des chats, puis de les transformer en torches vivantes, les cris des pauvres bêtes réveillant la moitié de Dublin. Suite à un pari, ils ont été jusqu'à assassiner un domestique de la même façon.

Il s'interrompit.

À mon avis, reprit-il, le club des Feux de l'Enfer et les autres sectes satanistes peuvent nous aider à comprendre à quoi ressemble le groupe qui vous intéresse. Il doit certainement obéir à un chef charismatique et très brillant, sans doute issu d'un milieu aisé.

— Et ses disciples ?

— Des amis à lui, qui ont moins de personnalité mais n'en demeurent pas moins intelligents. Ils ne doivent pas non plus sortir du ruisseau.

— Ce qui concorde avec le signalement que l'on nous en a donné, des gens qui s'expriment avec un accent snob…

Savary prit une assiette sur le comptoir. Il réfléchit un instant, observant la cuisine, puis enchaîna :

— Je pense toutefois que le chef de bande est fou à lier.

— Mais encore ?

— N'oubliez pas ce qu'il fait, mélanger diverses formes de sacrifice apparues à divers moments de l'histoire. En réalité, l'idée même de sacrifice est démente. S'il cherche quelque chose qui a un rapport avec le club des Feux de l'Enfer, il aurait pu être plus discret, au lieu de sillonner la Grande-Bretagne en voiture pour massacrer des pauvres gens. Reste que vos assassins se révèlent assez subtils dans leur façon d'organiser et de commettre ces meurtres ; ils brouillent les pistes, comme on dit. Mais pourquoi tuer, si on a uniquement l'intention de récupérer quelque chose ?

Il haussa les épaules.

— Eh oui, soupira-t-il, on n'a pas affaire ici à un Francis Dashwood, pas très franc du collier mais logique, on est plutôt confronté à un Charles Manson. Un psychotique, brillant, mais cinglé.

— Ce qui signifie ?

— C'est vous l'inspecteur. À mon avis, ses copains et lui vont commettre une erreur. Toute la question étant de savoir…

— … combien de gens ils vont tuer avant.

— Exactement.

De retour à Scotland Yard, Forrester appela Boijer.

— Oui ?

— Boijer, je veux que vous effectuiez des recherches.

— Sur quoi ?

— Appelez les écoles privées les plus chics du pays.

— D'accord…

— Commencez par Eton. Puis allez voir du côté de Winchester et de Westminster. N'allez pas plus loin que Millfield. Mais contactez Harrow.

— Bien. Et qu'est-ce que je leur demande ?

— S'ils ont constaté que dernièrement certains élèves ne venaient plus en cours. Et posez aussi la même question dans les meilleures universités, Oxford, Cambridge, Saint-Andrews, Durham. Vous connaissez la liste.

— Bristol…

— Pourquoi pas. Et aussi Exeter. Ainsi que l'école supérieure d'agriculture et d'agronomie de Cirencester. Nous devons retrouver les élèves et étudiants qui ont soudain abandonné leurs études. Je veux des garçons de la bonne bourgeoisie, et qui ont des problèmes.

27

À terre reposait le corps putréfié et à moitié momifié du bébé, dont se dégageait une forte odeur de décomposition. Des ampoules nues grésillaient au-dessus des étagères de la cave. Les types qui avançaient vers eux étaient costauds, armés et furieux. Rob crut en avoir déjà vu certains sur le champ de fouilles. C'étaient des Kurdes, apparemment.

Il n'y avait qu'une porte dans la cave, et ces silhouettes menaçantes leur barraient le passage. Huit ou neuf hommes, certains munis d'armes à feu, un vieux pistolet et deux fusils de chasse, dont l'un flambant neuf, les autres de longs couteaux, notamment un, très impressionnant, qui ressemblait à une machette. Rob regarda Christine, l'air contrit. Elle lui coula un sourire triste et désespéré. Puis elle s'approcha et se cramponna à sa main.

Après les avoir capturés, on les sépara. Les hommes saisirent Rob par le collet et attrapèrent Christine par les bras. Rob regarda le plus grand du groupe, visiblement leur chef, contempler l'urne fendue et le malheureux petit cadavre baignant dans cet étrange liquide d'où s'échappait cette odeur si âcre. Il siffla en direction de ses collègues, deux hommes se détachèrent immédiatement du groupe et s'engagèrent dans l'allée latérale pour s'occuper du petit amas de chair.

On fit sortir Christine puis Rob de la cave, un type lui

enfonça le canon froid et poisseux de son pistolet dans la joue. Deux autres saisirent sans ménagement Christine par les bras, le grand au fusil de chasse fermant la marche avec deux comparses.

Où les emmenait-on ? Rob se rendait bien compte que ces hommes étaient déterminés. Ils les forcèrent à passer devant les antiquités, les monstres du désert, les généraux romains, les dieux cananéens de la tempête ainsi qu'Anzu, Ishtar et Nimrod.

Ils montèrent l'escalier qui débouchait dans la salle principale du musée. Christine se débattait et protestait courageusement en français. Rob aurait voulu la protéger.

Les circonstances en avaient décidé autrement. On les conduisait, lentement, inexorablement, vers leur sort. Étaient-ils victimes d'un enlèvement ? Leur jouait-on un tour ? Avaient-ils affaire à des terroristes ? Il pria pour qu'il s'agisse de flics. Mais ces types lui paraissaient sournois et capables du pire. Il revit en une fraction de seconde tous ces malheureux que l'on avait décapités, que ce soit en Irak, en Afghanistan ou en Tchétchénie. *Allahou Akbar ! Allahou Akbar !*

Christine continuait à protester. Rob se débattait et se tortillait, mais les autres le tenaient fermement. À défaut de jouer les héros, il pouvait au moins crier.

— Christine ? lança-t-il. Christine ?

— Oui ! répondit-elle aussitôt.

— Ça va ? Qu'est-ce que...

Il reçut un coup de poing. La douleur était fulgurante, il s'affaissa.

Le chef se campa devant lui :

— La ferme !

Ce type n'avait pas l'air cruel, plutôt résigné. Comme s'il était obligé d'agir ainsi, même si cela ne lui plaisait pas. De se préparer à les exécuter, par exemple...

Rob regarda l'un des Kurdes ouvrir lentement et prudemment la porte du musée. Cela lui fit repenser aux dernières heures qu'il venait de vivre, les chèvres et les moutons égorgés en pleine rue, les hommes en sarouel noir, celui qu'ils mettent pour les fêtes, Christine et lui qui s'étaient introduits en catimini dans le musée, le cri muet du bébé, enterré douze mille ans auparavant…

L'homme fit signe à ses comparses que la voie était libre.

— Montez ! lança le chef à Rob. Montez dans la voiture !

Il traversa le parking qu'éclairait la lune, la chaleur était étouffante. Trois autres véhicules étaient venus se joindre à celui garé sous le figuier, de vieilles bagnoles tout esquintées appartenant à des gens du coin. Rob perdit tout espoir.

Ils avaient à l'évidence l'intention de les emmener loin d'ici, peut-être en dehors de la ville, dans une ferme déserte, où ils les enchaîneraient à leur siège. Rob se représenta la lame qui allait l'égorger. *Allahou Akbar !* Il fallait rester lucide, s'il voulait sauver Christine et se sauver lui-même, afin de pouvoir retrouver ensuite sa fille.

Il s'en voulut terriblement. Ne venait-il pas de lui promettre, la veille, qu'il serait de retour d'ici une semaine ? Et voilà qu'il risquait de ne jamais la revoir !

Une main lui appuya sur la tête, pour l'obliger à se baisser et à s'asseoir sur la banquette arrière moisie. Il résista de toutes ses forces. Devant lui, Christine, un couteau sous la gorge, se dirigeait vers l'autre voiture.

— Arrêtez !

Des lumières vives s'allumèrent sur le parking.

— Arrêtez !

Rob comprit, aux sirènes et aux gyrophares, que la police était arrivée. Mais était-ce vraiment la police ? Il libéra un de ses bras et se protégea les yeux des lumières aveuglantes.

Kiribali et une trentaine de flics occupaient le parking. Ils couraient, s'accroupissaient, prenaient position, visaient. Mais ces flics-là portaient un uniforme noir et étaient équipés de pistolets-mitrailleurs.

Kiribali s'adressait en turc aux Kurdes, qui reculaient. Celui qui se trouvait à côté de Rob lâcha son vieux pistolet, puis leva les mains. Rob vit Christine échapper aux griffes de ses ravisseurs et courir se réfugier auprès des flics.

Rob dégagea son autre bras et se dirigea vers Kiribali, impassible, presque méprisant.

— Suivez-moi, dit-il.

On les conduisit en vitesse jusqu'à une grosse BMW toute neuve. Kiribali leur ordonna de monter derrière et s'installa lui-même devant, à côté du chauffeur.

— Je vous conduis à l'aéroport, annonça-t-il.

— Mais…, fit Rob, dont le visage était extrêmement douloureux.

— Je suis allé à l'appartement, puis à l'hôtel. À chaque fois, il n'y avait personne. Je me suis douté que vous étiez venus ici. C'est complètement insensé. Comment avez-vous pu être aussi stupides ?

La BMW fonça sur la route déserte, éclairée par les lampadaires. Kiribali s'adressa au chauffeur, puis dévisagea Rob en fronçant les sourcils :

— Il y a deux sacs à vous dans le coffre. Ainsi que vos passeports et vos ordinateurs portables. On vous enverra plus tard le reste de vos bagages. Vous quittez la Turquie ce soir même.

Il jeta deux documents à l'arrière de la voiture.

— Vos billets. Pour Istanbul et ensuite Londres. Un aller simple.

Christine protesta, mais sans conviction et d'une voix tremblante. Kiribali la toisa, puis le chauffeur et lui échangèrent quelques mots. Ils se trouvaient maintenant à la périphérie de la ville, et on n'entendait aucun bruit dans cet endroit semi-désertique.

Une fois arrivés à l'aéroport, le chauffeur leur remit les sacs. Kiribali vérifia qu'ils se présentaient bien à l'enregistrement, puis leur désigna la porte d'embarquement.

— J'espère ne jamais vous revoir, ni l'un ni l'autre. Si vous revenez ici, les Kurdes vous tueront sûrement. Et s'ils n'en font rien, c'est moi qui vous mettrai en prison. Et pour un long moment.

Il claqua les talons, tel un officier prussien, puis leur jeta un dernier regard méprisant et s'en alla.

Christine et Rob passèrent par les portiques de sécurité et embarquèrent. Rob se renversa sur son siège, crispé et en proie à une douleur lancinante. Maintenant il l'éprouvait pour de bon, ce mélange de peur et de fureur, exactement comme après l'attentat auquel il avait réchappé à Bagdad. Il serra et desserra la mâchoire. Sa lèvre lui faisait toujours mal et il avait une dent fêlée. Il essaya de se détendre, mais une foule d'idées se bousculaient dans sa tête. Il devait se calmer, même s'il avait envie de hurler. Il regarda Christine.

Et, pour la première fois depuis que s'était ouverte l'urne dans laquelle gisait le bébé, elle s'adressa à lui.

— Des Cananéens, dit-elle calmement.

— Hein ?

— C'est ainsi que procédaient les Cananéens, autrefois. Ils enterraient des enfants vivants.

Elle se tourna et le dévisagea.

— Ils les enfermaient dans des sortes de cruches.

28

Rob posa son portable et remarqua l'animation qui régnait dans l'aéroport d'Istanbul. Il avait passé une heure à discuter de tout et de rien avec sa fille, ce qui l'avait comblé de joie, tout en faisant aussi naître chez lui une certaine nostalgie. Enfin, il s'était entretenu dix minutes avec la mère de la petite, ce qui avait été moins agréable. Elle allait passer quinze jours à la campagne avec Lizzie, et elles étaient sur le départ. Même s'il prenait tout de suite l'avion pour Londres, il ne verrait pas sa fille.

Exténué, il se frotta le visage pour se réveiller. Arrivés ici en pleine nuit, ils avaient dormi un peu sur les sièges. Ça ne l'avait pas vraiment détendu. Il venait en effet de vivre vingt-quatre heures incroyables. Et maintenant ?

— Tenez.

Christine tenait à bout de bras deux cocas light.

— Je me suis dit que vous en prendriez bien un.

Rob prit la canette.

— Tout va bien chez vous, Robert ?

— Oui…

Il regarda un homme d'affaires chinois cracher avec exubérance dans une poubelle.

— Non, corrigea-t-il. Non, pas vraiment. Des histoires de famille…

— Ah…

Elle observa la salle de transit.

— Regardez, dit-elle, rien n'a changé. Un Starbucks, un McDo… On ne croirait pas que nous venons d'échapper de justesse à un enlèvement.

Rob soupira et grimaça en voyant l'écran sur lequel s'affichaient les vols au départ. Leur avion pour Londres ne décollerait pas avant plusieurs heures. Il n'avait pas envie de rester ici, à tuer le temps, ni de revenir à Londres si sa fille n'y était pas. À quoi bon ? Ce qu'il voulait, c'était connaître le fin mot de l'histoire et boucler son article. Il avait déjà donné à son rédacteur en chef une version édulcorée des derniers événements. Steve avait poussé deux jurons, puis lui avait demandé s'il était en sécurité. À quoi, malgré tout, il avait répondu par l'affirmative, si bien que Steve avait reconnu du bout des lèvres qu'il pouvait poursuivre son reportage, « tant que tu évites de te prendre une balle dans la tête ». Il avait même promis de lui verser de l'argent sur son compte, pour faciliter les choses. Tout plaidait donc pour qu'il tienne bon.

Le hic, c'était qu'il ne savait pas dans quel état d'esprit se trouvait Christine. Ils avaient eu quelques sueurs froides au musée, et s'il était personnellement capable de le supporter, ayant l'habitude de prendre des risques, pouvait-il en attendre autant de la jeune femme ? N'était-ce pas trop lui demander ? Elle était archéologue, pas journaliste. Il finit son coca et le jeta dans la poubelle. Quand il revint, elle l'examinait avec un petit sourire :

— Vous n'avez pas envie de rentrer en Angleterre, hein ? lui dit-elle.

— Comment avez-vous deviné ?

— En vous voyant regarder, désabusé, les vols au départ.

— Désolé.

— Je pense comme vous, Robert. Il nous reste encore du pain sur la planche. On ne peut pas s'en aller comme ça.

— Mais alors… que proposez-vous ?

— Allons voir mon amie Isobel Previn. Elle habite ici.

Une demi-heure plus tard ils filaient dans un taxi pour Istanbul.

— Elle a longtemps vécu à Konya, à l'époque où elle travaillait à Çatal Höyük avec James Mellaert, expliqua Christine. Elle a été ma directrice de thèse à Cambridge.

— Ah oui, vous m'en avez déjà parlé.

Rob regarda par la vitre. Derrière le pont et les grands ensembles, il aperçut une immense coupole flanquée de quatre minarets, Sainte-Sophie, l'ancienne basilique de Constantinople, édifiée il y a mille cinq cents ans, puis transformée en mosquée et aujourd'hui devenue un musée.

Istanbul est une ville déroutante, toujours en mouvement. Des édifices antiques voisinent avec les gratte-ciel, dans les rues quantité de gens sont habillés à l'occidentale, filles en jupe courte et hommes en costume, mais l'on croise aussi des forgerons noirs de suie et des mères de famille voilées dans les quartiers traditionnels, où sèche aux balcons du linge aux couleurs vives. La ville est baignée par le Bosphore, ce bras de mer qui sépare l'Europe et l'Asie, l'Ouest et l'Est, quasi omniprésent au regard.

Christine appela son amie Isobel, qui semblait ravie d'avoir des nouvelles de son ancienne étudiante, comme put en juger Rob en écoutant leur conversation.

— Où habite-t-elle exactement ? demanda-t-il à la fin de la communication.

— Elle possède une maison dans l'une des îles du Prince. Pour s'y rendre, il suffit de prendre le ferry. C'est un cadre superbe, et nous sommes invités.

Rob hocha la tête, enchanté.

— Elle nous aidera certainement à élucider ces mystères, ajouta Christine.

L'horrible petite momie dans l'urne… Pendant que le chauffeur pestait contre les camions, Rob demanda à sa compagne des précisions sur les Cananéens.

— J'ai travaillé à Tell Gezer, expliqua-t-elle. C'est un site archéologique situé dans les collines de Judée, à une demi-heure de Jérusalem. Une ville cananéenne.

Ils étaient maintenant en train de descendre une côte. Le taxi quitta l'autoroute, et ils cheminèrent dans les rues noires de monde.

— Les Cananéens avaient coutume d'enterrer vivants leurs premiers-nés dans des cruches, reprit-elle. C'est ainsi que l'on avait pu découvrir sur les lieux des bébés enfermés dans des espèces d'amphores, comme celle que nous avons vue dans la cave du musée. Je pense donc que nous sommes tombés là-bas, vous et moi, sur la preuve d'un sacrifice humain.

Rob revit le bébé au visage figé en un cri silencieux. Qui pouvait enfermer vivant un nourrisson dans une cruche ? Et pour quelle raison ? Quel dieu exigeait une telle horreur ? Et qu'est-ce qui s'était vraiment passé à Göbekli Tepe ?

— N'existait-il pas des liens entre Abraham et les Cananéens ? s'enquit-il.

— Si. Quand il a quitté Harran et Sanli Urfa, Abraham est venu dans le pays des Cananéens. Du moins, c'est ce qu'on raconte dans la Bible. Tenez, nous sommes arrivés, je crois.

Ils se trouvaient devant l'embarcadère du ferry, qui grouillait d'enfants, de filles à bicyclette et d'hommes chargés de boîtes de biscuits au sésame. Une fois encore, Rob constata la présence de deux civilisations, avec des hommes en jean et d'autres qui portaient la barbe des musulmans orthodoxes, des filles en petite robe ou minijupe qui parlaient en riant sur leur portable, à côté de leurs homologues silencieuses en tchador noir…

Ils achetèrent leur ticket et se dirigèrent vers le pont supérieur. En longeant d'un bon pas la rambarde arrière, Rob retrouva le moral : l'eau, le soleil, le grand air, le vent frais… Tout cela lui avait tellement manqué à Sanli Urfa, cette ville kurde enclavée au fond d'une cuvette où il faisait une chaleur étouffante.

Le bateau avançant tout doucement, Christine en profita pour montrer à Rob les curiosités d'Istanbul, la Corne d'Or, la mosquée Bleue, le palais de Topkapi... ainsi qu'un café où Isobel et elle avaient abusé du raki. Elle évoqua ensuite ses études à Cambridge, ses quatre cents coups, au grand amusement de Rob. Soudain la sirène du ferry retentit : ils venaient d'accoster.

Malgré la foule qui envahissait le quai, Christine reconnut tout de suite Isobel. Ce n'était pas difficile, car la vieille dame aux cheveux blancs tranchait sur les indigènes au teint plus hâlé. Et puis elle portait d'amples vêtements orange, ainsi qu'une écharpe de la même couleur et des lunettes.

Ils descendirent la passerelle. Les deux femmes s'étreignirent, puis Christine présenta Rob à Isobel, qui lui sourit gentiment et expliqua que sa maison se trouvait à une demi-heure de marche.

— Il n'y a pas de voiture sur l'île. C'est interdit, vous comprenez. Tant mieux.

Chemin faisant, Christine raconta à son amie tout ce qui s'était passé depuis quelques semaines, le meurtre de Franz, les découvertes étonnantes qu'ils avaient faites... Isobel s'associa à son chagrin, et Rob constata qu'elles étaient comme mère et fille.

Il songea à Lizzie. Sa fille aimerait certainement cette île, très belle et un tantinet mystérieuse, avec ses maisons en bois, ses tamarins, ses églises byzantines qui tombaient en ruine et ses chats somnolant au soleil. Au loin se profilait Istanbul. Il se promit de l'amener un jour ici.

Isobel habitait une superbe demeure, jadis résidence d'été de petits princes ottomans. Toute en pierre blanche, elle jouxtait une plage ombragée et permettait d'apercevoir deux ou trois autres îles.

Ils prirent place sur des sofas garnis de coussins, et Christine acheva son récit en concluant qu'ils avaient bien failli être enlevés dans le musée de Sanli Urfa.

Le silence retomba dans la pièce. Derrière les volets à moitié fermés, Rob entendait le clapotis de l'eau et le craquement des pins au soleil.

Isobel tripotait ses lunettes. Ils finirent le thé. Christine haussa les épaules en regardant Rob ; son amie ne serait peut-être pas en mesure de les aider, comme prévu. Cette affaire était si compliquée...

Rob soupira. Isobel se redressa enfin sur son siège, le regard pétillant, et demanda à voir la photo du symbole tracé sur l'urne qu'il avait prise avec son téléphone portable.

Rob fouilla dans sa poche, sortit l'appareil et afficha la photo.

— Oui, dit-elle. Je m'en doutais, c'est un *sanjak*. Un symbole auquel recourent ceux qui vénèrent les anges.

— Les anges ?

— Oui, ceux qui embrassent le yézidisme.

Elle sourit.

— Je m'explique : dans les confins du Kurdistan, aux alentours de Sanli Urfa, sont apparues plusieurs religions. C'est ainsi que le christianisme, le judaïsme et l'islam y ont leurs racines. Mais d'autres, encore plus anciennes, existent aussi en terre kurde, le yarsénisme, l'alévisme et le yézidisme, qui toutes trois vénèrent les anges et ont vu le jour il y a peut-être cinq mille ans, sinon auparavant. Et le yézidisme est en la matière la plus curieuse.

— Pour quelle raison ?

— Les yézidis se distinguent par des particularités étonnantes : ils ont des arbres sacrés, les femmes n'ont pas le droit de se couper les cheveux, ils refusent de manger de la laitue, ils ne veulent pas porter de bleu foncé, car c'est à leurs yeux une couleur trop sainte. Ils sont divisés en castes et ne peuvent épouser qu'un individu qui fait partie de la leur. Enfin, si d'aventure ils se marient avec quelqu'un qui n'est pas de leur religion, ils sont frappés d'ostracisme, voire pire.

— Le culte des anges n'a-t-il pas quasiment disparu, en Turquie ? demanda Christine.

— Pour ainsi dire. On compte encore cinq cent mille personnes qui embrassent cette foi. Elles vivent pour la plupart en Irak, mais il en subsiste quelques milliers en Turquie. Ces gens sont partout persécutés, que ce soit par les musulmans ou les chrétiens.

— Mais à quoi croient-ils, au juste ? interrogea Rob.

— Le yézidisme est un syncrétisme, qui combine des éléments puisés dans diverses religions. Ils croient en la métempsycose, comme les hindous, ils sacrifient des taureaux, ils pratiquent le baptême, à l'égal des chrétiens, et ils prient face au soleil, à l'instar des zoroastriens.

— Qu'est-ce qui vous fait dire que c'est un symbole yézidi qui figure sur l'urne ?

— Je vais vous montrer.

Isobel prit un livre sur l'étagère du fond. Au milieu de l'ouvrage, on voyait en photo un drôle de bâton en cuivre sur lequel était perché un oiseau. D'après la légende, il s'agissait d'un *sanjak* yézidi. Or, c'était exactement ce qui figurait sur l'urne.

Isobel referma le livre et demanda à Christine de lui donner le nom et le prénom des ouvriers travaillant sur le site, ainsi que le patronyme de Beshet, employé au musée.

Christine ferma les yeux pour tâcher de s'en souvenir, puis elle lui communiqua une demi-douzaine de noms et prénoms, puis encore quelques autres.

Isobel hocha la tête.

— Ce sont des yézidis. Beshet aussi. Et probablement ceux qui ont essayé de vous enlever. Ils voulaient protéger les amphores ou les cruches se trouvant dans le musée.

— Tout s'explique, déclara Rob. Lorsque Christine est allée voir Beshet pour lui demander le code de la porte, il le lui a remis. Mais il a dû ensuite appeler ses amis yézidis, pour leur expliquer ce qu'on allait faire. Si bien qu'ils se sont pointés au musée.

— Évidemment. Mais pourquoi les yézidis se soucieraient-ils autant de vieilles urnes, même si ce qu'elles renferment est épouvantable ? demanda Christine. En quoi cela les concerne-t-il ? Pourquoi tenaient-ils absolument à nous empêcher de les découvrir ?

— Toute la question est là, dit Isobel.

Le volet avait cessé de grincer. Au loin, le soleil miroitait sur l'eau calme.

— Il faut encore ajouter quelque chose, reprit Isobel. Les yézidis adorent un dieu très étrange, que l'on représente sous la forme d'un paon.

— Ils adorent un oiseau ?

— Et ils l'appellent Malak Taus, l'« ange-paon ». On le désigne parfois sous le nom de Moloch, le dieu des Cananéens, quand ce n'est pas Satan, comme chez les chrétiens et les musulmans.

Rob en resta pantois.

— Vous voulez dire que les yézidis vouent un culte à Satan ?

Isobel fit signe que oui.

— À Shaytan, le démon, le dieu du sacrifice…

Elle sourit.

— Tel que nous l'entendons, en tout cas. Les yézidis adorent le diable.

29

Cloncurry. C'était le dernier nom de famille qui leur restait, et celui sur lequel reposaient tous leurs espoirs. Forrester triait les photos et les papiers posés sur ses genoux, pendant que Boijer conduisait et que la pluie crépitait sur le pare-brise. Ils avaient loué une voiture et roulaient vers le sud, en venant de Lille, espérant enfin être sur une piste sérieuse.

Ils avaient passé les derniers jours à rencontrer des directeurs d'établissement, des pasteurs et des conseillers pédagogiques, à appeler des médecins exerçant dans des centres médico-sociaux pour étudiants et qui leur répondaient à contrecœur. De tous ces entretiens, il était ressorti quelques candidats éventuels : un étudiant en théologie d'Oxford qui avait arrêté ses études, deux autres qui avaient été renvoyés d'Eton et de Marlborough, un quatrième, schizophrène, qui avait disparu de Saint-Andrews. Forrester avait été sidéré de constater le nombre d'étudiants atteints de schizophrénie. Ils se comptaient par centaines, en Grande-Bretagne.

Ils les avaient tous éliminés, d'une façon ou d'une autre. Le fils d'un bourgeois d'Oxford se trouvait interné dans un hôpital psychiatrique, son camarade de Saint-Andrews était apparemment en Thaïlande, les deux expulsés d'Eton et de Marlborough étaient morts. Il ne leur en restait plus qu'un : Jamie Cloncurry.

Issu d'une famille aristocratique et fortunée, il avait le profil idéal. Il avait fait sa scolarité à Westminster, un établissement cher et réputé, où, d'après le professeur responsable de son groupe, il s'était comporté de façon excentrique, pour ne pas dire brutale. Il avait frappé l'un de ses condisciples et failli être renvoyé, mais ses excellents résultats lui avaient sauvé la mise.

Il était ensuite allé étudier les mathématiques à l'Imperial College de Londres, l'une des universités les plus cotées dans le monde en matières scientifiques. Cela ne l'avait pas fait revenir pour autant à de meilleures dispositions, au contraire. Il avait pris des drogues dures et s'était fait surprendre avec des call-girls dans sa résidence universitaire. L'une d'elles s'était plainte à la police d'avoir subi de mauvais traitements, mais le procureur n'avait pas donné suite, une prostituée ne risquant guère d'obtenir gain de cause face à un étudiant brillant inscrit dans une prestigieuse université.

Il s'était entouré d'un cercle d'amis, italiens, français et américains, ce qui méritait d'être souligné. D'après l'un de ses camarades, ils formaient une drôle de bande, et ses copains l'adoraient. Et, encore plus remarquable, tout ce petit monde ne donnait plus signe de vie depuis deux ou trois semaines. On ne les avait pas vus en cours, et l'un d'eux, Luca Marsinelli, de nationalité italienne, était maintenant porté disparu, à l'initiative de son frère.

Bref, ils s'étaient évanouis dans la nature. On n'avait trouvé aucun indice dans leurs chambres d'étudiant. Personne ne savait où ils étaient, dans l'indifférence générale, car on ne les aimait pas.

À Scotland Yard, il fallut par conséquent prendre des décisions graves. L'équipe de Forrester ne pouvait pas mettre autant d'ardeur à suivre toutes les pistes, et le temps pressait. On avait retrouvé la Toyota Landcruiser dans la banlieue de Liverpool, ses occupants ayant sans doute estimé qu'elle avait pu être repérée. Ils s'étaient faits discrets, pourtant Forrester aurait parié qu'ils allaient bientôt frapper. Mais où ? Il n'était plus question de se perdre en conjectures.

Forrester demanda donc à ses collaborateurs de concentrer leurs efforts sur Cloncurry, le chef présumé de la bande.

Il s'avéra que les Cloncurry habitaient en France, en Picardie plus exactement. Ils possédaient une vieille demeure familiale dans le Sussex, un grand appartement à Londres et même une villa à la Barbade. Mais, pour une raison ou une autre, ils résidaient non loin de la petite ville d'Albert, au nord-est d'Amiens. Boijer et lui avaient pris le premier Eurostar en partance pour Lille.

Forrester examina les champs immenses et vallonnés, les petits bois, le ciel grisâtre du nord de la France. De temps à autre, une colline abritait un cimetière militaire britannique, rempli de tombes. Spectacle déprimant, la pluie n'arrangeait rien. Les arbres étaient en fleurs, car on était au mois de mai, et pourtant ce crachin tenace leur donnait un aspect décharné.

— Ce n'est pas le plus joli coin de France, hein ? observa Boijer, dépité.

— Affreux, renchérit Forrester. Tous ces cimetières…

— Oui. Avec des industries sinistrées, ce qui noircit encore le tableau.

Puis il s'interrompit, et ajouta en riant :

— Autrefois, on venait ici en vacances.

— Quel choix !

— Non, pas ici. Ce que je veux dire, c'est qu'on allait camper dans le sud de la France, quand j'étais enfant. Mais comme on n'avait pas les moyens de se payer le train ou l'avion, on faisait tout le trajet en voiture. Du coup on traversait la Picardie, une région très laide.

— Pour sûr.

— Il me semble qu'à l'époque on vivait toujours dans des igloos, en Finlande.

— Exactement. Et on mangeait des lichens.

Les deux hommes rirent de bon cœur. Forrester avait besoin de souffler. Le voyage en Eurostar ne l'avait pas vraiment détendu, car ils en avaient profité pour relire une nouvelle fois le rapport du médecin légiste et s'assurer que rien ne leur avait échappé. Les descriptions des blessures restaient les mêmes : hémorragie massive, due à plusieurs coups de couteau reçus dans la cinquième intercostale, mort par asphyxie traumatique...

— À mon avis, c'est par là, dit Boijer.

Forrester regarda le panneau indicateur.

— Vous avez raison. Il faut qu'on tourne ici.

La voiture quitta l'autoroute et s'engagea sur la bretelle parsemée de flaques d'eau. Forrester se demanda pourquoi il pleuvait autant dans le nord de la France et se rappela toutes ces histoires de soldats de la Grande Guerre, littéralement noyés dans la boue.

— Et maintenant, vous tournez à droite.

Il vérifia l'adresse des Cloncurry. Il les avait appelés la veille et ils avaient accepté de le rencontrer. La mère lui avait répondu d'un ton froid, et d'une voix légèrement chevrotante mais elle lui avait indiqué le chemin pour venir chez eux.

Ils habitaient une grande maison sinistre percée de lucarnes, aux volets fermés et avec un toit très pentu.

La mère de Jamie les attendait au bout de l'allée large et sinueuse. Elle avait cet accent glacé typique de la bourgeoisie anglaise. Son mari se trouvait dans l'entrée, en veste de tweed, pantalon de velours et chaussettes rouge vif.

Au salon, une domestique leur servit du café. Mme Cloncurry s'assit en face d'eux, les genoux serrés.

— Alors comme ça, inspecteur Forrester, vous désirez parler de mon fils Jamie ?

Ce fut un entretien guindé, pénible et laborieux. Les parents expliquèrent que Jamie était devenu incontrôlable vers treize, quatorze ans, et que lorsqu'il était entré en fac il avait coupé les ponts avec eux. La mère évoquait avec raideur les « problèmes » de Jamie.

Elle incrimina la drogue, ainsi que ses mauvaises fréquentations. En assumant également sa part de responsabilité, pour l'avoir mis en pension à Westminster, ce qui l'avait éloigné de sa famille.

— Il s'est détaché de nous, voilà tout, soupira-t-elle.

Forrester était déçu, comprenant que les Cloncurry ne leur apprendraient rien.

Boijer prit le relais et en profita pour regarder les photos exposées dans la pièce. Il y en avait beaucoup de la sœur de Jamie, en vacances, sur un poney, le jour de la remise de son diplôme de fin d'études… En revanche, aucune de Jamie. On voyait aussi un ancêtre du XIXe siècle, vicomte, qui avait fait carrière dans l'armée des Indes, ainsi qu'un amiral et quantité de personnages distingués. Or, la famille comptait peut-être désormais un meurtrier dans ses rangs. Forrester sentait bien que cela entacherait l'image des Cloncurry et peinerait la mère. Quant au père, il ne disait quasiment rien.

Les deux heures parurent durer une éternité. Finalement, Mme Cloncurry les raccompagna jusqu'à la porte et fixa Forrester de ses yeux bleus. Son nez aquilin rappelait celui de Jamie, qu'il avait pu voir en photo à l'Imperial College. Le garçon était séduisant, avec des pommettes saillantes. La mère aussi avait dû être une belle femme, et elle avait toujours une taille de guêpe.

— Inspecteur, dit-elle sur le seuil, si seulement je pouvais vous affirmer que Jamie n'a pas commis ces horreurs. Malheureusement…

Elle se tut. Son mari continuait à tourner derrière elle, ses chaussettes rouges brillant dans la pénombre du couloir.

Forrester hocha la tête et lui serra la main. Au moins savaient-ils maintenant que leurs soupçons étaient fondés. Mais ils n'étaient toujours pas près de retrouver Jamie Cloncurry.

Ils regagnèrent la voiture. La pluie s'était un peu calmée.

— On sait donc que c'est lui, déclara Forrester en grimpant dans le véhicule.

Boijer mit le contact.

— J'imagine.

— Mais où peut-il bien être ?

En traversant Ribemont, Forrester remarqua un petit café éclairé, qui lui parut accueillant dans toute cette grisaille.

— Si on mangeait quelque chose ?

— Volontiers.

Ils se garèrent dans le centre. Un énorme monument aux morts surplombait la petite place déserte. Cette bourgade avait certainement dû se trouver dans la zone des combats pendant la bataille de la Somme.

— Drôle d'endroit où s'installer, vous ne trouvez pas ? dit Boijer. Pourquoi vivre ici quand on a autant d'argent ?

— Je me posais la même question.

Ils rejoignirent le café.

— Je n'y crois pas, déclara Boijer.

— Comment ça ?

— Son numéro de mère éplorée ne m'a pas convaincu. À mon avis, ils en savent davantage qu'ils ne veulent le dire.

Ils commandèrent chacun un plat et une boisson. Boijer vérifia quelque chose sur son Blackberry. Forrester savait que son assistant venait d'avoir une idée, car il tirait la langue comme un écolier. Forrester but sa bière, pendant que Boijer effectuait des recherches sur Internet.

— Tenez. Là, ça devient intéressant.

— Quoi donc ?

—J'ai tapé sur Google « Cloncurry » et « Ribemont-sur-Ancre », puis simplement « Cloncurry » et « Ancre ».

— Soit.

Boijer eut un petit sourire de victoire.

— Écoutez-moi ça. Il y avait un certain lord Cloncurry qui était général, pendant la Première Guerre mondiale. Et il a été affecté dans le coin en 1916.

— On sait que de nombreux Cloncurry ont servi dans l'armée…

— Oui, mais…

Son sourire s'agrandit. Il lut ce qu'il avait griffonné sur la nappe en papier.

— Pendant l'hiver 1916, lord Cloncurry a acquis la triste réputation d'envoyer ses troupes au massacre en leur donnant l'ordre d'attaquer des positions allemandes imprenables. On dénombre plus de morts, toutes proportions gardées, au sein des effectifs placés sous son commandement que sous celui relevant de n'importe quel autre général britannique. D'où son surnom, le « Boucher d'Albert ».

Intéressant. Forrester regarda son assistant. Boijer leva le doigt et reprit, en citant un historien :

« Il y a eu un tel carnage lorsqu'il envoyait par vagues les soldats se faire décimer par les mitrailleuses des divisions allemandes bien armées et entraînées qu'on peut appeler cela un massacre. »

Il régnait un silence de mort dans le café. Un client entra en secouant son parapluie trempé, et la porte trembla.

— Ce n'est pas tout. Cet article renvoie à un lien, cette fois sur Wikipedia.

Le serveur apporta leur steak-frites. Forrester l'ignora.

— Continuez.

— Au début des années 60, on a découvert un sanctuaire gaulois datant du IIIe siècle avant J.-C. Tout un tas de squelettes décapités, entassés les uns sur les autres avec leurs armes. Il s'agit visiblement de l'endroit en France où l'on s'est livré aux plus grands sacrifices humains.

— Et ça se trouve où ?

— Ici même. À Ribemont-sur-Ancre.

30

Rob s'étira. Christine dormait à ses côtés. Au cours de la nuit elle avait repoussé les draps. Il observa sa peau bronzée, lui caressa le cou, lui embrassa l'épaule. Elle murmura son nom, roula sur elle-même et ronfla légèrement.

Il n'était pas loin de midi. Le soleil filtrait par la fenêtre. Il se leva pour aller prendre une douche. En se séchant, il regarda par la fenêtre grande ouverte les autres îles du Prince semées dans la mer de Marmara, Yassiada, Adasi Sedef, et au loin, sur la côte, les villages et les forêts d'Anatolie. Des yachts à la voilure blanche glissaient doucement sur la mer bleue. Dans la pièce, les aiguilles de pin réchauffées par le soleil embaumaient.

Au cours de ces dix jours, Christine et lui s'étaient remis ici de leurs émotions. Ils en avaient profité pour visiter les autres îles, voir la tombe du premier ambassadeur anglais en poste dans l'Empire Ottoman, envoyé par Elizabeth Ire. Ils avaient aussi fait un tour dans la maison en bois où avait vécu Trotski pendant son exil, et siroté du café turc dans les débits de boissons de Buyukada, quand ils ne prenaient pas un raki à l'heure de l'apéritif dans le jardin d'Isobel, tandis que le soleil se couchait au loin sur Troie.

Et c'était un soir où il faisait bon, sous le ciel étoilé de Marmara, que Christine lui avait volé un baiser, avant qu'il ne l'embrasse à son tour. Trois jours plus tard, ils partageaient le même lit.

Il regagna la chambre à pas de loup. Un petit vent faisait grincer les volets. Christine dormait toujours, ses cheveux bruns étalés sur l'oreiller. Il marcha pieds nus sur le parquet, s'habilla puis descendit sans bruit.

Isobel était au téléphone. Elle sourit, le salua de la main et lui fit signe d'aller dans la cuisine où Andrea, la bonne, était en train de préparer du café. Il tira une chaise devant la table, remercia Andrea, puis s'assit, ne pensant à rien de précis mais heureux d'être là, et regarda les roses, les azalées et les bougainvillées dans le jardin, la porte de la cuisine étant grande ouverte.

Ezéchiel, le chat, qu'Isobel appelait Ezzy, poursuivait un papillon dans la cuisine. Rob joua un moment avec lui, puis il se mit à l'aise sur sa chaise, ramassa le *Financial Times* de la veille et lut un article sur des attentats suicides à la bombe commis par des Kurdes à Ankara.

Il reposa le journal. Il n'avait pas envie de s'informer, d'entendre parler de violence, de danger ou de politique. Il voulait simplement que cette idylle se prolonge, rester ici pour de bon avec Christine et faire venir Lizzie.

Mais cela ne pouvait pas durer. Steve, son rédacteur en chef, s'impatientait. Ou bien il terminait son article, ou bien on lui confiait un autre reportage. Il avait envoyé à Londres deux ou trois papiers sur la situation en Turquie, histoire de les calmer, mais il allait de soi que cet état de grâce ne durerait qu'un temps.

Il sortit dans le jardin, contempla la mer. Il y avait bien une autre solution, c'était qu'il donne sa démission et s'installe ici avec Christine, affrète un bateau et le loue aux touristes, devienne pêcheur de calmars, comme les Grecs de Burgazada, monte un café à Yassiada, à l'instar des Arméniens, bricole dans le jardin d'Isobel, bref, laisse tout tomber et vive d'amour et d'eau fraîche.

Il soupira, riant sous cape de nourrir pareils fantasmes. L'amour lui faisait perdre la tête. Il exerçait un métier, il avait besoin d'argent, il lui fallait garder les pieds sur terre.

Il regarda au loin un catamaran, dont les voiles blanches ressemblaient aux ailes d'un cygne. Un bruit le fit sortir de sa rêverie. Il se retourna et vit Isobel s'approcher.

— Je viens de recevoir un coup de fil extrêmement curieux d'un vieil ami qui enseigne à Cambridge, Hugo de Savary. Ce nom vous dit quelque chose ?

— Non.

— Il publie beaucoup. Il réalise aussi des émissions télévisées, ce qui ne l'empêche pas d'être un grand spécialiste dans son domaine. Christine le connaît. Je crois qu'elle a suivi ses cours pendant un trimestre, au King's College.

Isobel lui décocha un sourire.

— Au fait, où est-elle ?

— Elle dort toujours à poings fermés.

— Ah, les amours naissantes !

Elle lui prit le bras.

— Allons au bord de la mer. Je vais vous raconter ce que m'a dit Hugo.

La plage, elle, n'était pas très grande mais complètement isolée et couverte de rochers. Ils s'assirent sur une grande pierre plate, et elle lui répéta ce que la police avait expliqué à Hugo de Savary concernant des meurtres horribles qui avaient été commis en Grande-Bretagne. De son côté, Hugo avait sa petite idée sur l'identité des coupables, ainsi que sur les liens qu'ils entretenaient avec le club des Feux de l'Enfer et le fait que pour eux ces assassinats avaient valeur sacrificielle.

— Pourquoi vous a-t-il appelée ?

— Nous sommes de vieux amis. J'enseignais autrefois à Cambridge, n'oubliez pas.

— Oui, mais quel rapport tout cela aurait-il avec ce que nous avons nous-mêmes découvert ?

— Sachant que je suis en quelque sorte une spécialiste de l'Antiquité sumérienne et des religions qui existaient alors au Proche-Orient, comme le yézidisme, il voulait savoir ce que je pensais de sa thèse selon laquelle ces gens, les assassins, seraient à la recherche de quelque chose qui est directement lié au club des Feux de l'Enfer.

— Ah, cela expliquerait qu'ils fouillent dans différents endroits. Mais qu'est-ce qu'ils veulent retrouver, au juste ? Et que viennent faire là-dedans les yézidis ?

— Cela reste à démontrer, et il n'en a même pas parlé à la police, mais, d'après lui, il faudrait peut-être voir du côté du Livre noir.

— Le Livre noir ?

Isobel lui résuma l'histoire de Jerusalem Whaley. En tant qu'amie d'Hugo de Savary, elle avait entendu une foule d'anecdotes croustillantes sur le club des Feux de l'Enfer, dont les membres multipliaient les excès et se livraient à toutes les turpitudes.

— Quand il est revenu de Terre sainte, Thomas Whaley, alias Jerusalem Whaley, comme on l'appelait désormais, a rapporté avec lui un trésor.

— De quoi s'agit-il ?

— Je n'en sais guère plus que vous. Mais il est certain qu'il y tenait, car à ses yeux cela venait étayer une thèse qui lui était chère. Il en parle donc comme de « la grande preuve » dans toutes les lettres adressées à ses amis. Un vieux prêtre yézidi lui aurait remis ce document. Il existe en effet une caste de prêtres, chez les tenants du yézidisme, qui transmettent en chantant la tradition orale de leur foi. On dénombre chez eux fort peu de traces écrites.

— Il aurait donc rencontré à Jérusalem l'un de ces prêtres, qui lui aurait confié quelque chose ?

— Il faut croire. On n'en est pas absolument sûrs, car Whaley reste très vague dans ses Mémoires. De l'avis de certains spécialistes, il pourrait s'agit du Livre noir des yézidis, leur texte sacré.

— Ils ont une bible ?

— Plus maintenant. Mais on rapporte qu'il existait jadis un ouvrage rassemblant les écrits mystiques du yézidisme. Le seul exemplaire aurait été emporté il y a plus de deux siècles par un Anglais. Un prêtre en exil aurait-il confié le fameux Livre noir à Whaley, afin que celui-ci le mette en sécurité ? Les yézidis ont toujours eu conscience d'être dans une situation délicate. Ils ont peut-être eu envie de déposer en lieu sûr leur bien le plus précieux. Pourquoi pas, par exemple, dans la lointaine Angleterre ? En tout cas, Whaley a certainement rapporté du Levant quelque chose de grande valeur, ce qui ne l'a pas empêché de mourir ruiné.

— D'accord. Où se trouve-t-il maintenant, ce Livre noir, si c'est bien de lui qu'il est question ?

— Il a disparu. On l'a peut-être détruit ou bien caché.

— Comment découvrir ce que cherchent au juste ces types ? Et ce qui les relie aux yézidis ?

— En allant à Lalish, la ville sacrée du yézidisme. C'est le seul endroit où l'on puisse obtenir des éclaircissements.

Rob ne se sentit pas vraiment rassuré, car s'il comprenait qu'il lui fallait absolument se rendre là-bas, ne serait-ce que pour boucler son deuxième article et apprendre ce qu'était devenu le Livre noir, il savait aussi où se trouvait Lalish. D'autres journalistes lui en avaient parlé, cette ville ayant à plusieurs reprises défrayé la chronique.

— Lalish est située au Kurdistan irakien, n'est-ce pas ? Légèrement au sud de la frontière avec la Turquie ?

Isobel hocha la tête.

— En effet. C'est une ville irakienne.

31

Ce soir-là, Rob annonça à Christine qu'il devait se rendre à Lalish.

Elle le regarda sans rien dire. Il lui répéta que, de toute évidence, il pourrait là-bas dénouer cette histoire, les yézidis détenant la clé de la plupart des énigmes. Il n'y avait que dans leur capitale sacrée qu'il pourrait rencontrer de véritables savants, en mesure d'apporter une réponse à leurs questions. Il était normal qu'il effectue seul ce déplacement, puisqu'il connaissait l'Irak, les risques que cela comportait, et puis il avait déjà des contacts dans le pays. Son journal couvrirait les frais considérables que cela entraînerait, mais il ne paierait pas pour elle. Il lui fallait donc se rendre seul à Lalish.

Christine accepta sa décision, se détourna et sortit en silence dans le jardin.

Il hésita à la suivre. C'est alors qu'Isobel traversa la cuisine en fredonnant, ce qui le fit redescendre sur terre. Elle l'observa, puis regarda la silhouette assise dans le jardin.

— Vous le lui avez dit ?

— Elle avait l'air d'accord, et puis…

Isobel soupira.

— Elle était déjà comme ça à Cambridge. Quand elle est contrariée, elle s'énerve, balance des trucs contre les murs, etc.

Rob était hésitant. Il s'en voulait de la mettre dans cet état, mais il devait absolument mener cette mission à son terme.

— Je suis quand même étonnée, vous savez, reprit Isobel.

— De quoi ?

— Que vous lui ayez plu. En principe, elle n'apprécie guère les hommes comme vous, avec des pommettes saillantes et des yeux bleus. Elle ne sort pas avec des aventuriers, plutôt avec des hommes mûrs. Elle était très jeune à la mort de son père. Elle a donc toujours été attirée par des figures paternelles, que ce soit des conseillers pédagogiques, des directeurs d'études… ou des protecteurs, ajouta-t-elle en le regardant droit dans les yeux.

On entendit la sirène du ferry en écho. Rob sortit dans le jardin.

Seule sur le banc, Christine regardait les pins, au clair de lune.

— Elle a beaucoup de chance, Isobel, dit-il. Cette maison est superbe.

Il s'assit à ses côtés, lui prit la main.

— J'ai besoin que tu me rendes un service, pendant que je serai à Lalish… Est-ce que tu peux t'occuper un peu de Lizzie ?

Un nuage masquait la lune, et le visage de Christine était plongé dans le noir.

— Je ne comprends pas, répondit-elle. Lizzie est avec sa mère.

— Sally est très prise par son travail et ses études. Elle passe des examens de droit. J'aimerais que quelqu'un en qui j'ai confiance… voie ce que devient ma fille. Tu vas être hébergée par ta sœur, à Camden ?

Elle acquiesça d'un signe de tête.

— C'est à peine à cinq kilomètres de là où habite Sally. Ça me soulagerait de savoir que tu es là-bas, ou du moins juste à côté. Et tu pourrais m'envoyer des e-mails, ou m'appeler. Je vais prévenir Sally, qu'elle sache bien qui tu es. Elle sera peut-être même ravie que tu lui donnes un coup de main. Qui sait…

— D'accord, j'irai la voir, et je t'enverrai tous les jours un e-mail… pendant que tu seras en Irak.

Il frémit. La véritable raison pour laquelle il voulait que Christine aille voir sa fille, c'était qu'il s'inquiétait pour lui-même. Il ne parvenait pas à oublier l'attentat suicide auquel il avait réchappé de justesse à Bagdad. Aurait-il autant de chance la prochaine fois ? Et si d'aventure il ne revenait pas, eh bien, il voulait que sa fille fasse la connaissance de la femme qu'il avait aimée.

Christine lui serra la main.

Le lendemain matin, il se leva sans réveiller Christine et lui laissa un petit mot sur la table de nuit. Puis il s'habilla, dit au revoir à Andrea, serra Isobel dans ses bras, caressa le chat et prit le chemin de l'embarcadère.

Vingt-quatre heures plus tard, après une longue traversée en ferry, un saut de puce en taxi, deux voyages en avion et un dernier trajet épuisant en taxi depuis l'aéroport de Mardin, il arriva au poste frontière d'Habur. Dans un nuage de gaz d'échappement s'entassaient là des camions et des chars de l'armée turque, au milieu d'hommes d'affaires impatients et de piétons perplexes qui trimballaient quantité de sacs.

Il lui fallut pas moins de cinq heures pour traverser la frontière. Les militaires turcs l'interrogèrent deux heures durant, désireux de savoir ce qu'il allait faire en Irak, s'il avait des contacts avec les rebelles kurdes, s'il avait l'intention de réaliser une interview des dirigeants du PKK, s'il était vraiment bête et inconscient, ou bien s'il s'agissait tout simplement d'un touriste qui avait envie de jouer les casse-cou et de se donner des frissons… Mais ils ne purent le retenir indéfiniment, car il était en possession du visa et des documents requis, ainsi que d'un fax explicatif de son rédacteur en chef. La barrière se leva, il franchit une ligne invisible. Le drapeau rouge, blanc et vert frappé d'un soleil flottait au vent.

Rob regarda vers le sud : un homme édenté l'observait depuis un banc en bois, un chien urinait sur un vieux pneu, la route serpentait entre des collines jaunies par le soleil en direction des plaines de Mésopotamie. Il mit son sac sur l'épaule et se dirigea vers un malheureux taxi bleu tout rouillé.

Le chauffeur mal rasé le regarda en louchant de son unique œil valide. Le seul moyen de transport, ici, c'est un antique taxi conduit par un borgne, songea Rob, qui trouva la scène cocasse.

Il se pencha vers la vitre de l'homme.

— *Salam aleikum*, lui dit-il. J'aimerais aller à Lalish.

32

Hugo de Savary prit un taxi. Quelques minutes plus tard, il roulait à vive allure dans la magnifique campagne du Dorset. Les aubépines et les pommiers étaient en fleurs, et dans le ciel clément du mois de mai défilaient de gros nuages.

Le taxi descendit une allée bordée de grands hêtres et s'arrêta devant un splendide manoir, avec des ailes qui partaient dans différentes directions. Un peu partout des flics ratissaient les pelouses, à la recherche d'indices matériels. D'autres ôtaient leurs gants en caoutchouc. Il paya la course et regarda ce qui était indiqué au-dessus de l'entrée : École Candor. Pendant le trajet en train, il s'était renseigné et avait appris que ce bâtiment n'avait pas toujours été un lieu d'enseignement.

Le domaine proprement dit existait depuis l'époque des Saxons, où il englobait une grande partie des terres de Canford Magna, le village local. Il n'en subsistait toutefois que l'église normande et la cuisine, du XIVe siècle. Tout le reste datait de la fin du XVIIIe siècle et du début du XIXe siècle, ce qui n'empêchait pas l'ensemble d'avoir fière allure. Transformé en école en 1920, le manoir se dressait au milieu d'un parc arrosé par un cours d'eau, le Stour.

— Hugo de Savary ! lança Forrester. C'est formidable que vous ayez pu venir aussi vite.

— Je ne suis pas sûr de vous être très utile.

Forrester sourit, mais Savary lui trouva les traits tirés.

Ce meurtre était-il particulièrement horrible ? Dans la matinée, Forrester lui avait indiqué au téléphone qu'il comportait une certaine « dimension sacrificielle », raison pour laquelle il avait accepté de venir. Cela avait piqué sa curiosité, et il se demandait s'il ne pourrait pas consacrer un prochain livre ou une série télé aux sacrifices modernes.

— Quand a-t-on découvert le corps ? demanda-t-il.

— Hier. Un coup de chance. L'école est fermée, à cause des vacances de mi-trimestre, il n'y avait donc que le concierge, la victime. Un petit jeune a trouvé bizarre que du matériel de sport soit livré à ce moment-là, et il a fouillé un peu la maison.

— C'est lui qui a trouvé le cadavre ?

— Le pauvre… Il est toujours avec le psychologue.

Forrester lorgna le professeur.

— Monsieur de Savary…

— Appelez-moi Hugo.

— C'est un spectacle éprouvant. Je suis policier, chargé de réaliser des enquêtes, et à ce titre j'ai vu pas mal de meurtres horribles, mais celui-ci…

— Alors que moi je suis un béotien débarqué tout droit de l'université ? ironisa Savary. Allons donc, Mark, il y a plus de dix ans que je m'intéresse aux sectes satanistes, aussi j'ai l'habitude de me pencher sur des documents troublants. Et puis je suis solide, du moins je l'espère. J'ai même mangé un sandwich aux crevettes dans le train, dit-il sur le ton de la plaisanterie.

Forrester se contenta de hocher la tête. Savary constata qu'il avait l'air ébranlé, comme quelqu'un qui avait été témoin de quelque chose d'affreux. Pour la première fois, il ressentit une certaine appréhension.

Forrester s'éclaircit la gorge.

— Je ne vous ai pas expliqué ce que vous alliez voir, afin de ne pas vous influencer. Je veux savoir ce que vous en pensez vraiment.

Un agent leur ouvrit. Ils reconnurent le décor typique de l'entrée d'une école privée très chic, avec la liste des élèves tombés au champ d'honneur, puis des trophées, des panneaux d'affichage et quelques antiquités disparates tout éraflées et endommagées par des générations d'élèves passés par là en courant, leurs chaussures de rugby jetées sur l'épaule. Savary céda à la nostalgie, songeant à l'époque où il étudiait à Stowe.

Au fond du hall, une grande porte fermée, devant laquelle un autre flic montait la garde. Forrester regarda les pieds de Hugo de Savary et lui donna des galoches.

— Il y a beaucoup de sang, dit-il calmement, avant de faire signe au flic.

L'homme leur ouvrit et ils pénétrèrent dans ce qui ressemblait à la grande salle d'une demeure seigneuriale, avec boiseries et armoiries, et qui était une imitation victorienne d'un manoir d'antan, mais réalisée avec intelligence et goût. Dans un coin de la pièce on avait tendu un écran.

Forrester l'invita à le suivre sur le parquet qui grinçait. Bientôt ils pataugèrent dans des mares de sang poisseux.

L'inspecteur déplaça l'écran. Savary sursauta : il se retrouva face à une cage portative de gardien de but, apportée là depuis le terrain de sport et dont on s'était servi pour écarteler un homme.

Ou plutôt ce qu'il en restait. Dépouillé de ses vêtements, il pendait par les chevilles, qui avaient été attachées à la barre transversale, et ses poignets étaient fixés aux montants. On l'avait écorché vif, lentement, méthodiquement, en lui arrachant la peau morceau par morceau. Chaque fois, la chair palpitante était restée à vif, laissant apparaître de la graisse jaune, bien que par endroits elle ait été également enlevée, découvrant alors les muscles et les tendons. Les organes génitaux avaient été retirés.

Savary fit le tour du cadavre. Ce n'était visiblement pas l'œuvre d'un seul individu. Les assassins n'avaient pas tué cet homme d'un coup, mais avec méthode. Quand on écorche minutieusement quelqu'un, cette personne est capable de survivre encore des heures, tandis que ses muscles et ses organes se dessèchent et se contractent lentement. Elle risque de s'évanouir de douleur, mais il est possible de la ranimer, avant de recommencer à la torturer. Savary se représentait, horrifié, la scène : le concierge terrifié attaché la tête en bas à la barre transversale et aux montants, comme s'il s'agissait d'une crucifixion.

Sa terreur en comprenant ce qui se passait, quand on avait commencé à lui entailler l'épiderme d'une cheville ou d'un pied, et puis la douleur fulgurante lorsqu'on s'était mis à lui arracher la peau… Le moindre contact avec la chair à vif avait dû être insupportable pour le pauvre homme, qui avait sans doute hurlé, tandis que les assassins mettaient à exécution leur horrible dessein, descendant progressivement le long de son corps.

Il se détourna en frissonnant.

Forrester lui posa un bras sur l'épaule.

— Oui, je suis désolé…

— Quel âge avait-il ? C'est difficile à dire, étant donné qu'il n'a plus de peau sur le visage.

— Entre quarante et cinquante ans. On sort ?

— Volontiers.

L'inspecteur l'invita à le suivre dans le jardin, où ils s'assirent sur un banc.

— C'est horrible, souffla Hugo de Savary.

Le soleil chauffait encore un peu. Forrester enleva ses galoches en grognant. Un silence pesant retomba dans le jardin.

— Je crois pouvoir vous être utile, déclara finalement Savary.

— Vraiment ?

— Disons que je pense comprendre leurs motivations.

— Et alors ?

— Ils se sont à l'évidence inspirés en partie des Aztèques, chez qui il existait toutes sortes de sacrifices humains, le plus courant consistant à ce que le prêtre plonge un couteau en obsidienne dans le cœur, avant de l'arracher, toujours palpitant…

Ils regardèrent une voiture de police se garer dans l'allée. Deux agents en sortirent, transportant chacun une valise métallique. Ils adressèrent un signe de tête à Forrester.

— Le médico-légal. Continuez, Hugo. Les Aztèques ?

— Ils donnaient les malheureux à manger aux jaguars, ou bien ils les saignaient à mort, quand ils ne les criblaient pas de flèches. Mais l'une des méthodes les plus raffinées consistait à les écorcher vifs. Il existait même chez eux un jour consacré à cela, la fête de l'Écorchement.

— Un jour dédié à ça ?

— Ils dépeçaient leurs prisonniers, puis revêtaient leur dépouille et dansaient avec dans les rues. Chez les aristocrates, c'était une façon d'honorer leurs victimes. Il paraît même qu'après avoir capturé une princesse d'une tribu ennemie un roi aztèque invita son père à un banquet, en guise de réconciliation, et qu'à sa demande un prêtre se présenta, revêtu de la couenne de la demoiselle.

Forrester était livide.

— Vous ne pensez pas que Cloncurry se promène avec la peau de ce type sur le dos ?

— C'est tout à fait possible.

— En tout cas, on ne l'a pas retrouvée. Mais on a fait appel à la brigade cynophile.

Ils observèrent encore un moment de silence. Savary regarda l'espace vert vallonné, les grands arbres courbés au-dessus de la rivière, paysage bucolique et typiquement anglais difficilement conciliable avec ce corps suspendu à un cadre de bois, à quelques mètres de là.

L'inspecteur principal se leva.

— Qu'est-ce qu'ils cherchaient ? demanda-t-il. Je me suis renseigné. Je ne vois aucun rapport avec le club des Feux de l'Enfer.

— Non, néanmoins il en existe un entre cette école et le Proche-Orient.

— Lequel ?

— Si je me souviens bien de ce que j'ai lu dans le train, la petite boutique destinée aux élèves doit se trouver par là.

Il contourna la bâtisse et se posta devant l'entrée, Forrester sur ses talons. Tout au bout de l'aile est, on apercevait une étrange construction à pignons, attenante à la façade principale et qui ressemblait à une chapelle. Savary s'arrêta.

Forrester admira les portes majestueuses ornées d'un motif noir et blanc représentant des lions ailés.

— C'est quoi ?

— La Neuvième Arche de Ninive, ce qui nous renvoie directement à la civilisation sumérienne qui s'est épanouie dans l'Irak actuel. On va voir si nos types sont entrés y faire un tour ?

Forrester acquiesça d'un signe de tête.

Savary poussa du doigt la porte métallique. À l'intérieur, hormis quelques vitraux, on aurait dit n'importe quelle boutique construite aux abords d'une école privée pour enfants de la bourgeoisie. Un distributeur automatique de Pepsi, un tiroir-caisse, ainsi que des boîtes d'amuse-gueule et de chips. Mais l'endroit avait été mis à sac. En y regardant de plus près, Forrester et Savary constatèrent que les boiseries d'un mur avaient été arrachées, pour tâcher de retrouver quelque chose. Savary estimait que les individus en question avaient sans doute fait chou blanc, vu le désordre qu'il y régnait.

Ils ressortirent au soleil et longèrent l'allée. Savary parla à Forrester de la Neuvième Arche de Ninive.

— Elle a été commandée au milieu du XIXe siècle par lady Charlotte Guest et sir John, son mari. Pour la construire, on s'est inspiré de plans dessinés par Charles Barry, l'architecte qui a conçu…

— … le Parlement, dit Forrester. L'architecture est un peu mon violon d'Ingres, ajouta-t-il avec un petit sourire.

— Tout juste, le Parlement. En tout cas, la Neuvième Arche de Ninive était une loggia privée destinée à abriter des bas-reliefs assyriens découverts lors des explorations entreprises dans l'ancienne Mésopotamie à l'époque victorienne. D'où ces portes assez curieuses, avec les lions ailés.

— Ok.

— Ces bas-reliefs ont été exhumés par Austen Henry Layard, un cousin de lady Charlotte Guest. Ils étaient assez grands, chacun pesant plusieurs tonnes. À l'origine, ils ornaient des portes à Nimrud.

— Layard et Barry les ont ensuite installés ici ?

— Oui. Ils y sont restés, avec d'autres pièces analogues, jusqu'après la fin de la Première Guerre mondiale. Ensuite, la collection entière a été vendue.

— Il n'en reste plus rien ?

— Les antiquités se trouvant sous l'arche ont été remplacées par des moulages en plâtre. En 1923, la famille s'est débarrassée de la propriété de Canford Hall, qui est devenue une école pour garçons. Dépouillée de ses trésors, l'arche a été transformée en boutique, où l'on vendait des sandwiches et des barres de chocolat.

— Les membres de notre bande devaient donc être au courant. Pourquoi sont-ils quand même venus ici ?

— Cette histoire a connu un épilogue cocasse. En 1922, deux universitaires, des spécialistes de la civilisation assyrienne, qui s'en allaient participer à un colloque à Bornemouth, se sont arrêtés ici. Ils n'espéraient pas y trouver quoi que ce soit, mais avaient envie de voir les vitraux qui déclinent des motifs sumériens, ainsi que les éléments architecturaux d'inspiration assyrienne. C'est alors que l'un d'eux a regardé derrière le distributeur de Pepsi… et qu'il est tombé sur un bas-relief authentique !

— Vous ne parlez pas sérieusement.

— Si. En principe, il ne devait subsister que des moulages en plâtre. Ils l'ont tout de suite identifié, même s'il était recouvert d'une émulsion en vinyle.

On l'a démonté, puis envoyé à Londres, où il a été vendu aux enchères chez Christie's. C'est un marchand d'art japonais qui s'en est porté acquéreur, au profit, semble-t-il, d'une secte religieuse, et pour la coquette somme de huit millions de livres.

Ils étaient arrivés au bord de la rivière. La Stour filait devant leurs yeux, miroitant sous le soleil qui perçait à travers les frondaisons.

— Je ne comprends toujours pas, avoua Forrester.

Il ramassa une petite branche et la jeta dans l'eau.

— Quel rapport entre tout ça et le club des Feux de l'Enfer ?

— Vous vous souvenez de ce que je vous ai dit l'autre jour au téléphone ?

— Sur les yézidis et le Livre noir ? Que c'est peut-être lui qu'ils recherchent ?

— Exactement. Voyez-vous, Austen Henry Layard fut l'un des premiers Occidentaux à rencontrer des yézidis, cela en 1847. Il se livrait à l'époque à des fouilles à Ur et Ninive, dans le nord de l'Irak actuel. On assistait aux premiers balbutiements de l'archéologie moderne. Il a alors entendu parler d'une drôle de secte vivant non loin de Mossoul et de Dahuk. Il a pris contact avec les yézidis, qui l'ont invité à Lalish, leur capitale et ville sainte, située au cœur des montagnes, dans une région où d'ailleurs l'on n'est toujours pas en sécurité.

— Qu'est-ce qu'il est allé y faire ?

— Difficile à dire. On sait toutefois qu'il a assisté à certaines de leurs cérémonies les plus secrètes. Privilège accordé à nul autre auparavant.

— Lui ont-ils remis le Livre noir ?

Savary sourit.

— En plein dans le mille, inspecteur ! En effet, c'est une hypothèse.

— S'il l'a rapporté avec lui, il risque de se trouver ici, dans l'endroit conçu pour abriter les plus belles antiquités, celles dont il ne voulait pas se séparer.

— Exactement.

Forrester fit la grimace.

— Je croyais pourtant établi que Jerusalem Whaley était déjà en possession du Livre noir.

Savary haussa les épaules.

— Qui sait ? Il se peut qu'il ait cru le détenir, mais que ce ne fut pas le cas, ou bien qu'il l'ait rendu aux yézidis, et que Layard soit allé le récupérer cent ans plus tard. À mon avis, c'est Whaley qui le détenait depuis le début. Layard ne servant en l'occurrence qu'à brouiller les pistes.

— L'important, c'est que c'est probablement cela que recherchent nos types. Sinon ils ne seraient pas venus ici. Ça n'a donc pas forcément de lien avec le club des Feux de l'Enfer en tant que tel.

— En effet.

Forrester siffla, presque joyeusement, puis donna à son interlocuteur une tape dans le dos.

— Merci d'être venu, Hugo !

Un hurlement déchira brusquement le silence.

— Angus ! Angus !

Un autre cri retentit dans le parc. Plus près, cette fois-ci.

Savary et Forrester remontèrent en vitesse la côte. Un agent de police courait sur la pelouse en s'époumonant.

— C'est le maître-chien, expliqua Forrester. Il a perdu sa bête. Hé, Johnson, il est où, votre clebs ?

— Inspecteur, inspecteur ! Il vient de vous passer devant !… Là, il est là !

Savary se retourna et vit un molosse foncer vers l'école. Il tenait quelque chose dans sa gueule, un objet long et d'un gris luisant. On aurait dit un fantôme. Savary se lança à la poursuite de l'animal, qui gronda en le voyant s'approcher.

L'universitaire baissa les yeux et frémit en comprenant soudain ce qu'était cette espèce de linceul couvert de bave et dégageant une odeur infecte que le chien avait déchiré en lambeaux… C'était la peau du concierge !

33

Cela faisait dix jours que Rob se trouvait à Dahuk. Le chauffeur de taxi qui l'avait pris à Habur n'avait pas voulu aller plus loin.

Au début, il ne s'en plaignit pas. Dahuk était une ville kurde agréable et animée, plus pauvre que Sanli Urfa, mais où l'on ne se sentait pas épié comme en Turquie. Elle présentait aussi l'avantage d'abriter une communauté yézidi. Il y existait même un centre culturel yézidi, installé en banlieue dans une vieille demeure ottomane délabrée et bruyante, qui au départ avait été son point de chute. Là, il avait croisé quantité de belles brunes en longues robes brodées qui lui décochaient des sourires furtifs, et des jeunes gens hilares qui arboraient des maillots aux couleurs de l'équipe de Barcelone.

Sur un mur, à l'intérieur de la maison, on voyait Malak Taus, l'ange-paon. La première fois, il était resté un quart d'heure à le contempler. Une étrange sérénité émanait de cette image du dieu-démon, ange déchu, oiseau paon faisant la roue avec sa queue émeraude et bleu-vert sur laquelle figuraient tous ces yeux…

Ici, les gens ne se livraient pas facilement, sans pour autant se montrer hostiles. Des hommes moustachus lui offrirent du thé et des pistaches. Quelques-uns s'exprimaient dans un anglais hésitant, d'autres, plus nombreux, parlaient allemand, une importante communauté yézidi ayant émigré en Allemagne.

En revanche, ils se refusaient à discuter de leur religion. Il suffisait qu'on les interroge sur le Livre noir, Sanli Urfa, le sanjak ou bien le culte de Malak Taus pour qu'ils se renfrognent ou se braquent.

Autre pierre d'achoppement, Lalish. Il s'avéra – et Rob s'en voulut de ne pas s'être mieux renseigné avant de s'embarquer dans cette aventure – qu'il n'y avait personne là-bas, Lalish étant une ville sainte au sens propre du terme, une cité fantôme dédiée aux anges, aux esprits, aux textes sacrés et aux temples. Les villages alentour grouillaient de monde, mais l'on ne venait jamais à Lalish que pour prier ou pour célébrer des fêtes religieuses. Dès lors, un individu étranger à la communauté ne pouvait passer inaperçu.

En outre, il était difficile et même dangereux de se rendre à Lalish si l'on n'était pas yézidi, et personne n'accepta de l'y conduire. Il eut beau, à diverses reprises, essayer de soudoyer des chauffeurs de taxi en leur proposant cent dollars en plus du prix de la course, ils regardèrent son argent avec circonspection et lui opposèrent un refus catégorique.

Ce soir-là, alors qu'il était arrivé depuis dix jours, Rob eut envie de laisser tomber. Allongé sur le lit, dans sa chambre d'hôtel, il entendait l'animation qui régnait au-dehors. Il se leva, ouvrit la fenêtre et regarda les toits en ciment et les ruelles sombres et tortueuses. Le soleil se couchait derrière les monts Zagros. Des femmes coiffées d'un foulard rose suspendaient du linge à côté d'énormes antennes paraboliques. Il aperçut une foule de clochers, disséminés entre les minarets, ceux d'églises gnostiques, mandéennes, syriaques ou chaldéennes.

Il ferma la fenêtre pour ne pas entendre l'appel à la prière du muezzin, retourna prendre son portable sur le lit et appela l'Angleterre. Sally finit par décrocher. Il s'attendait à ce que son ex-femme lui réponde comme d'habitude sur un ton sec, mais en restant polie. Or, elle fut étonnamment chaleureuse et pleine d'enthousiasme. Cela tenait, lui expliqua-t-elle, à ce qu'elle avait vu sa nouvelle « copine », qu'elle trouvait très bien. Christine lui avait fait une excellente impression, et elle constatait qu'il s'était enfin assagi, puisqu'il se mettait à sortir avec de vraies femmes, au lieu de s'afficher comme auparavant avec des minettes super bien fichues mais débiles.

Il s'esclaffa et lui affirma qu'il ne l'avait jamais prise, elle, pour une belle évaporée. Un silence s'ensuivit, puis Sally partit elle aussi d'un grand éclat de rire. C'était la première fois qu'ils plaisantaient depuis leur divorce. Ils discutèrent encore un peu, comme cela ne leur était pas non plus arrivé depuis un bon moment. Puis Sally lui passa leur fille. Rob éprouva un léger pincement au cœur en entendant la voix de Lizzie, qui lui raconta qu'elle était allée au zoo voir les « zanimaux », et qu'elle parvenait à lever les bras au-dessus de la tête. Elle avait également fait la connaissance de Christine, la dame française, et elle l'aimait beaucoup, sa maman aussi. Rob l'embrassa, puis raccrocha. Il lui semblait un peu bizarre que sa nouvelle copine et son ex-femme se lient d'amitié, mais c'était préférable. Cela signifiait qu'il y avait davantage de monde pour s'occuper de sa fille en son absence.

Après tout, il était peut-être temps pour lui de mettre un terme à son séjour et de regagner la Grande-Bretagne. Rien ne s'était passé comme prévu. Il n'avait pas réussi à aller à Lalish, et n'en voyait plus l'intérêt. Les yézidis lui demeuraient incompréhensibles, et il ne parlait pas suffisamment l'arabe et le kurde pour se renseigner davantage. Comment espérer percer les secrets d'une religion vieille de six mille ans quand on ne sait dire que *Salam* ? Il se retrouvait dans une impasse et cédait au découragement.

Il prit la clé de sa chambre et quitta l'hôtel. Il avait chaud, il était inquiet, et une bière au bistro sympa du coin de la rue ne lui ferait pas de mal. Il se laissa choir dans la chaise en plastique installée en terrasse. Rawaz, le patron du café qui pour l'heure lui tenait lieu d'ami, lui apporta une bière turque glacée avec une soucoupe d'olives vertes. La vie suivait son cours dans les rues de Dahuk. La tête entre les mains, Rob réfléchit une fois de plus à son article. Qui espérait-il au juste rencontrer, quand il était chez Isobel, tout excité et gonflé à bloc ? Un prêtre étrange qui lui aurait expliqué tous ces mystères au sein d'un temple secret aux murs tapissés de sculptures primitives et éclairés par les flammes de lampes à huile ? Et deux ou trois adorateurs du diable, ravis d'être pris en photo.

— Bonjour.

Rob leva les yeux. Un jeune homme se tenait près de la table. Jean propre, chemise bien repassée, bouille ronde, il avait l'air d'un universitaire. Rob l'invita à s'asseoir. Le nouveau venu s'appelait Karwan.

— Je suis yézidi, dit-il.

— Ah bon…

— Aujourd'hui, je suis allé au centre culturel, et des femmes m'ont parlé de vous. Vous êtes un journaliste américain qui veut se renseigner sur Malak Taus, c'est ça ?

Rob hocha la tête, un peu gêné.

— On m'a dit que vous étiez descendu ici, mais aussi que vous risquiez de vous en aller bientôt, car vous n'étiez pas satisfait.

— En vérité, je suis déçu.

— Pourquoi ?

— Disons que je suis en train d'écrire un article sur le yézidisme, pour le compte d'un journal britannique, et que personne ne veut me renseigner. Je commence à trouver ça pénible.

— Il faut que vous essayiez de comprendre…

Karwan se pencha en avant, l'air grave.

— Pendant des milliers d'années on nous a maltraités et massacrés à cause de notre religion. Que ce soient les musulmans, les hindous, les Tartares… Pour tous, nous adorons Shaytan, le diable. Ce qui nous vaut d'être rejetés, voire éliminés. Saddam Hussein lui-même nous a pourchassés, ainsi que nos compatriotes kurdes, sunnites ou chiites. Tout le monde nous en veut.

— Mais c'est justement pourquoi j'ai envie d'écrire cet article. Pour dire les choses comme elles sont, ce en quoi les yézidis croient vraiment.

Karwan fronça les sourcils, pensif, et mit longtemps avant de répondre.

— Bon, d'accord. C'est comme ça que je vois les choses. Vous, les Américains, dont l'animal fétiche est l'aigle, vous avez aidé les Kurdes et protégé les yézidis. Les soldats américains cherchent à nous venir en aide, c'est pourquoi je vais faire de même avec vous. Parce que vous êtes américain.

— Vraiment ?

— Oui.

— Et aussi parce que j'ai passé un an à l'université d'Austin, au Texas. Voilà pourquoi je ne parle pas trop mal l'anglais. Et puis, les Américains m'ont bien accueilli.

— Vous étiez à l'université d'Austin ?

— Oui. Vous connaissez ?

— J'adore la country.

— Oui. C'est un coin sympa. Sauf que (Karwan grignota une olive) les femmes, au Texas, elles ont des fesses énormes. Moi, ça ne me branche pas.

Rob éclata de rire.

— Qu'est-ce que vous avez étudié, là-bas ?

— L'anthropologie des religions. Je peux donc vous dire tout ce que vous voulez savoir, ce qui vous permettra d'expliquer, à votre retour en Angleterre, que nous ne sommes pas des… suppôts de Satan.

Rob attrapa son calepin et commanda deux autres bières. Une heure durant, il bombarda Karwan de questions, sans d'ailleurs apprendre grand-chose. Il avait au préalable bénéficié des lumières d'Isobel et s'était documenté également. Karwan en vint toutefois à dire quelque chose qui l'interpella.

— Les origines du yézidisme ont été consignées dans le Livre noir. Celui-ci a bien entendu disparu, mais cette histoire s'est transmise de façon orale. Nous serions ainsi issus d'une autre… lignée que le reste de l'humanité.

— Comment cela ?

— Il convient sans doute de recourir au mythe pour que ce soit bien clair. D'après ce que l'on raconte chez nous, il existait au départ soixante-douze Adams, tous plus éminents les uns que les autres. Le dernier de la liste a épousé Ève. Lui et Ève ont déposé leurs humeurs reproductives dans deux urnes.

— Deux urnes ?

Karwan acquiesça.

— Celles-ci ont été hermétiquement scellées pendant neuf mois. Lorsque au terme de ce délai on les ouvrit, celle d'Ève grouillait de serpents, de scorpions et de toutes sortes d'insectes, alors que celle d'Adam abritait un petit bébé de sexe masculin, que l'on a appelé Shadi ibn Jayar, c'est-à-dire « le Fils de l'urne », terme qui désigne aussi tous les yézidis en général. Ainsi, nous sommes d'ascendance exclusivement adamique, à la différence des autres qui descendent à la fois d'Adam et Ève.

Rob finit de noter. Une Chevrolet blanche frappée du sigle de l'ONU traversa lentement le carrefour en face du café.

— Eh bien, voilà, conclut brusquement Karwan. Maintenant, il faut que j'y aille. Mais l'on m'a appris, au centre culturel, que vous aimeriez aussi vous rendre à Lalish. C'est vrai ?

— En effet, cependant, tout le monde m'a dit que c'était dangereux, et personne ne veut m'y conduire. Cela pourrait-il s'arranger ?

Karwan eut un petit sourire. Il était en train de manger une olive du bout des dents. Il déposa le noyau au bord du cendrier.

— Je peux vous y emmener. Nous célébrons en ce moment une fête. Vous ne courez pas grand risque.

— Quand ?

— Demain, à cinq heures du matin. Je viendrai vous prendre ici, et ensuite je vous raccompagnerai. Cela vous donnera l'occasion d'écrire un article sur nous dans le *Times*.

— Génial !

Le jeune homme se pencha et lui serra la main.

— À demain matin. À présent, il faut dormir. Au revoir.

Il se leva et disparut sur la chaussée brûlante.

Rob sirota le reste de sa bière. Il était ravi, il allait enfin pouvoir écrire son article, lui, le premier Occidental à se rendre à Lalish, la ville sainte du yézidisme. « Notre envoyé spécial dans une secte en Irak ! » Il regagna son hôtel au pas de course, puis téléphona à Christine pour la mettre au courant. Elle eut l'air contente, inquiète aussi. Rob était très impatient de retourner en Angleterre.

Le lendemain matin Karwan l'attendait, comme convenu, à côté du café aux volets baissés, et devant lequel était garé un vieux pick-up Ford chargé de pains plats et de sacs de fruits.

— C'est pour la fête, expliqua-t-il. Venez. Excusez-moi, il n'y a pas beaucoup de place.

Ils étaient trois à se serrer dans la cabine du véhicule : Karwan, Rob et le conducteur, un vieil homme barbu, apparemment un oncle de Karwan. Lui et Rob échangèrent une poignée de main.

— Ça devrait aller, il n'a eu que trois accidents cette année, plaisanta Karwan.

Le pick-up quitta Dahuk en brinquebalant et prit la direction des montagnes. Ce fut un long trajet, très cahoteux.

Ils traversèrent des forêts de pins et des bois de chênes. Au fur et à mesure qu'ils prenaient de l'altitude, la grisaille se dissipait et ils eurent droit à un beau soleil. Puis la route descendit dans une vallée verdoyante, où de jolies petites maisons en pierre se dressaient au bord de torrents. Des enfants au sourire radieux se précipitèrent vers le véhicule en agitant la main. Rob les salua en pensant à sa fille.

La route semblait interminable. Elle décrivait des lacets dans la montagne, qui faisait partie de la chaîne des Sept Piliers de Satan, comme l'expliqua Karwan. Ils franchirent des cours d'eau impétueux sur des ponts en bois branlants.

Soudain, Karwan lui donna un coup de coude.

— Lalish ! s'exclama-t-il.

Rob poussa un soupir de soulagement. Il avait réussi ! Il aperçut tout d'abord un drôle de bâtiment de forme conique, au toit cannelé. Puis d'autres édifices analogues autour d'une place, au centre de la ville, qui pour l'heure grouillait de monde. Tous ces pèlerins défilaient, psalmodiaient et chantaient. Des hommes âgés avançaient en file indienne, jouant d'une longue flûte en bois. Rob descendit de véhicule, suivi de Karwan, et observa le spectacle.

Un individu en cape noire sortit d'un immeuble crasseux et se dirigea vers une collection de pots en grès dans lesquels on avait fait du feu. Une procession d'hommes en robe blanche marchaient derrière lui.

— Ce sont les feux sacrés, précisa Karwan, en désignant les flammes jaunes qui dansaient dans les récipients. Les hommes doivent en faire sept fois le tour.

Une foule dense avançait en criant : « Malak Taus ! Malak Taus ! »

Karwan hocha la tête.

— Ils invoquent l'ange-paon.

La cérémonie se poursuivit, étrange, pittoresque et touchante à la fois. Rob regarda les spectateurs et les badauds, dont beaucoup, après le temps fort des célébrations, étaient allés s'installer sur l'herbe, à flanc de colline, pour manger des tomates, du fromage, du pain et des prunes. Le soleil était au zénith. C'était une belle et chaude journée.

— Tous les yézidis doivent venir une fois dans leur vie à Lalish, reprit Karwan, faire un pèlerinage sur la tombe de Cheikh Ai Ben Moussafir, qui a fondé cette religion et institué ses rituels.

Rob jeta un coup d'œil à l'intérieur d'un temple. Le lieu de culte était plongé dans l'obscurité, mais il distingua des pèlerins qui enveloppaient des colonnes en bois de tissus colorés, tandis que d'autres déposaient du pain sur des étagères. Sur un mur, il distingua des inscriptions, à l'évidence en écriture cunéiforme, le plus ancien alphabet au monde, inventé par les Sumériens.

Il désirait parler à une personne de confession yézidie. Karwan faisant office d'interprète, il s'adressa à une femme d'une cinquantaine d'années qui servait du thé à ses enfants.

— Pourriez-vous me parler du Livre noir ? lui demanda-t-il.

Elle sourit et pointa un doigt dans sa direction.

— Elle dit que le Livre noir est la bible des yézidis, et qu'il est écrit en or, traduisit Karwan. Elle ajoute que c'est vous, les chrétiens, qui le détenez, vous autres, les Anglais. Vous nous avez volé notre livre sacré.

Sur ce, elle mordit dans une tomate, semant par terre une volée de pépins rouge vif, ce qui déclencha l'hilarité de son mari.

Sur la place, la cérémonie était pratiquement terminée. Des jeunes gens des deux sexes finissaient de danser autour des flammes. Rob les observa, prit discrètement quelques photos avec l'appareil intégré à son téléphone portable, et des notes. Ensuite, quand il leva les yeux, il remarqua que les hommes âgés, qui à l'évidence jouaient un rôle important dans la communauté, se glissaient furtivement, l'un après l'autre, dans un immeuble bas, tout au fond de la place. Que se passait-il ? La porte par laquelle ils entraient se distinguait des autres, parce qu'elle était flanquée d'une pierre sur laquelle était gravé un grand serpent noir.

La curiosité était forte. Mais n'allait-il pas s'attirer des ennuis ? Karwan faisait une sieste dans l'herbe, le chauffeur du pick-up n'était pas dans les parages, sans doute dormait-il dans la cabine du véhicule. Eh, cela avait été une rude journée !

Il décida de tenter le coup. Il traversa la place à toute allure. L'un des jeunes gens qui défilaient en psalmodiant avait laissé son chèche blanc à côté du puits. Après un bref regard autour de lui, il ramassa le long foulard et se le mit sur la tête. Puis il s'avança à pas de loup vers le bâtiment, où le gardien s'apprêtait à fermer la porte. Il lui restait encore une dernière chance. Il se cacha le bas du visage sous le morceau de tissu blanc, et entra comme une flèche dans l'immeuble.

Le portier assoupi lui jeta un vague coup d'œil perplexe. Puis il haussa les épaules et referma derrière lui. Rob se trouvait maintenant dans le temple.

Il faisait très sombre, des lampes à huile dégageaient une fumée âcre. Par rangées entières, des hommes mûrs psalmodiaient, chantaient tout bas et récitaient des prières. D'autres, agenouillés, se prosternaient et touchaient le sol avec le front. D'un seul coup, le fond de la pièce s'illumina. Rob plissa les yeux pour s'efforcer de voir à travers la fumée. Une fille en robe blanche apportait quelque chose enveloppé dans une couverture. Chants et psalmodies gagnèrent en volume. La fille déposa son paquet sur un autel, au-dessus duquel l'ange-paon contemplait l'assistance.

Rob se rapprocha encore en essayant de ne pas se faire remarquer. Les hommes psalmodiaient toujours plus fort, mais aussi avec un timbre plus grave. On aurait dit un mantra.

La fille ôta alors la couverture, et le silence se fit dans le temple.

Trônant sur l'autel, un crâne…

Il ne ressemblait à aucun de ceux qu'il avait pu voir. Orbites fuyantes, pommettes saillantes, il évoquait celui d'un oiseau monstrueux, ou bien d'un drôle de serpent. Et pourtant, c'était celui d'un être humain.

C'est alors qu'il sentit la lame d'un couteau sous sa gorge.

34

Il entendit une bousculade. Le couteau lui appuyait sur la trachée. On lui jeta une cagoule sur la tête.

Des portes claquèrent, d'autres s'ouvrirent, on le poussa sans ménagement dans une pièce voisine. Il se retrouvait dans un espace confiné, avec des gens très remontés qui n'en continuaient pas moins à hurler autour de lui.

On lui fila un coup derrière les genoux, et il tomba à terre. Défilèrent devant ses yeux des images d'hommes en combinaison orange qu'il avait vus sur Internet... *Allahou Akhbar !*... Il pressentait déjà la lame du couteau lui tranchant la gorge... *Allahou Akhbar !*

Non ! Il se débattit, des mains le plaquèrent au sol. La cagoule était taillée dans un vieux sac en toile qui sentait mauvais. Un peu de lumière filtrait à travers le tissu grossier, et il distingua vaguement la silhouette des hommes qui s'époumonaient.

On ouvrit une autre porte, quelque part. Les cris redoublèrent d'intensité, une femme demanda quelque chose en hurlant, on lui répondit sur le même ton. Dans la confusion générale Rob tâcha de se calmer et de respirer normalement. On le fit rouler sur le flanc, de manière à pouvoir lui attacher les poignets dans le dos. La corde le cisaillait et il grimaça. Puis un homme s'adressa à lui en grommelant – dans quelle langue, de l'arabe ? Il se tortilla, essaya d'y voir à travers la cagoule et sa gorge se serra : qu'est-ce qui brillait comme ça ? Le couteau ?

Terrorisé, il repensa à sa fille. Il allait définitivement la priver du père qu'elle aurait dû avoir. Son cœur battit la chamade, les larmes lui vinrent aux yeux. Il se ressaisit en constatant que jusqu'à présent on s'était contenté de le rudoyer et de lui faire peur, sans plus.

Mais dès qu'il reprit espoir, il se souvint du sort qui avait été réservé à Franz Breitner. Les ouvriers de confession yézidie n'avaient pas hésité à l'assassiner, en le précipitant dans cette tranchée où il était venu s'embrocher comme une vulgaire grenouille de laboratoire. L'image de la chèvre que l'on égorgeait en pleine rue, à Sanli Urfa, lui revint également en mémoire.

Il hurla. Sa seule planche de salut était Karwan. Peut-être l'entendrait-il appeler au secours. Les autres revinrent dans la pièce, l'insultèrent, lui flanquèrent des coups de pied, quelqu'un le saisit par la gorge et faillit l'étrangler, un autre lui tordit le bras. Il se débattit de toutes ses forces, bien décidé à ne pas se laisser saigner comme un mouton.

D'un seul coup, on lui ôta sa cagoule.

Il retint un cri, en clignant des yeux à la lumière du jour. Quelqu'un le dévisageait : Karwan.

Mais pas le Karwan sympathique et à la bouille ronde de tout à l'heure. Un Karwan à l'air sévère et qui ne souriait plus, car il était furieux.

Karwan donnait sur un ton sec des ordres en kurde aux hommes âgés qui l'entouraient, et ces derniers lui obéissaient. L'un d'eux s'approcha de Rob pour lui passer un linge humide sur le visage. Il s'en dégageait une odeur infecte, mais cela le rafraîchit. Un autre l'aida à se redresser ; on l'avait en effet poussé contre le mur du fond.

Karwan aboya autre chose. Vraisemblablement il demandait aux hommes en robe de s'en aller. Ils quittèrent docilement la pièce en file indienne, et Rob se retrouva seul avec Karwan. Il regarda autour de lui et découvrit un réduit percé de meurtrières qui ne laissaient pas passer beaucoup de lumière. Il s'agissait peut-être d'une réserve, ou de l'antichambre du temple.

À cause des liens, ses poignets lui faisaient mal. On lui avait enlevé sa cagoule, mais on ne l'avait pas détaché. Il se frotta les poignets pour faciliter la circulation, puis leva les yeux sur Karwan. Le jeune homme de confession yézidie était accroupi sur un tapis aux couleurs passées mais richement brodé. Il le dévisagea et soupira.

— J'ai essayé de vous aider, monsieur Luttrell, dit-il. On pensait que vous seriez content de venir ici. Mais il a fallu que vous cherchiez à en savoir davantage. Il vous en faut toujours davantage, à vous autres Occidentaux.

Rob resta perplexe. De quoi parlait-il, au juste ? Karwan se frotta les yeux. Il avait l'air fatigué. On entendait le rire d'enfants et le glouglou de la fontaine.

Karwan s'assit.

— Qu'est-ce qui vous prend ? Pourquoi voulez-vous tout savoir ? Breitner était pareil. L'Allemand. Exactement pareil.

Rob ouvrit des yeux ronds. Karwan hocha la tête.

— Oui, Breitner, à Göbekli Tepe…

Maussade, il suivit le dessin du tapis posé devant lui, son doigt épousant le dédale écarlate du motif. Il semblait réfléchir, comme s'il s'apprêtait à prendre une décision importante ; Rob attendit, les poignets endoloris à cause des liens, la gorge sèche.

— Pourrais-je boire quelque chose, Karwan ? finit-il par demander.

Son interlocuteur attrapa une petite bouteille d'eau minérale en plastique et la lui colla dans la bouche. Rob but à longs traits, tremblant, le souffle court. Karwan reposa la bouteille entre eux sur le sol en ciment et laissa échapper un nouveau soupir.

— Je vais vous dire la vérité, reprit-il. Il n'y a plus de raison de la cacher. Cela risque d'être utile aux yézidis, puisque les mensonges et les tromperies nous causent du tort. Je suis le fils d'un cheikh yézidi, un chef. Mais je suis aussi quelqu'un qui est allé à l'étranger jeter un autre regard sur notre religion. Aussi, je me trouve dans une situation particulière, monsieur Luttrell. Ce qui peut-être m'autorise une certaine… indiscrétion.

Il évita de regarder Rob. Réflexe de culpabilité ?

— Ce que je vais vous expliquer, poursuivit-il, n'a jamais été révélé à personne ne se réclamant pas du yézidisme.

Rob l'écouta avec attention. Karwan s'exprimait d'une voix calme et posée, presque monocorde, comme s'il récitait un monologue préparé à l'avance.

— Les yézidis, enchaîna-t-il, sont persuadés que c'est à Göbekli Tepe que se trouvait le jardin d'Éden. Je pense d'ailleurs que vous le savez. Et je crois que nos croyances ont… déteint sur les autres religions.

Il haussa les épaules, respira profondément.

— Comme je vous l'ai dit, nous pensons être les descendants directs d'Adam, nous autres Fils de l'urne.

Göbekli Tepe est par conséquent la terre de nos ancêtres. Chaque représentant de la caste dirigeante des prêtres, comme moi, a pour devoir de protéger et de défendre le temple de nos ancêtres. De même sommes-nous tenus de veiller sur les secrets de Göbekli Tepe. Tout ce qui en provient doit donc être caché, ou bien détruit. Comme ces… restes humains… conservés au musée de Sanli Urfa. C'est notre devoir. Nos ancêtres ont enseveli Göbekli Tepe… Ils avaient leurs raisons.

Karwan s'empara de la bouteille et but un peu d'eau. Puis il regarda Rob droit dans les yeux.

— Je devine bien entendu la question que vous allez me poser : pourquoi ? Pourquoi enfouir Göbekli Tepe ? Pourquoi devons-nous protéger ce site ? Que s'est-il passé là-bas ?

Karwan eut un sourire peiné, angoissé même.

— Cela ne figure dans aucun texte, mais appartient à une tradition orale transmise de génération en génération.

Quand je demandais jadis à mon père, dans mon enfance, pourquoi nous cultivions ces traditions, il me répondait qu'il en était ainsi.

Rob voulut prendre la parole, mais Karwan leva la main pour lui imposer le silence.

— Pendant des siècles, Göbekli Tepe n'était nullement menacé, puisque, hormis les yézidis, personne n'en connaissait l'existence. Cette ville demeurait ensevelie. Puis cet Allemand est arrivé, avec toute une équipe d'archéologues et d'ouvriers, qui ont creusé, fouillé, analysé. Pour les yézidis, exhumer Göbekli est épouvantable. Il n'est pas question de révéler au grand jour ce que nos ancêtres ont dissimulé sous terre, et ce que l'on a découvert doit être de nouveau enseveli. Nous nous sommes donc fait engager sur le champ de fouilles, afin de ralentir les travaux, puis de les arrêter. Mais ça ne l'a pas empêché de continuer.

— Vous avez donc assassiné Franz, puis…

— Non ! s'insurgea Karwan. Nous ne sommes pas des monstres. Nous avons essayé de lui faire peur, de manière à ce qu'il s'en aille, et vous tous avec lui. Il a dû tomber tout seul dans la fosse.

— Et le Pulsa Dinura ?

— Oui, bien sûr… Et les incidents survenus au temple. Nous avons fait en sorte de… comment dire, de lui mettre des bâtons dans les roues, de l'amener à arrêter les travaux. Mais cela n'a pas entamé sa détermination, et l'Allemand a continué à fouiller le jardin d'Éden, celui des urnes. Y compris la nuit. Cela a donné lieu à une dispute, et il a glissé dans la tranchée. À mon avis, il s'agissait d'un accident.

Rob ne réagit pas.

— Vous pouvez y croire ou pas, comme vous voulez. Moi, j'en ai assez des mensonges, ajouta Karwan en haussant les épaules.

— Qu'est-ce que c'est, ce crâne ?

Karwan vida lentement ses poumons.

— Je n'en sais rien. Au Texas, j'ai étudié ma propre religion, j'ai vu sous un autre angle la structure de ses mythes. J'ignore qui est Malak Taus, et d'où vient ce crâne. Je sais seulement que nous devons les adorer, l'un et l'autre, le crâne et le paon, et ne jamais révéler tous ces secrets ni épouser quelqu'un qui n'est pas de notre confession.

— Est-ce le crâne d'un animal ?

— Je l'ignore ! Croyez-moi. Je pense… (il chercha ses mots)… je pense qu'il est arrivé il y a dix mille ans quelque chose d'affreux à notre temple d'Éden, à Göbekli Tepe. Sinon, pour quelle raison l'aurait-on enseveli ?

— Pourquoi me parlez-vous de ça à présent ? Et pourquoi m'en parler à moi ?

— Parce que vous n'arrêtiez pas de chercher et que vous avez découvert les urnes dans lesquelles se trouvent ces restes humains. Pour quelle raison a-t-on enfermé des bébés à l'intérieur de ces récipients ? Trop de questions demeurent sans réponse. Nous n'avons plus de livre pour nous éclairer.

Dehors, on entendait des gens se dire au revoir, puis les voitures se mettre en marche, comme si les pèlerins quittaient Lalish. Rob brûlait d'envie de noter tout ce que lui avait confié Karwan, mais il avait toujours les poignets liés et dut se contenter de l'interroger.

— Qu'est-ce que vient faire là-dedans le Livre noir ?

— Ah oui, le Livre noir… Je ne suis pas certain que ce soit vraiment un livre, mais quelque chose qui explique le grand mystère. Seulement il a disparu. On nous l'a pris. Il ne nous reste plus que… nos mythes et l'ange-paon. Je vous ai révélé des choses que je devrais garder secrètes, mais je n'avais pas le choix. On méprise les yézidis. On nous traite d'adorateurs de Satan. Peut-être que si l'on en savait davantage sur notre compte, on aurait plus d'égards envers nous.

Il but à nouveau.

— Nous sommes dépositaires d'un secret, monsieur Luttrell, d'un secret épouvantable que nous ne comprenons pas. Nous ne devons pas le trahir et nous sommes tenus de protéger le passé enseveli. C'est notre fardeau. Depuis des siècles. Nous sommes les Fils de l'urne.

— Et maintenant…

— Et maintenant, je vais vous faire reconduire en Turquie. Ensuite, vous pourrez rentrer chez vous en avion et parler de nous autour de vous, expliquer aux gens que nous ne sommes pas des satanistes.

Le yézidi se leva, s'en fut à la fenêtre puis donna un ordre. Deux hommes entrèrent dans la pièce. De nouveau, on bouscula Rob, mais cette fois avec une froide détermination. On le poussa à l'extérieur du temple, au passage il regarda l'autel, mais ne vit pas le crâne. Il se retrouva en plein soleil, devant des femmes qui le dévisageaient en se mettant la main sur la bouche et des enfants qui le montraient du doigt, puis on le fit monter dans le pick-up Ford.

Le chauffeur était prêt. Rob avait toujours les poignets attachés, deux hommes l'aidèrent à grimper dans le véhicule, où son sac l'attendait sur le siège. Un troisième individu, costaud, barbu et plus jeune que Karwan, s'assit entre lui et la portière sans rien dire.

Le pick-up démarra, ses roues patinant dans la poussière. Avant de quitter Lalish, Rob aperçut une dernière fois Karwan au milieu des enfants, non loin de l'une des tours coniques. Son visage exprimait une grande tristesse.

Puis le véhicule descendit à vive allure le flanc de la colline et prit la direction de la Turquie.

35

Sitôt expulsé de l'autre côté de la frontière à Habur, Rob téléphona à Christine, puis sauta dans un taxi pour rejoindre Mardin, la ville la plus proche. Au terme d'un trajet épuisant de sept heures, il prit une chambre d'hôtel, rappela Christine, puis téléphona à sa fille et s'endormit l'appareil à la main, exténué.

Le lendemain matin, il s'installa devant son ordinateur et rédigea son article d'une traite, sous le coup de l'excitation, en l'intitulant : « Enlevé au Kurdistan par une secte religieuse ».

Il ne pouvait que l'écrire de cette façon-là, car tellement d'éléments disparates se mêlaient à cette histoire que s'il réfléchissait et cherchait à faire de son aventure un récit cohérent, trop de détails encombreraient son article, perdant de sa crédibilité. Il lui fallait donc rester simple et sincère en parlant de Göbekli Tepe, des urnes dans le musée de Sanli Urfa, des yézidis et du culte voué à Malak Taus, des cérémonies à Lalish, du crâne sur l'autel, du Livre noir et de ses mystères. Le tout sur fond de violence et de meurtres. Avec, en point d'orgue, lui-même encagoulé et couché sur le flanc, dans une petite pièce sordide en plein cœur des montages du Kurdistan, et qui voyait venue sa dernière heure…

Il fonça ensuite dans le cybercafé du coin et envoya le tout à Steve.

Il s'attarda dans le local, dans l'espoir que Steve l'appelle aussitôt pour lui dire ce qu'il en pensait. Un soleil éblouissant réchauffait les rues de Mardin, mais à l'intérieur du cybercafé l'ambiance était lugubre. Le seul autre client s'amusait avec un jeu vidéo en buvant un soda turc, un casque sur la tête. Le petit jeune massacrait allègrement avec une AK 47 un monstre aux yeux tristes et doté de griffes violacées, puis l'éviscérait.

Rob en revint à son propre écran et tapa son nom sur Google, puis celui de Christine et apprit ainsi qu'elle avait dernièrement écrit, dans *American Archeology*, une rubrique consacrée à l'anthropophagie chez les néandertaliens du Pays basque pendant la période glaciaire. Il vit aussi une jolie photo d'elle en train de recevoir à Berlin une distinction.

Son portable sonna.

— Robbie !

— Steve…

Son cœur se mit à battre à tout rompre. Il détestait faire son petit numéro.

— Alors ?

— Eh bien, je ne sais pas quoi dire…

— Ça ne te plaît pas ?

Silence.

— Tu rigoles ? Je trouve ça génial ! Eh merde, je t'ai envoyé là-bas écrire un papier historique, sans plus. Je pensais que ça ne te ferait pas de mal, que ça te changerait un peu. Résultat : tu as été témoin d'un meurtre, tu as été agressé par des satanistes, tu as découvert un bébé préhistorique conservé dans un bocal à cornichons, tu es tombé sur des mecs qui adorent le diable, tu as entendu les Kurdes chanter la prière de la mort…

Le pauvre Steve en soufflait comme un bœuf.

— Et puis tu vas en Irak, tu rencontres un gus énigmatique qui t'emmène dans une capitale sacrée où lui et les siens adorent un pigeon à la con, puis tu les retrouves tous en train de se prosterner devant le crâne d'un extraterrestre, juste avant que ces yézidis de mes deux essaient de te filer un coup de surin puis de t'expliquer qu'ils descendent d'Adam !

Rob resta muet comme une carpe, jusqu'à ce qu'il éclate de rire, en s'esclaffant si fort que le tueur de monstre d'à côté ôta son casque et tapota dessus pour voir s'il fonctionnait correctement.

— Donc ça va aller ? J'ai essayé de me montrer équitable envers les yézidis… Peut-être un peu trop, mais…

— Si ça va aller ? Je le trouve génial, et le patron aussi. On va le publier demain dans le cahier central, avec une belle accroche en couverture.

— Demain ?

— Oui. Il part tout de suite au roulage. On a aussi tes photos. Tu as fait un super-boulot.

— Tant mieux.

— Tu rentres bientôt ?

— Je n'en sais rien… tous les vols sont complets. Et ça ne me dit rien de me coltiner vingt-quatre heures de bus pour rejoindre Ankara. Je serai à Londres pour le week-end.

— Bravo. Viens au bureau, je t'invite à déjeuner. On ira peut-être dans un bon restaurant se goinfrer de pizzas.

Rob rigola, dit au revoir à Steve, paya sa note dans le cybercafé et partit se balader dans Mardin.

C'était une ville agréable. D'après ce qu'il avait pu en juger elle était pauvre, mais chargée d'histoire. Elle était très ancienne et possédait des voies romaines, des vestiges byzantins et il y avait même des orfèvres parlant le syriaque. Mais, cette fois, Rob en avait soupé des élucubrations historiques et orientales. Désormais, il voulait rentrer chez lui, dans la belle ville de Londres, moderne, européenne, à la pointe de la technologie, où il pleut et il fait froid, pour embrasser sa fille et sa petite amie.

Il s'arrêta à côté d'une pâtisserie et, pour la troisième fois de la journée, appela Christine, qui répondit aussitôt. Il avait envie de lui parler et de lui annoncer que son article avait été apprécié, au journal. Elle s'en réjouit et lui dit qu'elle avait hâte qu'il rentre en Angleterre. Il lui promit de revenir le plus vite possible, d'ici cinq jours au grand maximum. Christine lui raconta qu'elle voyait beaucoup sa fille, ces derniers jours, et qu'elles étaient devenues de bonnes amies. Sally, qui prenait des cours à Cambridge, lui avait en effet demandé si elle pouvait s'occuper de Lizzie. Elles allaient d'ailleurs passer toutes les deux l'après-midi chez son vieil ami et ancien professeur Hugo de Savary, s'il n'y voyait pas d'inconvénient. Elle désirait en effet discuter avec lui du rapport que toute cette histoire pouvait avoir avec les meurtres commis en Angleterre, puisque l'enquête de la police n'avait apparemment pas de secrets pour lui. Et puis Lizzie mourait d'envie de voir des vaches et des moutons…

Après avoir mis fin à la communication, il reprit le chemin de l'hôtel, se demandant où il allait déjeuner. Mais à peine venait-il de remettre le portable dans sa poche qu'il repensa à ce que lui avait dit Christine pour finir, à propos de Hugo de Savary, de Cambridge et des meurtres.

Il restait encore un pan entier de cette histoire qui n'avait pas été élucidé, celui qui portait sur tout ce qui se passait en Grande-Bretagne. En fait, seul le cadre avait changé.

À la satisfaction et la sérénité qu'il éprouvait quelques instants plus tôt succédèrent la nervosité et l'impatience. Il était pressé d'entrer en action, prêt à passer au prochain épisode. Il lui fallait revenir sans délai en Angleterre. Peut-être, s'il prenait un vol pour Istanbul, pourrait-il ensuite trouver un avion pour Londres.

36

Forrester et Boijer regardaient le Styx.

— Je me rappelle avoir appris ça à l'école, dit Boijer. Le Styx est le fleuve des Enfers. Il faut le traverser pour parvenir au royaume des ténèbres.

Forrester scruta ce lieu souterrain, obscur, froid et humide. Le Styx n'était pas très large, mais il avait un débit rapide puis décrivait une courbe là où se dressait un promontoire rocheux avant de s'enfoncer plus loin dans les grottes et les cavernes. Bref, l'endroit idéal pour s'abstraire de ce monde, n'était le sachet de chips vide oublié sur la rive d'en face…

— Évidemment, intervint le guide, ce n'est qu'une rivière artificielle répondant aux vœux de Francis Dashwood, le deuxième baronnet à l'époque où l'on aménageait les cavernes. Il y a quantité de cours d'eau naturels et de nappes aquifères dans ce réseau de grottes de craie et de silex. Un véritable labyrinthe !

Kevin Bigglestone, qui leur faisait office de guide, lissa ses cheveux en arrière.

— Voulez-vous voir le reste ? leur demanda-t-il.

— On vous suit.

Ils entamèrent la visite des cavernes du club des Feux de l'Enfer, situées à environ dix kilomètres du domaine des Dashwood, non loin du village de West Wycombe.

— Bon, dit-il, nous y voilà.

Il leva son parapluie, comme s'il y avait derrière lui tout un groupe de touristes. Boijer ricana, Forrester lui fit comprendre d'un regard qu'il devait se contrôler, car ils avaient besoin de cet homme et de la coopération des gens du coin s'ils voulaient que leur plan soit couronné de succès.

— Que savons-nous du club des Feux de l'Enfer au XVIIIe siècle ? Pourquoi ses membres se réunissaient-ils ici, dans ces grottes froides et humides ? Au cours du XVIe siècle, on a vu naître diverses sociétés secrètes, celle des rosicruciens, par exemple. Toutes versaient dans l'occultisme, se réclamaient de la libre pensée et s'interrogeaient sur les mystères de la foi. Au XVIIIe siècle, certaines figures éminentes appartenant à ces petits cénacles estimèrent que l'on pouvait trouver en Terre sainte des textes et des documents remettant en cause les fondements historiques et théologiques du christianisme, voire de toutes les grandes religions.

Il releva une fois de plus son parapluie.

— C'était évidemment une chimère, à une époque dominée par l'anticléricalisme et la philosophie laïque. Cela n'en a pas moins éveillé la curiosité de quelques individus extrêmement riches.

Il gagna la passerelle qui enjambait le Styx, puis se retourna.

— Certains aristocrates anglais non conformistes ont été piqués au vif. L'un d'eux, le deuxième baron, le Despencer, sir Francis Dashwood, a alors effectivement sillonné la Turquie pour tâcher de savoir ce qu'il en était. Il en revint tellement exalté qu'il mit sur pied le club du Divan, puis celui des Feux de l'Enfer, ce dernier ayant entre autres vocations de dénigrer et réfuter les religions.

— Comment le sait-on ? demanda Forrester.

— On relève dans les environs quantité d'indices qui plaident en ce sens. Ainsi a-t-il fait sienne la devise de l'abbaye de Thélème, imaginée par Rabelais dans *Gargantua* : « Fay ce que voudras. » Celle-ci a d'ailleurs été reprise au XXe siècle par l'écrivain démoniste Aleister Crowley, et connaît une grande fortune auprès de tous les adorateurs de Satan. Dashwood l'a fait graver à l'entrée de l'abbaye de Medmenham, aujourd'hui en ruine, et qu'il louait pour y donner des réceptions.

— C'est exact, dit Boijer. Je l'ai vue ce matin.

— En 1752, Dashwood mit une fois de plus cap à l'est, et partit pour l'Italie. Voyage demeuré mystérieux, car on ignore toujours où il est allé. On pense parfois qu'il a fait le déplacement jusqu'à Venise pour acquérir des ouvrages de magie. Mais on dit aussi qu'il serait allé voir à Naples les restes d'un bordel romain qui venaient d'être exhumés.

— Et pourquoi ça ?

— Dashwood était un chaud lapin, inspecteur ! Pour preuve la statue de Priape, le dieu grec constamment en érection, qui se trouve dans les jardins de West Wycombe.

— Faut pas abuser du Viagra, rigola Boijer.

Bigglestone resta de marbre et poursuivit :

— Cette statue est d'ailleurs accompagnée de la légende suivante : *Peni tento, non penitenti*, ce qu'on pourrait traduire par : « Dresse la verge, mais ne tends pas la joue ! » Cela contrevient gravement, vous me l'accorderez, aux enseignements de la religion et de la morale chrétiennes !

Avec son parapluie, Bigglestone donna des estocades dans cet air croupi et glacé, comme pour chasser un brigand.

— Si l'on en croit Horace Walpole, on avait disposé des couches dans les grottes les plus petites, afin que ces messieurs puissent accabler de galanteries de jeunes tendrons. On y organisait souvent des orgies, à l'époque de Dashwood, et l'on y sacrifiait à Bacchus. Il paraît même que l'on y adorait le diable et se masturbait en groupe.

Ils étaient arrivés dans une grotte plus vaste, dont les parois étaient tapissées de figures semi-gothiques et religieuses.

— Juste au-dessus de nous se trouve l'église de Saint-Lawrence, édifiée par le même Francis Dashwood. Sa voûte est la copie exacte de celle du temple du Soleil de Palmyre, en Syrie, maintenant en ruine. Non content de s'intéresser aux mystères anciens, Dashwood se passionnait en effet pour les cultes du soleil. À quoi croyait-il exactement ? Cela prête à controverse. Il semblerait qu'il ait pensé que la Grande-Bretagne devait être dirigée par une élite païenne. Ce qui, ajouta-t-il avec le sourire, va de pair avec le libertinage, les beuveries, le goût du blasphème, et j'en passe. Dès lors, on est amené à se demander ce qui a motivé la création du club des Feux de l'Enfer.

— Et vous, qu'en pensez-vous ? s'enquit Forrester.

— Comme si je pouvais vous donner une réponse précise ! Tout ce qu'on sait, c'est qu'à son heure de gloire le club des Feux de l'Enfer comptait dans ses rangs des personnages très en vue dans la bonne société. Les « Frères de Medmenham », comme ils s'appelaient eux-mêmes, jouaient un rôle important dans le gouvernement et dans l'Empire britannique en train de se constituer. En 1762, on en révéla officiellement l'existence, et l'on apprit à ce propos que le Premier Ministre, le ministre des Finances, ainsi que plusieurs lords et membres du cabinet en faisaient partie. Du même coup, il en est venu à représenter les turpitudes et les dérèglements de l'élite.

Bigglestone émit un petit rire.

— Devant le scandale, des membres éminents comme Walpole, Wilkes, Hogarth et Benjamin Franklin décidèrent de claquer la porte. Le club s'est réuni pour la dernière fois en 1774.

Ils étaient maintenant arrivés dans l'étroit passage qui débouchait sur l'entrée et les guichets. À cause du manque d'air, les parois dégoulinaient d'humidité.

— Dès lors, enchaîna leur guide, les grottes vont être abandonnées, même si elles ont laissé des souvenirs parfois troublants. Il y a toutefois peu de chances qu'elles nous livrent leur secret, puisque les membres du club ont pris soin d'emporter leurs mystères dans la tombe. On raconte par exemple que le dernier intendant de l'ordre, Paul Whitehead, a passé les trois derniers jours de sa vie à brûler tous les documents incriminants. Si bien que l'on ne sait toujours pas ce qui a pu se passer dans ces fameuses grottes…

Il se tut. Boijer applaudit poliment. Bigglestone s'inclina, puis regarda sa montre.

— Oh ! là, là ! il est presque six heures. Il faut que je me sauve !

Il traversa en vitesse le parking et disparut dans un petit chemin à flanc de colline. Boijer et Forrester regagnèrent tranquillement leur voiture, garée à l'ombre d'un chêne.

Ils en profitèrent pour récapituler les dispositions qu'ils avaient prises. Forrester était persuadé, comme Hugo de Savary qui l'avait prévenu par e-mail et au téléphone, que les meurtriers viendraient faire un tour dans les grottes du club des Feux de l'Enfer, si vraiment ils s'efforçaient de retrouver le Livre noir que Whaley avait rapporté de Terre sainte.

Toute la question étant de savoir quand. Forrester pensait qu'ils attendraient que les lieux soient déserts pour entrer en action, comme à Carven Street, où ils étaient venus une nuit pendant le week-end, et à l'école de Canford, où ils avaient commis leur forfait un matin, pendant les vacances de mi-semestre.

La police leur avait donc tendu un piège. Forrester était allé voir Edward Francis Dashwood, le douzième baronnet en titre, descendant direct du fondateur du club des Feux de l'Enfer, et obtenu qu'il ferme les grottes au public une journée. On invoquerait un prétexte fallacieux, l'anniversaire de mariage du baronnet, en l'honneur de quoi le personnel aurait un jour de congé. On avait annoncé la nouvelle dans la presse locale et fait circuler l'information sur Internet, en ciblant les sites concernés. Scotland Yard avait même persuadé la BBC d'y consacrer un petit reportage télévisé, en insistant sur le parfum de scandale qui se dégageait de ce lieu et de son histoire, tout en signalant qu'il serait provisoirement fermé. Il n'y aurait donc aucun visiteur ce jour-là.

Les meurtriers viendraient-ils ? Ce n'était pas garanti, mais c'était tout ce qu'ils avaient trouvé. Forrester n'avait donc pas vraiment le moral tandis que Boijer conduisait à toute allure sur les petites routes de campagne pour regagner leur hôtel.

La seule autre piste résidait dans l'enregistrement des caméras de surveillance de l'école de Canford, sur lesquelles on voyait Cloncurry. Les énergumènes avaient neutralisé les autres appareils en coupant les câbles, mais ils en avaient oublié un, qui permettait de voir, en flou, l'intéressé se balader dans l'établissement. Le lascar avait fixé froidement l'objectif au passage, comme s'il se savait filmé et s'en fichait.

Forrester avait passé des heures à étudier cette vidéo de mauvaise qualité, essayant de comprendre comment fonctionnait le jeune homme, qui paraissait capable du pire.

Il était très beau, avait des pommettes saillantes, des yeux en amande, un profil taillé à la serpe qui ne laissait pas indifférent. Ce qui, d'une certaine façon, le rendait encore plus sinistre.

Boijer était en train de garer la voiture devant le Holiday Inn de High Wycombe où ils étaient descendus, tout près de l'autoroute. Forrester passa une nuit agitée, malgré le petit joint qu'il avait fumé après le repas. Il avait rêvé, en sueur, de grottes, de femmes nues et de fêtes où l'on se livrait à des activités scabreuses ; et aussi d'une petite fille, égarée au milieu des adultes, qui pleurait pour retrouver son père disparu quelque part sous terre…

Il se réveilla très tôt, la bouche sèche. Il appela Boijer, pour arracher son jeune assistant aux bras de Morphée. Ils sautèrent dans la voiture pour rejoindre la cabine de chantier.

Trois agents en tenue s'y relayaient, afin de surveiller les écrans des caméras de surveillance. Au cours de la journée, Forrester songea à cet article du *Times* dans lequel il était question des yézidis et du Livre noir. Il l'avait lu la veille au soir, et avait ensuite appelé Hugo de Savary pour lui demander ce qu'il en pensait. Trouvant singulier, lui aussi, que quelqu'un soit sur la même piste qu'eux, Savary lui avait appris que la copine du journaliste, à laquelle celui-ci faisait allusion dans son papier, était l'une de ses anciennes étudiantes, devenue depuis une amie…

Au petit matin, Forrester dut se rendre à l'évidence, leur plan n'avait pas marché et les types de la bande n'étaient pas venus. Sur le coup de dix heures il partit se promener.

— Inspecteur !

Boijer sortit précipitamment de la cabine de chantier, suivi par trois agents en tenue.

— Inspecteur ! Une grosse BM vient d'arriver sur le parking… juste à l'instant !

Forrester reprit aussitôt espoir. Il courut après Boijer et les flics, qui eux-mêmes contournèrent la cabine et s'élancèrent en direction du parking. On avait allumé les projecteurs anti-cambriolages installés sur la clôture, de sorte que l'entrée des grottes était tout illuminée.

Au milieu de parking désert était arrêtée une BMW noire flambant neuve. Malgré les vitres teintées, Forrester distingua plusieurs silhouettes.

Les agents braquèrent leurs fusils sur le véhicule. Forrester prit le mégaphone des mains de Boijer et s'adressa aux individus se trouvant à l'intérieur :

— Arrêtez ! Vous êtes cernés par la police !

Il compta les formes : il y en avait cinq ou six.

La voiture ne bougea pas. Les portières demeurèrent fermées.

— Vous êtes cernés par la police. Sortez tout de suite !

Les agents s'accroupirent, en continuant à viser le véhicule. La portière du conducteur s'ouvrit tout doucement.

Forrester se pencha en avant, pour voir enfin à quoi ressemblaient ces types.

Une boîte de cidre roula bruyamment sur le ciment. Le conducteur descendit, un petit jeune, visiblement éméché et terrifié. Deux autres copains l'imitèrent et mirent les mains en l'air.

Des étudiants qui avaient dû passer la nuit à faire la fête et voulaient se donner des frissons en effectuant une virée dans les grottes !

— Putain de merde ! s'écria Forrester.

De rage il cracha par terre, puis demanda à Boijer de les embarquer, sous n'importe quel prétexte, conduite en état d'ivresse, par exemple.

Le jeune psychopathe plein de fric qu'ils avaient dans le collimateur était trop malin pour tomber dans le piège qu'ils lui avaient tendu. À qui allait-il maintenant s'en prendre ?

La réponse était dans la question. Forrester courut chercher son portable, glissé dans sa veste qu'il avait laissée dans la voiture de police, puis composa un numéro et attendit, fou d'inquiétude, qu'on lui réponde.

Malheureusement, personne ne décrocha.

37

Quand Hugo de Savary se réveilla, son petit ami était déjà debout et lui disait qu'il devait se rendre à une conférence d'anthropologie à Saint-John.

Une fois en bas, Hugo constata que son bel et jeune amant avait laissé la cuisine en désordre, semant un peu partout des miettes de pain, éparpillant les pages du *Guardian*, laissant de la confiture d'orange sur une assiette et du marc de café dans l'évier… Aucune importance. Ils s'entendaient vraiment bien, tous les deux. Aujourd'hui, il allait avoir une journée comme il les aimait, consacrée exclusivement à ses recherches, sans être stressé par la rédaction d'un cours, sans réunion fastidieuse à Cambridge ou à Londres, sans coups de fil importants. Il s'installerait dans le jardin de sa maison de campagne, lirait des copies et feuilletterait une ou deux thèses non publiées. Plus tard, il prendrait la voiture pour aller faire des courses à Grantchester et acheter des livres. Seule obligation sociale, le rendez-vous qu'il avait vers 15 heures avec son ancienne élève, Christine Meyer. Elle devait venir avec la fille de son copain, le journaliste qui avait écrit cet article saisissant sur les yézidis, le Livre noir et ce drôle d'endroit qui s'appelle Göbekli Tepe. Au téléphone, elle lui avait expliqué vouloir discuter avec lui des rapports pouvant exister entre cette histoire et les meurtres commis en Angleterre.

Savary était tout à fait intéressé, tout comme il avait très envie de la revoir. C'était l'une de ses meilleures étudiantes, sa préférée à vrai dire, et visiblement elle s'en sortait bien à Göbekli Tepe, même si, à en juger par certaines informations figurant dans l'article, il y avait parfois de quoi vous faire dresser les cheveux sur la tête.

Il passa dix minutes à ranger ce qui avait servi à préparer le petit déjeuner, puis il envoya un texto à son amant : « Est-il vraiment impossible de couper du pain sans mettre la cuisine à sac ? Biz. »

Il était en train de faire couler de l'eau dans l'évier pour évacuer le marc de café lorsque lui parvint la réponse d'Andrew : « Ne passe pas mon village au napalm. Bon, j'ai des examens de dernière année. Biz. »

Savary partit d'un grand éclat de rire. Serait-il en train de tomber amoureux d'Andrew Halloran ? Auquel cas ce serait de la folie : il n'avait que vingt et un ans, et lui quarante-cinq. Mais Andrew était si beau, avec sa désinvolture et son élégance naturelle. Un rien l'habillait et le rendait superbe. Surtout avec un voile de barbe, par contraste avec ses yeux bleus. Il appréciait aussi le fait qu'il fréquente d'autres hommes, ça mettait un peu de piment à leur relation. Le doux supplice de la jalousie…

Il rassembla livres et copies, puis sortit dans le jardin. Il faisait un temps superbe. Des enfants riaient au square situé de l'autre côté des prés de Cambridgeshire, à quelque distance de là.

Il essaya de se concentrer sur son travail. Il s'intéressait à un long article fort bien documenté paru dans le supplément littéraire du *Times*, et consacré à la violence en Angleterre. Mais, ce matin-là, alors qu'il s'était assis dehors au soleil, il songeait distraitement à ce qui l'avait préoccupé ces derniers temps, à savoir les meurtres commis en Grande-Bretagne par cette bande, et les liens avec cette étrange histoire survenue en Turquie.

Il attrapa le téléphone posé sur le gazon et que le soleil avait réchauffé et faillit appeler l'inspecteur principal Forrester, pour savoir si la police avait eu de la chance dans les grottes de West Wycombe, mais se ravisa. Il était persuadé que, tôt ou tard, les meurtriers viendraient fouiller les grottes. Ils n'avaient pas le choix, s'ils voulaient retrouver le Livre noir. Quant à dire si le plan de la police allait fonctionner, c'était là une tout autre histoire – qui s'apparentait à un coup de poker, mais il arrive que ceux-ci soient couronnés de succès.

Le soleil était maintenant très chaud. Savary posa ses documents sur l'herbe, s'allongea dans sa chaise longue et ferma les yeux. Les enfants continuaient à rire. Il pensa aux yézidis. Ce journaliste, Luttrell, avait découvert quelque chose. Le Livre noir des yézidis avait dû révéler un élément essentiel sur Göbekli Tepe, ce temple extraordinaire, qui jouait un rôle primordial dans leur religion. Il ne put s'empêcher d'éprouver un certain malaise en repensant à l'article du *Times*. Les membres de la bande avaient dû également le lire et en conclure que Robert Luttrell avait recueilli des informations précieuses concernant le Livre noir. De même, il citait nommément Christine dans son papier. Il n'était donc pas exclu que ces types cherchent à les retrouver, elle et son ami. Il songea qu'il devrait la prévenir, tout à l'heure, qu'ils risquaient tous deux d'être en danger tant que l'on n'aurait pas arrêté cette bande de malfaiteurs.

Il se pencha, ramassa la thèse photocopiée qu'il était en train de lire : « La peur du petit peuple : émeutes et réjouissances à Londres au temps de la Régence. »

Une fois sa lecture achevée, trois heures plus tard, il enfila ses chaussures, monta dans sa petite voiture de sport et prit la route de Grantchester. Il passa un bon moment à la librairie, puis acheta des cartouches d'encre pour son imprimante. En prévision de la visite, il fit un tour au supermarché pour prendre de la limonade et trois barquettes de fraises.

Sur le chemin du retour, il fredonna quelques thèmes du *Concerto pour deux violons*, de Bach, dont il se promit de télécharger une nouvelle interprétation dès qu'il en aurait le temps.

Il passa une heure dans son bureau à effectuer des recherches sur Internet, puis le heurtoir retentit. Christine se trouvait sur le pas de la porte, accompagnée d'une petite fille blonde. Savary était aux anges. S'il n'avait pas été homosexuel, Christine aurait été son genre de femme : sexy, rêveuse, mais aussi pleine de retenue et d'innocence. Et bien entendu brillante. Sans parler de son bronzage, qui lui allait à merveille.

— Voici Lizzie, la fille de Robert, annonça Christine en mettant la main sur l'épaule de la gamine. Sa mère est en cours… et pour l'heure je suis sa mère de substitution.

Lizzie fit une sorte de révérence, comme si on la présentait à la reine en personne, puis elle gloussa et serra la main de son hôte.

Christine le suivit dans le jardin. Rien n'avait changé depuis le King's College.

Hugo de Savary leur servit le goûter, puis écouta Christine lui brosser un portrait de Rob, dont elle était visiblement très amoureuse. Ils parlèrent de lui un petit moment, Lizzie dit avoir hâte de revoir son père, car il allait lui apporter un lion et un lama. De Savary ne vit pas d'inconvénient à ce qu'elle s'installe devant l'ordinateur pour se distraire avec un jeu vidéo.

À sa requête, Christine lui résuma tout ce qu'elle savait sur Göbekli Tepe. Lorsqu'elle eut fini, le soleil rasait la cime des arbres bordant la noue. Ils évoquèrent ensuite le fait étrange que ce site ait été délibérément enseveli, puis abordèrent la question du club des Feux de l'Enfer et du Livre noir, leur conversation tournant comme toujours autour des mêmes centres d'intérêt, la littérature, l'histoire, l'archéologie, la peinture… En aparté, Christine ajouta qu'elle essayait en ce moment d'amener Rob à lire Joyce. Il sauta sur l'occasion pour lui faire part de l'une de ses dernières réflexions.

— Vous savez, Christine, je relisais justement Joyce, l'autre jour, et quelque chose m'a frappé…

— Ah oui ?

— Il y a un passage, dans *Portrait d'un artiste en jeune homme*. Je me demandais si…

— Hein ?

— Pardon ?

— Qu'est-ce que c'est que ça ?

C'est alors qu'il l'entendit à son tour : un bruit sourd derrière eux, qui semblait venir de la maison.

Il pensa aussitôt à Lizzie, se leva et se retourna, mais Christine filait déjà devant lui en courant. Il posa son verre de limonade sur le gazon et la suivit, lorsqu'il perçut un cri étouffé.

Il retrouva Christine maîtrisée par plusieurs jeunes gens en jean sombre, le visage dissimulé par une cagoule, sauf l'un d'eux, un bel homme aux cheveux noirs. Il comprit tout de suite à qui il avait affaire, pour avoir vu une image prise par une caméra de surveillance, que Forrester lui avait envoyée par e-mail.

C'était Jamie Cloncurry.

Christine se débattait et voulut crier quand l'un des types de la bande lui flanqua un coup de poing dans le ventre. Elle gémit et cessa de bouger.

Le plus grand de tous, Cloncurry, désigna Hugo de Savary avec son arme.

— Attachez-le à sa chaise.

Il avait la voix de quelqu'un de très bien élevé, ce qui avait de quoi vous glacer le sang. Savary entendit des cris étouffés dans la cuisine, où se trouvait la fillette, qui pleurait.

Deux hommes attachèrent Savary à sa chaise, puis le bâillonnèrent avec un linge qui sentait la sueur, le serrant tellement que la lèvre du haut lui rentra dans les dents et se mit à saigner. Il avait mal partout, ne pouvait pas bouger et ne voyait ni Christine ni Lizzie. Il entendait simplement sangloter quelqu'un dans la pièce d'à côté. Mais ce fut la terreur qui l'emporta lorsqu'il entendit Jamie Cloncurry, quelque part derrière lui, lui demander :

— Avez-vous entendu parler du supplice de l'aigle de sang, professeur ?

Il avala sa salive puis, ce fut plus fort que lui, il se mit à pleurer. Il se doutait bien qu'ils allaient le tuer, mais de cette façon-là ?

Jamie Cloncurry vint se placer en face de lui et le regarda de près, son beau visage au teint clair légèrement crispé et teinté de quelques rougeurs.

— Bien sûr que vous en avez entendu parler. Après tout, c'est vous qui avez écrit *La Furie des Vikings*, plutôt flippant, ce bouquin pour grand public. Le point complet sur les croyances et les rites des Vikings. Passablement macabre même, si je puis me permettre. Mais j'imagine que ça fait vendre, hein…

Le jeune homme tenait un livre à la main. Il lut : *Nous en venons maintenant à l'un des exemples les plus atroces de la cruauté des Vikings, ce que l'on appelle le sacrifice de l'aigle de sang. Les spécialistes ne s'accordent pas tous sur l'existence de cet horrible rituel sacrificiel, mais les nombreuses allusions dans la poésie et les sagas des hommes du Nord ne laissent planer à ce sujet aucun doute : les Vikings ont bel et bien pratiqué le sacrifice de l'aigle de sang.*

Cloncurry décocha un sourire à Hugo de Savary, avant de poursuivre sa lecture : *Si l'on en croit des récits vikings, plusieurs personnages de haut rang, dont le roi Ella de Northumbrie, Halda, fils d'Harfagri, roi de Norvège, et Edmond, roi d'Angleterre, ont été victimes de ce rituel sacrificiel sanguinaire.*

Savary céda à la panique.

Cloncurry tourna une page et continua :

— Les détails varient, mais au fond cela revient toujours au même. On commence par fendre la peau de l'individu, tout le long de la colonne vertébrale. Dans certains cas, on enlève carrément sa peau au préalable. Puis l'on brise les côtes mises à nu, tout près de la colonne, à l'aide d'un marteau ou d'un maillet, à moins qu'on ne les tranche. Après quoi on les déploie, comme on le fait avec un poulet à la crapaudine, et l'on découvre alors les poumons. L'individu n'a pas perdu connaissance. Cette fois, on lui enlève les poumons de la cage thoracique et on les dépose sur les épaules, si bien que le malheureux ressemble à un aigle aux ailes déployées. À l'occasion, on sème du sel sur les plaies béantes. L'individu meurt tôt ou tard, asphyxié, victime d'hémorragie, ou tout simplement de peur. Un écrivain irlandais, Seamus Heaney, évoque en ces termes le sacrifice de l'aigle de sang dans son poème : Dublin viking *: « Avec l'aplomb d'un boucher ils déploient vos poumons, en donnant des ailes chaudes à vos épaules. »*

Cloncurry referma l'ouvrage et le posa sur la table. De Savary tremblait de peur.

— L'individu meurt tôt ou tard… Allons-nous voir si c'est vrai, professeur ? lui demanda Cloncurry, avec un large sourire.

Hugo de Savary ferma les yeux. Puis il entendit murmurer derrière lui, et on lui plongea un couteau dans le dos, en descendant le long de la colonne vertébrale. Il faillit vomir, se bascula sur sa chaise. Un homme se mit à rire.

— Je vais vous faire couper les côtes avec de vulgaires pinces, annonça Cloncurry. Nous n'avons hélas pas de maillet…

Nouvel éclat de rire. Savary entendit un craquement et ressentit une douleur fulgurante au niveau du cœur, comme si on venait de lui tirer dessus, et il se rendit compte qu'ils étaient en train de lui trancher les côtes, l'une après l'autre. Il vomit dans son bâillon, espérant s'étouffer et ainsi mourir rapidement.

Mais il n'en était pas encore à ce point, puisqu'il sentit Cloncurry lui fouiller dans la cage thoracique pour en sortir les poumons et les disposer bien en évidence.

Il faillit tourner de l'œil, mais demeura conscient. Les meurtriers avaient procédé en vrais spécialistes, veillant à ce qu'il reste lucide, afin de prolonger son tourment.

Il entrevit dans une glace la petite fille et Christine que l'on faisait sortir sans ménagement de la pièce voisine. On les emmenait ailleurs. Les types pliaient bagages, en le laissant ici, mourir tout seul dans son coin, les côtes brisées et dépliées de part de d'autre du dos, les poumons lui recouvrant les épaules…

La porte se referma brusquement. Ils étaient partis.

Ligoté à sa chaise, Hugo de Savary remarqua alors un crayon sur la table, juste à côté de son livre.

Il se débattit de son mieux et s'étira, son ouvrage sous les yeux : *La Furie des Vikings…*

38

Rob était assis dans le bureau de Forrester, au quartier général de Scotland Yard. La fenêtre ouverte laissait entrer un petit vent glacé, il faisait anormalement frais, humide et nuageux pour la saison. Rob pensa à sa fille et s'efforça de ravaler sa colère et son désespoir.

Mais il n'y avait pas moyen. Il avait l'impression d'être sur la corde raide, et de risquer à tout moment de perdre l'équilibre et d'aller s'écraser dix mètres plus bas.

Il avait raconté aux flics tout ce qu'il savait sur les yézidis et le Livre noir. Boijer, l'assistant de l'inspecteur principal, avait pris des notes pendant que son supérieur le regardait droit dans les yeux, l'air grave. Quand il en eut fini, Forrester avait laissé échapper un soupir et pivoté sur sa chaise.

— On voit bien pourquoi ils les ont enlevées, déclara-t-il, et comment ils s'y sont pris.

Boijer hocha la tête.

— Ah oui ? fit Rob, lugubre.

Il avait appris seulement quelques heures auparavant, à peine avait-il atterri à Heathrow, à son retour d'Istanbul qu'on avait kidnappé sa fille. Il avait foncé chez son ex-femme, puis était venu voir la police. Si bien qu'il n'avait pas eu le temps de comprendre exactement ce qui s'était passé.

— Il est clair que Cloncurry a lu votre article paru dernièrement dans le *Times*.

— J'imagine…

Les mots lui restaient en travers de la gorge. Christine lui avait expliqué que les Assyriens appelaient l'enfer « le désert de l'angoisse ». Eh bien, c'est exactement là qu'il se trouvait, en ce moment !

— Ils sont sans doute persuadés que vous savez quelque chose sur le Livre noir. Ils ont dû aller sur Internet pour se renseigner sur vous, et ils sont tombés sur l'adresse de votre ex-femme. C'est bien là que vous habitiez, autrefois, et que vous habitez officiellement ?

— Oui. Je n'ai pas encore fait de changement d'adresse.

— Ce qui explique qu'ils n'aient eu aucun mal à vous localiser. Ils ont probablement surveillé les lieux pendant plusieurs jours.

— Et puis Christine est arrivée…

— Elle leur a encore simplifié les choses, coupa Boijer. Ils sont allés tous les trois à Cambridge, suivis par les types de la bande, ça saute aux yeux. Et votre amie a ensuite emmené votre fille dans une petite maison de campagne isolée. Elle ne pouvait pas choisir pire endroit.

— Ils devaient déjà avoir entendu parler de Hugo de Savary, déclara Forrester. Il s'est fait connaître pour avoir écrit des livres à succès sur le sacrifice et le club des Feux de l'Enfer. Cloncurry les a certainement lus, ou bien il a vu leur auteur à la télé.

— Ensuite, reprit Rob, qui avait du mal à garder les idées claires, ensuite ils ont attendu dehors, en sachant qu'ils pourraient s'emparer simultanément de Christine et de ma fille.

— Oui, dit Boijer. Ils ont dû faire le guet plusieurs heures, puis ont fait irruption dans la maison.

Rob fusilla Forrester du regard.

— Elle va mourir, vous croyez ? Ils ont assassiné tous les autres.

Forrester fit la grimace, puis secoua la tête.

— Non… Pas du tout. On ignore tout de ces gens-là…

— Arrêtez, je vous en prie.

— S'il vous plaît.

— Non !

C'est tout juste si Rob ne criait pas. Il se leva, dévisagea le flic.

— Comment pouvez-vous parler comme ça ? « On ignore tout de ces gens-là » ? Vous ne savez pas ce que c'est, inspecteur. Vous ne pouvez pas le savoir. Ma fille a été enlevée par des psychopathes sanguinaires !

Boijer lui fit signe de s'asseoir et de se calmer.

Rob inspira et expira lentement. Il se rendait bien compte qu'il se donnait en spectacle, mais il avait besoin d'exprimer sa colère. Il resta campé sur place, excédé. Puis finit par se rasseoir.

— Je sais bien que c'est difficile pour vous de garder la tête froide et d'évaluer calmement la situation, reprit Forrester sans s'énerver, mais nous avons des raisons de penser que ces types n'ont pas fait de mal à votre fille Lizzie et à Christine Meyer.

Rob hocha la tête, maussade, sans desserrer les dents. Il n'arrivait pas à parler.

— On n'a pas retrouvé d'autre sang que celui de Hugo de Savary, poursuivit Forrester. Chaque fois que ces types ont sévi, ils n'ont eu aucun scrupule à tuer. Or, ce coup-ci, ils n'en ont rien fait. Pourquoi ? Parce qu'ils ont l'intention de prendre contact avec vous.

Rob se rasséréna un peu. Il regarda attentivement Forrester, nourrissant même un vague espoir, car il parlait de façon logique et sensée.

— Avez-vous indiqué votre e-mail à la fin de votre article ? lui demanda Forrester.

— Oui, celui auquel on peut me joindre au *Times*. C'est une pratique courante.

Boijer notait tout sur son bloc.

— Je vous parie que Jamie Cloncurry ne va pas tarder à vous contacter. Il tient absolument à entrer en possession du Livre noir.

— Et dans ce cas, que dois-je faire ?

— Me prévenir aussitôt. Tenez, voici mon numéro de portable (il lui donna une carte de visite). Il va falloir le rouler dans la farine. Les convaincre, lui et ses… complices, que vous détenez le livre.

— Même si c'est faux ?

— Ça, ils n'en savent rien. Si on laisse entendre que vous avez ce qu'ils recherchent, on gagne du temps. Un temps précieux, qui nous permettra de coincer Cloncurry.

— Où croyez-vous qu'ils se trouvent en ce moment ?

— On a quelques pistes, répondit Boijer. Luca Marsinelli, l'Italien de la bande, a un brevet de pilote. Rien ne dit qu'ils ne font pas la navette entre l'Angleterre et l'étranger à bord d'un jet privé.

— Mais si ce ne sont que des petits jeunes…

Forrester secoua la tête.

— Ce ne sont pas des petits jeunes comme les autres, mais des gosses de riches. Marsinelli est orphelin, cependant il a hérité d'une fortune bâtie dans le textile. Il roule sur l'or. L'un de ses complices est probablement le fils du patron d'une boîte d'investissement du Connecticut. Ces garçons ont des fonds en fidéicommis, des comptes en banque bien garnis, une fortune personnelle. Pour eux, s'acheter une voiture neuve est une simple formalité. Il existe quantité d'aérodromes privés en East Anglia, qui sont pour la plupart d'anciens aéroports militaires construits par les Américains pendant la Seconde Guerre mondiale. Il se peut qu'ils aient emmené votre fille à l'étranger par avion. Vu les relations de Marsinelli, nous privilégions l'Italie. Notre énergumène possède en effet là-bas un domaine dans la région des lacs. Et puis, il faut compter avec la famille Cloncurry, qui vit en Picardie et qui est, elle aussi, placée sous surveillance. Les polices française et italienne sont prévenues.

Rob bâilla, pas tant sous l'effet de la fatigue que parce qu'il était fou de rage et amer. On avait kidnappé les deux êtres qu'il aimait le plus, Lizzie et Christine, qui devaient vivre des moments épouvantables. Il n'osa pas y penser. Il avait soif.

Il se leva.

— Je vais continuer, inspecteur, à relever régulièrement mes e-mails.

— Parfait. Et vous pouvez m'appeler n'importe quand, monsieur Luttrell. À cinq heures du matin si vous le désirez. Je n'y vois pas d'inconvénient.

Le regard du policier se voila.

— J'imagine un peu ce que vous endurez, Rob. Croyez-moi.

Il toussa, puis enchaîna :

— Cloncurry est un jeune homme arrogant, doublé d'un psychopathe. Il se croit plus malin que tout le monde. Les individus de son acabit ne peuvent pas s'empêcher de narguer la police et de jouer au plus fin. C'est comme ça qu'ils se font prendre.

Il lui serra la main, pour s'associer à son chagrin.

Rob le remercia puis s'en alla, marchant comme un zombie jusqu'à l'arrêt du bus, qui l'amena à son petit appartement d'Islington.

Une fois chez lui, il ne s'occupa pas des valises et du lait qui tournait sur le plan de travail de la cuisine, mais il alluma immédiatement son ordinateur portable.

Rien. Il recommença, sans plus de résultat.

Il prit une douche, commença à s'habiller puis à défaire une valise, ne cessant de penser à Lizzie, les nerfs à vif. Soudain lui parvint un message de Jamie Cloncurry.

Il fixa l'e-mail, intitulé « Ta fille ».

Allait-il découvrir une image atroce du cadavre de Lizzie, brûlée vive, ou bien décapitée ? Ou apprendre au contraire qu'elle était saine et sauve ?

En sueur, il consulta l'e-mail. Il n'y avait pas de photo, simplement du texte, qui entrait tout de suite dans le vif du sujet :

« Rob, nous détenons ta fille. Si tu veux la récupérer, il faut nous remettre le Livre noir. Ou bien nous dire exactement où il se trouve. Sinon elle va mourir, je ne t'expliquerai pas comment, je suis sûr que ton imagination fera le reste. Ta copine est elle aussi saine et sauve, mais nous allons également l'éliminer si tu ne nous aides pas. »

Rob eut envie de balancer l'ordinateur portable sur le mur. Mais il continua à lire.

« À ce propos, j'ai lu ton article sur les Palestiniens. Très émouvant. Déchirant. Tu as une prose efficace, alors que tu es de gauche, bien entendu. Je me demande cependant si tu as réfléchi à la situation dans laquelle se trouve Israël et à ce qui la sous-tend.

Envisageons le problème ainsi : de qui as-tu le plus peur, lorsqu'on prend en compte l'origine ethnique des individus concernés ? Qui sont ceux qui te déconcertent le plus ? J'essaie de deviner... Ce sont les Africains, n'est-ce pas ? Je ne me suis pas trompé, si ? Est-ce que tu changes de trottoir quand tu vois à Londres une bande de jeunes Noirs en sweat-shirt à capuche ? Si oui, tu n'es pas le seul, Rob, loin de là. Nous réagissons tous de la même façon. Et la peur des hommes noirs nourrit les statistiques.

Mais ne nous arrêtons pas là.

J'ai lu ton article, et je sais que tu n'es pas un imbécile. Tu ne comprends peut-être rien à la politique, mais tu n'es pas bête. Alors réfléchis. Quelle est l'ethnie qui zigouille le plus ?

Les Africains ne sont pas si dangereux que ça. Ils sèment la pagaille et sont visiblement incapables de se gouverner, mais à l'échelle de la planète ils ne représentent pas un grand risque. Maintenant, considère les Arabes. C'est tout juste s'ils savent se servir d'un ordinateur. Depuis le xve siècle, ils n'ont pas réussi à envahir un territoire et à s'y maintenir durablement. Leur coup d'éclat en matière de massacre, ce fut le 11 septembre 2001. Et là encore, ils n'ont fait que trois mille morts. Les Américains pourraient en rôtir tout autant au napalm en l'espace d'une minute.

Qui sont donc ceux qui ont du sang sur les mains ? Pour répondre à cette question, il nous faut remonter vers le nord. Où vivent des peuples intelligents.

Parmi les Européens, ce sont les Britanniques et les Allemands qui ont fait le plus de dégâts. Regarde l'Empire britannique. Les Britanniques ont exterminé jusqu'au dernier Aborigène de Tasmanie.

Seul peuple capable d'en remontrer aux Britanniques en la matière, les Allemands. Ils ont mis du temps, puisqu'ils n'avaient pas d'empire, mais ils se sont rattrapés au XXe siècle. Ils ont exterminé 6 millions de juifs, tué 5 millions de Polonais et de 10 à 20 millions de Russes.

Et quel est le QI des Britanniques et des Allemands ? Il tourne autour de 102-105, se situe par conséquent au-dessus de la moyenne et s'avère bien supérieur à celui des autres peuples. Cela suffit à faire d'eux des nations comptant parmi les plus redoutables.

Mais allons plus loin. Qui est encore plus intelligent que les Britanniques et les Allemands ? Les Chinois. Leur QI est de l'ordre de 107. Et nos Chinois ont massacré environ 100 millions de personnes pendant le seul XXe siècle. Certes, ils ont tué leurs congénères.

Maintenant, venons à l'essentiel.

Par qui, statistiquement parlant, risques-tu d'abord de te faire occire ? Les Allemands ou les Britanniques ? Les Noirs ou les Chinois ? Les Coréens ou les Kazakhs ?

Non, ce sont les juifs. Ils ont tué plus de monde que n'importe qui d'autre sur terre. Évidemment, vu leur nombre restreint, ils ont été obligés de le faire par personnes interposées, pour ainsi dire, en s'assurant le contrôle des autres nations, ou bien en amenant les pays étrangers à se faire la guerre. À ce titre, leur arme, c'est l'intelligence, et il est indéniable que de nombreux êtres humains sont morts à cause d'eux. Réfléchis : ils ont inventé le christianisme. Combien de gens sont morts par et pour la croix ? 50 millions ? Ce sont aussi les juifs qui ont inventé le communisme. Là encore, ça s'est traduit par 100 millions de morts. Et puis il y a la bombe atomique, conçue par les juifs. Combien de dégâts va-t-elle faire ?

Sous couvert de néoconservatisme, ils nous ont même fabriqué la seconde guerre du Golfe, en Irak. Ce n'était pourtant qu'une petite intervention militaire, qui s'est soldée par seulement un million de morts. Une goutte d'eau dans l'océan. Mais enfin ils restent bien présents. Peut-être s'agit-il pour eux de répéter la grande guerre qui opposera l'islam à la chrétienté, que nous savons tous inéluctable, et qui va commencer à l'initiative des juifs. Parce que ce sont eux qui sont à l'origine de toutes les guerres, du fait de leur intelligence.

Quel est le QI d'un Ashkénaze ? 115. Ce sont donc les gens les plus brillants sur terre. Du même coup, ce sont les juifs qui risquent le plus de te faire la peau, sans qu'il soit besoin pour autant de tomber dans la rue sur quelqu'un qui te braque avec un couteau pour s'acheter du crack. »

Rob contempla l'e-mail. Ce dangereux psychopathe nageait en plein délire raciste et antisémite. Il n'empêche que l'on pouvait peut-être relever dans ce tissu d'insanités quelques indices exploitables par les enquêteurs.

Il le relut et appela l'inspecteur Forrester.

39

L'inspecteur principal Forrester était en train de convenir au téléphone d'un rendez-vous avec Janice Edwards, spécialiste en psychologie évolutive, dont il voulait l'avis sur l'affaire Cloncurry.

La secrétaire de la psy se montra évasive, lui expliquant que Janice était très occupée et qu'elle ne pourrait le voir que le lendemain à l'académie de chirurgie, où avait lieu la réunion mensuelle du conseil d'administration.

— Parfait. À quelle heure sera-t-elle disponible ?

La secrétaire soupira.

— Je vais lui laisser un petit mot.

Le lendemain matin, Forrester prit le métro, descendit à la station d'Holborn et attendit dans l'entrée de l'académie, flanquée de colonnades, l'arrivée de Janice, qui l'invita alors à la suivre dans le vaste et lumineux musée en verre et en acier, un bon endroit où discuter, d'après elle.

Il s'agissait d'un lieu saisissant, qui s'apparentait à un immense labyrinthe de rayonnages en verre sur lesquels étaient exposés bocaux et spécimens.

— Voilà ce que l'on appelle « la galerie de cristal », déclara-t-elle, en désignant les étagères étincelantes permettant de voir le résultat de dissections. Elle a été rénovée il y a deux ans, et nous en sommes très fiers. Les travaux ont coûté une jolie somme.

Forrester hocha la tête.

— Et voici maintenant l'une des pièces que je préfère. Regardez, la gorge naturalisée d'un homme qui s'est suicidé en se la tranchant. Hunter était un as de la dissection.

Elle lui sourit.

— Alors, Mark, que me disiez-vous ?

— Croyez-vous qu'il existe un gène du crime ?

— Non, répondit-elle en secouant la tête.

— Vraiment pas ?

— Un gène non, mais peut-être qu'une combinaison de gènes ne semble pas impossible, mais au fond on n'en sait rien. Ça reste une science très récente.

— D'accord.

— Nous en sommes toujours aux premiers balbutiements de la génétique. Avez-vous remarqué, par exemple, qu'il y a un rapport entre homosexualité et intelligence supérieure ?

— Ah bon ?

— Oui. Les homosexuels ont un QI de dix points supérieur à la moyenne. Il va de soi qu'il entre ici en jeu une combinaison de gènes. Seulement, nous n'en connaissons pas vraiment le mécanisme.

Forrester regarda quelques spécimens animaux, un bocal contenant une myxine, l'estomac gris pâle d'un cygne…

— Quant à savoir si la propension à commettre des meurtres est d'ordre génétique… tout dépend des rapports que les gènes ont entre eux et avec leur environnement. Quelqu'un qui possède cette caractéristique peut néanmoins mener une vie normale, si l'on ne catalyse ou ne réveille pas ses tendances d'une manière ou d'une autre.

— Mais…, reprit Forrester, qui avait du mal à suivre, pensez-vous que l'on puisse hériter d'un tempérament d'assassin ?

— Prenez le don de la musique. Visiblement, il se transmet de façon génétique. La famille Bach a ainsi donné naissance à toute une lignée de compositeurs. Sans nier l'importance de l'environnement, la génétique doit assurément jouer un rôle déterminant. Si l'on peut ainsi hériter d'un talent, pourquoi n'en irait-il pas de même avec une pulsion assez primaire comme celle du meurtre ?

— Et le sacrifice humain ? Peut-on avoir dans ses gènes le désir de sacrifier d'autres individus ?

Elle fit la grimace.

— Là, vous me posez une colle. Qu'est-ce qui vous amène à me demander ça ?

Forrester lui raconta l'histoire des Cloncurry, des aristocrates qui avait servi sous les drapeaux et qui s'étaient parfois livrés à des espèces de sacrifices humains. Et à présent, le dernier descendant, Jamie Cloncurry, commettait sans vergogne le même genre de forfaits n'obéissant à aucune logique. Le plus étrange était que les membres de cette famille avaient l'air attirés par les endroits où s'étaient accomplis de grands sacrifices ; ils habitaient tout près de l'endroit où l'on avait exécuté des centaines de guerriers gaulois dont le corps avait été jeté dans une fosse commune et où, bien plus tard, avait eu lieu la bataille de la Somme, au cours de laquelle leur funeste ancêtre s'était distingué en envoyant à la mort une foule de soldats.

Janice réfléchit.

— C'est intéressant, observa-t-elle. On dit que les assassins reviennent souvent sur les lieux de leur crime. (Elle haussa les épaules.) Mais là, c'est tout de même curieux. Pourquoi habiter à proximité d'anciens champs de bataille ? C'est peut-être une simple coïncidence. À moins qu'il ne s'agisse pour eux de rendre ainsi hommage à leurs ancêtres. Vous devriez en parler à un anthropologue.

Elle longea avec lui la galerie de cristal. Deux filles étaient assises par terre en tailleur, carton à dessin sur les genoux et petits pots de peinture à côté d'elles. Des étudiantes des Beaux-Arts, songea Forrester. L'une des deux, d'origine chinoise, semblait très concentrée et plissait les yeux en esquissant cinq fœtus conservés dans le formol, des quintuplés atteints de malformations, spectacle sinistre à souhait.

— À mon avis, reprit Janice Edwards, cela ressemble à une psychose meurtrière transmise d'une génération à l'autre, qui peut dans certains cas amener à sacrifier d'autres êtres humains.

— Mais encore ?

— Disons que l'on peut hériter d'une psychose qui pousse à commettre des actes barbares. Comment une telle caractéristique peut-elle se transmettre, si l'on se situe dans une perspective darwinienne ? En général, une propension à la violence n'est pas forcément regrettable, car si l'on canalise ces pulsions elles peuvent servir une adaptation réussie.

— Comment cela ?

— Si, par exemple, il existe une tradition militaire dans la famille, rien n'empêche d'inciter le rejeton le plus violent à s'engager dans l'armée, où son agressivité et son goût de la bagarre seront un atout.

Ils dépassèrent les deux étudiantes et débouchèrent dans un endroit où étaient exposés de minuscules fœtus permettant de juger du développement de l'embryon. Remarquablement bien conservés, ils baignaient dans un liquide clair et faisaient penser à de petits extraterrestres évoluant en apesanteur.

Forrester toussa et regarda son calepin.

— Si, par conséquent, ces types étaient porteurs de gènes les prédisposant à tuer et faire preuve de sadisme, il se peut que cela n'apparaisse qu'aujourd'hui. Auparavant, ils pouvaient se défouler et donner libre cours à leurs pulsions meurtrières au cours des guerres que livrait leur pays, c'est ça ?

— Tout juste. De nos jours, cela pose problème. À une époque où il est interdit de fumer et où l'on fait usage de bombes « intelligentes », l'agressivité est privée d'exutoire. Désormais, nous tuons souvent par personne interposée, si tant est que nous tuons. Ce n'est pas le cas du jeune Jamie Cloncurry, dépositaire du patrimoine génétique de ses ancêtres, déterminant chez cet individu un comportement sadique particulièrement ignoble.

Forrester regarda un hémisphère cérébral conservé dans le formol, qui ressemblait à un vieux chou-fleur fané. Il était accompagné de la légende suivante : « Charles Babbage, précurseur de l'informatique et l'un des inventeurs de l'ordinateur. »

— Oui, mais la propension à sacrifier ses semblables ? Vous êtes sûre que cela ne figure pas dans le patrimoine génétique qui se transmet d'une génération à l'autre ?

— Il se peut que cela ait amené, en des temps révolus, des gens à pratiquer des sacrifices humains, dans une société religieuse qui s'y prêtait.

Forrester réfléchit un moment, puis sortit de sa poche une feuille sur laquelle il avait imprimé l'e-mail envoyé à Robert Luttrell. Il le montra à Janice.

— L'antisémitisme, oui, oui... C'est le genre de chose que l'on retrouve souvent chez les psychopathes, surtout quand ils sont très intelligents. Vous vous souvenez de l'économiste et mathématicien John Nash ?

— Celui dont on retraçait la vie et la carrière dans *Un homme d'exception*[1] ?

— L'un des plus grands économistes et mathématiciens de notre époque. Il a reçu le prix Nobel, si je ne m'abuse. De vingt ans à quarante ans, il a été gravement atteint de schizophrénie paranoïaque, ce qui l'a conduit à verser dans l'antisémitisme. Son intelligence ne l'a donc pas prémuni contre la folie. D'ailleurs, les dirigeants nazis disposaient d'un QI très élevé, de l'ordre de 138.

Forrester ramassa la feuille, la replia et la remit dans sa poche. Il lui restait une dernière question à poser, et c'était la plus difficile. Il prit son courage à deux mains :

— Lorsque nous avons découvert le cadavre de ce malheureux Hugo de Savary, il avait écrit un mot, un seul, sur la première page d'un livre. Le papier était constellé de gouttes de sang.

— Je vous demande pardon ?

1. Film américain de Ron Howard, avec Russell Crowne dans le rôle principal, sorti en 1991 sous son titre original *A Beautiful Mind (N.d.T)*.

— Il l'a écrit avec la bouche, tout en crachant du sang.

— Quelle horreur !

— Il va de soi que c'est à peine lisible.

— Et alors ?

— Tout porte à croire qu'il a tracé le mot « eseur ».

— « Eseur » ?

— Oui, « eseur ».

— Je ne vois absolument pas ce que ça veut dire.

L'inspecteur principal soupira.

Janice se dirigeait vers la sortie et Forrester prit congé d'elle, descendit l'escalier, longea les socles, les piédestaux et les bustes sombres et sévères de personnalités de la médecine, puis il arpenta, non sans un certain soulagement, les rues ensoleillées de Bloomsbury. Son entretien avec Janice lui avait donné à réfléchir, tout particulièrement quand elle avait suggéré que les Cloncurry s'étaient peut-être installés dans le nord de la France afin de rendre hommage à leurs ancêtres. Cela n'était pas sans rapport avec une remarque de Robert Luttrell dans son article du *Times*, qui portait justement sur les ancêtres et l'endroit où l'on choisit d'habiter.

Il regagna la station de métro d'Holborn et fonça dans les rues commerçantes et noires de monde de Victoria. Arrivé à Scotland Yard, il grimpa en courant l'escalier, puis claqua la porte de son bureau, alluma aussitôt son ordinateur et tapa « ancêtres et maison cimetière ».

Il se reporta au passage parlant de Cayönü et de Çatal Höyük, deux sites se trouvant dans la même région que le temple de Göbekli Tepe.

Le plus important, chaque fois, tenait à ce qui s'était passé sous les maisons et les bâtiments. C'était là que l'on avait enseveli les ossements des victimes sacrificielles, procédant ainsi d'une génération à l'autre, et cela pendant des siècles.

Pourquoi vouloir vivre à côté, sinon au-dessus des restes de ses victimes ? Pourquoi voit-on tant d'assassins agir de cette façon ? Comme Fred West, un Anglais qui enterrait ses victimes dans le jardin derrière son pavillon, ou encore

John Wayne, un Américain de l'Indiana, qui ensevelissait sous sa maison le corps des jeunes garçons qu'il avait tués. Lorsqu'on constatait un tel massacre, on commençait systématiquement par regarder sous la maison de l'assassin, ou bien sous son parquet. C'était le réflexe habituel des enquêteurs.

Visiblement, les assassins étaient amenés, peut-être inconsciemment, à vivre au dessus des dépouilles de leurs victimes. Rien ne dit que ce n'était pas le cas des Cloncurry, qui avaient sous leurs pieds le corps de tous ces soldats envoyés à la mort par le Boucher d'Albert.

D'où les Cloncurry étaient-ils originaires ? Il retourna une fois de plus sur Google. Ils descendaient, par alliance, d'une vieille famille irlandaise. Mais pas de n'importe laquelle… celle des Whaley. Autrement dit de Buck et Burnchapel Whaley, qui avaient mis sur pied le club des Feux de l'Enfer !

Il regarda l'écran, radieux, désormais persuadé qu'il ne tarderait pas à élucider toute cette affaire. Ici même, dans son bureau.

Où pouvait bien se trouver cette bande d'assassins ? Où se cachaient-ils ? Boijer et lui, ainsi que leurs collaborateurs, pensaient qu'ils faisaient la navette, en avion ou en bateau privé, entre la Grande-Bretagne et la France, voire l'Italie. Mais rien n'était moins sûr. Ce n'était pas parce que certains membres de la bande étaient français ou italiens qu'ils se rendaient nécessairement en France ou en Italie. Ils pouvaient très bien aller dans un autre pays, à condition que ce soit dans celui où un Britannique n'a pas besoin de passeport quand il vient directement de Grande-Bretagne. Forrester leva les yeux. Boijer entra dans le bureau.

— Mon ami finlandais !

— Inspecteur ?

— Ça y est, je crois que je le sais.

— Quoi donc ?

— Où ils se planquent, Boijer.

40

Dans son appartement, Rob regardait compulsivement la vidéo que Cloncurry lui avait adressée par Internet en fichier joint.

On y voyait sa fille et Christine dans une pièce minuscule, toutes deux bâillonnées et solidement ligotées à une chaise.

On n'en savait pas plus sur leur sort, sinon qu'elles portaient des vêtements propres et qu'elles ne semblaient pas blessées. Mais leur bâillon en cuir et leur regard épouvanté rendaient cet enregistrement presque insoutenable.

Il se repassait la vidéo pratiquement tous les quarts d'heure, puis déambulait dans son appartement, ni rasé ni lavé, en proie au désespoir.

Il était venu voir Sally pour discuter du sort de leur fille. Cette dernière lui avait servi des œufs au bacon. Pour la première fois depuis longtemps il avait eu de l'appétit et avait déjà fini la moitié de son assiette quand elle avait fondu en larmes. Il s'était levé pour la réconforter et la serrer dans ses bras, mais ça n'avait fait qu'aggraver les choses, puisqu'elle l'avait repoussé, s'était mise à crier, puis l'avait giflé et lui avait bourré le ventre de coups de poing, en disant que tout cela était sa faute. Il n'avait pas réagi, sentant bien qu'elle avait raison de lui en vouloir. Il avait tenu à tout prix à terminer son reportage, obsédé par son scoop et refusant de voir le danger. Il aurait mieux fait de rentrer en Angleterre pour veiller sur Lizzie.

Seul le téléphone l'empêchait de devenir fou. Il passait des heures à le contempler, l'air morose, en espérant qu'il allait sonner. Ce fut le cas à maintes reprises, qu'il s'agisse d'amis ou de collègues désireux de prendre de ses nouvelles, voire d'Isobel qui l'appelait de Turquie. Mais ce qu'il guettait, c'était un coup de fil de la police.

Il savait déjà qu'elle disposait d'une piste sérieuse, Forrester l'ayant prévenu quatre jours plus tôt que les types se planquaient probablement du côté de la Montpelier House, au sud de Dublin, là où se trouvait jadis le club des Feux de l'Enfer. Ils en étaient arrivés à cette conclusion, lui avait-il expliqué, parce que les suspects faisaient à l'évidence la navette entre la Grande-Bretagne et l'étranger, sans toutefois que la douane enregistre leurs déplacements.

Tout cela était plausible ; Forrester avait ensuite étayé sa thèse en faisant intervenir d'autres considérations portant sur les victimes enterrées, les ossements retrouvés à Ribemont-sur-Ancre, le site de Çatal Höyük, un assassin qui répondait au nom de Gacy et le fait que Cloncurry ait choisi de s'installer tout près de là où résidaient les victimes de ses ancêtres… À partir de là, Rob avait décroché.

Il était loin d'être convaincu que Forrester voyait juste en se livrant ainsi à des conjectures d'ordre psychologique.

Cette nuit-là, il dormit trois heures et rêva d'un animal crucifié qui hurlait, un chien ou un cochon. Il se réveilla à l'aube. Hanté par l'image de l'animal cloué à sa croix, il prit un Valium et se rendormit jusqu'à midi. C'est la sonnerie de son téléphone portable qui le tira du sommeil. Il courut le chercher sur la table.

— Oui ? Oui ?

— Rob !

Isobel… Il éprouva une cruelle déception.

Autant il aimait et admirait Isobel pour sa sagesse et sa sollicitude, autant pour l'instant il n'avait envie de ne parler qu'à la police, point barre.

— Isobel…

— Rien de nouveau ?

Il vida ses poumons.

— Non, pas depuis la dernière fois. Rien d'autre que ces saloperies d'e-mails envoyés par Cloncurry, avec les vidéos.

— Je suis vraiment désolée, Robert. Mais…

Elle s'interrompit. Rob se représenta la jolie maison en bois face à la grande bleue. Image lancinante, qui lui rappela les débuts de son idylle avec Christine, sous les étoiles de la mer de Marmara.

— J'ai une idée, Robert.

— Ah oui ?

— À propos du Livre noir.

— Ah…

Elle ne se laissa pas décourager par son ton désabusé.

— Écoutez, Rob. Le Livre, c'est ce qu'ils cherchent, non ? Ils veulent absolument le retrouver. Et vous leur avez dit que vous étiez en mesure de vous le procurer, ou que vous le déteniez ou je ne sais quoi pour les calmer… Pas vrai ?

— Si, mais en vérité on ne l'a pas, Isobel. On n'a même aucune idée de l'endroit où il peut être.

— Justement. Imaginez que nous mettions la main dessus. Si nous arrivons à le localiser, nous avons alors un moyen de pression sur eux. Nous pouvons, euh… l'échanger… négocier, quoi… Vous voyez ce que je veux dire ?

Rob grogna un vague oui. Il avait envie que cette communication lui redonne du tonus, éveille son enthousiasme, mais il avait du mal à émerger.

— Excusez-moi, Isobel, mais j'ai perdu le fil. Pourriez-vous me répéter ce que vous disiez ?

— Bien sûr. (Elle soupira.) À mon avis, il se peut que ces types fassent fausse route en ce qui concerne le Livre noir.

— Comment ça ?

— Je me suis renseignée. On sait que cette bande s'est intéressée à Layard, le spécialiste de l'Assyrie qui est allé voir les yézidis. Pas vrai ?

— Vous parlez du cambriolage à l'école ?

— Oui. Austen Henry Layard, qui a exhumé la Neuvième Arche de Ninive et l'a fait reconstruire à Canford, quand le domaine a été transformé en école. Il s'est rendu célèbre pour avoir rencontrés des yézidis en 1847.

— Bon… ça, on le sait…

— En réalité, il les a vus à deux reprises. La seconde fois en 1850.

— Et alors ?

— Tout cela figure dans son ouvrage : *La Conquête de l'Assyrie.* On y explique qu'il s'est rendu à Lalish en 1847, puis qu'il est revenu à Constantinople, où il a rencontré l'ambassadeur britannique auprès de la Sublime Porte.

— La sublime…

— La Sublime Porte, ou l'Empire ottoman si vous préférez. L'ambassadeur était un certain sir Stratford Canning. Et c'est alors que tout bascule. Trois ans plus tard, Layard retourne voir les yézidis, et cette fois il se rend célèbre en faisant des découvertes archéologiques. Tout cela est authentique, comme vous pouvez le vérifier en consultant des ouvrages spécialisés. Vous saisissez ?

Rob chassa de son esprit l'image de sa fille.

— Non. Je ne vois pas du tout où vous voulez en venir.

— Désolée, Rob. J'en viens au fait. Lors de sa première expédition, Layard est allé à Lalish. J'imagine que c'est à cette époque qu'on lui a parlé du Livre noir des yézidis, qu'un Anglais, Jerusalem Whaley, leur avait dérobé – Layard étant le premier Britannique, et sans doute aussi le premier Occidental à rencontrer des yézidis depuis le voyage de Whaley, ce n'est pas étonnant. Ils ont dû lui dire qu'ils souhaitaient le récupérer.

— Et… ?

— Layard s'en va donc à Constantinople parler à Canning de ses découvertes. On en est sûrs. Tout comme l'on sait que sir Stratford Canning était un protestant anglo-irlandais.

— Canning était irlandais ?

— Oui ! Un représentant de l'aristocratie anglo-irlandaise, une petite coterie rassemblant des gens qui sont tous apparentés, comme Whaley, lord Saint Leger, les membres du club des Feux de l'Enfer.

— En effet, c'est curieux. Mais je ne vois pas le rapport.

— À la même époque, un dénommé Edwards Hincks défrayait la chronique en Irlande.

— Pardon ? Je ne vous suis plus.

— Hincks était un obscur prêtre irlandais de Cork, qui à lui tout seul est parvenu à déchiffrer l'écriture cunéiforme. Cela reste un des plus grands mystères de l'assyriologie. Dans l'Europe entière on essayait de résoudre ce casse-tête, et voilà qu'un curé irlandais vivant à la campagne a coiffé tout le monde au poteau. Comment a-t-il fait ?

— Vous croyez qu'il a trouvé le Livre noir ?

— Oui. Le Livre noir était très vraisemblablement rédigé en écriture cunéiforme. Hincks l'a donc découvert en Irlande, puis il l'a traduit, en déchiffrant du même coup l'écriture cunéiforme, et il s'est alors rendu compte qu'il était en possession du trésor de Whaley, le fameux texte yézidi détenu à une époque par le club. Il n'a peut-être pas voulu ébruiter la chose, seuls quelques riches protestants, des gens qui connaissaient déjà l'histoire de Whaley et celle du club des Feux de l'Enfer, en ayant entendu parler.

— Des aristocrates irlandais. Comme Canning, par exemple ?

— Tout juste ! Sir Stratford Canning était un personnage en vue dans la bonne société anglo-irlandaise. Comme nombre de ses semblables, il ne devait pas être très fier du palmarès du club des Feux de l'Enfer. Pour y remédier, il cherchait à se débarrasser du Livre noir. Or Layard voulait le retrouver, pour le remettre ensuite aux yézidis. Et c'est Hincks qui l'a découvert !

— Si bien qu'on a réexpédié le Livre noir à Constantinople…

— Pour le rendre aux yézidis, par l'intermédiaire d'Austen Layard.

Silence. Rob réfléchit, tâchant de ne pas penser à Lizzie.

— Enfin, c'est là une hypothèse…

— Plus que ça, Rob. Écoutez un peu.

Rob l'entendit tourner les pages d'un livre.

— Tenez. Voilà le récit du second séjour que Layard a effectué chez les yézidis : « Quand le bruit a couru chez les yézidis que Layard était de retour à Constantinople, on a décidé d'y envoyer quatre prêtres et un chef. »

— De sorte…

— Ce n'est pas tout. Au terme de « négociations secrètes » menées dans la capitale ottomane par Layard et Canning, Layard et les cinq yézidis sont retournés au Kurdistan.

Isobel reprit son souffle et poursuivit sa lecture.

— « Le voyage depuis le lac de Van jusqu'à Mossoul a revêtu une allure triomphale… Les yézidis ont témoigné une immense gratitude à Layard. C'est à lui qu'ils s'étaient adressés, et ils ne le regrettaient pas. » Pour rejoindre Urfa, le petit groupe traversa ensuite des villages yézidis « escorté par des centaines de gens en liesse ».

Rob était loin de partager l'enthousiasme d'Isobel.

— Bon, j'ai compris. Vous avez peut-être raison. Auquel cas le Livre noir se trouve au Kurdistan, et non en Grande-Bretagne ou en Irlande. Les types de la bande font donc fausse route.

— Bien sûr, mon cher. Mais il n'est pas seulement au Kurdistan, il est à Urfa. C'est ce qui ressort de cet ouvrage. Si Lalish est la capitale religieuse des yézidis, Sanli Urfa est leur capitale politique et administrative. Le Livre noir se trouve par conséquent dans cette ville. Pour remercier Layard, les yézidis lui ont expliqué où il pouvait faire de grandes découvertes archéologiques, c'est ainsi qu'il a exhumé entre autres l'obélisque de Ninive. Canning et lui ont alors acquis la notoriété qu'ils visaient.

— Tout cela est très joli, Isobel, mais comment voulez-vous qu'on se le procure ? Les yézidis ont essayé de nous assassiner. Nous sommes considérés comme des intrus à Sanli Urfa. Vous voulez qu'on aille les voir, l'air décidé, et qu'on leur demande de nous remettre le texte sacré ? Pendant qu'on y est, on pourrait peut-être aussi marcher sur les flots du lac Van…

— Je ne parle pas de vous, soupira Isobel, mais de moi. J'ai des amis à Sanli Urfa, et si j'arrive à disposer du Livre noir pendant quelques heures, le temps de le photocopier, nous avons alors une monnaie d'échange avec Cloncurry, ce qui nous permettrait de récupérer Lizzie et Christine. Or je connais des yézidis, et je pense être en mesure de retrouver le Livre.

— Isobel…

— Vous ne m'en dissuaderez pas ! Je me rends à Sanli Urfa, Rob, et je vais retrouver le Livre noir. Christine est une amie, et je considère votre fille comme la mienne. Je veux me rendre utile. J'en ai la possibilité. Faites-moi confiance.

— Mais enfin, Isobel, pensez au danger ! Et puis, toute votre histoire est quand même tirée par les cheveux. Sans parler de Kiribali…

Elle se mit à rire.

— Il ne me connaît pas. De toute façon, j'ai soixante-huit ans. Qu'à cela ne tienne, si je me fais décapiter par un nestorien, je n'aurai pas besoin d'aller voir l'ophtalmo pour changer de lunettes ! Je prends l'avion ce soir pour Sanli Urfa.

Rob tiqua. Isobel lui offrait cependant un maigre espoir et il décida de saisir l'occasion, peut-être parce qu'il n'avait pas le choix.

— Merci, Isobel. Quoi qu'il arrive, je vous en suis reconnaissant.

— De rien, mon cher. On va les sauver, ces deux filles. Je vous dis à bientôt, tous les trois !

Rob se renversa dans sa chaise et se frotta les yeux. Après quoi il sortit et passa l'après-midi à boire, tout seul dans un pub. Il revint chez lui, mais le silence lui parut insupportable et il ressortit, dérivant d'un bar à l'autre, regardant sans arrêt son portable. Même chose le lendemain et le surlendemain. Sally l'appela cinq fois, les copains du *Times* prirent de ses nouvelles, Steve le contacta ; seule la police demeurait silencieuse…

Isobel le tint au courant pratiquement toutes les quarante-huit heures de l'avancement de ses démarches à Sanli Urfa. Elle se disait persuadée de toucher au but et de mettre bientôt la main sur le Livre noir, même si les yézidis n'avaient pas tous l'air de croire qu'on le leur avait rendu.

Pendant leur dernier entretien il avait entendu au loin, derrière la voix d'Isobel qui s'efforçait de lui remonter le moral, l'appel à la prière du muezzin, et ça lui fit froid dans le dos. Sans toute cette histoire, il ne serait jamais allé là-bas. Non, il n'avait plus envie de repenser au Kurdistan.

Il passa ensuite quarante-huit heures à se ronger les sangs. Isobel ne l'appelait plus, Steve le contactait moins souvent, le silence devenait atroce. Il essaya de rassurer Sally, puis partit au supermarché s'acheter de la vodka, et, sitôt de retour, alluma son ordinateur portable, comme une sorte de réflexe qu'il avait acquis, même si au fond il n'y croyait pas.

Mais cette fois il avait reçu un message… de Cloncurry.

Il l'ouvrit aussitôt, crispé.

Rien. La page était vide, hormis une vidéo envoyée en fichier joint. Il cliqua dessus, et c'est alors qu'il vit Christine et sa fille dans un local quasiment vide, toujours ligotées à leur chaise. Elles se trouvaient dans une pièce plus petite que celle de la dernière fois et avaient changé de vêtements.

Mais surtout, elles avaient une cagoule sur la tête.

Il fit la grimace, songeant à sa terreur quand on avait procédé de même avec lui à Lalish, et qu'il en avait été réduit à regarder fixement dans le noir.

Trois minutes plus tard, Cloncurry apparut et se posta devant la webcam.

Rob observa son visage, beau et fin.

— Salut, Rob ! Comme tu peux le voir, nous sommes allés nous installer dans un endroit plus excitant. Les filles ont une cagoule sur la tête parce qu'on ne veut pas leur faire peur. Bien. Si tu me parlais du Livre noir ? Es-tu sur le point de le récupérer ? J'ai besoin de le savoir. Il faut me tenir au courant. Pas de cachotteries, je t'en prie. Les secrets de famille sont très lourds à porter, tu ne crois pas ? Aussi, dis-le-moi. Dis-moi si tu veux toujours avoir ou non une famille. Dis-le-moi rapidement. Ne m'oblige pas à faire ce que je n'ai pas envie de faire.

Cloncurry se détourna, sans doute pour parler tout bas à quelqu'un qui était hors champ. Rob entendit des rires, puis Cloncurry revint se camper devant la webcam.

— Enfin, venons-en à l'essentiel. Tu connais mon goût pour le sacrifice humain. L'ennui, c'est que j'ai l'embarras du choix. Car voilà, comment vais-je exactement tuer ta fille ? Et puis Christine ? Il existe tellement de façons de sacrifier quelqu'un ! Lesquelles préfères-tu, Rob ? En ce qui me concerne, j'ai un faible pour les protocoles jadis en vigueur chez les Vikings. Pas toi ? Le supplice de l'aigle de sang, par exemple. Ce bon professeur a eu la peur de sa vie, me semble-t-il, quand nous lui avons arraché les poumons. Reste que nous aurions pu nous montrer bien plus… cruels, ajouta Cloncurry avec le sourire.

Rob suait à grosses gouttes.

Cloncurry se rapprocha de la caméra.

— Il existe ainsi un rite délicieux, qui nous vient des Celtes. Cela consiste à empaler la victime, surtout quand il s'agit d'une jeune femme. On commence par la déshabiller, puis on la conduit dans un champ où se dresse un pieu, on lui écarte les jambes et on la fiche sur ce poteau aiguisé. Elle est donc proprement empalée, par le vagin ou bien l'anus…

Cloncurry eut un bâillement, puis enchaîna :

— Je n'ai pas très envie de procéder ainsi avec ta ravissante amie. Si je lui enfonce un piquet dans la chatte, elle va saigner partout sur le tapis, et il va nous falloir acheter une shampouineuse pour le nettoye ; une dépense superflue, tu ne crois pas ?

Nouveau sourire.

— Aussi, donne-moi donc le Livre noir. Le machin de Tom Whaley. Ce que tu as retrouvé à Lalish. Remets-le-moi tout de suite.

La webcam trembla un peu. Clonclurry tendit le bras pour l'empêcher de bouger.

— Quant à sacrifier une enfant, comme la petite Lizzie qui se trouve ici, eh bien…

Il se leva, rejoignit la chaise de la fillette, et avec un ample geste du bras qui n'était pas sans rappeler celui d'un magicien, il ôta la cagoule, laissant voir Lizzie terrifiée, un bâillon en cuir collé sur la bouche.

Cloncurry lui caressa les cheveux.

— Il y a tellement de méthodes différentes, alors que nous ne disposons que d'une seule petite fille ! Quel mode opératoire allons-nous choisir ? Les Incas faisaient escalader une montagne aux enfants, où ils les laissaient ensuite mourir de froid. Mais c'est quand même très lent, et pour tout dire ennuyeux. Que penses-tu, en revanche, de l'une de ces techniques plus raffinées auxquelles avaient recours les Aztèques ? Tu as peut-être entendu parler de Tlaloc, l'un de leurs dieux ?

Il tourna autour de la chaise de Lizzie.

— Le dieu Tlaloc n'était pas très malin, pour parler franchement, puisque il voulait étancher sa soif avec des larmes. Les prêtres aztèques se devaient donc de faire pleurer des enfants. À cet effet ils leur arrachaient les ongles, lentement, tout doucement, l'un après l'autre…

Cloncurry était maintenant en train de détacher l'une des mains de Lizzie, qui tremblait de peur.

— Eh oui, Rob, ils commençaient par leur arracher les ongles, avant de leur couper les doigts. Ce qui, bien entendu, faisait pleurer l'enfant, dont on recueillait les larmes pour les offrir à Tlaloc, qui s'en délectait. Et pour finir, on décapitait le petit garçon ou la petite fille…

Cloncurry pinça les lèvres de contentement, puis d'un seul coup il attacha de nouveau la main de Lizzie à la chaise.

— Oui, il se peut que je procède ainsi, Rob. Rien ne dit que je ne vais pas opter pour les raffinements aztèques. Il n'empêche, je pense que tu devrais essayer de m'en dissuader. Si néanmoins ton obstination m'y contraint, je ne manquerai pas de te faire parvenir ses pleurs, conservés dans un petit pot en plastique. Alors secoue-toi, mon ami, au boulot !

L'écran se figea. C'était la fin de l'enregistrement vidéo. Rob passa la journée du lendemain en compagnie de Sally. Il reçut à cette occasion une nouvelle vidéo encore plus répugnante que la précédente. Elle le fit même vomir.

41

Aussitôt après avoir pris connaissance du nouvel e-mail et visualisé la vidéo qui l'accompagnait, Rob essuya le vomi qu'il avait sur la bouche, se passa le visage à l'eau froide et prit un taxi pour se rendre à Scotland Yard voir Forrester.

En cours de route, il regarda tous ces gens heureux qui faisaient des courses, s'agitaient, prenaient le bus.

Il essaya de penser à autre chose et de dominer sa colère. Il pouvait encore sauver sa fille, même si c'était trop tard pour Christine. Assis sur la banquette arrière, il avait envie de hurler, de cogner sur la vitre, mais il n'était pas question de craquer. Pas encore. S'il en avait l'occasion, il massacrerait Cloncurry. Et pas avec un couteau ou une hache, mais en lui fracassant le crâne à coups de tisonnier, jusqu'à ce que la cervelle lui gicle par les yeux ! Non, mieux, il le brûlerait tout doucement à l'acide et lui ravagerait sa jolie petite gueule ! N'importe quoi, absolument n'importe quoi pourvu qu'il l'extermine !

Il lui ferai payer très cher ce qu'il venait de faire subir à Christine.

Le taxi se gara devant la cour en verre et en acier de Scotland Yard, Rob régla la course, descendit du véhicule et poussa la porte vitrée. Les hôtesses d'accueil tentèrent bien de l'arrêter, mais il les fusilla du regard. Médusées, elles le laissèrent passer. Boijer l'aperçut dans le hall.

— Il faut absolument que je vous montre quelque chose, dit Rob.

Le Finlandais au visage bon enfant lui sourit, mais Rob resta sombre.

Ils prirent l'ascenseur en silence, puis gagnèrent rapidement le bureau de Forrester. Boijer frappa à la porte tandis que Rob faisait irruption à l'intérieur. Forrester était en train de consulter des dossiers en buvant un thé. Il sursauta en voyant Rob débarquer sans crier gare.

— Regardez un peu cet e-mail que Cloncurry m'a envoyé ! dit Rob en s'asseyant à côté de lui.

— Mais pourquoi ne m'avez-vous pas appelé au préalable. On aurait pu…

— Regardez-le !

Forrester jeta un coup d'œil inquiet à Boijer, puis se pencha devant son écran et se connecta à la messagerie de Rob, qui lui communiqua son mot de passe. Il ouvrit ensuite la vidéo, où comme dans la précédente on voyait Christine et Lizzie ligotées à une chaise. Elles étaient habillées de la même façon que la dernière fois, avaient la même cagoule sur la tête et se trouvaient dans la même pièce. Apparemment, rien de nouveau.

— J'ai déjà vu tout ça, dit-il d'une voix douce. On travaille dessus, Rob. De toute façon, il y a quelque chose dont je voulais vous parler…

— Inspecteur !

— Je me suis renseigné sur les Cloncurry et les Whaley, sur leurs ancêtres, plus exactement, et cela nous apporte un nouvel éclairage…

— Inspecteur ! Taisez-vous, et regardez cet enregistrement ! lança Rob, légitimement indigné.

Les deux flics échangèrent un autre coup d'œil inquiet. Boijer vint se placer en face de l'écran, et ils examinèrent la vidéo.

Une silhouette se dessina à gauche de l'écran, celle de Cloncurry, qui tenait en main une grosse casserole grise pleine d'eau chaude fumante. Il la posa, puis disparut. Christine et Lizzie, sur leur chaise, la tête toujours dissimulée sous leur ignoble cagoule, ne savaient absolument pas ce qui se tramait.

Cloncurry revint avec une espèce de trépied et un réchaud d'où s'élevait une flamme bleue. Il installa le trépied devant Christine et coinça le réchaud entre ses montants, avant d'y déposer la grosse casserole. L'eau ne tarda pas à bouillir.

Visiblement satisfait, Cloncurry toisa la caméra.

— Les Suédois sont des gens curieux, pas vrai, Rob ? Enfin quoi, regarde un peu leur cuisine : ils mangent des tartines, du saumon séché et mariné, et puis tous ces machins au hareng… Tu constateras, je l'espère, mon cher Robert, que nous avons fait des frais. Cette casserole nous a coûté cinquante livres. Il se peut que je la rapporte ensuite au magasin, pour l'échanger contre un porte-toasts.

Il regarda dans une autre direction.

— Bon, les mecs. Quelqu'un a un couteau ? Oh, oh ! Un grand couteau à découper les êtres humains ? Oui. C'est ça. Merci.

Prenant l'objet des mains d'un complice invisible, il inclina le couteau et glissa le pouce sur le tranchant de la lame.

— Parfait.

Il fixa de nouveau la caméra.

— Je ne parle évidemment pas des Suédois d'aujourd'hui, Rob. Non. Il ne s'agit pas d'Ikea, de Saab ou de Volvo. (Il ricana.) Je fais allusion à la véritable Suède, celle du Moyen Âge, peuplée de brutes blondes et chevelues qui savaient s'occuper de leurs victimes, les sacrifier à Odin et Thor. Parce que, vois-tu, c'est ce que nous allons faire. Ce matin, nous allons procéder à la suédoise, en pratiquant un vieux sacrifice qui existait jadis chez les Vikings : faire bouillir les entrailles de la victime.

Nous allons ouvrir le ventre de l'une de tes deux femmes, puis faire mitonner ses poumons et autres organes dans cette grande casserole, alors qu'elle est toujours vivante. Mais laquelle allons-nous sacrifier ? Hum… Eh bien, reprit-il, l'œil pétillant, laquelle ? La grande ou la petite ? On devrait peut-être garder la meilleure pour la fin, tu ne crois pas ? Et autant tu adores la ravissante Christine, avec sa délicieuse tache de naissance à côté du téton, oui, celle-là, autant tu dois tenir encore davantage à ta fifille, j'imagine. Si bien que nous allons, je crois, l'épargner aujourd'hui pour recourir ultérieurement avec elle à un autre rituel, et à la place décortiquer la Française. C'est qu'elle a un joli bedon ! Alors, on l'éventre ? Oui, je crois.

Il se pencha vers Christine, qui se cambrait sur sa chaise et essayait vainement de se débattre. Cloncurry lui releva un peu son pull. Elle sursauta.

— Eh ben, elle n'a pas l'air enchantée, dirait-on. Je vais me contenter de lui découper l'estomac, l'intestin et peut-être aussi la vessie, puis je vais les faire cuire tout doucement dans cette casserole, de sorte qu'elle mourra d'ici une demi-heure, voire davantage. Ça te va, Christine ?

Forrester voulut éteindre, mais Rob s'y opposa.

— Non, regardez ! Il m'a bien fallu le faire, alors à votre tour maintenant !

Cloncurry commença par lui entailler sans difficulté la peau d'un geste bref, comme s'il s'était entraîné sur des quartiers de viande, puis il lui plongea la lame dans l'abdomen et l'ouvrit latéralement. Un peu de sang s'écoula. On entendit un gémissement, derrière le bâillon. Les organes internes sortirent lentement par l'ouverture béante.

— Eh, regarde-moi ça ! fit Cloncurry, en écartant la plaie pour mieux voir à l'intérieur. Qui est-ce qui veut passer devant tout le monde ? Monsieur Utérus ! Allons, mon garçon, laisse un peu de place aux autres !

Il posa son couteau et plongea les mains dans le ventre de la malheureuse. Ses gémissements se transformaient en cris étouffés, à mesure que Cloncurry extrayait l'intestin, obscène chapelet de saucisses rosâtres.

Cloncurry préleva méticuleusement d'autres organes, toujours reliés au corps de Christine. Quand il eut fini, il déposa le tout dans la casserole d'eau bouillonnante.

Christine se tortilla.

— Vous voyez à quel point nos Suédois étaient futés, car on peut enlever les organes situés en bas du corps sans tuer immédiatement la personne, puisqu'il lui reste les organes du haut et qu'elle peut ainsi continuer à métaboliser. Simplement, si elle est encore en vie, elle est déjà également en train de bouillir, eh oui… Allons-nous ajouter une pincée de sel et de poivre, histoire de relever un peu le tout et de faire un bon ragoût de ta tendre amie ?

Du bâillon et de la cagoule s'échappaient d'horribles borborygmes.

À l'aide d'une grande cuillère en bois, Cloncurry remuait maintenant les entrailles de Christine dans le récipient posé sur le feu. Cela dura quelques minutes, ponctuées par les râles de la malheureuse. Mécontent, Cloncurry poussa un long soupir.

— Ah ! là, là ! Elle n'arrête pas de se plaindre ! Pourtant, je ne l'ai pas entendue gémir comme ça quand je l'ai sautée. Tu crois qu'elle est contente de ce que je lui fais ? Eh…

Il sourit.

— Bon, on va lui chanter une chanson pour lui remonter le moral. Il se mit à fredonner : « Mamma mia, ne me quitte pas !/ Oh, comment pourrais-je t'oublier ?/ Oui, quand nous nous sommes séparés / Cela m'a fendu le cœur, vois-tu/ Mais là, tu me cuis au court-bouillon ! »

Il se tut. On n'entendait quasiment plus gémir. Il touilla une dernière fois dans la casserole.

— Courage, Christine, c'est bientôt fini ! La sauce est en train d'épaissir. Oh, qu'est-ce que c'est que ça ? Monsieur le Rein !

Il se mit face à la caméra pour montrer un rein strié de veines et d'artères, qui ressemblaient à des spaghettis à la tomate.

— Voilà, c'est la fin, conclut Rob.

Les deux flics en restèrent muets d'horreur. Boijer éteignit l'ordinateur tandis que Rob se levait pour partir.

Le téléphone sonna. Forrester répondit, et tout en parlant il croisa le regard de Boijer, à l'autre bout de la pièce.

— C'est peut-être trop tard pour Christine, déclara-t-il après avoir raccroché, mais on peut toujours sauver votre fille.

Rob le dévisagea, depuis l'entrée du bureau.

— C'étaient mes collègues de la police irlandaise, expliqua Forrester. Ils ont retrouvé nos types.

42

Forrester et Rob se retrouvèrent à l'aéroport de Dublin. Le flic était accompagné de plusieurs homologues irlandais coiffés de casquettes à étoiles dorées.

C'est à peine s'ils échangèrent quelques banalités. Forrester et ses collègues dublinois invitèrent aussitôt Rob à les suivre sur un parking où soufflait un petit vent et où les attendait un minibus, dans lequel ils montèrent en silence.

Rob rompit le silence lugubre et angoissant qui régnait.

— Mon ex-femme est-elle ici ?

Forrester fit signe que oui.

— Elle a débarqué une heure avant vous, par le vol précédent. Elle se trouve sur les lieux.

— Il n'y avait plus qu'une place dans l'avion, expliqua Rob, qui éprouvait le besoin de se justifier tant il se culpabilisait de ce qui était arrivé à Christine et du sort qui était réservé à Lizzie, si bien que j'ai pris le suivant. Je tenais à ce qu'elle soit là la première.

Les flics hochèrent la tête tous ensemble. Ne sachant que dire, Rob se mordit les phalanges en s'efforçant de ne pas penser à Christine. Puis il leva les yeux et annonça à Forrester qu'Isobel s'était mise en quête du Livre noir. Elle n'avait pas donné signe de vie depuis quarante-huit heures, et il ne parvenait pas à la joindre au téléphone. Elle était probablement quelque part dans le désert, où son portable ne captait pas.

Ses interlocuteurs haussèrent les épaules, manifestement peu intéressés. Comment leur en vouloir ? Les efforts déployés par Isobel avaient peu de chance d'être couronnés de succès, tout cela restait très hypothétique, et puis c'était très loin de l'Irlande froide et pluvieuse, d'une bande d'assassins que l'on avait encerclés, d'un cadavre éviscéré et d'une petite fille, la sienne, sur le point de se faire découper en morceaux.

— Quelles sont les dernières nouvelles ? demanda-t-il au chef du détachement irlandais, l'inspecteur Liam Dooley, un homme aux cheveux grisonnants et à la mâchoire carrée.

— On les surveille. Il n'est évidemment pas question de pénétrer directement dans la maison, car ils sont armés jusqu'aux dents. Ils ont… tué la femme… votre amie. Désolé. Mais la petite fille est toujours vivante, et nous allons la sauver. En revanche, nous devons agir avec prudence.

— Oui.

Comme ils se retrouvèrent bloqués dans les embouteillages sur le périphérique, Rob en profita pour regarder par les vitres ruisselantes du minibus.

Dooley donna une petite tape sur l'épaule du chauffeur, qui alluma alors la sirène. Les autres véhicules s'écartèrent pour laisser passer celui de la police.

— Bien, dit Dooley d'une voix forte, pour couvrir le bruit de la sirène. Je suis sûr que Forrester vous a mis au courant, mais voilà où l'on en est actuellement : on en a cueilli un hier, l'Italien…

— Marsinelli, précisa Forrester.

— Oui, Marsinelli. On l'a interpellé hier, ce qui, bien entendu, a donné l'alerte aux autres, qui se savent maintenant encerclés. Or ils ont des armes.

Rob soupira puis s'effondra, la tête posée sur le dossier du siège avant, en repensant à Christine et à ce qu'elle avait dû endurer.

Forrester lui mit la main sur l'épaule.

— On va les avoir, ne vous inquiétez pas. La police irlandaise connaît son affaire. Cela fait trente ans qu'elle est confrontée à l'IRA. Nous allons sortir Lizzie de là, saine et sauve.

Rob laissa échapper un grognement. Il maudissait la police locale de n'avoir capturé qu'un seul de ces tueurs, alors que les autres avaient déjà assassiné Christine et que Cloncurry détenait toujours Lizzie.

— Vous êtes en train de m'expliquer, dit-il, que nous sommes dans une impasse : ils ne peuvent vous échapper, et cependant vous ne pouvez entrer en force dans la maison de peur qu'ils ne s'en prennent à ma fille. Pourtant, Cloncurry a déjà massacré ma copine, et ce n'était pas sa première victime. Dans ces conditions, qu'est-ce qui vous prouve qu'il n'est pas en train de tuer Lizzie en ce moment ?

— On sait que votre fille est vivante, car on est en communication permanente avec Cloncurry.

— Comment ça ?

— On s'entretient avec lui par le biais d'Internet et d'une webcam. Nous avons pu voir votre fille et constater qu'elle va bien. Elle est simplement ligotée, comme auparavant.

Rob se tourna vers Forrester, pour qu'il lui confirme ce qu'il venait d'entendre.

— Cloncurry divague et tient des propos incohérents, déclara l'inspecteur. Il est peut-être drogué.

— Et s'il craquait d'un seul coup ?

Un silence pesant envahit le minibus. On avait éteint la sirène, personne ne desserrait les dents.

— Il a l'air bien décidé à ce que vous lui remettiez le Livre noir, reprit Dooley. Il n'arrête pas d'en parler. Il est persuadé que vous l'avez. Tant qu'il en ira ainsi, il ne fera aucun mal à votre fille.

Rob avait du mal à le suivre, tellement il était désemparé.

Ils quittèrent l'autoroute et la banlieue de Dublin pour s'engager à vive allure sur de petites routes de campagne, au milieu de collines verdoyantes et boisées. Ici et là, on apercevait de jolies fermes peintes en blanc. Un panneau indiquait *Wicklow Mountains, 5 km.* Le crachin continuait à tomber.

— Il va de soi, précisa Dooley, que si nous croyons qu'il risque de s'en prendre à votre fille, nous pénétrerons alors dans la maison. Je vous le promets.

Rob ferma les yeux. Il imaginait déjà la scène, la police faisant irruption dans la maison, la mêlée générale et la confusion. Et puis, juste avant que les flics n'enfoncent la porte, Cloncurry, sourire aux lèvres, qui tranche la gorge de sa fille avec un couteau de cuisine, à moins qu'il ne lui tire une balle dans la tempe… Qu'est-ce qui pouvait l'en empêcher ? Pourquoi un fou comme Jamie Cloncurry épargnerait-il Lizzie ? Au fond, peut-être Dooley avait-il raison en affirmant qu'il tenait absolument à mettre la main sur le Livre noir, ce qui était aussi la thèse d'Isobel.

Mais il n'avait aucune idée de l'endroit où pouvait bien se trouver ce fameux livre. Qu'allait-il alors se passer ? La question ne se posait même pas, il tuerait Lizzie, voilà tout !

Rob observa la campagne détrempée. Il remarqua un autre panneau indicateur, à moitié caché par les branches ruisselantes d'un chêne : *Hellfire Wood, propriété domaniale, Coiltee.* Ils approchaient.

Dans le métro de Londres, en allant à l'aéroport de Stansted, il s'était renseigné sur l'histoire de cet endroit, une façon comme une autre de se changer les idées et de ne pas imaginer sans cesse le pire. Il avait ainsi appris qu'il existait en haut d'une colline un ancien pavillon de chasse en pierre soi-disant hanté, Montpelier House, et que sur une autre butte on pouvait admirer un cromlech datant du néolithique, qui attirait les gens versés dans les sciences occultes et les jeunes qui venaient y boire du cidre.

Tout ce que l'on racontait sur ce pavillon tenait de la légende, mais les rumeurs selon lesquelles on y aurait commis des meurtres n'étaient pas totalement infondées. Une autre maison située en contrebas, baptisée Killakee House, avait jadis été un point de chute de certains membres du club des Feux de l'Enfer, notamment Buck Egan, Jerusalem Whaley et Jack Saint Leger.

Lorsqu'on l'avait rénovée, au cours du XXe siècle, on avait exhumé le squelette d'un nain ou d'un enfant, enterré à côté de la petite statue en cuivre d'un démon…

Rob se rendit compte qu'il n'avait pas remercié Forrester.

— Au fait, lui dit-il, bravo.

L'inspecteur principal eut l'air surpris.

— Je vous demande pardon ?

— Votre intuition était la bonne, elle vous a permis de les retrouver.

— Oh, ce n'était pas très compliqué. J'ai essayé de me mettre à la place de Cloncurry. Il accorde beaucoup d'importance à tout ce qui a une signification historique. Regardez ses parents, l'endroit où ils habitent… Et, bien entendu, ses complices et lui sont à la recherche du Livre noir, le trésor de Jerusalem Whaley. Or, celui-ci était originaire de cette région. On pouvait donc imaginer qu'ils auraient commencé leurs investigations par ici. Dans ce cas, pourquoi ne pas nous y installer nous aussi ?

Le minibus s'arrêta à côté d'une grande tente dressée dans une cour de ferme, devant le bâtiment. Tout le monde en descendit. Rob entra dans la tente et aperçut dans l'assistance son ex-femme. Elle était assise auprès d'une femme policier qui buvait un thé. Il y avait là quantité de policiers et bon nombre d'écrans vidéo.

Dooley le prit par le bras et lui exposa la situation. La villa occupée par la bande se trouvait à quelques centaines de mètres de là, en bas de la colline, au sommet de laquelle on voyait le pavillon de chasse.

— Voilà plusieurs mois que Cloncurry est locataire de cette petite ferme. C'est la femme du propriétaire qui nous a prévenus, alors que nous réalisions une enquête de voisinage. Elle avait remarqué des allées et venues qui lui avaient paru suspectes. Nous avons donc placé la maison sous surveillance. On a dénombré cinq hommes à l'intérieur, me semble-t-il. Nous avons interpellé Marsinelli sur la route, alors qu'il était parti faire des courses.

Rob, dans un état second, jeta un œil aux écrans vidéo. La police irlandaise disposait visiblement de plusieurs caméras, dont une à infrarouge, toutes braquées sur la maison où se cachait la bande. Aussi, rien ne lui échappait, les moindres faits et gestes de ces types étaient surveillés, jour et nuit. On n'avait toutefois rien relevé de particulier depuis quelque temps, les rideaux étant tirés et les portes fermées.

Sur un bureau, un ordinateur portable faisait face aux écrans vidéo. Il devait sans doute servir à communiquer par webcam avec Cloncurry.

La mort dans l'âme, Rob serra Sally dans ses bras.

Dooley l'appela depuis l'autre bout de la tente.

— C'est Cloncurry ! Il nous recontacte une fois de plus, et il est devant sa webcam. On lui a dit que vous étiez ici. Il veut vous parler.

Rob se précipita et s'immobilisa devant l'ordinateur portable.

C'était bien lui : ce visage anguleux, presque sympathique et néanmoins glaçant, ce regard intelligent et chafouin... Derrière lui, Lizzie, toujours ligotée à sa chaise, mais qui portait des vêtements propres et n'avait plus de cagoule sur la tête.

— Ah, le monsieur du *Times* !

Rob resta pétrifié devant l'écran. On lui donna un coup de coude : c'était Dooley, qui gesticulait et remuait les lèvres sans bruit pour lui dire de lui parler.

— Salut ! lui lança Cloncurry. Désolé d'avoir été obligé de faire bouillir ta copine, mais ta petite fille est saine et sauve. Elle se porte comme un charme. Nous lui donnons beaucoup de fruits à manger, et ça lui réussit. Évidemment, je ne sais pas combien de temps nous pourrons maintenir le statu quo, tout dépend de toi...

— Vous avez... Vous avez..., répéta Rob, incapable de poursuivre.

En désespoir de cause il se tourna vers Dooley, mais au même instant il se rappela qu'il avait une carte à jouer. Le moment était venu. Il fixa l'écran.

— Bien, Cloncurry, voici ce que je vous propose. Si vous me rendez Lizzie, je peux vous remettre le Livre noir…

Cloncurry fit la grimace. C'était la première fois que Rob le sentait déstabilisé, et ça lui redonna confiance.

— Bien sûr.

Il ricana, visiblement pas convaincu.

— Tu l'as retrouvé à Lalish, j'imagine ?

— Non.

— Où donc, alors ? Qu'est-ce que tu me racontes là, hein, Luttrell ?

— En Irlande. Il est ici, en Irlande. Et je sais exactement où, car à Lalish les yézidis me l'ont expliqué.

C'était un coup de poker, mais à première vue le piège semblait marcher.

— Hum… Mais évidemment, tu ne peux pas me dire où il se trouve au juste. Même si je risque de raccourcir le nez de ta fille avec un coupe-cigares…

— Peu importe où il se trouve. Je vous l'apporterai. D'ici quarante-huit heures. Ensuite, vous me rendrez ma fille.

Il le regarda droit dans les yeux.

— Je me fiche éperdument que vous réussissiez à vous enfuir après.

— Ce n'est pas vrai. Et moi non plus, je ne m'en fiche pas. Simplement, je veux le Livre noir.

Les deux hommes se dévisagèrent.

— Mais enfin pourquoi ? reprit Rob. Pourquoi faites-vous une fixation sur cet ouvrage ?

Cloncurry détourna le regard, comme s'il était en train de réfléchir.

— Tant qu'à faire, je vais te donner quelques explications. Comment appelez-vous ça, vous autres, journalistes ? Une accroche ?

Rob sentit que sur la gauche les flics se mettaient en mouvement, qu'il se passait quelque chose. Allaient-ils pénétrer de force dans la maison ? Le sort de sa fille allait-il se jouer maintenant ?

Forrester lui fit signe de continuer à discuter avec Cloncurry.

Lequel n'eut pas besoin de se faire prier pour reprendre la parole.

— Il y a trois cents ans, Jerusalem Whaley est revenu de Terre sainte avec des documents qu'il s'était procurés auprès des yézidis et qu'il gardait dans un endroit secret. Ça aurait dû le rendre heureux, car il avait découvert exactement ce que voulait retrouver le club, ce que Francis Dashwood avait cherché pendant des années. Il détenait en effet la preuve que toutes les religions, le judaïsme, le christianisme, l'islam, etc., étaient montées de toutes pièces. Dieu n'est pas mort, il n'a jamais existé, cet enfoiré ! Et pourtant, enchaîna Cloncurry avec le sourire, ça ne s'arrête pas là. Car ce qu'il a mis au jour est tellement humiliant qu'il en a eu le cœur brisé.

— De quoi s'agit-il ?

— Ah…

Cloncurry poussa un petit rire.

— Tu aimerais bien le savoir, hein, mon petit pisse-copie ? Mais je ne vais pas te le dire. Si vraiment tu sais où se trouve le Livre noir, tu n'as qu'à le lire et l'apprendre par toi-même. À condition que tu n'en parles à personne, sinon je découpe ta petite fille en tranches. Tout ce que je peux te garantir, pour l'instant, c'est que Thomas Buck Whaley a caché le Livre noir en expliquant à deux ou trois amis son contenu. Et qu'il faudra le détruire, quand la situation l'exigera.

— Pourquoi ne l'a-t-il pas détruit lui-même ?

— Va savoir… Le Livre noir représente un trésor extraordinaire, il renferme une révélation tellement effrayante qu'il n'a peut-être pas pu se résoudre à le faire. Il a dû être très fier de l'avoir enfin retrouvé, à la place du grand Dashwood. Lui, le modeste Tom Whaley qui venait d'Irlande, un pays de péquenots à l'époque coloniale de la Couronne, avait devancé un brillant aristocrate britannique ! Si bien qu'au lieu de le brûler il l'a planqué. Le hic étant que, par la suite, on a oublié où. Voilà pourquoi nous avons déployé tous ces efforts pour mettre la main sur ce qu'a découvert mon incroyable ancêtre. Mais c'est là que ça se corse, Rob. Tu m'écoutes ?

Il était évident que la police était en train de préparer quelque chose. Rob vit des hommes armés quitter la tente, il entendit des ordres donnés à voix basse, ça s'agitait sur les écrans vidéo… En même temps, on aurait dit que les types de la bande étaient en train d'enfoncer un grand pieu dans le jardin, comme ceux dont on se servait jadis pour empaler quelqu'un…

Rob comprit qu'il lui fallait absolument se dominer et faire parler Cloncurry s'il voulait détourner son attention.

— Continuez, je vous écoute.

— Whaley a expliqué que si d'aventure on exhumait un temple en Turquie…

— À Göbekli Tepe ?

— Tout juste, à Göbekli Tepe. Whaley s'est contenté de confier à ses amis ce que les yézidis lui avaient dit : si l'on devait exhumer Göbekli Tepe, il faudrait alors détruire le Livre noir.

— Pour quelle raison ?

— Toute la question est là, imbécile ! Eh bien, parce que si le Livre noir se trouve en de mauvaises mains et qu'on l'interprète correctement, mis en regard avec ce que l'on a découvert à Göbekli Tepe, il représentera un péril mortel. Non seulement les religions, mais la société elle-même, le monde dans lequel nous vivons seront menacés si cette vérité devait être révélée.

Cloncurry s'approcha tout près de la caméra, sa tête occupant tout l'écran.

— Voilà l'ironie de la chose, Rob. Depuis le début, je n'ai eu de cesse de vous protéger de vous-mêmes, espèces d'idiots, et de prendre ainsi la défense de l'humanité dans son ensemble. Telle est la tâche des Cloncurry, éviter qu'il ne vous arrive des ennuis, retrouver au besoin le Livre noir, puis le détruire. Tu sais, nous sommes quasiment des saints.

Rob jeta un coup d'œil aux écrans installés derrière l'ordinateur portable. Sur l'un d'eux, trois hommes, des flics, s'avançaient discrètement vers le jardin du pavillon. Ils s'apprêtaient à intervenir. Il essaya de poursuivre le dialogue avec Cloncurry, bien conscient que celui-ci devait s'efforcer de faire la même chose que lui, distraire l'attention de son interlocuteur.

Dooley et ses hommes avaient vu le pieu et avaient compris qu'ils ne pouvaient plus différer leur intervention.

— Mais alors, reprit-il à l'adresse de Cloncurry, pourquoi toute cette violence ? Pourquoi tous ces meurtres ? Si vous voulez seulement entrer en possession du Livre noir, pourquoi sacrifier tant de monde ?

— Parce que je suis un Cloncurry. Nous descendons des Whaley, qui eux-mêmes venaient de la famille de Cromwell. Tu me suis ? On avait tendance, chez mes ancêtres, à brûler les gens vivants. Dans des églises, par exemple. Et puis on entendait rire Cromwell lorsqu'il tuait quelqu'un au combat…

— Et alors ?

— Incrimine si tu veux mon hérédité, qui m'a transmis ces gènes.

— Vous dites avoir une prédisposition génétique à la schizophrénie ?

— Oui. Je suis à l'évidence un psychopathe. Combien d'autres preuves te faut-il pour le croire ? Reste devant cet écran, et tu risques de me voir dévorer le cerveau de ta fille avec des chips. Cet exemple te suffit ?

Dominant sa rage, Rob hocha la tête.

— Je n'ai pas seulement hérité des gènes de la violence, Rob, mais aussi de ceux de l'intelligence. Sais-tu que j'ai un

QI de 147 ? Oui, 147, ce qui fait de moi un génie. Les lauréats du prix Nobel ont en moyenne un QI de 145. Je suis brillant, Rob, très brillant. Sans doute trop brillant pour que tu puisses t'en rendre compte.

— Il n'empêche qu'on vous a retrouvé.

— Bravo ! Que vas-tu faire, maintenant, avec ton intelligence de moineau ? Moi, je suis un Cloncurry, j'ai hérité des gènes des Cromwell et des Whaley. Malheureusement pour ta fille et toi, ils m'ont aussi transmis un goût pour la violence et les coups d'éclat, comme tu vas bientôt le constater. Néanmoins…

Cloncurry se tourna sur la gauche, Rob leva les yeux sur les écrans vidéo. La police était en train de pénétrer dans la villa, ou du moins elle ouvrait le feu, des cris et une fusillade résonnèrent. Cela venait de partout, de l'ordinateur portable, des écrans vidéo, de la vallée…

Les tireurs embusqués abattaient l'un après l'autre les membres de la bande. Les flics en tenue sautèrent en masse par-dessus les clôtures et le mur du jardin, au fond. Le jardin de derrière se retrouva bientôt remplis d'hommes en cagoule et casque noir, qui intimaient aux types de la bande l'ordre de se rendre.

Tout se passa en un éclair. L'un des bandits était affalé par terre, visiblement blessé, et un autre, immobile, avait l'air mort. Un flic fit alors un bond en avant et lança à l'intérieur de la maison une grenade incapacitante. Une déflagration assourdissante s'ensuivit, accompagnée d'une fumée noire qui s'échappa par les vitres brisées.

Rob regarda l'écran de l'ordinateur portable, où l'on voyait Cloncurry tenir dans ses bras Lizzie qui gigotait. Il semblait furieux. Juste avant de sortir, il éteignit son ordinateur, et Rob se retrouva devant un écran noir.

43

Exception faite de son chef, la bande était maintenant hors d'état de nuire, ses membres s'étant fait descendre ou interpeller, certains, en outre, étaient blessés. Des ambulances étaient garées au bord des routes, et partout des médecins, des infirmiers et des membres des urgences étaient à pied d'œuvre.

Cloncurry s'était visiblement barricadé en haut, dans la chambre de derrière. Il avait rallumé son ordinateur portable, et Lizzie était de nouveau attachée à une chaise. Tout cela apparaissait par le biais de la webcam. Enfin, il avait pris ses dispositions, en prévision de l'ultime fusillade, et aménagé la pièce en conséquence.

Rob observait ce visage cruel au rictus méprisant.

Les flics s'étaient aussitôt demandé quelles mesures adopter. Forrester était d'avis qu'il fallait pénétrer sans attendre dans la chambre, chaque seconde perdue mettant un peu plus Lizzie en danger. La police irlandaise se montrait beaucoup plus réticente, et Dooley estimait que l'on ne devait pas se précipiter, mais tâcher de voir s'il ne serait pas possible, par exemple, de passer discrètement par le toit. Rob, lui, voulait qu'ils interviennent tout de suite, persuadé d'avoir compris comment fonctionnait Cloncurry. Se sachant perdu, et n'ayant du même coup plus aucun espoir d'entrer en possession du Livre noir, Cloncurry s'attacherait à ce que Lizzie meure en même temps que lui, et cela sous les yeux de son père. Rob en était malade.

Forrester l'attrapa par l'épaule pour le réconforter. Ses homologues irlandais envisageaient tous les scénarios, qu'il s'agisse de jeter des grenades incapacitantes par les fenêtres du premier étage ou de faire abattre Cloncurry par un tireur d'élite. Leurs discussions eurent le don de mettre Rob hors de lui, même s'il savait pertinemment que dès qu'ils donneraient l'assaut Cloncurry tuerait Lizzie.

De son côté, Sally pleurait en silence. Tout comme leur fille, à en juger par la façon dont ses épaules étaient secouées.

Sur l'ordinateur portable, on assistait aux divagations de Cloncurry. Depuis l'intervention de la police dans la villa, vingt minutes auparavant, il se lançait de temps à autre dans des tirades insensées.

Cette fois, il parlait de la Shoah.

— As-tu déjà pensé à Hitler, Rob, et à ce qu'il a fait ? Il s'agissait d'un grand sacrifice, pas vrai ? La Shoah, un grand sacrifice humain. Hitler les a sacrifiés par le feu, à l'image des petits enfants que les Cananéens faisaient brûler dans le tophet de la vallée de Ben-Hinnom en offrande à Moloch.

Cloncurry s'humecta les lèvres. D'une main, il tenait une arme à feu, de l'autre, un couteau. Il délirait toujours.

— Les grands hommes ont toujours recouru à des sacrifices. Ainsi, sur l'ordre de Napoléon, les soldats franchissaient les rivières en marchant sur le corps de leurs camarades qui venaient d'y perdre la vie. Il en obligeait en effet certains à entrer dans l'eau pour qu'ils s'y noient et que leurs cadavres servent ensuite de ponts de fortune aux autres. C'est digne d'un grand homme. Prends maintenant Pol Pot, qui a massacré à titre expérimental deux millions de compatriotes cambodgiens. Tel est le bilan des Khmers rouges, tous des gens cultivés, issus de la haute bourgeoisie.

Écœuré, Rob détourna le regard. Cloncurry lui sourit avec mépris.

— Ah, tu n'as pas envie de parler de ça ! Évidemment, ça t'arrange… Pourtant, tu ne vas pas y couper, Rob. Regarde les choses en face. Les dirigeants politiques sont portés à commettre des violences, ce sont tous des sadiques. Songe par exemple à la guerre en Irak, menée au nom de la liberté et qui a fait combien, deux cent mille, cinq cent mille morts ? On dirait que c'est plus fort que nous. Les sociétés les plus avancées continuent tout bonnement à massacrer, mais de façon bien plus efficace qu'autrefois. Qu'est-ce qui leur prend, à nos dirigeants, me diras-tu ? Pourquoi passent-ils leur temps à tuer ? Ils ont l'air fous, mais en réalité sont-ils vraiment différents de nous ? T'es-tu déjà imaginé, Rob, comment tu pourrais me faire la peau ?

Cloncurry s'humecta à nouveau les lèvres.

— Mais tout cela me fatigue, Rob. Je ne crois pas un instant que tu détiennes le Livre noir, ou que tu saches où il se trouve. Il est temps de mettre un terme à ce mélodrame ridicule.

Il se leva, s'approcha de la chaise et détacha Lizzie.

Rob regarda sa petite fille, toujours bâillonnée, gigoter dans les bras de Cloncurry, qui revint s'installer devant l'ordinateur portable, avec elle sur les genoux.

— As-tu entendu parler des Scythes ? Ils avaient d'étranges coutumes, comme celle de sacrifier leurs chevaux en les brûlant vifs, par dizaines, sur des bateaux auxquels ils mettaient le feu. Je trouve ça extrêmement réjouissant. Ils se montraient tout aussi cruels envers les naufragés qui avaient réussi à regagner la côte, puisqu'ils les attrapaient alors par les bras et les jetaient à la mer du haut d'une falaise. Quel peuple admirable !

Lizzie se débattait, en cherchant les yeux de son père sur l'écran. Sally, elle, pleurait en silence.

— Je vais donc la brûler vive, à l'exemple des Scythes qui sacrifiaient ainsi leurs premiers-nés. C'est bien ton premier enfant, si je ne m'abuse ? Il me semble d'ailleurs que tu n'en as pas d'autre. Voilà pourquoi je vais allumer un bon petit feu, puis…

— Allez vous faire foutre, Cloncurry ! s'écria Rob. Allez vous faire foutre !

— Sans blague, rigola l'autre.

— Si jamais vous touchez à l'un de ses cheveux, je vous…

— Tu vas faire quoi, Robbie ? Cogner à la porte comme une lavette pendant que je lui tranche la gorge ? Me dire des gros mots par la boîte aux lettres, alors que je la viole avant de l'abattre ? Qu'est-ce que tu vas faire, espèce de pleurnichard ? Dis-moi, hein, qu'est-ce que tu vas faire ? T'as qu'à venir me chercher ! Descends tout de suite à la maison et viens me chercher !

Fou de rage, Rob bondit de sa chaise et sortit de la tente en courant. Un flic irlandais tenta de le retenir, mais il le repoussa violemment et dévala la pente à toute allure, bousculant au passage encore deux ou trois membres des forces de l'ordre armés de fusils et coiffés de casques noirs.

Il dépassa d'autres flics qui grimpaient l'escalier, en envoyant promener un au passage.

Il se retrouva devant la porte fermée à double tour. On lui cria de se pousser. Qu'à cela ne tienne, il flanqua une volée de coups de pied dans la porte, tant et si bien qu'elle finit par céder.

Il pénétra dans la chambre. Qui était… vide !

Il n'y avait rien, ni personne.

Pas de chaise, ni d'ordinateur portable ou de Cloncurry. Et pas de Lizzie non plus.

Il crut devenir fou. Où étaient passés Cloncurry, sa chaise et la cagoule qu'il avait ôtée à Lizzie ? Et surtout, où était sa fille ?

Les policiers entrèrent l'un après l'autre dans la pièce. Ils essayèrent de le faire sortir, il ne voulut pas en entendre parler et regarda désespérément autour de lui dans la chambre.

Il entendit alors un bruit, il en était sûr, un bruit étouffé en provenance de la penderie. La voix de quelqu'un qui était bâillonné.

Il se précipita, poussant encore un autre flic et ouvrit la porte.

Deux yeux écarquillés le fixèrent dans la pénombre.

Christine.

44

Rob était assis dans le bureau de Dooley, situé au dixième étage d'un immeuble flambant neuf donnant sur la Liffey. Par les fenêtres panoramiques, on avait une vue extraordinaire sur l'embouchure du fleuve dans la mer d'Irlande, à l'est, puis sur les Wicklow, les collines verdoyantes situées au sud de la ville. En plissant les yeux, Rob distinguait Montpelier House sur l'une des hauteurs boisées, à une vingtaine de kilomètres de là.

Cela suffit à le ramener à la réalité. Il pivota sur son siège et regarda le bureau, noir de monde. Il ne s'était écoulé qu'une heure et demie depuis que la police avait donné l'assaut au pavillon qui se trouvait en bas d'Hellfire Wood. Cloncurry ne les avait recontactés qu'une seule fois, pour leur dire que Lizzie était toujours vivante. Oui, mais où était-elle ? Rob se mordit un ongle, en essayant de se faire une idée claire de la situation.

Christine, qui avait tous ses esprits, parlait avec animation.

— Vous êtes sûre que ce n'est pas la peine d'appeler les urgences ? lui demanda Forrester.

— Oui, répondit-elle sèchement. Ça va, je vous l'ai déjà dit. Ils ne m'ont pas fait de mal, et…

— Comment vous ont-ils transportée en Irlande ? voulut savoir Boijer.

— En me cachant dans le coffre d'une voiture, puis en prenant le ferry, à en juger par l'odeur de gasoil et d'eau de mer.

— Vous étiez enfermée dans le coffre ?

— Je n'en suis pas morte ! Le voyage sur la route et en bateau n'a duré que quelques heures.

— C'est bien ce que nous pensions, déclara Forrester. Ils faisaient la navette entre l'Irlande et la Grande-Bretagne, et se déplaçaient en ferry pour ne pas être obligés de passer à la douane. Je sais que c'est traumatisant, mademoiselle Meyer, mais il nous faut le maximum de renseignements, le plus vite possible.

— Ça va, inspecteur. Demandez-moi ce que vous voulez.

— Bon : de quoi vous souvenez-vous ? Savez-vous par exemple quand le groupe s'est séparé ? Car il est certain qu'ils vous ont séquestrée un jour ou deux en Angleterre, Lizzie et vous. Auriez-vous une idée de l'endroit où ce pouvait être ?

— Absolument pas, désolée.

Rob nota qu'elle s'exprimait comme au début de leur rencontre, d'une voix cassante et saccadée

— Peut-être du côté de Cambridge, reprit Christine. Le premier trajet en voiture n'a pas été très long. À peu près une heure. Nous étions enfermées dans le coffre d'une voiture, Lizzie et moi. Mais ils nous ont sorties de là, toujours ligotées et bâillonnées. Ils parlaient beaucoup, et j'imagine qu'ensuite ils se sont séparés, un jour et demi après, environ... Difficile à dire, quand on est bâillonné, avec une cagoule sur la tête et qu'on est terrorisé.

Forrester lui adressa un sourire navré.

— Je ne comprends toujours pas, intervint Boijer. À quoi bon toute cette comédie, la pauvre femme dépecée, le pieu dans le jardin... ?

— C'était pour lui une façon de torturer Rob, psychologiquement parlant. Il est comme ça, Cloncurry. Nous avons affaire à un fou extravagant qui se met en scène. N'oubliez pas que je me suis retrouvée un moment en sa compagnie. Ça n'a pas été génial…

Rob regarda dans sa direction, elle fit de même dans l'autre sens.

— Il ne m'a pas touchée. Je me demande s'il n'est pas asexué. En tout cas, c'est un exhibitionniste, un frimeur. Il adore forcer les autres à l'observer. Faire souffrir ses victimes, pour faire souffrir ensuite ceux qui les aiment…

Forrester s'était levé pour aller à la fenêtre, où le doux soleil irlandais lui caressait le visage.

— On pratiquait traditionnellement les sacrifices humains en public, c'est Hugo de Savary qui me l'a expliqué, dit-il en se retournant. C'est ce qui leur conférait une vertu propiatoire. Les Aztèques, par exemple, hissaient les malheureux au sommet des pyramides, afin que tout le monde puisse voir qu'on leur arrachait le cœur. C'est bien ça ?

— Oui, répondit Christine. Il en allait de même chez les Vikings, quand on ensevelissait un drakkar avec une ou plusieurs personnes à l'intérieur, ou dans le cas du supplice du pal qui avait cours dans les Carpates… Il s'agissait d'un véritable théâtre de la cruauté. Sans doute ce qui séduit Cloncurry…

— Et qu'il avait l'intention de mettre à exécution avec vous, ajouta doucement Forrester. Il voulait vous empaler en public dans le jardin d'une maison de campagne. Il faut croire que les types de sa bande ont déconné.

— Comment ça ?

— Ils ont ouvert le feu, précisa Dooley. À mon avis, privés de leur chef, ils ont pété les plombs.

— Pourquoi a-t-il laissé ses complices en Irlande, alors qu'à l'évidence on allait les arrêter, ou même les abattre ? demanda Boijer.

— C'est encore un sacrifice, ricana Rob, celui de ses hommes, et une fois de plus en public. Il devait sans doute assister au spectacle, lorsque la police irlandaise est intervenue et les a descendus. Il avait installé des caméras partout dans la maison. Il a dû apprécier le spectacle, sur son écran d'ordinateur.

Ce qui amenait à se poser la question essentielle.

— Où est-il passé ?

Rob regarda tour à tour les trois flics.

— Il doit à tous les coups être en Angleterre, répondit-il.

— Ou bien en Irlande, estima Boijer.

— À mon avis, il est en France, suggéra Christine. Quand j'étais sa prisonnière, je l'ai entendu déblatérer contre sa famille qui vit en France. Il la déteste, sa mère en particulier

— Je me demande si… (Boijer adressa un regard éloquent à Forrester, qui hocha la tête.)… si ce n'était pas elle, la femme qu'il a assassinée et qu'on le voit dépecer dans la vidéo.

— Quelle horreur !

Le silence retomba dans la pièce. Ce fut Rob qui reprit la parole.

— La police française surveille leur maison, non ? demanda-t-il.

— En principe, répondit Boijer. Mais on ne téléphone pas toutes les heures à nos collègues français. Et puis ils n'auraient pas localisé sa mère si celle-ci avait disparu.

— Mais comment aurait-il fait pour aller là-bas ? s'étonna Sally, visiblement remontée. Vous avez expliqué que vous veilliez au grain !

Forrester leva la main.

— On a passé au peigne fin tous les rapports des contrôleurs du ciel, contacté tous les aérodromes privés de l'est de l'Angleterre. On sait qu'ils ont les moyens de s'acheter un avion et que Marsinelli a un brevet de pilote, ce qui est peut-être aussi le cas de Cloncurry. L'ennui, soupira-t-il, c'est qu'il existe en Grande-Bretagne des milliers d'avions appartenant à des particuliers, et des dizaines de milliers dans toute l'Europe. Si Cloncurry a pu se déplacer sans problème par la voie des airs pendant des mois, voire des années, sous un faux nom, pourquoi lui ferait-on subitement des difficultés ? Il obtiendrait automatiquement l'autorisation de décoller. D'autant que nous recherchons une bande, et non un individu isolé.

Il se frotta le menton, l'air pensif.

— Quand même, je ne crois pas que les Français l'auraient laissé filer, puisqu'on a prévenu tous les ports et aérodromes, mais sait-on jamais…

— Nous voilà bien avancés, grogna Rob. Cloncurry risque d'être en Grande-Bretagne, en France ou en Irlande. Génial, seulement trois pays à ratisser ! Sans compter qu'il détient toujours ma fille et a peut-être massacré sa propre mère.

— Que devient votre amie en Turquie, Isobel Previn ? A-t-elle une chance quelconque de retrouver le Livre noir ? s'enquit Forrester.

— Elle m'a envoyé hier un texto, pour me dire qu'elle touche au but. Je n'en sais pas plus.

Sally se redressa sur son siège, le soleil semant des reflets sur ses cheveux blonds.

— Et ma fille, alors ? J'en ai marre d'entendre parler du Livre noir ! Je me fous de ce machin-là. Qu'est-ce qu'il va faire à Lizzie ?

Christine la prit dans ses bras.

— Pour l'instant, dit-elle, elle ne risque rien. Je ne lui servais à rien, n'étant que la petite amie de Rob. Mais il n'est pas idiot. Il utilisera Lizzie comme monnaie d'échange pour obtenir le Livre noir. Or il croit que Rob le détient.

— Alors que j'ignore absolument où il se trouve, soupira Rob, l'air abattu. Je lui ai menti, mais pourquoi me croirait-il ? Ce n'est pas un imbécile, tu viens de le dire…

— Tu es allé à Lalish. Je l'ai entendu parler de ça aussi. Combien de gens qui ne sont pas de confession yézidie y sont allés ? Quelques dizaines, en l'espace d'un siècle ?

C'est ce qui l'énervait. Il est obnubilé par le Livre noir, et il est certain que tu sais quelque chose, parce que tu t'es rendu là-bas. Dès lors, il me semble que pour le moment il n'y a pas lieu de trop s'inquiéter pour Lizzie.

Soudain l'ordinateur émit un petit bip. Cloncurry les contactait.

Sans dire un mot, Rob fit signe aux autres dans la pièce. Tout le monde se regroupa autour de l'ordinateur.

— Rebonjour ! lança Cloncurry. Je me suis dit que nous devrions avoir une petite discussion. Alors comme ça, vous avez réussi à coincer les débiles mentaux qui travaillaient pour moi. C'est très ennuyeux. J'avais aussi prévu de soumettre quelqu'un au supplice du pal, comme vous devez le savoir. Avez-vous vu ce grand pieu dans le jardin ?

— Oui, répondit Dooley.

— Ah, inspecteur Dooley ! Comment allez-vous ? Dommage que nous n'ayons pas eu l'occasion de rôtir à la broche cette connasse de Française. Jouer comme ça du couteau pour rien... J'aurais au moins dû la torturer, la salope, comme j'en avais l'intention. Mais j'ai eu d'autres préoccupations. Au fond, peu importe... il me reste mes amis. À ce propos, il y en a une ici avec moi. Allez, viens dire bonjour !

Cloncurry tendit le bras pour attraper quelque chose.

La tête d'un être humain.

Plus exactement celle d'Isobel Previn, blême et en décomposition.

— Allez, Isobel, dis quelque chose ! Dis bonjour à ces messieurs dames !

Il agita la main et fit hocher la tête.

Christine fondit en larmes. Horrifié, Rob écarquillait les yeux.

Radieux, Cloncurry se rengorgeait.

— Voilà, elle vous dit bonjour. Mais maintenant, elle a envie, je crois, de retourner dans son coin. Je lui en ai aménagé un exprès, eu égard à ses succès en matière d'archéologie.

Il se leva, fit un pas en avant et lança la tête d'un coup de pied. Elle atterrit dans une corbeille en faisant un bruit sourd.

— Je me suis entraîné pendant des heures, expliqua-t-il en se retournant vers la caméra. Bon, où en étais-je ? Ah oui, Robert, le soi-disant journaliste. Salut ! Je suis ravi que tu aies pu venir. Ne t'inquiète pas, elle est toujours saine et sauve, comme je te l'ai déjà dit. Tenez…

Il se pencha en avant et orienta la webcam en direction de Lizzie, attachée à une chaise, vivante et apparemment en bonne santé. Il remit ensuite l'appareil dans sa position initiale.

— Comme tu peux le constater, mon cher Robert, elle se porte comme un charme. Pas comme Isobel. Je suis vraiment désolé de t'avoir joué cette petite blague avec ses organes vitaux, mais c'était plus fort que moi. J'étais là, en Turquie, à me baguenauder dans ces petites rues dégueulasses, et qui voilà ? Isobel Previn, la célèbre archéologue ! Or je les connais, moi, les archéologues, je sais qu'elle a travaillé avec Hugo de Savary, qu'elle a été le professeur de Christine Meyer, qu'on lui a décerné plusieurs prix, que c'est une spécialiste de l'Assyrie et qu'elle n'ignore rien du yézidisme. Et elle était vouée à prendre sa retraite à Istanbul, avec toute sa collection de godes… (Il ricana.) Oui, la coïncidence était trop belle. On l'a enlevée, on lui a filé quelques claques, et elle a parlé, Robbie, en nous donnant des précisions très intéressantes. Alors, ç'a fait tilt, dans ma tête, j'ai eu l'idée de cette petite mise en scène. Avec les cagoules, la casserole et son intestin grêle. Ça t'a plu ? J'espérais ainsi te faire croire que Christine était en train d'expirer sous tes yeux, après avoir été dépecée, ses organes cuisant dans leur jus, puis, et c'est là que ça devient génial, que tu irais en Irlande et la verrais expirer une seconde fois, d'une façon éminemment grotesque, puisqu'elle serait alors empalée sur un pieu. Combien de gens ont l'occasion de voir ceux qu'ils aiment mourir deux fois sous la torture ? D'abord cuits au court-bouillon, puis embrochés, hein ?

On avait l'impression qu'il s'attendait à des bravos et à des acclamations.

— Si seulement, reprit-il, mes abrutis de collaborateurs ne s'étaient pas mis à tirer sur les flics, ce qui a tout fait foirer, sans que j'aie le temps de passer Christine à la broche ! Ah ! là, là ! tu veux que je te dise, on ne trouve plus de personnel convenable à notre époque. Pourtant cela aurait été formidable, oui, formidable.

Son élocution se brouilla, et il prit un air absent. Rob adressa un regard éloquent à Forrester, qui hocha la tête.

— Et non, je ne suis pas en train de devenir fou, déclara Cloncurry en rigolant, car je le suis déjà ! Tu l'auras sans doute remarqué. Seulement, je suis bien plus intelligent que toi. Tu sais ce que je veux. Tu t'es rendu compte que j'ai enlevé Lizzie et que, si je ne l'ai pas tuée, c'est uniquement parce que je compte bien entrer en possession du Livre noir. Or, tu sais où il se trouve, Rob, Isobel me l'a dit. Elle m'a expliqué ce qui s'est passé à Lalish. Il a fallu lui couper une oreille pour l'apprendre, mais elle a fini par nous le raconter. Le principal, c'est qu'elle nous ait avoué que tu l'avais envoyée ici chercher le Livre noir parce que tu ne pouvais y revenir, vu que ce distingué policier, l'honorable Kiribali, t'enverrait tout de suite au trou. Désormais, Rob, il ne te reste plus qu'une journée, car ma patience a des limites. Où se trouve le Livre noir. À Harran ? À Mardin ? À Sogmatar ? Où allait-elle se rendre, Isobel Previn ? On l'a torturée de notre mieux, mais c'était une gouine courageuse, et ça, elle n'a pas voulu nous le révéler. Si tu ne me donnes pas ta réponse sous vingt-quatre heures, je vais mettre ta petite Lizzie dans un bocal. (Il hocha la tête, l'air grave.) Je suis un homme raisonnable, Robbie, mais ne te laisse pas abuser par ma bonté. À dire vrai, j'ai le sang chaud, et il m'arrive de me fâcher tout rouge…

Maintenant, c'est à vous que je m'adresse, Sally, l'ex-madame Luttrell. Il ne vous reste plus que vingt-quatre heures pour réfléchir à tout ça, et éviter que je n'enferme votre fille vivante ! Aussi, je vous dis à très bientôt !

45

Revenue s'asseoir sur le canapé, Sally pleurait en silence. Rob la prit par l'épaule.

Christine fut la première à se ressaisir.

— Bon, dit-elle en séchant ses larmes, on sait qu'il se trouve à Sanli Urfa. Ce qui signifie qu'il devait penser la même chose que… cette pauvre Isobel.

— À savoir qu'Austen Layard est allé en Turquie restituer le Livre noir aux yézidis, c'est ça ? demanda Rob.

— Exactement. Il a sûrement emprunté son avion privé en embarquant Lizzie avec lui.

— Oui, dit Forrester, et il fait peut-être la navette depuis des mois, sous une fausse identité. On va se renseigner auprès des responsables du contrôle aérien turc.

Rob se récria.

— Vous ne connaissez pas le Kurdistan ! S'il est malin, et il l'est, il a très bien pu atterrir clandestinement, dans des zones qui échappent aux autorités. Ou alors il a pu se poser dans le Kurdistan irakien, et a ensuite franchi la frontière avec la Turquie.

— Mais alors, qu'allons-nous faire ?

— On cherche dans le coin. Ici, en Irlande, répondit Christine.

— Hein ?

— Le Livre noir ne se trouve pas à Sanli Urfa, comme

le croyait Isobel. Je suis persuadée qu'il n'a pas bougé d'ici.

Les policiers se regardèrent, Rob fit la grimace.

— Comment ça ?

— J'ai eu tout le temps de réfléchir, enfermée dans la penderie, et je pense que Layard est allé là-bas soudoyer les yézidis et acheter leur silence. Il ne sert donc à rien de retourner au Kurdistan.

— Dans ce cas, où est-il, ce fameux bouquin ?

— On va sortir un peu. J'ai besoin de m'éclaircir les idées.

Ils la suivirent docilement et allèrent se promener sur les quais, où l'on avait érigé toute une série de statues d'individus qui n'avaient plus que la peau sur les os.

— Le monument commémoratif aux victimes de la famine de 1845, expliqua Dooley. Les gens qui mouraient de faim faisaient la queue ici, en attendant de trouver un bateau pour New York.

Il se tourna et désigna des immeubles flambant neufs.

— Autrefois, il n'y avait là que des docks, des taudis et des bordels. C'était Monto, le quartier chaud, où James Joyce allait aux putes… Aujourd'hui, on n'y trouve plus que des bistros branchés où on vous sert de la cuisine euro-asiatique.

— Tout a changé, radicalement changé…, murmura Christine, qui ensuite ne dit plus un mot.

Rob la regarda et vit tout de suite qu'elle avait compris quelque chose.

Ils s'arrêtèrent devant une passerelle très chic et regardèrent les eaux grises du fleuve couler lentement vers la mer d'Irlande.

Christine demanda alors à Forrester de lui répéter le mot bizarre que Hugo de Savary avait écrit juste avant de mourir.

— « Erseur ».

— « Erseur » ?

— Oui, écrit comme ça se prononce : ERSEUR.

Tout le monde se tut. Des mouettes criaient. Sally posa la question qui était sur toutes les lèvres :

— Qu'est-ce que ça peut vouloir dire, « erseur » ?

— On n'en sait rien du tout, répondit Forrester.

Rob, qui observait Christine, nota qu'elle esquissait un sourire.

— James Joyce ! s'écria-t-elle. James Joyce. La voilà, la réponse !

Rob fronça les sourcils.

— Je ne vois pas le rapport.

— C'est de ça que me parlait Hugo, la dernière chose qu'il m'ait dite avant que les types de la bande ne débarquent chez lui pour l'assassiner. Il m'a expliqué qu'il avait élaboré une nouvelle hypothèse, à propos du Livre noir. Et c'est à ce moment-là qu'il a fait allusion à Joyce.

Elle regarda Rob.

— Et il savait que je t'incitais à lire *Ulysse* et *Portrait de l'artiste en jeune homme*.

— Sans grand succès.

— Certes, mais quand même. J'y ai pensé pendant qu'ils me séquestraient. Et maintenant… erseur.

Elle attrapa un crayon dans son sac à main et griffonna le mot sur un carnet.

ERSEUR

Elle regarda son œuvre.

— « Erseur », « erseur », « erseur », ce mot n'existe pas. Mais il est là uniquement parce que Savary essayait de berner les assassins.

— Hein ?

— S'il avait écrit le mot en entier, ils l'auraient peut-être remarqué, et Cloncurry aurait sans doute compris de quoi il s'agissait. Hugo ne pouvait pas savoir s'ils allaient revenir ou non. Aussi, il a noté un mot qui apparemment ne veut rien dire, mais que quelqu'un, pensait-il, arriverait à interpréter. Toi, Rob, par exemple. Si tu l'avais déjà lu ou entendu.

Rob haussa les épaules.

— Je ne saisis toujours pas.

— Évidemment, tu n'as jamais lu Joyce, même si personnellement je le trouve passionnant. Et puis, il faut pour ça bien connaître ses livres. On adorait parler de Joyce, Hugo et moi. Ça donnait lieu à des discussions interminables.

— Bon d'accord, mais alors qu'est-ce que ça signifie, « erseur » ?

— Comme tel, ça ne veut rien dire. Mais il suffit d'ajouter une lettre pour former un mot complet. Si l'on met un « v » devant, ça devient « verseur ».

Rob soupira.

— Tout cela est bien joli, Christine, mais c'est quoi, un verseur ? Et comment ça peut nous aider à sauver Lizzie ?

— C'est un mot que l'on trouve dans le premier chef-d'œuvre de Joyce, *Portrait de l'artiste en jeune homme*. Et à mon avis, il doit nous fournir un indice sérieux.

Elle regarda autour d'elle.

— N'oubliez pas que Joyce en savait plus sur Dublin que n'importe qui. Il connaissait toutes les légendes, toutes les anecdotes.

— OK, fit Rob, toujours peu convaincu.

— Le club des Feux de l'Enfer ne devait pas avoir de secrets pour lui.

Christine referma son calepin d'un coup sec.

— À mon avis l'endroit du livre où est écrit « verseur » nous indiquera ce qui est indispensable pour sauver Lizzie.

Elle regarda de l'autre côté du fleuve.

— Il me semble qu'il y a là-bas une librairie.

Rob pivota sur ses talons. Sur l'autre rive de la Liffey aux eaux paresseuses, on apercevait une Eason[1].

Ils franchirent tous les six le fleuve et entrèrent ensemble dans le magasin, à la surprise du jeune vendeur. Christine se

1. Chaîne de librairies en Grande-Bretagne (*N.d.T.*).

dirigea aussitôt vers le rayon consacré à la littérature irlandaise et se jeta sur un exemplaire de *Portrait de l'artiste en jeune homme*, qu'elle feuilleta fébrilement.

— Voilà le passage en question, dit-elle.

— Lis-le-nous.

— On est au milieu du roman. Stephen Dedalus est allé voir son directeur d'études, le doyen de la faculté de littérature à University College. Ils discutent philologie. C'est là que ça nous intéresse : « Pour en revenir à la lampe, dit-il, l'alimentation de celle-ci présente aussi un problème délicat. Il faut choisir l'huile pure… ne pas verser plus que l'entonnoir ne peut contenir. Quel entonnoir ? demanda Stephen. L'entonnoir au moyen duquel vous versez l'huile dans votre lampe. C'est cela ? dit Stephen. Cela s'appelle donc un entonnoir ? N'est-ce pas un verseur ? »

— Ils discutent d'entonnoirs… Où est-il question du club des Feux de l'Enfer ?

— Il faut pour ça revenir un peu en arrière.

Elle tourna les pages, scruta le texte.

— Voilà : « Mais les arbres de St Stephen's Green embaumaient sous la pluie et le sol saturé d'eau exhalait son odeur mortelle, léger encens s'élevant des milliers de cœurs à travers l'humus… et il savait qu'en pénétrant dans le sombre collège, dans un instant, il aurait le sentiment d'une corruption autre que celle de Buck Egan et de Burnchapel Whaley. »

Rob était suspendu à ses lèvres.

— Attends, ce n'est pas fini.

Elle tourna une autre page et reprit sa lecture :

— « Il était trop tard pour se rendre au cours de français. Il traversa le vestibule, prit le corridor de gauche conduisant à l'amphithéâtre de physique. Le corridor était obscur et silencieux, mais point dépourvu d'une obscure surveillance. Pourquoi éprouvait-il cette impression ? Était-ce parce qu'il avait entendu dire que, du temps de Buck Whaley, il existait là un escalier dérobé ? »

Elle referma le livre.
Silence de mort dans la librairie.
— Ah…, fit Dooley.
— Oui ! s'exclama Boijer.
— Ça n'est tout de même pas aussi évident, ronchonna Sally. Un escalier secret ? Carrément ? Pourquoi ces horribles individus ne seraient-ils pas allés voir de ce côté-là ?
— Ils ne lisent peut-être pas Joyce, répondit Forrester.
— Sur le plan historique, ça se tient, estima Dooley. Il existe réellement un lien avec les Whaley, car c'est Richard Burnchapel Whaley qui a fait construire l'un des deux grands bâtiments qui donnent sur St Stephen's Green.
— Il existe toujours, cet immeuble ? demanda Rob.
— Bien sûr. Il abrite encore des locaux qui dépendent de University College, me semble-t-il.
Rob se dirigeait vers la sortie.
— On y va. Qu'est-ce que vous attendez ? Il ne nous reste qu'une seule journée !
En marchant vite, ils arrivèrent à une grande place de style géorgien, où des édifices imposants faisaient face à un parc splendide. Pelouses et jardins invitaient à la promenade, et le soleil perçait à travers les frondaisons. Rob imagina un instant sa fille en train de jouer ici.
La vieille fac occupait l'un des immeubles les plus vastes de la place, un bâtiment sobre et élégant, tout en pierre de Portland. Il était difficile d'associer cet édifice impressionnant avec les frasques et la folie meurtrière de Burnchapel Whaley ou les turpitudes de son fils.
Dooley sonna, tandis que Christine et Rob faisaient quelques pas sur le trottoir. Sally choisit d'attendre sur un banc de la place proprement dite, Forrester la laissant sous la protection de Boijer. Dooley commença par discuter avec la personne qui lui avait répondu, puis il déclina son identité et on lui ouvrit aussitôt. Le hall d'entrée était presque aussi remarquable que la façade, décoré de superbes volutes en plâtre.

— Eh ben, fit Dooley.

— Oui, nous en sommes très fiers.

C'était un accent américain, celui de la Nouvelle-Angleterre. Un homme d'une cinquantaine d'années, vêtu d'un costume impeccable, se porta prestement à leur rencontre dans le hall et tendit la main à Dooley.

— Ryan Matthewson, doyen de Newman House. Bonjour, monsieur l'inspecteur…

Tout le monde se présenta, Forrester lui montra sa plaque. Le doyen les invita à le suivre jusqu'à la réception, une pièce en désordre.

— L'effraction date de la semaine dernière, messieurs, dit-il. Je ne vois pas très bien pourquoi on vous envoie ici aujourd'hui.

Rob eut un sombre pressentiment.

— Une effraction ? Comment ça ? demanda Dooley.

— Oh, rien de grave. Il y a quelques jours, des jeunes se sont introduits dans une cave. Sans doute des drogués. On ne les a pas attrapés. Ils ont littéralement saccagé l'escalier, allez savoir pourquoi… Mais la police nous a envoyé un agent. On a déjà passé tout ça en revue ; il a d'ailleurs consigné mes déclarations.

Rob et Christine se regardèrent tristement. Il en fallait cependant davantage pour décourager Dooley et Forrester. Ce dernier résuma au doyen l'histoire de Burnchapel Whaley et lui expliqua ce que s'efforçait de retrouver Cloncurry. À sa façon de présenter les choses, Rob comprit qu'il essayait de ne pas trop en dire, de peur de semer la confusion dans l'esprit de son interlocuteur et de l'effrayer, ce qui, semble-t-il, fut néanmoins le cas.

— C'est extraordinaire ! Vous pensez donc que ces gens étaient à la recherche de l'escalier secret ? Celui dont parle Joyce dans *Portrait de l'artiste en jeune homme* ?

— Oui, répondit Christine. Ce qui signifie que nous arrivons trop tard. Si ces types n'ont rien trouvé, c'est qu'il n'y a rien.

— En réalité, ils n'avaient pas besoin d'entrer ici par effraction. Ils auraient pu venir lorsque nous organisons une journée portes ouvertes.

— Hein ?

— Ce n'est pas un mystère. Loin de là. Il existait effectivement un escalier secret, que l'on a découvert lorsqu'on a entrepris de gros travaux de rénovation. C'est désormais le principal escalier de service à l'arrière de l'immeuble.

— Si bien qu'ils n'ont pas regardé là où il fallait ? reprit Dooley.

Matthewson acquiesça d'un signe de tête.

— J'en ai l'impression, en effet. Ça ne manque pas de sel ! S'ils étaient venus me demander où il était, je le leur aurais dit. Mais j'imagine que ce n'est pas ainsi que ces gens-là procèdent. Enfin…

— Alors il est où, cet escalier ? demanda Rob.

— Suivez-moi.

Trois minutes plus tard ils se retrouvaient à l'arrière du bâtiment, face à un petit escalier en bois qui reliait le rez-de-chaussée à une sorte de mezzanine. Mal éclairé, il était bordé de sombres boiseries en chêne.

Rob s'accroupit sur les planches et frappa dessus avec le poing. Hélas, ça ne sonnait pas creux. Christine s'y mit à son tour.

Le doyen se pencha pour voir, l'air inquiet.

— Qu'est-ce que vous faites ?

— Je me disais que si l'on avait caché ici quelque chose, ce devait être sous l'une de ces marches.

— Vous avez l'intention d'abîmer cet escalier ?

— Bien sûr. On n'a pas le choix.

Le visage du doyen s'empourpra.

— Mais il s'agit là de l'un des bâtiments de Dublin les mieux protégés ! Vous ne pouvez pas vous permettre de tout démonter. Je comprends parfaitement que vous traversez une épreuve très pénible, mais…

Rob se renfrogna et s'assit dans l'escalier, essayant de garder son calme. Forrester toucha un mot à Dooley, qui s'adressa ensuite à Matthewson.

— On dirait qu'une couche de peinture ne lui ferait pas de mal.

— Je vous demande pardon ?

— L'escalier. Je le trouve un peu austère. Il a besoin qu'on le rafraîchisse un peu.

Le doyen soupira.

— On ne pouvait pas s'occuper de tout. Tous nos crédits, ou presque, ont été consacrés à la restauration des volutes en plâtre.

— Les moyens, nous les avons.

— Pardon ?

— La police a les moyens. Si nous sommes contraints de casser deux ou trois marches d'escalier dans le cadre de l'enquête, nous vous dédommagerons.

Dooley lui donna une tape sur l'épaule.

— Et vous constaterez que nous savons nous montrer très généreux.

Matthewson finit par sourire.

— Suffisamment pour refaire la peinture et quelques marches ? Et peut-être aussi une ou deux salles de cours ?

— J'espère bien.

Le doyen eut l'air pleinement rassuré.

— Bon, d'accord. Je crois pouvoir expliquer ça au conseil d'administration… Même si je ne suis pas certain que vous cherchiez bien là où il faut.

— Vous pensez à autre chose ?

— Oh, c'est juste une idée comme ça.

— Dites toujours.

— Eh bien, j'ai toujours cru…

Il regarda l'escalier qui montait.

— Je me suis parfois demandé, reprit-il, pourquoi ce petit escalier décrit un coude, en haut. C'est gênant quand on est chargé de livres, on risque de trébucher car on n'y voit pas grand-chose. Un étudiant s'est cassé la cheville à Noël.

Rob était déjà en train de le grimper quatre à quatre, Christine sur ses talons. Effectivement, l'escalier décrivait une courbe. Il débouchait sur un mur lambrissé, puis obliquait brusquement sur la gauche. Rob contempla le mur lambrissé, le frappa. Il sonnait creux.

Tout le monde se regarda. Matthewson était maintenant rouge comme une pivoine.

— Extraordinaire ! Il va sans doute falloir l'ouvrir. Il y a un burin et une lampe torche dans la cave. Je vais les chercher…

— Inutile.

Rob sortit de sa poche un couteau suisse et déplia la lame la plus solide.

Il l'enfonça dans le mur. Christine, Dooley, Forrester et Matthewson se taisaient. Il perça sans difficulté le bois mince, comme s'il s'agissait d'une cloison artificielle. Puis fit tourner la lame pour avoir de la prise, et la descendit en tranchant le panneau, qui ne tarda pas à céder. Forrester en attrapa un coin, et ils l'ôtèrent de son cadre.

Derrière, ils distinguèrent un réduit sombre avec une paroi inclinée, d'où s'échappait une odeur de moisi. Rob se pencha à l'intérieur, y promena la main.

— Nom d'un chien, on n'y voit rien…

Christine sortit son portable et alluma la petite lampe intégrée.

Rob et Forrester restèrent médusés, Dooley poussa un juron, Christine se mit la main devant la bouche.

Au fond du cagibi, enveloppée de toiles d'araignées et couverte de poussière, était posée une grande malle en cuir toute déformée.

46

Rob plongea le bras dans le noir, en poussant quelques grognements, et fit glisser l'objet sur les planches jusqu'à l'escalier.

C'était une vieille malle ronde à couvercle plat, en cuir craquelé et passablement cabossé. On aurait dit le bagage d'un aristocrate du XVIIIe siècle. Cette malle correspondait parfaitement au style du bâtiment dans lequel elle était restée si longtemps dissimulée.

Christine en épousseta le haut, et une inscription en lettres d'or apparut :

TW, anno domini 1791

Rob et elle se regardèrent.

— Thomas Whaley, dit-elle.

— Avant qu'il ne se rende en Palestine, et ne devienne ainsi Jerusalem Whaley…

Le doyen était dans tous ses états.

— Excusez-moi, mais cela ne vous dérangerait pas qu'on transporte cette malle ailleurs ? Il y a sans cesse des étudiants qui empruntent l'escalier, et… je préférerais un peu plus de discrétion.

Forrester et Dooley étaient de son avis. Rob ramassa la malle et la porta comme s'il s'agissait d'un tambour. Elle n'était pas lourde, juste encombrante, et l'on entendait brinquebaler quelque chose à l'intérieur. Il s'efforça de la tenir le plus droite possible. Chaque seconde qui s'écoulait était une seconde perdue, et il ne cessait de penser à Lizzie, dont le sort serait bientôt scellé.

Il monta l'escalier derrière Matthewson et le suivit dans un petit couloir jusqu'à son bureau, une pièce lumineuse qui donnait sur St Stephen's Green.

Forrester regarda Sally et Boijer qui attendaient en bas, assis sur un banc.

— Une minute, dit-il.

Il sortit son portable.

On déposa la malle sur le bureau.

— Bon, fit Dooley, maintenant ouvrons-la.

Christine était déjà en train de l'examiner.

— Ces vieilles boucles sont toutes rouillées, observa-t-elle à mi-voix, essayant en vain d'en faire bouger une.

Dooley s'escrima avec une autre.

— Rien à faire.

Rob s'avança, son couteau à la main.

— Nom d'un chien, ma fille attend !

Il posa un genou à terre et trancha les courroies l'une après l'autre.

Il se releva. Forrester ouvrit le couvercle. Tout le monde se pencha sur le contenu de la malle, contemplant pour la première fois depuis deux cent cinquante ans le Livre noir.

Sauf qu'il ne s'agissait pas d'un livre.

— Ça alors ! s'exclama Dooley.

Au fond de la malle se trouvait un crâne.

Un drôle de crâne, qui avait l'air humain, mais pas tout à fait, avec des pommettes fuyantes, un peu comme celles d'un oiseau, des orbites bridées et larges, et un sourire cruel.

Rob le reconnut tout de suite.

— C'est exactement le même que celui que j'ai vu à Lalish. Le crâne d'un être moitié homme, moitié oiseau. Qu'est-ce que c'est que ce machin-là ? Christine, toi qui t'y connais, qu'en penses-tu ?

Elle sortit le crâne de la malle.

— Il est très bien conservé, dit-elle en passant en revue la boîte crânienne et la mâchoire inférieure. On a dû le traiter pour éviter qu'il ne tombe en poussière.

— Mais de quand date-t-il ? Est-ce celui d'un être humain ?

Christine s'approcha des grandes fenêtres à guillotine et leva le crâne à la lumière.

— Il s'agit à l'évidence du crâne d'un hominidé, mais qui était aussi un hybride.

La porte s'ouvrit. Boijer et Sally entrèrent et restèrent médusés en voyant le crâne dans les mains de Christine.

— C'est ça ? fit Boijer. C'est ça, le Livre noir ? Le crâne d'un être humain ?

— Oui, répondit Rob.

— Il n'est pas tout à fait humain, corrigea Christine. C'est bien celui d'un hominidé, mais l'on note de grandes différences avec celui d'un *Homo sapiens*. Tenez, regardez : une boîte crânienne très développée, un plan sagittal plus marqué, et puis les cavités orbitaires… C'est très curieux.

— Ce serait donc le fruit d'un croisement entre un être humain et… et quoi ? demanda Rob.

— Aucune idée. Pas un homme de Neandertal, pas un *Homo habilis*, mais un type d'être humain inconnu, doté d'une boîte crânienne très volumineuse.

— Je croyais que l'être humain ne pouvait pas se reproduire avec une autre espèce. Il me semblait d'ailleurs qu'il en allait de même pour tous les êtres vivants.

— Pas forcément. On observe parfois des croisements entre certaines espèces, comme entre les lions et les tigres. C'est rare, mais ça arrive. Et on a relevé chez l'homme des exemples d'hybridation de ce genre au cours de son évolution. Divers spécialistes estiment que l'on a assisté à des croisements entre l'*Homo sapiens* et l'homme de Neandertal.

Elle posa le crâne sur le bureau. Dooley continuait à examiner l'intérieur de la malle.

— Il y a autre chose dedans.

Il y plongea la main et en sortit un document. Stupéfait, Rob le regarda le déposer à côté du crâne sur le bureau du doyen.

Il s'agissait d'un très vieux parchemin jauni et froissé, dont se dégageait une odeur de fleurs fanées.

Rob le déplia complètement, de manière à ce que Christine puisse le consulter. On y voyait une carte sommaire, accompagnée de quelques lignes rédigées dans une écriture très ancienne.

— De l'araméen, dit-elle aussitôt. C'est de l'araméen, mais une variante extrêmement rare. Il faut que je regarde ça de près.

Rob jeta un coup d'œil au crâne et à son sourire moqueur, semblable à celui de Cloncurry.

Cloncurry ! Il se ressaisit. Ils venaient de retrouver le Livre noir, et il fallait immédiatement le prévenir. Il obtint l'autorisation de se servir de l'ordinateur de Matthewson et de sa webcam.

Il alluma l'appareil. Quelques instants plus tard, Cloncurry lui faisait face.

— Ah, Robbie ! J'imagine que tu as récupéré le Livre noir. Dans un abribus, peut-être, ou bien dans une salle de bingo ? persifla son interlocuteur.

Pour le faire taire, Rob lui montra le crâne.

Cloncurry, les yeux écarquillés, déglutit.

Rob ne l'avait encore jamais vu aussi dérouté.

— Tu l'as, hein, tu l'as pour de bon. Et les documents ? Il n'y avait pas autre chose avec ?

Sally tendit le parchemin à Rob pour qu'il le fasse voir à Cloncurry, qui cette fois parut soulagé.

— Et dire que pendant tout ce temps il était en Irlande ! Isobel Previn se trompait, tout comme moi. Il ne fallait pas suivre la piste d'Austen Layard. Ce texte n'est même pas rédigé en écriture cunéiforme ! Où l'as-tu découvert, au juste ?

— Dans la Newman House.

Cloncurry observa un moment de silence, puis partit d'un rire amer et sardonique.

— Sous l'escalier secret ? Nom d'un chien, je leur avais pourtant demandé de chercher comme il faut. Quelle bande d'imbéciles !

Recouvrant son sérieux, il fixa la caméra, l'air insolent et dédaigneux.

— Enfin, maintenant on n'y peut plus rien, ils sont morts. Mais toi, tu as toujours la possibilité de sauver la vie de ta fille si tu m'apportes le Livre noir, enfin, le crâne et le document. D'accord ? Et je le veux avant… Et merde, ça recommence, encore un délai. Il va vous falloir combien de temps pour venir ici ?

Rob voulut prendre la parole, mais Cloncurry leva la main.

— Ta gueule. Voilà ce que je te propose : je te donne encore trois jours, c'est bien suffisant. Cela dit, crois-moi sur parole, ma patience a des limites.

Il gloussa.

— Et quand vous allez vous pointer, Christine et toi, n'amenez pas vos copains flics avec vous. Ils ne vous serviront à rien, tout bonnement parce que Kiribali et les Kurdes ne vont pas beaucoup vous aider, tu dois t'en douter. Donc, dépêche-toi, Rob. Saute dans un avion et apporte-moi le Livre noir, je te rendrai alors Lizzie en un seul morceau. Il te reste soixante-douze heures, c'est tout. Ciao ciao.

Cloncurry mit un terme à la communication.

Ce fut Forrester qui rompit le silence.

— Il va bien sûr falloir contacter la police locale, en Turquie. Je vais joindre le ministère de l'Intérieur. On ne peut pas envoyer comme ça des hommes là-bas. Cette affaire de meurtre est particulièrement compliquée, vous vous en rendez compte.

Rob plissa les yeux.

— Évidemment.

— Désolé si cela a un petit côté bureaucratique, mais on va aller vite, très vite, je vous le promets. Simplement, il faut être prudent ; or ce type est dingue. Si vous allez là-bas tout seul, rien ne prouve qu'il ne va pas vous liquider. On a donc besoin de la coopération des autorités locales.

Rob repensa à Kiribali, à son sourire malsain et aux menaces qu'il lui avait adressées à l'aéroport.

— Ça tombe sous le sens.

Matthewson avait manifestement envie que tout ce beau monde débarrasse le plancher, mais par politesse il n'osait pas le dire. Ils sortirent à la suite de Rob, qui transportait le crâne et la carte enfermés dans la vieille malle en cuir. Derrière lui, Sally et Christine échangeaient quelques mots. Fermant la marche, les trois flics discutaient avec animation, à deux doigts de se disputer.

Rob vit Forrester tendre l'index en direction de Boijer.

— Pourquoi sont-ils en train de s'engueuler ?

Christine haussa les épaules.

— Qu'est-ce que j'en sais…

Rob regarda alternativement les deux femmes, entre lesquelles il se trouvait.

— Est-ce que vous vous dites la même chose que moi ?

— Oui, je suis d'accord avec toi, répondit Christine, la police va tout faire foirer.

— Exactement. S'adresser au ministère de l'Intérieur, puis aller voir Kiribali… Ils sont tombés sur la tête, ou quoi ? Kiribali est sans doute de mèche avec Cloncurry. Qui d'autre que lui peut lui donner un coup de main ?

— Et s'ils s'adressent au gouvernement turc, ça va prendre un temps fou, ils vont se mettre à dos les Kurdes et l'affaire se terminera en un fiasco retentissant. Ils ne peuvent pas comprendre, ils ne sont jamais allés à Sanli Urfa…

— Tu ferais peut-être bien de partir tout de suite.

Sally se pencha vers Rob pour lui prendre la main.

— Vas-y, emporte le Livre noir, enfin, le crâne, et remets-le à Cloncurry.

— Absolument. Et puis je connais à Sanli Urfa quelqu'un qui peut m'aider.

— Cela étant, on ne peut pas croire Cloncurry sur parole, reprit Christine. Forrester a raison. Il est à l'affût du Livre noir, mais une fois qu'il le détiendra il risque de t'assassiner.

— Comment va-t-on faire ? demanda Rob, démoralisé.

— J'ai une idée. J'ai vu la carte

— Hein ?

— Quand on était dans le bureau. Le parchemin est écrit en araméen, la langue parlée par les Cananéens. Je crois être capable de déchiffrer ce texte.

— Et alors ?

— Montre-le-moi encore une fois.

Rob ouvrit la malle, sortit le parchemin et le déplia.

— C'est ce que je pensais, déclara Christine.

Elle désigna une ligne.

— On explique ici que le « grand crâne de nos ancêtres » vient de… « la vallée du Massacre ».

— De quoi s'agit-il ?

— On ne le précise pas.

— Génial… Et ça parle de quoi, ce texte ?

— Il fait allusion au livre d'Énoch, mais sans le citer nommément. « C'est dans la vallée du Massacre que sont morts nos ancêtres », lit-on ici. Et puis il est précisé que cette vallée se trouve à une journée de marche du « lieu de culte », en allant vers l'endroit où le soleil se couche.

— Et la carte ?

— Elle représente une rivière et les vallées environnantes. Tiens, là, il y a un autre indice. Le lieu de culte s'appelle aussi « la colline du nombril ». C'est ça !

Complètement largué, Rob regarda Christine, qui était en pleine ébullition.

— La colline du nombril. Tu ne t'en souviens pas ?

Il fit signe que non, l'air hagard.

— C'est la traduction de Göbekli Tepe.

De l'autre côté de la pelouse, les flics terminaient leur discussion et se serraient la main.

— D'après ce parchemin, la vallée du Massacre est à une journée de marche de Göbekli Tepe, en allant vers l'ouest. Et c'est de là que vient ce crâne, tout comme c'est là-bas que nous risquons d'en découvrir d'autres du même genre. Nous devons faire en sorte que ce soit Cloncurry qui vienne à nous, et non le contraire. Si nous découvrons le secret auquel renvoie le Livre noir, c'est-à-dire ce crâne et cette carte, si nous procédons à des fouilles dans la vallée du Massacre et mettons au jour ce qui est à la base de tout ça, il va nous supplier pour être informé. Car c'est bien dans la vallée du Massacre qu'est enfoui ce secret qui a gâché la vie de Jerusalem Whaley quand il lui fut révélé, et que Cloncurry voudrait voir enseveli à jamais. Il ne nous restera plus qu'à menacer de le divulguer pour qu'il nous remette Lizzie.

Les flics venaient maintenant à leur rencontre. Forrester se frottait les mains.

— Il commence à faire frisquet. Si on allait à l'aéroport ? Il faut que je mette le ministère de l'Intérieur sur le coup. On va les asticoter, à Londres, Rob, je vous le promets.

Rob hocha la tête. Derrière l'inspecteur principal se dressait la Newman House, à la façade toute grise. Il se l'imagina un instant à l'époque où Buck Whaley et Buck Egan y faisaient la fête, à la lueur vacillante des lampes géorgiennes, les deux jeunes hommes riant aux éclats en mettant le feu à des chats noirs aspergés de whisky…

47

À Londres, Christine et Rob prirent le soir même l'avion pour la Turquie, après avoir menti sans vergogne à Forrester et Boijer.

Ils emportaient avec eux le Livre noir. À Heathrow, Christine fut obligée de montrer ses papiers d'archéologue et de faire son plus beau sourire à l'agent de service pour obtenir le droit de passer avec ce crâne bizarre. Il leur fallut encore redoubler de prudence une fois en Turquie. Ils firent escale à Istanbul, prirent un autre avion pour Dyarbakir et effectuèrent ensuite un trajet de six heures en taxi pour rejoindre Sanli Urfa au petit matin. Ils ne voulaient surtout pas prévenir Kiribali de leur arrivée en débarquant à l'aéroport de la ville.

Ils descendirent à l'hôtel Harran, au centre de la ville écrasée de chaleur. Juste à l'extérieur, Rob retrouva Radevan, qui s'abritait du soleil en discutant bruyamment football avec d'autres chauffeurs de taxi et qui avait l'air un peu grognon ; on était en plein ramadan, et passer une journée entière sans boire ni manger mettait tout le monde de mauvaise humeur.

Rob lui demanda s'il pouvait trouver des gens qui les aideraient à effectuer des fouilles dans la vallée du Massacre. Il aurait aussi besoin d'armes, afin de parer à toute éventualité.

Après quelques hésitations, Radevan partit « consulter » ses innombrables cousins. Il revint une heure après avec sept amis ou membres de sa famille, tous kurdes. Entre-temps, Rob était allé acheter des pelles d'occasion et avait loué deux antiques Land Rover.

Cela promettait d'être le champ de fouilles le plus improvisé depuis longtemps, mais ils n'avaient pas le choix, il ne leur restait que deux jours pour trouver la réponse à leurs interrogations. En outre, Radevan avait réussi à se procurer deux fusils de chasse et un pistolet allemand, dissimulés dans un vieux sac élimé.

— Vous voyez, dit-il, je vous donne un coup de main. J'aime bien les Anglais, ils ont aidé les Kurdes.

Il sourit jusqu'aux oreilles quand Rob lui remit une liasse de dollars. Une fois le matériel chargé dans les voitures, Rob prit le volant. Il bouillait d'impatience. Être dans la même ville que Lizzie sans savoir où on la séquestrait ni dans quel état elle se trouvait le rendait malade.

Christine avait pris place à côté de lui, et il y avait trois Kurdes derrière. Radevan conduisait la seconde Land Rover. Rob avait planqué les fusils sous son siège, et le Livre noir était dans le coffre.

Sur la route, les Kurdes, d'ordinaire volubiles, se mirent à parler à voix basse, avant de se taire pour de bon. Il faut dire que les véhicules roulaient maintenant dans le désert, et il faisait une chaleur épouvantable. Rob reconnut les abords de Göbekli Tepe, mais ils filèrent tout droit, sans bifurquer pour rejoindre le champ de fouilles, ne stoppant qu'aux barrages de l'armée. Christine avait emporté une carte détaillée, ce qui lui permettait de savoir exactement où se situait la vallée en question.

— Par ici, dit-elle.

Ils tournèrent à droite, foncèrent une demi-heure sur des pistes, franchirent une colline et s'arrêtèrent enfin. Tout le monde descendit de véhicule, on déchargea le matériel.

Sur la gauche s'étendait une vallée étroite et dénudée.

— La voici, annonça Christine, la vallée du Massacre, qu'on appelle encore la vallée du Carnage. Elle est indiquée sur la carte.

Rob regarda alentour et tendit l'oreille, sans rien entendre d'autre que le vent du désert.

— Comment se fait-il que le coin soit désert ?

— Tout le monde est parti. Les autorités ont procédé à une évacuation générale.

— Pour quelle raison ?

— À cause du projet Grande Anatolie. Les eaux de l'Euphrate vont se déverser ici, de manière à irriguer la terre des environs. Plusieurs sites archéologiques ont déjà été noyés sous les eaux, ce qui n'est pas du goût de tout le monde.

— Le fleuve ne se trouve qu'à quelques kilomètres !

— Et en plus il vient vers nous. Mais cette levée de terre va l'arrêter. Il faut toutefois se méfier, car l'eau arrive parfois très vite, et sans qu'on s'y attende.

— De toute façon, conclut Rob, on n'a pas de temps à perdre.

Ils descendirent la pente et se retrouvèrent dans la vallée. Quelques minutes plus tard, les Kurdes étaient à pied d'œuvre. Rob constata avec angoisse que la vallée faisait dans les deux kilomètres de long, ils ne pourraient en fouiller qu'une partie, et sans creuser très profondément.

Pendant une heure ou deux, ils n'obtinrent aucun résultat. C'est alors qu'un homme lâcha sa pelle. C'était Mumtaz, le deuxième cousin de Radevan.

— Miss Meyer ! s'exclama-t-il. Miss Meyer !

Elle se précipita, Rob sur ses talons.

Un fragment d'os gisait dans la terre poudreuse. Il provenait d'un crâne de dimension réduite, mais ayant appartenu à un être humain, Rob lui-même était capable de le dire. Cela parut intriguer Christine, qui s'abstint toutefois de crier victoire.

Radevan faisant office d'interprète, elle demanda aux Kurdes de ne pas creuser plus profondément, mais d'élargir au contraire le périmètre de l'excavation. Une fois de plus, Rob leur donna un coup de main. Toutes les deux ou trois minutes ils exhumaient un crâne ou un squelette.

Il s'agissait là des restes d'individus de petite taille, ce qui était le cas des chasseurs-cueilleurs, puisqu'ils ne mesuraient au maximum qu'un mètre soixante, expliqua Christine.

Ils continuèrent à creuser frénétiquement. Le soleil commençait à baisser, et l'eau n'allait pas tarder à recouvrir tout le secteur.

Cette fois, ce fut Radevan qui se manifesta.

— Monsieur Rob ! Regardez-moi ça ! Un grand balèze... comme un Américain !

Il était en train de dégager un fémur de sa gangue de terre. L'os était presque deux fois plus long que tous ceux retrouvés précédemment.

Christine sauta dans la tranchée, imitée aussitôt par Rob, pour aider Radevan à exhumer le squelette entier, qui était effectivement immense, mesurant nettement plus de deux mètres. Ensuite, ce fut au tour du crâne, que Radevan sortit d'un seul coup, puis souleva.

Rob en resta pantois : il était énorme.

Christine s'en empara pour l'examiner. Ce n'était pas nécessairement celui d'un être humain, car il était trop grand, avec des cavités orbitales fuyantes comme on en trouve chez les oiseaux, des pommettes saillantes, des mandibules somme toute modestes et une boîte crânienne en revanche très développée.

Rob l'étudia de près et fut impressionné par les mâchoires qui avaient toutes leurs dents et donnaient l'impression de sourire.

— C'est celui d'un hominidé, hein ? demanda-t-il en essuyant son visage trempé de sueur.

— Oui, répondit Christine. Mais...

On entendait crier un oiseau de proie, qui tournait lentement au-dessus d'eux, sans doute attiré par les os.

— On est à l'évidence en présence du crâne d'un hominidé, mais pas d'un *Homo sapiens*. Il ne ressemble à rien de ce que l'on connaît.

— Il y a un petit côté asiatique, tu ne trouves pas ?

— Oui. Il est mongoloïde par certains aspects. Mais… regarde-moi ces yeux, et cette boîte crânienne. C'est stupéfiant ! Je crois avoir trouvé ici un exemple de l'hybridation dont nous parlions l'autre jour. Voici un spécimen de l'autre espèce d'hominidé qui, en se mélangeant avec celle de taille plus réduite, a donné naissance à des individus comme celui dont le crâne, associé au parchemin, constituait le Livre noir.

48

Sur le chemin du retour à Sanli Urfa, ils discutèrent du parchemin, qui faisait explicitement référence au livre d'Énoch. Rob malmenait le levier de vitesse, tandis que Christine lui exposait son point de vue en haussant la voix dans la voiture secouée par les cahots.

— Le livre d'Énoch est un texte apocryphe.

— C'est-à-dire ?

— Il ne fait pas partie des textes canoniques de la Bible, mais certaines Églises chrétiennes, comme celle d'Éthiopie, l'ont néanmoins intégré à leur corpus. Il date du IIe siècle avant J.-C., et a sans doute été écrit par un juif, même si l'on n'en est pas certain. Il figurait au nombre des Manuscrits de la mer Morte découverts après la Seconde Guerre mondiale. Il parle de l'époque où les cinq anges déchus, ou cinq Satans, et leurs « domestiques » s'en vinrent habiter au milieu des êtres humains. Soi-disant proches de Dieu, ils ne surent toutefois résister au charme des femmes, les filles d'Ève, et les séduisirent. En échange, ils révélèrent aux hommes le secret de l'écriture, de l'architecture et de la sculpture. Incidemment, ils apprirent aussi aux dames à « embrasser le phallus »…

Un sourire se dessina sur les lèvres de Rob.

— Du moins, c'est l'expression utilisée dans ce texte, ajouta Christine, en buvant de l'eau à même le goulot.

— Continue.

— De l'union entre les démons et les êtres humains naquit une race de géants furieux, les Nephilim.

C'était le crépuscule. Rob essayait de se concentrer sur la route devant lui.

Arrivés au terme de l'expédition, tout le monde se quitta en silence. Les Kurdes marmonnèrent un vague au revoir, puis s'en allèrent boire et manger. Fatigués, Christine et Rob garèrent les voitures et regagnèrent leur hôtel. Rob avait beau être épuisé, il restait toujours aussi déterminé, et il interrogea de nouveau Christine, sans même lui laisser le temps de prendre une douche.

— Ce que je ne saisis toujours pas, c'est cette histoire de bébés que l'on mettait dans des cruches ou des urnes, à Göbekli Tepe.

— Tu veux dire que tu ne vois pas comment de tels récipients ont pu exister à cette époque-là, alors que l'on n'avait pas inventé la poterie ?

— Exactement. Je croyais que la civilisation de Göbekli Tepe était… comment disait déjà Breitner ?…. « acéramique ». Et, tout d'un coup, quelqu'un débarque d'on ne sait où et explique à ces gens-là comment fabriquer des cruches et des urnes, bien avant tous les autres peuples vivant dans la région.

— C'est exact, dit Christine. Sauf qu'il y avait déjà un endroit sur terre où l'on connaissait la poterie.

— Ah oui ?

— Le Japon.

Christine fronça les sourcils et continua :

— Les hommes de la civilisation jomon.

— Les quoi ?

— Les représentants de la culture jomon. Un peuple du néolithique, encore appelé les Aïnous, dont les descendants vivent toujours au nord de l'archipel nippon.

Elle se leva, frotta son dos qui lui faisait mal et s'en fut chercher une bouteille d'eau fraîche dans le minibar. Elle but à longs traits, puis revint s'allonger sur le lit.

— Peuple autochtone, ils furent peut-être les premiers, reprit-elle, à cultiver le riz et à faire de la poterie, qui se caractérisait par des motifs à « dessins cordés ».

— Ça remonte à quand, tout ça ?

— À seize mille ans.

— Seize mille ans ! Soit trois mille ans avant la fondation de Göbekli Tepe ?

— Oui. On pense qu'ils ont eux-mêmes été influencés par des peuples vivant en Mongolie, sur les rives de l'Amour, mais cela reste très nébuleux. Ces gens-là étaient des chasseurs-cueilleurs, or voilà que subitement ils opèrent un saut technologique qui défie l'entendement.

— Comment ça ?

— Ce ne sont pas là-bas les régions les plus propices à l'éclosion de la civilisation : la Sibérie, la Mongolie intérieure, le nord du Japon… Rien à voir avec les conditions climatiques éminemment favorables prévalant dans le croissant fertile.

— Et si ces peuples n'avaient pas disparu, mais s'étaient tout simplement déplacés vers l'ouest ? suggéra Rob.

— Je te demande pardon ?

— Ces crânes ont un côté asiatique. Il existe peut-être un lien entre ces peuples d'Asie, en avance sur les autres, et Göbekli Tepe.

Christina bâilla.

— Oui, c'est possible.

Comprenant qu'elle était épuisée et qu'il ne pouvait pas lui en demander davantage, il vint se coucher à côté d'elle.

— On va la sauver, Robbie, lui dit-elle en l'enlaçant. Je te le promets.

Il ferma les yeux.

Le lendemain matin, il se réveilla en sueur. Il venait de rêver que Cloncurry le frappait violemment. Il comprit vite pourquoi : dehors, des hommes défilaient dans les rues de Sanli Urfa en jouant du tambour pour inviter les gens à manger avant le lever du soleil, comme l'exige la coutume pendant le ramadan.

Il soupira et jeta un œil à sa montre : quatre heures du matin. Il regarda le plafond, tout en écoutant le tintamarre à l'extérieur et Christine qui ronflait doucement à ses côtés.

Deux heures plus tard, elle lui donna un petit coup de coude pour le forcer à ouvrir les yeux. Il s'étira, tout engourdi, se leva et prit une douche glacée.

Radevan et ses amis attendaient sur le trottoir. Ils les aidèrent à mettre le Livre noir dans le coffre.

Rob regarda les Kurdes creuser et redoubler d'ardeur, comme s'ils avaient deviné qu'ils se livraient à cette activité pour la dernière fois.

Vers onze heures, il alla faire un tour sur une hauteur voisine pour contempler le lac artificiel résultant du projet Grande Anatolie. L'eau n'était plus qu'à un ou deux kilomètres d'eux, et elle semblait se rapprocher de plus en plus vite, submergeant les collines et les vallons. En haut de la levée de terre, on apercevait une petite cabane de berger.

Il s'assit sur un rocher et prit des notes, tout en repensant à son père qui, dans l'église mormone, récitait ces quelques lignes de la Genèse : « Lorsque les hommes commencèrent à être nombreux sur la face de la Terre et que des filles leur furent nées, les fils de Dieu trouvèrent que les filles des hommes leur convenaient et ils prirent pour femmes toutes celles qu'il leur plut[1]. » Une demi-heure plus tard il referma son calepin et descendit vite retrouver Christine. Elle était allongée, en train d'examiner quelque chose.

— Je recherche des anomalies, expliqua-t-elle. Et j'en ai trouvé.

Elle se releva et claqua des mains à l'intention des jeunes Kurdes qui la regardaient.

— S'il vous plaît, messieurs, vous n'allez pas tarder à rentrer chez vous et oublier la Française complètement cinglée.

1. Genèse, VI, 1-2 *(N.d.T.)*.

Mais, en attendant, je vous demande encore un effort. Suivez-moi.

Sur ses instructions, ils entamèrent de nouvelles fouilles un peu plus loin. Rob s'en fut chercher une pelle pour se joindre à eux, ce qui lui évitait de rester inactif, à penser sans cesse à Lizzie.

Il demanda cependant à Christine de lui parler des néandertaliens. Elle lui raconta qu'elle avait travaillé sur le site de Moula-Guercy, à côté de Soyons, en Ardèche, où l'on avait mis au jour des vestiges de néandertaliens.

— Tu crois qu'ils se sont mélangés avec l'*Homo sapiens* ?

— C'est possible.

— Mais je croyais qu'ils s'étaient tout bonnement éteints.

— Certes, mais il semblerait bien qu'ils se soient auparavant mélangés avec nos ancêtres. Rien ne prouve d'ailleurs qu'ils ne se sont pas carrément immiscés dans notre patrimoine génétique. S'ils se sont sentis disparaître, ils ont peut-être voulu perpétuer leur espèce. Et comme ils étaient plus costauds que l'*Homo sapiens*, quoique pas forcément aussi intelligents…

Rob regarda un vautour décrire des cercles en l'air.

— Dans ces conditions, peut-on imaginer qu'ils aient influé sur le comportement de l'être humain, tout au long de son histoire ?

— Oui, dans le domaine du cannibalisme, par exemple. On ne relève aucun signe d'anthropophagie chez l'*Homo sapien*s avant trois cent mille ans avant J.-C. Or on sait que les néandertarliens étaient à l'occasion cannibales. Ce sont donc peut-être eux qui nous ont transmis ce désir de dévorer nos semblables.

Un avion de l'armée de l'air turque fendit le ciel.

— Je réfléchissais, ce matin, à la taille de nos hominidés, ceux qui sont très grands, reprit-elle.

— Je t'écoute.

— Eh bien… il se peut que tu aies vu juste en évoquant un lien éventuel avec l'Asie centrale. Ça concorde.

— Mais encore ?

— C'est en Asie centrale que l'on a découvert le plus grand hominidé ayant jamais existé, le gigantopithèque. Un vrai géant, comme son nom l'indique, puisqu'il mesurait dans les trois mètres de haut. Une espèce de yéti, quoi.

— Tu parles sérieusement ?

Elle hocha la tête.

— Ils ont vécu il y a quelque trois cent mille ans, et on en trouvait peut-être encore lorsque est apparu l'*Homo sapiens*, qui aurait alors conservé le souvenir d'hommes-singes absolument gigantesques. Bien évidemment tout cela reste sujet à caution. On ignore le sort des gigantopithèques. Il se peut qu'ils aient progressivement dû s'effacer devant l'homme.

Rob voulut en savoir davantage.

— Tu es en train de m'expliquer, dit-il, que le gigantopithèque a peut-être évolué, au point de devenir un rival très dangereux pour l'*Homo sapiens* ?

— Ce n'est pas impossible. Mais rien ne nous permet de nous prononcer avec certitude.

— Admettons cependant que cela se soit passé ainsi. Ce nouvel hominidé, immense, agressif et très intelligent aurait représenté une grande menace pour l'être humain.

— En effet.

— Il aurait également redouté les longs hivers rigoureux et adoré un Dieu cruel, qui inspirait la crainte. Du même coup, pour l'apaiser, il aurait pratiqué des sacrifices.

Christine ne sembla pas totalement convaincue, mais elle n'eut pas le temps de lui répondre, car Radevan les appela. Lorsque Rob parvint sur les lieux, elle était déjà à quatre pattes, en train de dégager d'autres restes.

Trois grandes urnes, ou cruches, étaient posées devant Radevan. Sales, elles étaient marquées du sanjak, ce symbole yézidi représentant un oiseau perché sur un bâton.

Il sut tout de suite ce qu'il y avait à l'intérieur. Et il n'eut pas besoin de l'expliquer à Christine, qui était en train d'en ouvrir une avec le manche d'une truelle. L'urne antique s'effrita et une masse visqueuse dégageant une odeur fétide glissa dans le sable. Il s'agissait d'un bébé grossièrement momifié, puisqu'il commençait à être en état de décomposition : son visage était moins bien conservé que celui de son homologue qu'ils avaient retrouvé dans le coffre d'Édesse, mais on y discernait le même cri de douleur et de frayeur.

Rob essaya de ne pas penser à Lizzie.

Plusieurs Kurdes avaient aperçu l'urne et le petit cadavre, et ils discutaient en les montrant du doigt. Christine leur demanda de continuer à creuser, mais ils se récrièrent.

Mumtaz vint annoncer à Rob que cet endroit était maudit et que ses compagnons voulaient repartir tout de suite, d'autant plus que l'eau n'allait pas tarder à recouvrir le secteur.

Christine protesta. Certains reprirent le travail, d'autres pas. Le soleil se levait, chaud et menaçant. Rob ne demandait qu'à enterrer de nouveau cette obscène petite charogne. Il avait beau savoir qu'il était sur le point de trouver la clé de l'énigme, il se sentait à bout de nerfs.

C'est alors qu'à l'initiative de Mumtaz plusieurs hommes décidèrent de s'arrêter et quittèrent les lieux dans la seconde Land Rover.

Quatre restèrent, en comptant Radevan. Moyennant une prime, Rob dépensant pour ce faire ses derniers dollars, ils acceptèrent de se remettre à la tâche. Au bout de cinq heures, ils avaient exhumé une trentaine de squelettes. Tous porteurs de signes qui laissaient penser à une mort violente : fractures du crâne, trous au bassin dus à des coups de lance, jambes et bras cassés…

Bref, ils venaient de découvrir un champ de bataille, un endroit où avait eu lieu un massacre et qui n'était autre que la vallée du Carnage.

Christine et Rob se regardèrent.

— Je crois qu'on en a fini, dit-il.

Elle acquiesça d'un signe de tête. Rob sortit son portable de sa poche. Il était presque euphorique, maintenant qu'il avait élucidé le mystère que Cloncurry ne voulait surtout pas dévoiler, le Secret de la Genèse. Cela signifiait qu'il disposait enfin d'un moyen de pression sur lui, et n'allait pas tarder à récupérer sa fille.

Il composa le numéro de ce sinistre personnage, tout à la fois inquiet et plein d'espoir.

— Tiens, salut !

Il pivota sur ses talons. Une silhouette se découpait en haut de la colline, irisée par un soleil couchant mais encore très brillant, ce qui faisait qu'on la distinguait mal.

— Est-ce que j'ai grossi ? Bigre… Tu me reconnais, non ?

Rob sentit son sang se glacer.

Jamie Cloncurry les surplombait, une arme à la main, flanqué de deux comparses kurdes, armés eux aussi et qui encadraient une silhouette de petite taille.

Lizzie ! Elle était vivante, sans doute terrorisée, et incapable de dire un mot à cause de son bâillon.

Rob regarda à gauche et à droite, pour voir si Radevan et ses amis n'allaient pas se porter à leur secours.

— Je ne crois pas que tu puisses attendre grand-chose de ce côté-là, Robbie, ricana Cloncurry.

Il fit signe à Radevan, qui hocha docilement la tête, puis se tourna vers Rob et Christine et leur expliqua que, Cloncurry les ayant grassement payés, ses amis et lui s'en allaient.

Avant de repartir au volant de la Land Rover, il sortit le Livre noir du coffre et le remit à Cloncurry. Celui-ci avait garé son propre 4 × 4 à quelques centaines de mètres de là, et c'est à pied qu'il avait effectué le reste du chemin avec ses acolytes, pour les prendre par surprise.

49

Cloncurry agita son arme en direction de Rob et de Christine.

— Par ici, les tourtereaux !

Rob regarda sa fille agenouillée dans le sable. Elle ne comprenait visiblement pas ce qui se passait, mais avait l'air très angoissée. Puis il dévisagea Cloncurry, la rage au cœur, animé d'une haine meurtrière.

Hélas, ils se retrouvaient maintenant à sa merci. Sur son ordre, ils escaladèrent la petite butte qui surgissait au milieu de la vallée et débouchèrent sur une espèce de tertre. Rob ne voyait pas du tout pourquoi il voulait les installer là.

Le vent murmurait sa complainte mélancolique. Christine était au bord des larmes, Rob, lui, enrageait de ne pas pouvoir agir.

Qu'est-ce que manigançait Cloncurry ? Outre son pistolet, il tenait à la main un petit appareil qui ressemblait à un téléphone portable.

— Ce n'est pas tous les jours, dit-il, que l'on a l'occasion de mutiler, puis de tuer une enfant sous les yeux de son papa. Il faut fêter ça. On va avoir droit à un grand feu d'artifice.

Il appuya sur une touche de son appareil, une gigantesque explosion retentit dans le désert, suivie d'une puissante onde de choc. Il venait de faire sauter la petite cabane de berger, ainsi que la moitié de la levée sur laquelle elle se dressait ! Les eaux de l'Euphrate se déversèrent par l'ouverture béante et avancèrent vers eux à toute allure.

Rob attrapa Christine et la hissa en haut du tertre.

— J'espère que vous savez nagez, railla Cloncurry.

L'eau envahissait à présent toute la vallée. Dans une écume bouillonnante flottaient des os, des morceaux du bébé momifié et des crânes de guerrier… Rob et Christine furent bientôt complètement isolés.

Rob observa Cloncurry, en sécurité sur sa colline.

— Tu dois être un peu largué, mon petit Robbie, hein ? lui lança ce dernier.

Rob ne répondit pas. Cloncurry sourit.

— Tu ne comprends pas comment un type comme moi s'est débrouillé pour être du bon côté de l'inondation, alors que toi, le brave gars, tu es du mauvais côté, celui où l'on se noie, c'est ça ?

Rob demeura silencieux.

— Je crains fort m'être servi depuis le début de tout le monde, reprit Cloncurry. Je me suis arrangé pour que tu me retrouves le Livre noir, j'ai mis à contribution Christine Meyer et Isobel Previn, deux femmes intelligentes. Bon, d'accord, j'ai tranché la tête d'Isobel, mais auparavant elle s'était remarquablement acquittée de sa tâche en m'expliquant que le Livre noir ne pouvait pas se trouver au Kurdistan.

Tout fier, il se rengorgeait.

— Et ensuite, enchaîna-t-il, en me contentant de rester ici à suivre le déroulement des opérations, j'ai eu la satisfaction de vous voir terminer le travail à ma place : déchiffrer le Livre noir, retrouver l'emplacement exact de la vallée du Massacre, et du même coup percer le Secret de la Genèse. Car il me fallait à tout prix savoir où il se cachait, afin de le détruire pour de bon. C'est pourquoi tout cela va disparaître sous l'eau, en même temps que les seuls individus qui connaissent ce fameux secret. Oh, j'allais oublier, j'ai aussi le Livre noir ! Du moins je le crois. On va vérifier tout de suite.

Il ramassa par terre la malle et en ôta le couvercle. Il regarda à l'intérieur, en sortit le crâne hybride, le tint dans ses bras et le caressa. Il le tourna ensuite vers lui.

— Hélas, mon pauvre Yorick, tu avais quand même de drôles d'yeux… mais en revanche des pommettes superbes !

Il le posa à côté de lui, s'empara du parchemin et le déplia.

— C'est absolument fascinant. Je m'attendais toutefois à ce que ce soit rédigé en écriture cunéiforme, et non en vieil araméen. Quelle magnifique découverte !

Il jeta un coup d'œil à Rob et Christine.

— Merci, les copains. C'est vraiment sympa de me l'avoir apporté ici, et puis d'avoir ensuite exhumé tout le reste.

Rob, qui étouffait de rage, ne put s'empêcher d'admirer Cloncurry, son plan avait fonctionné à merveille et il en sortait grand vainqueur.

Et à présent, il allait célébrer son triomphe en faisant couler le sang.

Il regarda sa fille, qui avait les larmes aux yeux, et lui cria qu'il l'aimait.

Cloncurry riait à présent.

— Ah, comme c'est touchant ! Et à vomir… Mais passons au dernier acte, avant que vous ne périssiez noyés.

L'Euphrate venait maintenant lécher les chevilles de Christine. Un crâne énorme dérivait au fil de l'eau.

— Oh, regardez, un petit vieux ! Dis bonjour à pépé, Lizzie !

Il se remit à ricaner. Lizzie sanglotait.

— Eh oui, soupira-t-il, je n'ai jamais non plus aimé ma famille.

Il s'adressa alors à Rob.

— Tu vois bien, de là-bas ? Tant mieux, parce qu'on va suivre la méthode aztèque. On va allonger ta fille sur une grosse roche plate, bras et jambes écartés, puis on va lui ouvrir la poitrine et lui arracher le cœur, toujours palpitant. Bon, c'est parfois un peu salissant, mais je crois que mon ami Navda a des mouchoirs en papier.

Il fit signe à ses acolytes de s'emparer de Lizzie. Les deux sbires s'exécutèrent aussitôt et la plaquèrent sur un rocher, le premier lui immobilisant les bras et l'autre les jambes.

— Bien, très bien. Maintenant, passons au clou du spectacle. En principe, on devrait avoir un « chac moool », oui, tu sais, ce curieux réceptacle en pierre dans lequel on mettait le cœur ensanglanté de la victime, mais je n'en ai pas. Tant pis, je le donnerai à manger aux vautours...

Il confia son arme à l'un de ses acolytes, puis sortit de sa veste une immense lame en acier qu'il brandit, l'air triomphant et admiratif. Il fit ensuite un clin d'œil à Rob.

— Normalement, on devrait aussi utiliser un poignard en obsidienne, pour rester fidèle à la tradition, mais ce grand couteau fera l'affaire. Un couteau mémorable, d'ailleurs.

Il héla Christine.

— Vous le reconnaissez ?

— Allez vous faire foutre !

— Eh bien, c'est celui dont je me suis servi pour dépecer votre vieille copine Isobel. Il me semble d'ailleurs qu'il y a encore un peu de son sang sur le manche.

Lizzie sanglotait. Tenant le couteau à deux mains, il le leva bien haut, sa lame brillant au soleil.

— Tu es prête, Lillibet ? Betsy chérie ? Ma petite Betty Boo ? Mmm...

Cloncurry lui fit un grand sourire, brandit fièrement son poignard. Le moment fatidique était venu. Rob ferma les yeux.

Une détonation déchira l'air.

Rob ouvrit les yeux, et demeura sans voix. Cloncurry venait d'être touché par une balle à la main. Quant à son couteau, il avait disparu dans l'eau.

Un deuxième coup de feu retentit.

Les deux Kurdes lâchèrent Lizzie et s'enfuirent en courant.

Encore un coup de feu. Touché à une jambe, Cloncurry tomba à genoux, rouge de sang, et fouilla par terre de sa main valide. Que cherchait-il ? Son couteau ? À côté de lui, Lizzie était toujours bâillonnée. Rob aperçut sur la gauche un nuage de poussière, à quelque distance de là. Une voiture qui venait vers eux ? Allait-on aussi tirer sur Lizzie ?

S'il voulait la sauver, c'était le moment ou jamais. Bravant la furie des flots, Rob se jeta à l'eau et nagea jusqu'à la colline d'en face.

Cloncurry s'abritait derrière Lizzie, au cas où le tireur le prendrait encore une fois pour cible. La bave aux lèvres, il ouvrit la bouche et referma ses mâchoires sur la gorge de la fillette.

Rob bondit et lui flanqua un formidable coup de pied à la tête, ce qui l'écarta aussitôt de Lizzie. Puis il recommença et le frappa de toutes ses forces, en l'envoyant valser. Après quoi il lui sauta dessus et lui colla un genou sur l'épaule droite pour l'immobiliser. Cloncurry était désormais à sa merci.

— À ton tour ! lança-t-il.

Il sortit son couteau suisse, mais se retint. Cloncurry était déjà presque mort.

Il s'approcha de sa fille et lui ôta son bâillon. Elle se jeta dans ses bras.

— Papa, papa ! s'écria-t-elle. Christine !

Rob se retourna. Volant au secours de Lizzie, il en avait oublié Christine ! Par bonheur, elle était en train de traverser à la nage les quelques mètres qui les séparaient ; il l'aida ensuite à se hisser au sec.

Cloncurry, lui, avait réussi à se traîner jusqu'au bord de l'eau, puis s'était jeté dans l'onde bouillonnante qui l'avait englouti, accomplissant ainsi son ultime sacrifice.

Rob vit s'approcher une dizaine de véhicules. Quelques minutes plus tard, l'endroit grouillait de flics, dirigés par Kiribali en personne, souriant et toujours aussi élégant dans son costume impeccable.

50

Deux heures plus tard ils revenaient tranquillement à Sanli Urfa. Rob et Christine étaient enveloppés dans des couvertures, Lizzie au milieu d'eux, à l'arrière d'un fourgon de police qui faisait partie de tout un convoi.

Le soir tombait, le vent du désert qui entrait par les vitres ouvertes séchait les vêtements de Rob. Au couchant, les derniers rayons du soleil striaient le ciel d'écarlate.

Kiribali était assis devant, à côté du conducteur. Il se retourna vers Rob et Christine, puis sourit à Lizzie.

— Bien entendu, dit-il, Cloncurry a constamment soudoyé les Kurdes. Il se montrait plus généreux que vous et nous avec eux. Depuis un petit moment, on sentait qu'il se tramait quelque chose. Prenons l'exemple du meurtre de Franz Breitner. Les yézidis n'avaient pas l'intention de le tuer, ils voulaient seulement lui faire peur. Pourtant on l'a assassiné. Pour quelle raison ? Parce que quelqu'un les a persuadés de ne pas s'en tenir là. Ce quelqu'un, c'était Cloncurry.

— D'accord. Et ensuite ?

Kiribali soupira et épousseta sa veste.

— Je dois vous avouer que pendant un moment nous nagions complètement. Puis nos excellents collègues de Scotland Yard nous ont appelés. Nous étions toujours dans le pétrin, Robert, car nous ne savions pas où vous vous trouviez exactement.

Kiribali sourit.

— C'est alors, enchaîna-t-il, que Mumtaz, le petit bonhomme, est venu me voir pour me prévenir, juste à temps.

Rob regarda Kiribali, l'air absent, puis il examina ses mains, couvertes du sang séché de Cloncurry. Bah ! cela n'avait plus aucune importance, puisqu'il avait réussi à sauver sa fille !

— Vous n'ignorez pas, reprit Kiribali, que je vais garder ce parchemin, celui sur lequel figure la carte, ainsi que le crâne. J'emporte donc le Livre noir.

— Où allez-vous ranger tout ça ?

— Avec les autres preuves.

— Vous voulez dire dans les coffres du musée ?

— Tout juste. À ce propos, nous avons changé la combinaison…

Un fourgon de police les dépassa, ses feux arrière trouant de vermeil la nuit tombante.

— Sachez que vous ne risquez plus rien, poursuivit Kiribali. On va mettre quelques jours Radevan et ses amis en garde à vue, puis on les relâchera, pour éviter d'envenimer les relations entre les Turcs et les Kurdes. En revanche, tout le reste sera mis sous clé.

Ils poursuivirent leur chemin. Lizzie somnolait, et Rob lui caressait les cheveux. Puis il se rendit compte qu'ils passaient non loin de Göbekli Tepe, et demanda à Kiribali s'ils pouvaient y aller une dernière fois.

Kiribali fit arrêter la voiture et se retourna pour les regarder tous les trois. Christine et Lizzie dormaient, épuisées. Il prévint alors par radio les autres véhicules qu'il allait effectuer un petit détour et les retrouverait plus tard à Sanli Urfa. Le chauffeur quitta la route et s'engagea sur un chemin de campagne.

Rob connaissait bien cet itinéraire qui passait au milieu des collines. Ils traversèrent des villages kurdes dépourvus de tout-à-l'égout, où erraient des chèvres et se dressaient des minarets. Un chien jappa et leur courut après pendant plus d'un kilomètre, avant de disparaître dans la pénombre.

Ils montèrent une côte et parvinrent sur un terre-plein qui dominait le temple. Rob descendit du véhicule, laissant Lizzie dormir, la tête posée sur les genoux de Christine, elle-même assoupie.

Kiribali sortit à son tour, et tous deux empruntèrent le sentier conduisant à l'antique lieu de culte.

— Racontez-moi tout, lui dit Kiribali.

— De quoi parlez-vous ?

— Qu'est-ce que vous fabriquiez dans la vallée du Massacre ?

Rob s'accorda un moment de réflexion, puis il lui expliqua en quoi consistait le Secret de la Genèse, sans entrer dans les détails. Cela suffit pourtant à éveiller la curiosité du policier, qui l'écouta attentivement.

— Vous pensez donc avoir compris de quoi il s'agit ? lui demanda-t-il.

— Probablement… L'ennui, c'est que nous n'avons pas pu prendre de photos, et que maintenant tout cela a disparu sous l'eau. Bah, peu importe.

Ils étaient arrivés en haut de la petite colline, à côté d'un mûrier isolé. On apercevait les mégalithes et leur ombre portée au clair de lune. Kiribali donna à Rob une tape amicale dans le dos.

— Eh bien moi, ça m'intéresse, dit-il. Parlez-moi du Secret de la Genèse.

Rob hésita, Kiribali insista.

Rob s'assit sur un banc de pierre, imité par le policier.

— L'histoire des anges déchus, telle que nous la raconte la Bible, certains passages du livre d'Énoch, le secret révélé dans le chapitre VI de la Genèse, tout cela renvoie à mon avis à un croisement entre plusieurs espèces d'hominidés, et dont nous avons conservé un souvenir confus

— Ah…

— Vers 10 000 ans avant J.-C., des êtres humains de très grande taille venus du Nord se sont installés dans l'actuel Kurdistan turc. Il se peut qu'ils aient été les descendants du Gigantopithèque, le plus grand hominidé ayant jamais existé. En tout cas, ils étaient originaires d'Asie centrale.

« Quoi qu'il en soit, appelons-les les Hommes du Nord. Ils étaient plus avancés, et certainement plus agressifs que ceux qu'ils ont trouvés sur place. Ils savaient en effet se construire des abris, ils connaissaient la poterie, la sculpture, en taille directe ou en ronde-bosse, et peut-être même l'écriture, alors que l'*Homo sapiens* en était resté au stade de l'homme des cavernes.

Kiribali l'écoutait en silence.

— Pourquoi ces Hommes du Nord étaient-ils plus intelligents et souvent impitoyables ? Cela pourrait être lié au froid rigoureux qui régnait une bonne partie de l'année dans leur contrée et les forçait dès lors à se montrer prévoyants et à recourir à des moyens expéditifs pour assurer leur survie. Ils étaient cependant confrontés à un problème, qui justement les a poussés à émigrer : tout comme les néandertaliens, ils étaient vraisemblablement en train de s'éteindre lentement, en raison d'un défaut génétique qui les prédisposait à la violence. C'est peut-être leur existence ingrate qui a fait naître chez eux la crainte d'un dieu cruel et vengeur, assoiffé de sang, qu'il fallait par conséquent apaiser en pratiquant des sacrifices humains.

« Car ils se livraient à des sacrifices, comme, bien plus tard, le firent les Aztèques. Soucieux de vivre sous des cieux plus cléments, ils se sont alors installés dans le croissant fertile, où ils se mélangèrent à la population locale, composée de chasseurs-cueilleurs qui vivaient dans des grottes et des cavernes, et à qui ils apportèrent l'art de construire un abri, la sculpture et la religion. Voilà pourquoi Göbekli Tepe représente une avancée considérable.

Une chèvre bêla dans la pénombre.

— Au début, nos chasseurs-cueilleurs ont dû trouver que Göbekli Tepe était une sorte de paradis, un véritable jardin d'Éden. Mais les ressources naturelles s'épuisant, les Hommes du Nord les ont obligés à travailler la terre. C'est le passage à l'agriculture, la fameuse révolution néolithique.

— Bref, on assiste à la Chute de l'homme qui est chassé du jardin d'Éden, conclut Kiribali.

— Il semblerait également que l'on assiste à un éveil de la sexualité chez les anciens chasseurs-cueilleurs, à mesure qu'ils procréent avec leurs envahisseurs, qui leur font ainsi prendre conscience de cette dimension, en montrant par exemple à leurs femmes comment « embrasser le phallus », ainsi qu'il est dit dans le livre d'Énoch. De la même façon, tandis que les deux espèces humaines se reproduisent entre elles, on voit apparaître un nouveau type d'être humain qui a hérité des gènes de la violence et du sacrifice, mais sous forme atténuée.

« Le travail aux champs rendant les conditions de vie de plus en plus difficiles, les Hommes du Nord recourent alors aux sacrifices pour apaiser les dieux. C'est à ce titre qu'ils en viennent à enfermer vivants des nourrissons dans des urnes.

— Et ensuite ? demanda Kiribali.

— Aux alentours de 8 000 ans avant J.-C., la population locale se révolte contre ses dirigeants, les envahisseurs du Nord. Une terrible bataille s'ensuit, au terme de laquelle les Hommes du Nord, en infériorité numérique, sont exterminés jusqu'au dernier. Les ex-chasseurs-cueilleurs les inhument tout près de l'endroit où ceux-ci avaient enterré des bébés dans des urnes, non loin de Göbekli Tepe, dans la vallée du Massacre.

— Et ensuite, c'est Göbekli Tepe lui-même qu'ils ensevelissent !

— Exactement. Malheureusement les vainqueurs sont désormais porteurs des gènes mortifères que leur ont transmis les Hommes du Nord, et l'histoire va être jalonnée par les sacrifices qu'ils pratiquent à leur tour.

— Mais, que viennent faire là-dedans les yézidis ? demanda Kiribali.

— Nous voilà au cœur du problème. Il n'existe que deux catégories d'individus qui savent ce qui s'est vraiment passé à Göbekli Tepe. Tout d'abord les yézidis, qui descendent en ligne directe des quelques chasseurs-cueilleurs n'ayant pas été contaminés par les Hommes du Nord, et qui ne sont donc pas porteurs de leurs gènes mortifères. Ce sont les Fils de l'Urne, d'ascendance exclusivement adamique, les autres êtres humains étant des héritiers d'Adam et Ève réunis. C'est pourquoi les yézidis refusent de se marier avec des étrangers.

— Je vois…

— Conscients malgré tout que leurs ancêtres ont cédé devant les Hommes du Nord, et que dans certains cas on a assisté à des mariages mixtes, ils se sentent indignes d'adorer d'autre dieu que le diable, Satan, qui chez eux revêt la forme de Malak Taus, l'ange-paon.

— Et qui sont les autres individus qui avaient connaissance du secret de Göbekli Tepe ?

— Les membres des sociétés secrètes apparues en Occident pendant le XVIIIe siècle, au premier rang desquelles le club des Feux de l'Enfer. Or les Cloncurry descendent en droite ligne de Jerusalem et Burnchapel Whaley. Ceux-ci avaient compris que nombre de dirigeants charismatiques sont en réalité porteurs de ces gènes redoutables, raison pour laquelle ils commettent souvent tant d'horreurs. Tout comme Jerusalem Whaley a voulu que cela demeure un secret et a par conséquent caché le Livre noir ; Jamie Cloncurry a tenu absolument à ce que personne ne l'apprenne, quitte à tuer, pour ce faire, Franz Breitner. Car, si jamais la nouvelle se répandait, cela aurait des conséquences extrêmement graves et signerait l'acte de décès des grandes religions monothéistes, toutes issues d'Abraham, qui était prêt à sacrifier son fils pour obéir à Dieu. L'acharnement de Jamie Cloncurry se comprend mieux quand on sait que le gène de Göbekli Tepe, qui nous pousse à commettre des sacrifices, était particulièrement développé chez cet énergumène.

Kiribali fit quelques pas en direction des pierres levées, puis se retourna vers Rob.

— Je me suis renseigné auprès de Forrester, qui avait lui-même mené sa petite enquête sur Internet. Vous êtes d'origine irlandaise. Vos ancêtres vivaient à Dublin, avant d'émigrer aux États-Unis, ils faisaient partie du club des Feux de l'Enfer et étaient apparentés aux Cloncurry.

— Je le savais déjà, soupira Rob, et Cloncurry aussi. Cela explique pourquoi il parlait souvent des liens qui existent entre gens de la même famille.

— Mais cela veut dire que tout comme lui vous avez hérité du gène de Göbekli Tepe.

— Je n'en reste pas moins libre, responsable et maître de mon destin !

Comprenant que Rob avait besoin d'être seul un moment, Kiribali regagna la voiture.

La lune se levait, blanche, lointaine. Rob se promena en silence au milieu des mégalithes, effleurant du bout des doigts les sculptures de ce temple mystérieux construit dans le jardin d'Éden.

51

Rob et Christine avaient voulu un mariage simple et discret, le tout étant de savoir où le célébrer. Christine apprenant qu'Isobel lui avait légué sa maison située sur l'île au large d'Istanbul, la question ne se posait plus.

Ils sollicitèrent un prêtre orthodoxe, engagèrent des chanteurs et trois joueurs de bouzouki. On invita la famille et quelques amis. Steve vint exprès de Londres, ainsi que deux ou trois collègues de Rob. Sally leur fit un cadeau superbe, la mère de Rob mit son plus beau chapeau et Kiribali était resplendissant dans son costume blanc.

Après la cérémonie, on passa dans le jardin pour boire du champagne et danser, très mal ! au son des bouzoukis. Steve discuta avec Christine, la mère de celle-ci était en grande conversation avec le prêtre et Kiribali tenait compagnie aux dames d'un certain âge en leur récitant de la poésie.

En milieu d'après-midi, Rob se retrouva sur la pelouse à côté de Forrester. Il en profita pour lui exprimer sa gratitude.

— Comment avez-vous deviné ? lui demanda le policier.

— C'était très habile de votre part de nous laisser partir avec le Livre noir. Vous saviez pertinemment où nous allions, et vous vous êtes arrangé avec Dooley pour que nous embarquions le crâne et le parchemin.

— Vous savez, à votre place, j'aurais fait la même chose. Tout pour sauver ma fille. Il aurait été bien trop long de suivre la procédure officielle.

— Il n'empêche que vous avez prévenu Kiribali en temps voulu.

— C'est lui que vous devriez remercier.

— Tireur d'élite, il a gagné une médaille aux jeux Olympiques, je crois. Voyant qu'il arriverait trop tard, il a sorti le fusil de chasse qui est toujours dans sa voiture…

Rob finit sa coupe de champagne et retourna au milieu de ses invités, caressant au passage les cheveux de Lizzie qui jouait avec Ézéchiel.

Remerciements

Je voudrais exprimer ma gratitude à Klaus Schmidt et à tous les membres de l'Institut allemand d'archéologie de Göbekli Tepe ; à mon rédacteur en chef et mes collègues : Ed Grenby, David Sutton, Andrew Collins et Bob Cowan ; à tout le personnel londonien de l'agence William Morris, notamment à mon agent Eugenie Furniss ; et enfin à Jane Johnson, qui travaille dans la succursale britannique de la maison d'édition HarperCollins.

Je tiens aussi à remercier ma fille Lucy de continuer à me reconnaître, alors que je me suis absenté des mois durant pour écrire ce livre.

Collection Belfond noir

BALDACCI David
L'Heure du crime

BARCLAY Linwood
Cette nuit-là
Les Voisins d'à côté

BLANCHARD Alice
Le Bénéfice du doute
Un mal inexpiable

BYRNES Michael
Le Secret du dixième tombeau

CLEEVES Ann
Des vérités cachées
Morts sur la lande
Noire solitude

COBEN Harlan
Ne le dis à personne
Disparu à jamais
Une chance de trop
Juste un regard
Innocent
Promets-moi
Dans les bois
Sans un mot
Sans laisser d'adresse

CRAIS Robert
L.A. Requiem
Indigo Blues
Un ange sans pitié
Otages de la peur
Le Dernier Détective
L'Homme sans passé
Deux minutes chrono
Mortelle protection
À l'ombre du mal

CROSS Neil
L'homme qui rêvait d'enterrer son passé

EASTERMAN Daniel
Minuit en plein jour
Maroc

EISLER Barry
La Chute de John R.
Tokyo Blues
Macao Blues
Une traque impitoyable
Le Dernier Assassin
Connexion fatale

ELTON Ben
Amitiés mortelles

EMLEY Dianne
Un écho dans la nuit
À vif

FORD G.M.
Cavale meurtrière

GLAISTER Lesley
Soleil de plomb

GRINDLE Lucretia
Comme un cri dans la nuit

GRIPPANDO James
Le Dernier à mourir

HARRISON Colin
Havana Room
Manhattan nocturne
La nuit descend sur Manhattan

HYDE Elizabeth
La Fille du Dr Duprey

McDONALD Craig
La Tête de Pancho Villa

REICH Christopher
La Loi des dupes

RIGBEY Liz
L'Été assassin
La Saison de la chasse

SANDFORD John
Une proie mortelle
La Proie de l'aube
La Proie cachée

SCOTTOLINE Lisa
Une affaire de persécution
Une affaire de succession

SHEEHAN James
Le Prince de Lexington Avenue
La Loi de la seconde chance

SMITH Tom Rob
Kolyma

UNGER Lisa
Cours, ma jolie
Sans issue
Mémoire trouble
Et surtout ne te retourne pas…

WALLIS MARTIN J.
Le Poids du silence
Descente en eaux troubles
Le Goût des oiseaux
La Morsure du mal

Cet ouvrage a été imprimé en France par

CPi
BUSSIÈRE

à Saint-Amand-Montrond (Cher)
en mai 2010

Composé par Nord Compo Multimédia
7, rue de Fives, 59650 Villeneuve-d'Ascq

N° d'édition : 4580 – N° d'impression : 101499/1
Dépôt légal : juin 2010